L'ENFANT QUI VOULAIT MOURIR

ŒUVRES DE HENRY DENKER
DANS PRESSES POCKET

HENRY DENKER

L'ENFANT QUI VOULAIT MOURIR

PRESSES DE LA CITÉ

Titre original :
ROBERT MY SON

Publié avec l'accord de William Morrow and Company, Inc.
Traduit de l'américain par Dominique Wattwiller

ISBN 2-266-03455-3

L'auteur tient à remercier le Dr Lloyd M. Caplan, directeur du service psychiatrique de Desert Hospital à Palm Springs, Californie, de l'aide qu'il lui a apportée pour la partie médicale de ce roman. Il tient également à remercier Frederica Friedman de son concours et de ses toujours judicieux conseils.

1

Lugubre et désert, le port de plaisance de Soundside semblait jaillir menaçant du lourd manteau de nuages dévoilés par les premières lueurs de l'aube. Les eaux noires recouvertes d'une pellicule huileuse où flottaient des arcs-en-ciel fouettaient furieusement les piliers. Un vent aigre balayait Long Island Sound.

L'air était si humide que Claire Ward, immobile sur le quai, l'œil rivé sur le ciel plombé, était glacée jusqu'aux os. La sentant frissonner, Don, son mari, lui passa un bras autour des épaules. Mais cette étreinte pas plus que le manteau de tweed dont elle était enveloppée ne pouvaient la réchauffer, car c'était de peur qu'elle tremblait. Si Robbie, son fils, s'était effectivement risqué dehors, il y avait gros à parier qu'il avait disparu, englouti par les flots tumultueux.

Debout près des Ward, l'inspecteur Frank Melendez empoigna son talkie-walkie.

– Alors, cette vedette, ça vient? Voilà plus d'une demi-heure qu'on attend!

Ni Don ni Claire ne saisirent la réponse, que Melendez n'eut pas l'air de trouver à son goût.

– Écoutez! Vous connaissez aussi bien que moi les risques qu'on court à naviguer par un froid pareil. En plus, pour tout arranger, on ne sait même pas depuis combien de temps le gosse est sorti.

Nouvelle salve de crachotements dans l'appareil.

– Comment ça, « Qui nous dit que le gosse est sorti? » Vous vous fichez de moi ou quoi? aboya Melendez. Nous avons retrouvé la voiture volée près de la marina où est ancré le bateau de son père. Et le bateau, lui, s'est volatilisé. Si le gamin n'est pas parti avec, je veux bien être pendu!

Au bout de quelques dizaines de minutes qui leur parurent durer des heures, la silhouette d'un bâtiment émergea de la brume et le faisceau d'un phare puissant balaya l'obscurité.

– Inspecteur Melendez? nasilla une voix jaillie d'un haut-parleur. Vos instructions?

– Fouillez-moi tout le secteur. Le petit est à bord d'un Hobie Cat 18, un catamaran de cinq mètres cinquante.

Melendez se tourna vers Don Ward.

– La voile est de quelle couleur?

– Bleue avec des rayures rouges, orange et jaunes.

Melendez s'empressa de transmettre le renseignement à l'homme au mégaphone.

– Vous ne deviez pas envoyer un hélicoptère patrouiller dans le coin?

– Tant que cette purée de pois durera, c'est exclu.

– Bon. Eh bien, bonne chasse!

C'est à peine si Claire distingua les contours de la vedette lorsque celle-ci mit le cap sur le Sound. Le ronflement de ses moteurs alla décroissant à mesure qu'elle s'enfonçait dans le brouillard.

Une voiture de police s'arrêta derrière eux. Un policier en descendit avec du café. Après avoir servi Claire et Don, il fit discrètement signe à Melendez de le suivre, lui fourrant d'autorité un gobelet dans la main.

– Le gosse a perdu la boule, ça se confirme, marmonna-t-il.

– Comment ça? s'énerva Melendez. Il n'est pas à bord de cette coquille de noix?

– Je l'ignore. Tout ce que je sais, c'est qu'avant de piquer une bagnole, il jouait les funambules sur le parapet du pont de Windsor Street.

– D'où tiens-tu ça?

– C'est Duane qui a fait le rapprochement quand il s'est mis à feuilleter le registre des appels pour rédiger son rapport de routine. Hier en début de soirée, un informateur anonyme domicilié dans Windsor Street nous a téléphoné pour nous signaler qu'un gamin d'environ seize ans s'amusait à marcher sur le parapet. Il est resté piqué sur son perchoir pendant que deux trains passaient sous le pont.

– Tout le monde n'a pas une âme de sauteur, conclut Melendez.

– Manifestement il voulait voir s'il réussirait à garder son équilibre. Le collègue qu'on a dépêché sur les lieux est arrivé trop tard : le gosse avait filé. Ce serait le petit Ward que ça ne m'étonnerait pas.

– Ce n'est pas impossible, remarqua Melendez. Pas impossible du tout.

Sans même toucher à son café, il expédia le gobelet dans l'eau.

– Melendez, annonça-t-il dans son talkie-walkie. Quoi de neuf?

– Rien.

– Rien du tout?

– Rien.

– Continuez les recherches, ordonna l'inspecteur, dissimulant sous cette formule banale le sentiment d'échec qui commençait à lui nouer l'estomac.

Sa femme avait coutume de dire qu'il enquêtait avec ses tripes. Pour une fois, il aurait bien aimé pouvoir la contredire.

Entendant une voiture stopper brutalement, Don Ward se retourna. Il reconnut aussitôt l'homme qui s'extirpa du véhicule.

– Docteur Rissom?

– Ç'a été plus fort que moi, expliqua Rissom en le rejoignant. Je n'en pouvais plus de rester chez moi à tourner en rond comme un ours en cage. Il y a du nouveau?

– Pas encore.

– Claire?

– Elle tient le coup, mais c'est tout juste.

– C'est bien ce que je pensais, commenta le praticien.

Plongeant la main dans sa poche, il en retira une plaquette de comprimés.

– Tâchez de lui faire avaler ça.

Don fit demi-tour et se dirigea vers la voiture. Assise sur son siège, le buste raide, Claire regardait fixement devant elle à travers le pare-brise.

– Tiens, chérie, prends ça.

– C'est un calmant, n'est-ce pas? dit-elle d'un ton agressif.

– Le Dr Rissom l'a apporté exprès pour toi.

– Mon fils est là, quelque part, et tu voudrais que je me laisse assommer à coups de calmants? Pas question de fermer l'œil tant que les recherches dureront. Je veux être la première à me réjouir... ou à pleurer quand la police l'aura retrouvé. Sinon, c'est que je ne suis pas une mère, que je ne l'ai jamais été.

Sur ce, elle fondit en larmes.

Don se glissa près d'elle, la serra contre lui, se mit à lui parler dans le creux de l'oreille.

– Claire, mon cœur, écoute-moi. Si tu ne lui as pas donné la vie, tu lui as prodigué ton amour sans compter. Peu de mères peuvent se vanter d'avoir entouré leur enfant d'autant de soins. Il le fallait bien d'ailleurs, car j'étais tellement accaparé par mon travail...

L'œil rivé sur les eaux noires du Sound, il poursuivit :

– S'il y a un responsable dans cette affaire, c'est moi. Jamais je n'aurais dû lui acheter ce bateau. Alors cesse de te torturer et fais-moi plaisir, avale ce cachet.

Comme il approchait le comprimé de ses lèvres, elle détourna la tête d'un mouvement brusque.

– Je veux connaître la vérité dès que l'équipe de sauvetage reviendra.

Comprenant qu'il était inutile d'insister, il renonça et descendit de voiture, la laissant seule sur son siège, le regard fixe.

Il se mit à réfléchir à la façon dont tout avait commencé. Au désir de Claire d'être une mère exemplaire. D'élever un enfant dans le foyer paisible et heureux qu'elle-même n'avait jamais connu du fait du divorce tumultueux de ses parents et de la lutte acharnée qu'ils s'étaient livrée pour la garde de leur fille.

Incapable de concevoir, Claire Ward s'était efforcée d'être une maman modèle pour le fils qu'on lui avait confié seize ans plus tôt, alors qu'il n'était âgé que de deux semaines. Pour l'élever, elle avait renoncé à jouer les ingénues – emploi dans lequel elle excellait – dans un feuilleton télévisé qui faisait les délices des ménagères. Bien décidée à mettre toutes les chances de son côté pour tenir son nouveau rôle à la perfection, elle s'était minutieusement documentée sur les problèmes de la maternité, dévorant des dizaines de livres, suivant toutes sortes de conférences. Toutefois, il y avait eu des moments, au cours de ces seize dernières années, où elle avait eu le sentiment d'être davantage une comédienne interprétant le rôle d'une mère qu'une mère à proprement parler. Elle avait toujours eu l'impression de ne pas être tout à fait à la hauteur, sans doute parce qu'elle n'avait pas connu les joies et les épreuves de la grossesse.

Le fait que son mari se consacrât avec passion à sa carrière n'avait pas facilité les choses. Ils s'étaient connus alors qu'elle jouait dans un feuilleton sentimental et que lui, jeune cadre dynamique, s'occupait de la programmation.

Et déjà il ne cessait de proclamer qu'il comptait bien diriger un jour ce fichu réseau. Depuis, il n'avait cessé de gravir les échelons, entreprenant avec une ténacité d'alpiniste cette ascension rude et semée d'embûches.

Plus il grimpait et plus l'ambition le dévorait, malgré les difficultés et le stress. Il quittait le bureau à des heures de plus en plus tardives, se rendait en catastrophe sur la côte ouest pour voler au secours des réalisateurs « en détresse », expression que Claire – et plus tard Robbie – avait prise en horreur. Chaque fois qu'il y avait des problèmes sur un tournage, on dépêchait Don Ward sur les lieux pour qu'il mette de l'huile dans les rouages.

A un certain moment, elle s'était demandé si son mari ne se servait pas de ces voyages d'affaires pour camoufler une liaison avec quelque juvénile et ravissante créature. Et puis elle s'était dit que Don n'avait pas le comportement d'un homme qui trompe sa femme. Du moins, elle n'avait pas réussi à déceler les prétendus signes révélateurs. Mais après tout elle n'était pas vraiment experte en la matière. Elle ne possédait du mariage qu'une expérience limitée, acquise en tournant dans divers feuilletons à l'eau de rose où les conjoints – scénario oblige – se devaient infidélité.

Avec le temps, elle finit par comprendre qu'elle n'avait qu'un seul rival : le job de son mari. Elle en fut convaincue lorsqu'il se montra aussi impatient qu'elle d'avoir un enfant. C'était pour ce fils qu'ils auraient un jour qu'il avait cravaché comme il l'avait fait. Seulement, ils n'avaient pas eu de fils. Pas de fils à eux, du moins.

En se mariant, ils avaient rêvé d'une maison en banlieue et de deux enfants – un garçon et une fille – resplendissants de santé qui auraient les joues roses et les cheveux dorés de Claire. Las! tests, examens, radios, visites répétées chez les gynécologues, rien n'y avait fait : elle n'avait pas réussi à concevoir. Ils avaient eu beau avoir des rapports à heures fixes, respecter à la lettre les conseils et recommandations des médecins, ils n'étaient pas parvenus à leurs fins. Au bout de deux ans, les spécialistes conclurent que pour une raison qui leur échappait Claire et Don ne pouvaient avoir d'enfant.

Désireuse d'épargner à son mari des soucis supplémentaires, Claire fit mine de se résigner et consacra son énergie à son métier. Toutefois, ils prirent conscience de l'acuité du problème le jour où Evvie Troy – qui avait été assistante auprès du réalisateur du feuilleton dans lequel jouait Claire – mit son bébé au monde. Après qu'Evvie eut quitté le réseau, les deux jeunes femmes étaient restées très liées. Claire rencontra régulièrement Evvie pendant sa grossesse, s'occupa avec elle d'aménager la chambre du bébé, choisissant papier peint, meubles, layette, berceau.

Evvie lui téléphona juste avant que Harris, son mari, ne la conduise à l'hôpital.

– Ma petite Claire, cette fois, ça y est! lui annonça-t-elle crânement. J'y vais. A bientôt.

Quelques heures seulement après son arrivée à la maternité, Evvie accoucha d'un beau garçon de trois kilos trois cents. Et son premier coup de fil fut pour Claire.

– Je n'arrive pas à y croire, lui déclara-t-elle d'un ton vibrant. Il faut absolument que tu viennes l'admirer. C'est une merveille!

Don avait chargé sa secrétaire de faire envoyer des fleurs à l'heureuse maman. Claire s'empressa d'aller choisir une timbale en argent pour le nouveau-né, insistant auprès du bijoutier pour que les initiales du jeune Harris Wadsworth Troy fussent gravées dessus dans les meilleurs délais.

Le lendemain après-midi, Claire passa prendre le cadeau avant d'aller voir Evvie. Arrivée en vue de l'hôpital, elle se rangea le long du trottoir et coupa le contact. Sans savoir comment, elle se retrouva pleurant à chaudes larmes, assise à son volant.

Une voiture de ronde qui passait stoppa à sa hauteur et l'un des policiers s'approcha d'elle :

– Quelque chose ne va pas, madame? On peut vous aider?

Elle secoua la tête.

– Si vous avez des ennuis...

Désireuse de couper court, elle secoua la tête de plus belle. Elle détourna les yeux, attendant que l'officier de police remonte dans sa voiture et démarre.

Qu'aurait-elle bien pu lui dire? Que sa meilleure amie venait de mettre son premier enfant au monde et qu'elle ne se sentait pas la force de partager sa joie?

Au bout d'un certain temps, elle fit demi-tour et rentra chez elle par le chemin des écoliers, longeant des rues qui ne lui étaient guère familières. Elle n'était pas pressée de rentrer car elle savait que le téléphone ne tarderait pas à sonner. « Qu'est-ce que tu fabriques? lui demanderait Evvie, une pointe de déception dans la voix, j'espérais que tu serais là au moment du biberon pour le voir et le prendre dans tes bras. »

Elle se força à continuer sa route. A peine arrivée, elle entendit du garage grelotter le téléphone. Elle finit par se résoudre à décrocher.

– Claire? Où étais-tu passée? Nous t'avons attendue tout l'après-midi, Harris Wadsworth junior et moi. Il a été rudement déçu que tu lui fasses faux bond, encore que ça ne lui ait pas coupé l'appétit. Ce petit monstre dévore, c'est simple, il n'arrête pas! fit-elle avec un gloussement de satisfaction.

Claire essaya de faire chorus, espérant que son rire ne sonnerait pas trop faux.

– Au moment où j'allais partir, le téléphone s'est mis à sonner, improvisa-t-elle fébrilement. Tu te souviens de Curt Hammerstein, le type qui gère le budget de Procter & Gamble? Il voulait que j'aille passer une audition pour une nouvelle série de spots publicitaires. Impossible de l'en faire démordre. Il a fallu que je me précipite en ville afin de faire un bout d'essai. Comme de bien entendu, ça n'a rien donné. Enfin, tant pis. Curt est le plus gros client du réseau et je ne pouvais pas me défiler, tu comprends? Je passerai bientôt à l'hôpital, sois tranquille. Au revoir.

Lorsque Don rentra, elle lui raconta l'incident, non sans mal, d'ailleurs. Surtout quand elle dut lui avouer qu'elle avait été jusqu'à mentir pour se débarrasser d'Evvie.

– La vérité, c'est que je crevais de jalousie. Au point qu'assise au volant de ma voiture par une belle journée ensoleillée dans une charmante rue de cette adorable petite ville, je me suis mise à pleurer. Que voulais-tu que je dise au flic quand il m'a demandé ce qui se passait? « Ma meilleure amie a eu le bébé que je ne peux avoir. Je refuse de le voir. C'est un enfant à moi que je veux! »

Incapable de poursuivre, elle fondit de nouveau en larmes et Don la prit dans ses bras.

– Claire... ma chérie... on n'a pas idée de se mettre dans un état pareil. C'est normal que tu sois jalouse...

– Jalouse? Je la déteste, oui!

– Mais non, tu ne la détestes pas. Tu es simplement révoltée à l'idée que nous ne pouvons pas avoir d'enfant. Cette fois, c'est décidé : nous allons en adopter un. Je n'ai pas l'intention de laisser cette histoire te démolir.

Sortant son mouchoir de soie de sa poche, il se mit en devoir de lui essuyer les yeux.

– Demain tu iras voir Evvie à l'hôpital et tu berceras son bébé dans tes bras en pensant que tu en auras bientôt un tout à toi. Il y a des mois que nous aurions dû faire les démarches nécessaires.

– Oui, demain j'irai à la maternité, opina Claire en reniflant un bon coup. Je lui ai acheté une timbale, une splendeur, avec ses initiales et tout.

– Formidable! approuva Don. Et maintenant que dirais-tu d'un succulent dîner français chez *Darien*?

Mais pas plus le lendemain que les jours suivants, Claire ne se sentit le courage d'aller à l'hôpital. Si elles ne se voyaient pas, les deux amies se téléphonaient tous les jours et Evvie, qui n'était pas complètement idiote et sentait que quelque chose clochait, cessa de prier Claire de passer lui dire bonjour.

Ce n'est qu'une fois que Don et elle eurent commencé les démarches en vue de l'adoption que Claire se décida à rendre visite à Evvie qui avait entre-temps regagné son domicile.

Ç'avait été le point de départ d'une nouvelle batterie de tests d'un genre tout différent. Situation financière, maturité affective, antécédents familiaux, tout avait été passé au crible. Le service des adoptions lui dépêcha une de ses enquêtrices. Bien que cette dernière demeurât impassible en apparence, Claire eut la très nette impression que la visiteuse désapprouvait la façon dont elle tenait sa maison.

Claire fut soumise à un véritable interrogatoire. Était-elle prête à vivre l'expérience de la maternité, à se retrouver nantie d'un enfant du jour au lendemain? Avait-elle suivi des cours de puériculture? L'inspectrice lui posa des questions sur sa petite enfance et, inévitablement, le divorce de ses parents vint sur le tapis. L'inconnue ne fit aucun commentaire et se contenta de consigner les faits dans son dossier.

Lorsque l'enquêtrice eut enfin pris congé, Claire appela Don au bureau. Coupant court aux protestations de la secrétaire de son mari qui lui assurait que ce dernier était débordé, elle exigea qu'on le lui passe sur-le-champ.

– L'inspectrice du service des adoptions sort d'ici, l'entrevue a été un échec, se désola-t-elle. Un de plus. Excuse-moi.

Rien de ce que Don put lui dire ne réussit à apaiser les craintes de Claire ni à atténuer son sentiment de culpabilité.

Ce soir-là, ils dînèrent de nouveau tard. Ed Brady, le patron de Don, lui avait laissé entendre que des chamboulements se préparaient dans la société et qu'un poste important risquait de se trouver vacant. Aussi Don se rendait-il à son travail de plus en plus tôt le matin et rentrait-il à des heures indues. Il voulait pouvoir être à pied d'œuvre dès huit heures du matin afin d'être le premier à étudier les indices d'audience. Et il partait tard de façon à ne manquer aucune réunion importante. Claire se consolait en se disant que lorsqu'il serait suffisamment haut dans la hiérarchie, il pourrait mieux gérer son temps.

En dépit de l'heure assez avancée, Don s'employa à rassurer sa femme.

– Où veux-tu qu'ils trouvent une meilleure mère que toi, chérie? Efficace, digne de confiance, intelligente, sensible. Qui plus que toi désire avoir un enfant? Songe à tous les tests que tu as passés, à tous les gynécologues que tu as consultés, crois-tu qu'il existe beaucoup de femmes qui ont à ce point envie d'être mères? Tu lui as bien parlé des tests, n'est-ce pas?

– Oui.

– Lui as-tu dit que tu avais renoncé à un rôle de premier plan dans un des téléfilms les plus cotés? Tu en connais beaucoup, toi, des comédiennes capables de laisser passer une occasion pareille?

– Je ne crois pas que ça l'ait favorablement impressionnée, au contraire. Tu sais ce que les gens pensent des artistes et du show-business. Ils s'imaginent que les actrices passent leur temps à s'envoyer en l'air, avec les maris de leurs copines de préférence. Le plus terrible, ç'a été quand elle m'a posé des questions sur ma famille. Il a bien fallu que je lui parle du divorce de mes parents et de la bagarre qu'ils se sont livré pour obtenir ma garde. Elle n'a pas eu l'air d'apprécier.

– Ce n'est pas ta faute si le divorce s'est déroulé dans ces conditions. Elle t'a fait une réflexion désagréable?

– Non.

– Alors qu'est-ce qui te fait dire qu'elle n'a pas apprécié?

– Une impression, c'est tout.

Il la serra contre lui pour la réconforter.

– Crois-tu qu'il y ait sur cette terre deux personnes capables de donner à un enfant un meilleur foyer, de lui assurer un avenir plus prometteur, de lui prodiguer autant d'amour? Ne devraient-ils pas s'estimer heureux d'avoir des candidats comme nous?

– Pourtant..., commença-t-elle.

Mais Don étouffa ses paroles sous une pluie de baisers qu'elle lui rendit avec passion tant et si bien qu'ils se retrouvèrent furieusement enlacés.

Après qu'il se fut endormi, épuisé et comblé, Claire s'efforça de recenser les atouts qui pouvaient faire d'elle une mère adoptive idéale. Mais elle avait beau compter et recompter, il lui manquait toujours quelque chose. Elle sombra dans le sommeil en ressassant sa révolte : « C'est parce que j'ai eu une enfance malheureuse que je suis décidée à faire le bonheur de mon enfant, à lui donner un foyer stable. »

Au milieu de la nuit, elle s'éveilla, en larmes.

Après s'être accablée de reproches pendant une bonne quinzaine de jours, Claire finit par se résigner : il était dit qu'elle ne connaîtrait pas les joies de la maternité. Au lieu de continuer à se morfondre, elle ferait mieux de se consacrer sérieusement à sa carrière, de laisser tomber la télévision et d'essayer de décrocher un rôle à Broadway, par exemple. C'est alors qu'elle reçut la lettre suivante :

Chère madame, cher monsieur,

Nous avons le plaisir de vous annoncer que vous avez subi

tous les tests avec succès et que vous êtes désormais inscrits sur notre liste de parents adoptifs potentiels.

Nous reprendrons contact avec vous dans six mois au plus tard, plus tôt si c'est possible.

Claire s'empressa de téléphoner la nouvelle à son mari, qui s'arrangea pour dénicher deux places pour la comédie musicale qui faisait un tabac à Broadway – dépense qu'il fit passer sur sa note de frais, bien entendu. Pendant le spectacle, au lieu de pester comme d'habitude et de se dire qu'elle serait beaucoup mieux dans le rôle de l'actrice qui se démenait sur la scène, Claire aux anges songea qu'elle allait enfin être maman.

A la discothèque où ils se rendirent ensuite, elle dansa avec tant de fougue que Don ne put s'empêcher de la taquiner.

– Du calme, chérie. N'oublie pas que tu es enceinte d'au moins cinq mois.

Cette nuit mit un point final à deux années de travaux pratiques obscurs et vaguement obscènes. Lorsqu'ils s'aimèrent, ce fut sans arrière-pensée, en savourant le goût du plaisir retrouvé.

2

Un beau jour, l'inspectrice du service des adoptions téléphona à Claire pour lui annoncer qu'elle avait un bébé susceptible de lui convenir.

Un garçon!

Claire n'avait jamais envisagé la question sous cet angle, car, toutes considérations de sexe mises à part, elle voulait un enfant à aimer, soigner et élever. Don, par contre, avait stipulé sur les formulaires sa préférence pour un fils. A l'époque, Claire avait craint que cette précision ne fît tiquer les responsables de l'agence. Mais loin de se formaliser, ils en avaient au contraire tenu compte. Et voilà qu'aujourd'hui le moment tant attendu était arrivé : on allait lui confier un petit garçon.

Ils se rendirent à New York pour le voir à l'hôpital, dans la chambre particulière où on l'avait installé pour la circonstance. C'était un petit bonhomme rougeaud au crâne rose orné d'une mèche brune.

Don se mit à plaisanter pour dissimuler sa gêne.

– Il est ridé comme une vieille pomme! Ce n'est pas un bébé, c'est un vieillard.

Claire aurait volontiers serré le nouveau-né contre son cœur; toutefois, au prix d'un violent effort sur elle-même, elle s'abstint. La puéricultrice, qui n'avait pas les yeux dans sa poche, s'empressa de lui donner le feu vert.

– Prenez-le, vous en mourez d'envie.

Claire l'extirpa avec précaution de son berceau et le tint dans ses bras.

– Vous voulez lui donner le biberon? proposa l'auxiliaire médicale.

– Je peux?

La jeune femme opina et sortit. Affamé, le nourrisson tournait la tête de droite et de gauche, cherchant le sein de Claire. L'infirmière revint bientôt avec un minuscule biberon plein d'un liquide blanchâtre. Claire glissa la tétine dans la bouche du tout petit qui se mit à téter avec avidité.

La dame en blanc surveillait le déroulement des opérations, qu'elle ponctuait de commentaires.

– C'est un beau bébé. Il est en pleine santé et d'une vivacité exceptionnelle pour son âge. Vous pouvez dire que vous avez de la chance.

– Et sa mère? s'enquit Don. Savez-vous si...

– Il est hors de question que vous la rencontriez.

– Je voulais seulement que vous nous parliez un peu d'elle, expliqua Don.

– Vous verrez cela avec le service des adoptions.

Et comme pour faire comprendre au visiteur qu'il avait enfreint les règles du jeu, la puéricultrice fit signe à Claire de lui rendre le bébé. Celle-ci obtempéra avec un manque évident d'enthousiasme.

Une fois dans le couloir, Claire se mit à chuchoter furieusement.

– Tu aurais mieux fait de tenir ta langue. Tu as tout gâché. Un si beau bébé...

– Il est normal que je cherche à me renseigner, non? Je ne dois pas être le premier à poser la question.

On les invita à se rendre au service des adoptions, dans le bâtiment principal du centre hospitalier. Là, ils furent reçus par l'enquêtrice qui avait si désagréablement impressionné Claire.

L'inspectrice réserva aux Ward un accueil chaleureux et leur communiqua tous les renseignements qu'elle possédait concernant la mère du nouveau-né. Cette dernière – une jeune femme de vingt et un ans – avait fait une scolarité normale avant de suivre des cours de secrétariat. Elle travaillait depuis deux ans et demi dans une petite entreprise lorsque, à la suite d'une brève liaison avec son patron – un homme marié –, elle s'était retrouvée enceinte. Sa famille, très croyante, s'était opposée à ce qu'elle avorte. Après une grossesse sans histoire, elle avait mis au monde un vigoureux petit garçon. Rien dans ses antécédents médicaux ne pouvait donner à penser qu'elle eût suivi un traitement susceptible d'avoir des répercussions fâcheuses sur la santé de l'enfant.

Une fois leurs préparatifs effectués, les Ward pourraient revenir prendre le nouveau-né et l'emmener chez eux. Pour ce qui était des questions juridiques et administratives, on verrait plus tard.

– Je devrais pouvoir être prête demain, lâcha Claire.

La responsable eut un sourire.

– J'ai peur que cela ne soit un peu juste, madame Ward. Songez à tous les détails que vous allez devoir régler : composition des biberons, berceau, pharmacie d'urgence, choix d'un pédiatre. A ce propos, d'ailleurs, je vous conseille de faire examiner le bébé par votre médecin. Deux avis valent mieux qu'un.

Au terme de son examen, le Dr Rissom – pédiatre qui leur avait été recommandé par leur généraliste – ne put que confirmer ce qu'ils savaient déjà. Le petit garçon était robuste et en parfaite santé. Né à terme, poids parfait, réflexes excellents. Les Ward avaient de la chance.

Deux jours plus tard, Don Ward ramena sa femme et son fils à la maison. Claire, qui avait bouclé sa ceinture avec soin, tenait le tout petit serré contre sa poitrine. Don roulait lentement sur la file de droite, se laissant doubler par toutes les voitures. Il conduisait avec une extrême prudence, jetant de fréquents coups d'œil dans son rétroviseur, afin d'éviter une collision éventuelle.

Il ne se détendit que lorsque le nourrisson fut en sécurité au fond de son berceau, dans la chambre transformée en nursery. Le bébé, qui avait dormi pendant tout le trajet, ne pouvait se douter du bouleversement que son arrivée apportait dans l'existence de ses nouveaux parents.

Penché au-dessus du lit, Don sourit.

– Crois-tu que nous aurons le courage de lui avouer un jour...

– ... qu'il est notre fils adoptif?

– Non. Comment son père gagne sa vie.

Ils éclatèrent de rire.

– Qui te dit que la télévision existera encore quand il sera grand?

– Aucune importance! L'essentiel, c'est que nous soyons ensemble. Pour le reste, je trouverai toujours un moyen de me débrouiller, affirma Don en l'étreignant.

– Il faudra lui dire que nous l'avons adopté, chuchota Claire. Je ne veux pas qu'il l'apprenne par une tierce personne, cela lui ferait trop mal.

– Nous le lui dirons, acquiesça Don.

Le bébé commençait à s'agiter dans son sommeil, émettant de petits bruits de succion.

– Il a encore faim, je vais lui donner à manger, déclara Claire en se dégageant.

Grâce aux conseils de sa mère, de ses amies et du Dr Rissom, Claire, qui vivait dans la hantise de mal faire, réussit à surmonter ses appréhensions. C'est ainsi qu'elle découvrit peu à peu les joies de la maternité, et Don celles de la paternité.

Ils suivirent les différents stades du développement du nourrisson avec émerveillement. Ses moindres progrès leur semblaient tenir du miracle. Qu'il se tournât dans son berceau, rampât sur la moquette, se mît debout ou réussît enfin à marcher, Don et Claire s'extasiaient sur tous ses faits et gestes.

Lorsqu'il se mit à reproduire des sons puis des mots, qu'il apprit à distinguer les couleurs, les lettres de l'alphabet, il apparut à l'évidence que c'était un sujet doué. Don Ward se tailla une solide réputation de casse-pieds auprès de ses collègues à force de chanter les louanges de son fils.

Pourtant, il eût été injuste de dire que l'orgueil paternel l'aveuglait. Car s'il fallait en croire les manuels de puériculture, Robbie Ward était très en avance pour son âge.

Cela devint encore plus flagrant quand il entra dans la phase infernale où, capable de se déplacer seul, l'enfant accepte mal de dépendre des adultes et répond par des « Non! » retentissants ponctués de gestes de colère à toutes les questions qu'on lui pose.

Parvenu à ce stade, Robbie Ward se montra plus autonome que la moyenne des enfants. Contrairement aux bébés qui, à deux ans, pleurnichent volontiers, il débordait d'assurance. Il n'avait besoin de personne pour s'amuser. Mais lorsqu'il se trouvait en compagnie d'autres bambins, que ce fût au square ou plus tard à la maternelle, ceux-ci étaient irrésistiblement attirés vers lui et l'imitaient aveuglément.

Plus d'une fois la maîtresse de la maternelle dit à Claire :

– Votre fils a une âme de chef. Ce n'est pas une chose qui s'acquiert. Il doit tenir ça de son père.

– Oui, opinait Claire, avec un sourire sibyllin. C'est son père tout craché.

Lorsque Robbie fut à la veille de fêter son cinquième anniversaire, Claire rappela à Don que le moment était venu.

Cinq ans, selon les spécialistes, c'était en effet l'âge auquel il convenait d'apprendre à un enfant qu'on l'avait adopté, l'âge auquel il avait le moins de mal à accepter la vérité.

Ils décidèrent d'avoir une conversation avec lui le dimanche, jour où les Ward restaient en principe tranquillement chez eux. Mais le vendredi en fin d'après-midi, Don passa un coup de fil à sa femme.

– Chérie, lui annonça-t-il, penaud. Je file à l'aéroport.

– Qu'est-ce que tu me chantes là! protesta Claire. Aurais-tu oublié nos projets pour dimanche?

– Bien sûr que non. Mais Lester Barton fait des siennes : il menace de rendre son tablier.

– Encore? Je croyais que son contrat venait d'être revu, s'indigna Claire.

– C'est exact. Seulement depuis, les nouveaux indices d'audience sont sortis. Comme la série dont il est la vedette caracole en tête de liste, monsieur exige une rallonge. C'est pourquoi il faut que je fasse un saut sur la côte ouest afin de le ramener à de meilleurs sentiments.

– Tu comptes t'absenter longtemps? s'enquit Claire, consciente de l'inanité de sa question.

– Le temps de sauver la situation, mon chou. Ce n'est pas si souvent que nous avons la chance d'être en tête des sondages.

– Eh bien, bon voyage, conclut Claire.

Dimanche. Pour les cinq ans de Robbie, Claire avait invité quatre de ses petits camarades, et sa mère. Serpentins, chapeaux de papier, nappe et serviettes assorties, petits cadeaux pour les enfants : elle n'avait négligé aucun détail. Au menu, hamburgers, gâteau d'anniversaire, glace. Quant à la boisson, inutile de préciser qu'on renversa plus de lait qu'on n'en but réellement.

Lorsque tout ce petit monde prit congé, l'après-midi printanier tirait à sa fin et les derniers rayons du soleil couchant se faufilaient à travers les branches des bouleaux. Prenant son fils dans ses bras, Claire s'installa sur le canapé du séjour pour jouir de la vue. « Quelle chance nous avons eue! songea-t-elle en ébouriffant les cheveux de Robbie. A ce jeu de hasard qu'est l'adoption, nous avons tiré le bon numéro. Un enfant superbe, intelligent, sensible, et si mûr! » Ce que la maîtresse de maternelle lui avait dit et répété trois ans plus tôt se confirmait : Robbie avait l'âme d'un chef. Son ascendant sur les autres enfants était tel qu'ils le suivaient comme un seul homme.

Elle le serra très fort et il se tortilla pour se dégager. Ce manège arracha un sourire à Claire. Cinq ans seulement, et jaloux déjà de son indépendance : un vrai petit homme. A peine eut-elle relâché son étreinte qu'il courut se replonger dans le jeu de construction ardu que son père lui avait fait envoyer pour son anniversaire. Il manipulait les pièces avec une concentration et une dextérité qui faisaient l'admiration de sa mère.

Malgré l'absence de Don, Claire décida d'avoir la conversation prévue avec son fils.

– Robbie...

Le petit garçon se tourna vers elle sans pour autant abandonner ses pièces.

– Viens ici, mon chéri. Maman a quelque chose à te dire.

Avec des mots aussi simples que possible, elle se mit en devoir de lui expliquer que si la plupart des bébés naissaient dans le ventre maternel, certains avaient la chance et le privilège d'être choisis. Et qu'il était de ceux-là.

Robbie faisait mine d'écouter, mais il avait l'œil vissé sur l'échafaudage resté en plan sur la moquette du séjour. S'arrachant aux bras de Claire, il retourna jouer. L'avait-il seulement entendue? Claire en doutait. Mais n'était-il pas précisé dans son livre sur l'adoption qu'un enfant de cinq ans n'est pas en mesure d'appréhender le concept...

Cette scène remontait à onze ans. Depuis, Robbie avait eu le temps de digérer pleinement la révélation, d'accepter avec sérénité cette situation un peu particulière dans laquelle il semblait puiser des forces et qui faisait de lui un garçon mieux équilibré que la plupart des enfants de son âge.

Brillant élève, il était également meneur de jeu de l'équipe de football de son école.

Le jugement porté par la puéricultrice à l'hôpital des années auparavant se trouvait confirmé par l'entraîneur de Robbie, qui était aussi son supporter le plus enthousiaste. Il avait déjà vanté à ses collègues entraîneurs des équipes universitaires les possibilités de ce jeune homme exceptionnel.

3

L'œil braqué sur les eaux noires et menaçantes de Long Island Sound, Claire Ward se trouvait bien forcée de se poser la question, aussi douloureuse fût-elle. Était-ce dans cette marina déserte que devaient se terminer seize années d'amour, de dévouement et de joie?

Leur rêve avait commencé à se fissurer six mois seulement auparavant et ils ne s'étaient rendu compte de rien. Auraient-ils dû se douter de quelque chose? Qui aurait pu prévoir que cet incident, symptomatique du mal de Robbie, serait suivi de tant d'autres?

Sûrement pas sa mère. Et certainement pas le jour où ledit incident s'était produit.

Ce jour-là, elle dirigeait la répétition d'une pièce interprétée par la troupe de théâtre amateur – les Towne Players – qu'elle avait réussi à mettre sur pied sans l'aide de quiconque.

– Reprenons à partir de l'entrée d'Amanda, ordonna Claire Ward. Cette fois, nous allons jouer la scène d'un trait et sans texte.

Des grognements de protestation fusèrent sur la scène du théâtre désert.

– Vous devriez le savoir par cœur, depuis le temps. Si vous avez un trou, improvisez, mais pas de livres!

Les comédiens amateurs abandonnèrent leurs brochures écornées, bien décidés à relever le défi.

– Si vous les voyez trébucher, soufflez-leur leurs répliques, chuchota Claire à son assistante. Il faut à tout prix éviter les interruptions, ça casse le rythme.

Haussant le ton, elle cria à la cantonade :

– Tout le monde est prêt? On reprend à partir du moment où la porte s'ouvre. Allez-y!

Elle se mit à faire les cent pas dans l'allée centrale, écoutant, observant, prenant mentalement des notes au fur et à mesure que la scène progressait.

Claire Ward, trente-neuf ans, était grande avec des cheveux couleur de miel. Sportive, menant une existence active, elle avait conservé une silhouette juvénile et élancée.

– Madame Ward..., fit soudain son assistante d'une voix étouffée et pressante.

– Plus tard! lui intima Claire tout bas de façon à ne pas gêner la concentration des acteurs.

– Madame Ward, si ce n'était pas important je...

– J'ai dit : « Pas d'interruptions », Audrey.

– Mais la police...

Claire pivota et fixa son assistante.

– La police?

– Il y a un inspecteur qui vous demande au téléphone. Au sujet de Robbie.

– Robbie? Mon fils? C'est sûrement une erreur!

– Il a bien précisé qu'il s'agissait de Robert Ward, 327 Cedar Lane.

– Jamais Robbie n'a eu de démêlés avec...

Claire se tourna vers la jeune femme.

– Remplacez-moi jusqu'à ce que je revienne, Audrey.

Et elle sortit de la salle en courant.

Avenue des Amériques, à Manhattan, au trente-deuxième étage d'Intercontinental Television Network, une réunion houleuse commencée depuis trois heures de l'après-midi se poursuivait. Debout devant le planning des heures de grande écoute, Don Ward expliquait à ses collègues la logique qui avait présidé à l'élaboration de la nouvelle grille. Le nom de chaque émission figurait sur un carton que l'on pouvait déplacer à volonté, et ce jusqu'à ce que les différents responsables concernés parviennent à se mettre d'accord.

Ils étaient neuf dans la salle à étudier l'immense tableau : huit hommes et une femme, Emily Grant. Certains avaient un verre à la main; d'autres un sandwich qu'ils ne songeaient même pas à manger bien qu'il fût presque vingt et une heures et qu'aucun des participants n'eût dîné.

Grand, distingué, Don leur faisait face. Il n'avait guère changé physiquement depuis sa sortie de l'université. Au cours de sa dernière année de fac, il avait été membre d'une équipe de basket du Middle West qui avait disputé les demi-finales du N.I.T. [1]. Il avait profité de son passage à New York pour prendre des contacts avec les trois principaux réseaux de télévision dans l'espoir de se faire embaucher une fois ses études terminées.

Impressionné par son allure et son gabarit, le chef du service du personnel du premier réseau lui avait conseillé de se présenter au service distribution. Don s'était empressé de remettre les choses au point : il ne voulait pas devenir acteur, mais faire de la gestion.

Aujourd'hui, à quarante et un ans, la tignasse noire à peine striée de gris, il occupait un poste important au sein d'Intercontinental et il était bien décidé à ne pas s'arrêter en si bon chemin.

Pour l'instant, son job consistait à « vendre » à ses collègues la grille des heures de grande écoute conçue par Ed Brady, président du réseau, qui cherchait à devenir P.-D.G. de la société mère. Il était entendu que si Don Ward s'acquittait avec succès de sa mission, Brady lui céderait son fauteuil à la première occasion.

Stimulé par cette perspective alléchante, Ward avait décidé de sortir le grand jeu. Aussi déployait-il le charme et le pouvoir de persuasion qui lui permettaient le plus souvent de mater vedettes récalcitrantes, producteurs belliqueux et annonceurs bougons.

– Les soirées de mardi et mercredi sont réservées à des dramatiques. Le dimanche, juste avant *Soixante minutes*, nous allons passer une comédie. Si nous arrivons à chiper une partie de l'audience de *Soixante minutes*, nous avons une chance d'ébranler C.B.S. Pour cela, nous avons mis le paquet. Certains d'entre vous n'ont pas encore vu l'épisode pilote de *La Vérité toute nue*, mais je vous assure que c'est hi-la-rant, fit Don en détachant les syllabes. Nous avons embauché des scénaristes et un metteur en scène hors de pair, et deux jeunes acteurs comiques épatants dignes de Milton Berle et Sid Caesar. Et si nous avons vu juste, nous toucherons un public de jeunes.

Ward en était à ce point de son exposé lorsque la porte de

1. National Invitation Tournament. *(N.d.T.)*

la salle de conférences s'entrouvrit. La secrétaire de Don, Jeannie, passa la tête par l'entrebâillement. Sa mine sombre ne présageait rien de bon. Agacé d'être dérangé malgré la consigne, Don lui jeta un regard courroucé, tout en effectuant de rapides calculs. Vingt et une heures à New York, dix-huit heures à Los Angeles. Il devait y avoir des pépins sur la côte ouest. Le réalisateur voulait sans doute savoir si la direction pouvait lui accorder un jour de tournage de plus ou s'il devait mettre les bouchées doubles afin que tout soit dans la boîte le soir même. Dans un cas comme dans l'autre, le budget serait dépassé. Les heures supplémentaires revenaient moins cher qu'une prolongation du tournage, laquelle n'était possible que si aucun des comédiens n'avait d'engagement le lendemain. De toute façon, ce problème n'était qu'une broutille comparé à la réunion en cours dont dépendaient les résultats de l'année à venir.

Don espéra que Jeannie serait assez perspicace pour comprendre le message. Pourtant, au lieu de s'éclipser, elle s'incrusta. Tant et si bien qu'il se vit contraint de déclarer à ses collègues :

– Je vous laisse étudier ce projet de grille. Vous savez qu'Ed est ouvert à toutes les suggestions, alors si vous en avez à me soumettre, n'hésitez pas.

Il avait débité la phrase d'un ton machinal. Tous ceux qui étaient présents savaient à quoi s'en tenir sur l'ouverture d'esprit du patron. Brady, qui ne supportait pas la contradiction, faisait passer de sales quarts d'heure à ceux de ses collaborateurs qui avaient le mauvais goût de ne pas partager son point de vue.

Ward bondit jusqu'à la porte et se glissa dehors, bien décidé à s'expliquer avec sa secrétaire.

– Voyons, Jeannie, vous perdez la tête! M'interrompre au beau milieu d'une réunion comme celle-ci!

– Votre femme...

– Combien de fois devrai-je vous le répéter : rien n'est plus import...

Don s'interrompit net.

– Elle a eu un accident?

– Robbie...

– Eh bien quoi, Robbie?

– Il est au commissariat et les flics ne le relâcheront que si vous allez le chercher, expliqua Jeannie. Mrs. Ward a eu beau leur dire que vous étiez en conférence, ils ne veulent rien savoir.

– La police... Robbie... Ils déraillent! Robbie n'a jamais eu d'ennuis de sa vie. Ma femme vous a-t-elle dit ce qu'on lui reprochait?

– Il s'agirait d'une histoire de conduite.

– Mais il est trop jeune pour tenir un volant.

– Précisément.

– Écoutez, Jeannie, rappelez-les. Dites-leur que je passerai aussi vite que je pourrai. Mais il est hors de question que je laisse la réunion en plan. Vous connaissez Brady, il serait capable d'en faire une maladie.

– Entièrement d'accord avec vous, appuya-t-elle. Je rappelle votre femme tout de suite.

4

Il était presque onze heures du soir lorsque la limousine d'Intercontinental déposa Don Ward devant le commissariat de New Canaan.

Posée plutôt qu'assise sur un banc de bois, les traits tirés, Claire paraissait épuisée. Il la gratifia d'un baiser rapide.

– Que s'est-il passé?

– Robbie a pris ta voiture pour emmener la petite Spencer faire un tour.

– Il n'a pas le droit de conduire, il n'a qu'un permis provisoire! protesta Don.

– Ce n'est pas tout, ajouta Claire, d'un ton hésitant.

– Il a eu un accident? Il a été amoché?

– Lui, non. Mais ta Mercedes...

– Raconte. Qu'est-il arrivé?

– Il roulait sur Merritt Parkway quand soudain il a fait une embardée. Il est rentré dans un arbre.

– Et il m'a bousillé ma voiture, conclut Don.

– Pas tout à fait.

– Attends un peu que je le tienne!

– Don, s'il te plaît...

– Eh bien vas-y, prends sa défense. Je te connais, il aurait commis un meurtre que tu lui donnerais encore le bon Dieu sans confession.

– Tu peux parler, toi qui le couvres de cadeaux : billets pour les grands matches de foot et de base-ball, dîners dans les restaurants de luxe aux frais de la princesse, et tout à l'avenant. C'est bien simple : tu ne le gâtes pas, tu le pourris.

– Nous ferions mieux d'aller trouver le responsable de service, fit Don, détournant la conversation.

A la suite du sergent, ils enfilèrent le couloir de la prison dont toutes les cellules étaient occupées. Dans la dernière, Don Ward aperçut son fils, tassé, les épaules voûtées, sur le maigre matelas d'une étroite couchette. En voyant son père, Robbie se leva d'un bond et s'agrippa aux barreaux d'acier.

– Papa, dit-il d'un ton piteux.

– Un instant, s'interposa le sergent. Veuillez me suivre, monsieur Ward.

Précédant Don, il se dirigea vers l'arrière du bâtiment, poussa une porte et fit signe à Don de jeter un coup d'œil dehors. A la lumière qui filtrait de l'intérieur, Don distingua sa Mercedes rouge. L'aile avant et la portière gauche étaient enfoncées, les roues avant déformées et un pneu avait éclaté.

– Joli travail! C'est mon fils qui a fait ça?

– Et comment! Encore heureux que la petite et lui aient pensé à attacher leur ceinture, sans quoi... Inutile de vous faire un dessin. Cette plaisanterie aurait pu lui coûter cher. C'est pour cela que je l'ai bouclé jusqu'à votre arrivée. Je tenais à ce qu'il se rende compte de la gravité de son acte. Et maintenant, allons le tirer de là.

Don Ward, son fils Robert et sa femme Claire se tenaient devant le bureau du sergent qui, sur son estrade, avait l'air d'un juge.

– Sachez, jeune homme, que je pourrais parfaitement vous faire inculper pour vol de voiture et conduite sans permis. Si vos parents n'étaient pas intervenus, je ne m'en serais pas privé. Il va falloir que vous me promettiez de ne plus recommencer et si jamais je vous y reprends, ça ira mal pour vous. Compris?

Brun, séduisant, presque aussi grand à quinze ans et demi que son père, Robbie Ward hocha gravement la tête. Carré d'épaules, il était boudiné dans son blouson acheté seulement depuis un an.

Physiquement, il était si différent de sa mère que la plupart des gens supposaient qu'il tenait du côté paternel. Le service des adoptions veillait à ce qu'il existât toujours une ressemblance entre l'enfant et l'un au moins de ses parents adoptifs.

– Monsieur Ward, dit le policier. Je vais vous rendre votre fils mais auparavant j'aimerais m'entretenir avec vous en particulier.

Une fois qu'ils furent en tête à tête, le sergent attaqua :

– C'est exprès que je l'ai secoué, votre gamin. Il est bien évident que je ne pouvais l'accuser de vol, vu que la voiture est à vous. Si j'ai essayé de lui flanquer la trouille, c'est pour deux raisons. Primo, pour qu'il ne s'avise pas de recommencer, secundo, parce que ce n'est pas le premier venu. Je ne sais pas si vous êtes au courant, mais tous les parents du coin le citent en exemple à leur progéniture. Rendez-vous compte : un gosse de son âge qui est meneur de jeu de l'équipe de football de Canaan! Il est normal que les autres bavent d'admiration devant lui et moi je trouve ça très bien. Aussi, j'espère que vous n'allez pas me casser ma baraque en étant trop indulgents avec lui, votre femme et vous!

– Comptez sur nous.

– Un mot encore, poursuivit le policier. Je ne peux pas empêcher les gens de jaser, mais si je peux éviter à un gamin d'être fiché chez nous, je ne me gêne pas. Votre fils va bientôt entrer à l'université. Vu ses talents de footballeur, il y a de grandes chances pour qu'on lui attribue une bourse d'étude à Ohio State University, à l'université du Michigan à Ann Arbor, à Austin au Texas ou à U.C.L.A. [1]. Il a de l'étoffe, ce petit.

Don arbora un aimable sourire de circonstance, mais dans son for intérieur, il n'en pensait pas moins : « Pas question que mon fils atterrisse dans une usine à fabriquer des footballeurs professionnels avec les capacités intellectuelles qu'il a. Je ne veux pas qu'il ait l'impression d'être un larbin dont le sort dépendrait des résultats qu'il obtiendrait sur le terrain. » Don, à qui ses talents de basketteur avaient permis de financer ses études, connaissait les difficultés rencontrées par les athlètes qui voulaient mener de front compétition sportive et travail intellectuel.

– Merci de votre compréhension, dit-il toutefois au policier. Je suis sûr que Robbie saura apprécier votre attitude à sa juste valeur plus tard.

– Je l'espère, fit le sergent. Et si je puis me permettre de vous donner un conseil : surtout pas un mot à votre assureur.

1. Établissements possédant une équipe de football particulièrement réputée. *(N.d.T.)*

– Ils seraient capables d'annuler ma police.

– Non seulement ça, mais ils essaieraient de déterminer les circonstances exactes de l'accident, ce qui pourrait vous attirer toutes sortes d'ennuis. Robbie risquerait de se voir retirer son permis provisoire et d'attendre un an ou plus avant qu'on ne lui en donne un autre. Il s'en est fallu d'un cheveu que la petite et lui ne soient amochés. Mr. Spencer était fou de rage, il a menacé d'entamer des poursuites contre Robbie. Croyez-moi, moins la chose s'ébruitera et mieux cela vaudra.

Pendant le trajet du retour, il n'y eut ni récriminations, ni reproches. Claire conduisait son break, son mari à côté d'elle. Robbie, derrière, gardait un silence gêné.

Au moment où Claire s'engageait dans l'allée circulaire qui menait chez eux, Don dit :

– Robbie, tu vas prendre ta douche et te mettre au lit. On parlera de tout ça demain. Compris?

– Oui.

Claire se glissa à sa place habituelle dans le garage. Prévu pour abriter trois voitures, il avait été construit dans le prolongement de la maison de style colonial et était, comme elle, tout pierre grise et bois laqué de blanc. Sise au milieu d'un vaste jardin, la villa était opulente. A l'époque, Don n'avait pas les reins assez solides pour se l'offrir sans emprunts. Les Ward l'avaient donc achetée grâce à un prêt sans intérêt que leur avait consenti Intercontinental. Ce prêt n'était qu'un des avantages non négligeables parmi tant d'autres qui permettaient à la direction de fidéliser ses collaborateurs, sinon de les ligoter.

Les pulsations sourdes qui rythmaient la musique rock cessèrent soudain dans la chambre du dessus, signe que Robbie dormait.

Incapable de se contenir plus longtemps, Claire éclata :

– Franchement, je ne comprends pas. Jamais il n'a fait une bêtise pareille.

– Il a quinze ans et demi et c'est la première fois qu'il a une petite copine : il a essayé de l'épater. Mais sois tranquille, je crois que la leçon a porté. Il n'est pas près de recommencer.

– Dieu merci, cela aurait pu être plus grave.

– Tu penses à la drogue?

Tous les parents de cette banlieue cossue du Connecticut vivaient dans la hantise de voir leurs enfants devenir toxicomanes.

Don étreignit sa femme pour la réconforter.

– Ne te tracasse pas, mon cœur. Nous l'avons bien élevé. Il y a des jours où je me demande si ses copains ne le mettent pas en boîte tellement il est normal.

– Oui, renchérit Claire. Nous avons eu une sacrée chance.

– Ce qui signifie?

– Que nous avons de la chance, c'est tout.

– Pourquoi ne pas aller au bout de ta pensée? Nous avons de la veine que Robbie soit aussi équilibré alors qu'il voit à peine son père, énonça Don en martelant ses mots. C'est un fait que je ne suis pas souvent à la maison. Mais si j'en juge par ses notes et ses résultats sportifs, ça n'a pas l'air de le perturber beaucoup. En tout cas, il n'a rien d'un traumatisé. Alors n'essaie pas de me culpabiliser. Dans mon métier, il faut se battre sans arrêt. Mais ça paie. Et ça paiera encore davantage dans quelque temps.

Claire, qui n'avait pas songé un instant à lui adresser des reproches, ne put s'empêcher de le fixer d'un œil rond. « Il se sent tellement coupable qu'il ne trouve rien de mieux pour se défendre que de me voler dans les plumes », songea-t-elle.

– J'ai été pas mal absent ces derniers mois, concéda Don. Je te promets de consacrer davantage de temps à Robbie. Tiens, à mon prochain voyage sur la côte ouest, je m'arrangerai pour l'emmener avec moi.

Claire jugea inutile de lui rappeler qu'il avait déjà fait des promesses de ce genre et ne les avait jamais tenues.

– Une fois que nous aurons redressé la barre et qu'Intercontinental sera de nouveau en position de force par rapport à ses concurrents, je pourrai lâcher du lest. Cela nous permettra d'être ensemble plus souvent.

– Bien sûr, chéri, fit Claire du bout des lèvres.

Mais elle était sans illusion. Les réseaux se livraient une lutte sans merci et une accalmie était peu probable.

Ce qui la tracassait le plus, c'était l'imprudence insensée dont Robbie avait fait preuve dans cette histoire. Certes, son fils n'avait rien d'une poule mouillée, et des risques, il en prenait. Il n'y avait qu'à le voir se démener sur un terrain de football pour s'en convaincre. Au point qu'à plusieurs reprises, l'estomac noué, incapable d'en supporter davantage, Claire était partie au beau milieu du match. Mais dans la vie de tous les jours Robbie était un garçon prudent. Pas prudent, rectifia-t-elle, mature. C'était le mot que ses professeurs et ses entraîneurs employaient régulièrement à son sujet. Celui-là même qu'utilisaient jadis ses moniteurs de colonie de vacances.

Alors pourquoi s'était-il soudain lancé dans cette folle équipée? Était-ce pour impressionner une gamine dont Claire le savait amoureux? Ou bien y avait-il une autre raison?

Ne pouvant trouver le sommeil, elle se glissa hors du lit, descendit dans la bibliothèque et machinalement prit un livre. Elle avait encore les yeux grands ouverts lorsque Don la rejoignit à l'aube.

– Tu n'as pas réussi à dormir, toi non plus? Je me suis tourné et retourné toute la nuit. Cette histoire ne me plaît pas. Ça ressemble tellement peu à Robbie... J'ai beau me dire et me répéter qu'il s'agit d'un incident isolé qui n'aura pas de suite, cela n'arrête pas de me turlupiner.

Lorsque Robbie descendit pour le petit déjeuner, Don lui fit signe de passer dans son bureau. L'adolescent s'exécuta sans broncher.

– Et maintenant, mon garçon, je t'écoute. Explique-toi.

– Je suis désolé, papa. Pour la voiture, surtout. Je te donnerai mon argent de poche et mes économies pour payer la réparation.

– Si tu t'imagines que tes économies suffiront à régler la note du garagiste, tu te trompes. Mais là n'est pas la question. Est-ce que tu te rends seulement compte que tu aurais pu y rester, et la petite aussi? Pourquoi as-tu fait ça?

Robbie détourna les yeux et battit des paupières sans répondre.

– Robbie? insista son père. C'était pour lui en mettre plein la vue? Tu aurais pu trouver autre chose de moins dangereux.

– Non, je ne frimais pas, dit Robbie. Ce n'était pas pour elle. C'était pour... pour moi.

– Pour toi? Qu'est-ce que tu me chantes?

– Tu n'as jamais eu l'impression d'être le maître de l'univers, papa?

– Il m'arrive de rêver, comme tout un chacun.

– Justement, il ne s'agit pas d'un rêve. Tu as l'impression que le monde t'appartient, que ton pouvoir est sans limite, que tu peux tout tenter, y compris l'impossible.

Don tendit la main, força son fils à tourner la tête vers lui et plongea son regard dans le sien. Robbie avait l'air tellement convaincu qu'il jugea préférable de mettre un terme à l'interrogatoire.

– La prochaine fois, réfléchis avant d'agir. Promis?

– Promis, papa.

– Parfait, fit Don en le lâchant.

Resté seul, Don Ward se mit à méditer sur les explications que Robbie lui avait fournies. Certes il savait son fils enthousiaste, mais jamais il ne l'avait entendu s'exprimer en ces termes.

« Il grandit, se dit Don. Ça lui passera avec l'âge. »

Robbie enfourcha sa bicyclette pour se rendre à l'école. En chemin, il grilla un feu rouge par inadvertance et fut à deux doigts de se faire renverser par une voiture qui roulait en direction du sud. L'automobiliste l'abreuva d'insultes que Robbie n'entendit même pas tant il était absorbé dans ses pensées.

Il revivait l'instant horrible où il avait perdu le contrôle de la Mercedes, laquelle avait quitté l'autoroute pour aller percuter un arbre. Heureusement qu'il avait freiné à temps. Il l'avait échappé belle. Un frisson de terreur le secoua tout entier. Ce n'était pas de la mort qu'il avait peur, mais de cette chose, de cette impulsion, de ce... Impossible de trouver le mot juste pour définir le sentiment qui s'était emparé de lui. C'était comme si tout son être s'était embrasé. Survolté, surexcité, il avait eu le sentiment d'être tout-puissant et invincible.

Impossible d'expliquer cela à quiconque. Personne ne comprendrait, pas plus ses amis que son père. Mieux valait se taire et essayer de contrôler ses réactions la prochaine fois.

5

Titulaire d'un doctorat en sciences de l'éducation, directeur de Canaan Preparatory School [1], Andrew Slattery était un grand homme mince. Grâce à la pratique journalière du jogging, son crâne chauve avait fini par prendre une belle teinte cuivrée. La course à pied était un rituel auquel il sacrifiait avec une si méticuleuse régularité que les heures des réunions étaient fixées en conséquence. Certains de ses collègues considéraient que Slattery s'occupait un peu trop de sa petite personne. Le directeur, quant à lui, estimait qu'il donnait l'exemple aux élèves en s'astreignant à ce régime.

A force de se dépenser physiquement, il était devenu sec comme un coup de trique. Sa maigreur excessive avait fini par conférer à ce pédagogue consciencieux et affable l'air un peu rébarbatif d'un ascète.

A trois heures et demie, fidèle à ses habitudes, il était dans l'étroit vestiaire privé jouxtant le gymnase. Ayant réglé les problèmes en suspens et pris en compte les suggestions de chacun des membres du corps enseignant, il s'apprêtait à sortir son survêtement gris souris de son placard métallique lorsqu'il entendit soudain frapper à la porte.

Peu accoutumé à être dérangé à cette heure, il lança, agacé :

– Qu'est-ce que c'est?

La porte s'ouvrit en coup de vent. Robbie Ward fit irruption dans le local exigu et se mit à parler à toute vitesse.

1. Prep(aratory) school : école privée préparant à l'entrée à l'université. *(N.d.T).*

– Monsieur Slattery, j'en ai pour une minute, pas plus. Avez-vous regardé la télévision hier soir? Il faut absolument faire quelque chose. On ne peut pas rester les bras croisés.

– Ward (Slattery mettait un point d'honneur à appeler les élèves par leur nom de famille), ne pouvons-nous reparler de cela plus tard? Disons, dans une heure?

– Plus tard! s'exclama Robbie, outré. Plus tard, il sera trop tard.

Se sentant visé, Slattery piqua un fard.

– Je vous conseille de surveiller votre langage, Ward. Je n'ai pas l'habitude qu'on me parle sur ce ton. Si vous avez des réclamations à formuler, je vous signale qu'il y a des heures pour cela. Revenez me voir dans une heure ou alors demain matin. Bonsoir!

Et le directeur de bousculer Robbie pour sortir.

– Mais monsieur Slattery, ces gens sont en train de mourir!

Ce fut dit sur un tel ton que le directeur s'arrêta net et pivota sur ses talons.

– Ces gens... Quels gens? De quoi diable parlez-vous?

– Comment... Vous ne les avez pas vus, hier, à la télévision? Ces femmes, ces hommes, et tous ces bébés au ventre ballonné, qui crevaient de faim sous notre nez, qui sont peut-être morts à l'heure qu'il est.

– Je les ai vus, acquiesça Slattery. J'ai trouvé ça horrible.

– « Horrible », reprit Robbie en écho. Mais pas au point de vous faire renoncer à votre jogging quotidien!

– Que voudriez-vous que je fasse?

– Est-ce que je sais, moi! N'importe quoi! Il doit bien y avoir quelque chose à faire, non?

– Nous leur envoyons des vivres et nous ne sommes pas les seuls.

– Ça ne suffit pas.

– Vous avez une meilleure idée? s'enquit le directeur, plus agacé que curieux.

– Vendredi après-midi, avant le match, j'aimerais prendre le micro et adresser quelques mots à l'assistance. Tous les élèves seront là. Beaucoup de parents aussi. Je voudrais que lundi, accompagné de sa mère ou de son père, chaque élève apporte des bonnes choses bien nourrissantes à l'école. Des aliments en boîte de préférence, pris dans leurs placards, et pas des conserves achetées au supermarché du coin. Il faut qu'ils aient l'impression de se serrer symboliquement la ceinture. Ce sera bon pour tous ces gens réduits à l'état de squelettes et ça ne fera pas de mal à ceux qui s'empiffrent ici. Je voudrais que vous m'autorisiez à organiser cette collecte.

Ému, Slattery tapota l'épaule de Robbie.

– C'est une excellente idée, Ward. Vous avez ma bénédiction.

– Merci, monsieur.

Attaquant son parcours habituel, Andrew Slattery gravit au petit trot le tertre qui jouxtait l'école. Au lieu d'écouter l'un de ses quatuors à cordes préférés, il laissa pendre les écouteurs du baladeur sur sa poitrine. Il pensait à Robert Ward, ce jeune homme pas comme les autres dont l'initiative le surprenait encore.

Du fait de la bruine, l'assistance était moins fournie que d'habitude en ce vendredi après-midi. Mais comme convenu, Robbie Ward, casque sous le bras, et flanqué de ses coéquipiers, prit le micro pour s'adresser aux spectateurs qui, assis dans les tribunes, étaient recroquevillés sous leurs parapluies.

– Mes amis, écoutez-moi, nous avons besoin de votre aide. Pas pour nous mais pour des bébés, des gosses, des hommes, des femmes de tous âges qui à l'heure actuelle crèvent de faim en Éthiopie. A la fin du match, rentrez chez vous, sortez de vos placards et de vos cuisines des aliments qui tiennent au corps et apportez-les à l'école lundi matin. Mr. Slattery a pris les mesures nécessaires pour que tout cela soit expédié en Afrique. Comme vous pouvez le constater, la pluie a empêché bon nombre de nos supporters habituels de se déplacer. Aussi, j'aimerais qu'une fois de retour chez vous, vous contactiez au moins un de vos amis pour lui transmettre mon message. Mes coéquipiers et moi-même vous remercions. Et maintenant, les gars, allons-y!

Lançant à pleins poumons le cri de guerre de Canaan, Robbie se précipita sur le terrain, suivi du reste de l'équipe.

Le lundi matin, les abords de Canaan étaient tellement embouteillés qu'il fallut faire appel à la police pour régler la circulation.

Les voitures s'arrêtaient devant l'établissement. Conducteurs et passagers, parents et élèves, volontaires venus d'un peu partout, tous déchargeaient leurs coffres bourrés de sacs en papier pleins de conserves et d'aliments préemballés.

La journée n'était pas finie que les monceaux de provisions s'étaient transformés en véritables montagnes. Des camions de la garde nationale vinrent en prendre livraison pour les acheminer vers la base militaire de Stewart, où elles seraient chargées à bord d'appareils militaires et envoyées en Afrique.

A midi, plusieurs stations de télévision avaient dépêché des équipes de journalistes à Canaan pour couvrir l'événement. Le directeur, flanqué de Robbie, fut interviewé par la presse. Il présenta Robbie comme un produit typique de Canaan et de la jeunesse américaine.

Au réseau, les cadres enthousiastes défilèrent dans le bureau de Don.

– Dites donc, Don, c'est votre fils, non?

S'efforçant de dissimuler sa fierté, Don accueillit cette avalanche de compliments avec une réserve pleine de bonhomie.

Dans la soirée, alors que les Ward étaient à table, le téléphone sonna. C'était pour le maître de maison.

– Monsieur Ward? Sergent Lister à l'appareil. Mon nom ne vous dit rien? C'est moi qui ai passé un savon à votre fils le jour où il a si bien amoché votre voiture. Je l'ai vu à la télé ce soir. J'ai eu le nez creux en étouffant l'incident, pas vrai?

– Absolument, sergent.

– Transmettez-lui mes amitiés. Je n'en attendais pas moins de lui.

Don attendit que Robbie fût monté se coucher pour livrer le fond de sa pensée à Claire.

– Ce que j'ai trouvé le plus formidable dans cette affaire, c'est sa modestie.

– Jamais je n'aurais pensé à organiser une collecte de ce genre. Cela te serait venu à l'idée, à toi?

– Non. C'est du Robbie tout craché. Touchons du bois, chérie. Nous sommes les parents les plus heureux du monde.

6

– Si je vous ai demandé de venir, madame Ward, ce n'est pas dans le cadre de notre réunion mensuelle parents-enseignants, commença Andrew Slattery. Il s'agit de tout autre chose.

S'attendant à de mauvaises nouvelles, Claire Ward se raidit devant les yeux d'un bleu minéral et le visage ascétique du directeur.

– Robert a toujours été un élément exceptionnel, un athlète complet et un battant. Mais ces dernières semaines, sa conduite m'a donné à réfléchir.

– Si vous faites allusion à son accident de voiture..., commença Claire, prenant aussitôt la défense de son fils.

– J'avoue m'être posé pas mal de questions à ce sujet, concéda Slattery, saisissant la balle au bond. Toutefois, ce qui m'a décidé à avoir un entretien avec vous, c'est sa dernière initiative.

– Je ne comprends pas.

– Cette collecte de vivres était une idée positive, si son escapade dans la Mercedes de son père l'était moins. Ces deux actes ont cependant un dénominateur commun : ils dénotent une vivacité d'esprit, un besoin de se dépenser très supérieurs à la moyenne. De toute évidence, Robert s'ennuie chez nous, il piaffe, il n'est pas assez sollicité, les programmes ne sont pas assez difficiles pour lui. Il me semble que ce trop-plein d'énergie devrait être canalisé et utilisé à des fins constructives.

– Mais si vous n'avez rien à lui proposer..., protesta Claire.

– Il y a une possibilité à New York, à l'université de Columbia, où certains cours sont ouverts à des lycéens particulièrement doués.

– Vous voudriez que Robbie aille suivre des cours à Columbia?

– Comme n'importe quel étudiant de première année, confirma Slattery.

– Tout en continuant sa scolarité à Canaan?

– C'est ce que font les étudiants du cycle d'initiation au supérieur, répondit le directeur.

– Il ne sera pas obligé de laisser tomber le sport, j'espère. Le football tient une telle place dans sa vie!

– Ce détail ne nous a pas échappé, chère madame, fit Slattery avec un large sourire. Nous comptons bien sur lui pour gagner le championnat. Ne vous tracassez pas pour cela. J'en ai déjà touché un mot à son entraîneur. Il n'y a pas entraînement le lundi; ainsi, en admettant que Robbie se rende à Columbia le lundi et le mercredi, il ne raterait qu'une séance. Cela permettra au remplaçant de Robbie de mettre les bouchées doubles ce jour-là, ce qui ne lui fera d'ailleurs pas de mal.

– Si son professeur d'éducation physique est d'accord..., murmura Claire, d'un ton vague.

La voyant hésiter, le directeur décida de faire le forcing.

– N'allez pas vous imaginer que je demande à Robbie d'aller au-delà de ses possibilités, madame Ward. De tous les élèves qui me sont passés entre les mains, c'est celui qui a le plus d'atouts dans son jeu, sur le plan intellectuel comme sur le plan sportif. Réfléchissez à ma proposition. Parlez-en à votre mari.

Claire hocha la tête sans conviction.

– C'est vrai que Robbie a de l'énergie à revendre. Il y a même des jours où nous aimerions qu'il en ait moins, concéda-t-elle simplement.

Don Ward monta dans la limousine d'Intercontinental et se fit conduire jusqu'à la 116e Rue Ouest à la hauteur de Broadway. Dans ce quartier peu reluisant, immeubles lépreux, petites boutiques de confection et marchés en plein air enserraient l'université de Columbia. L'université elle-même était un mélange curieux de constructions vieillottes au style imposant et de bâtiments modernes qui faisaient figure d'intrus. La vénérable institution résumait l'histoire de New York, ville où les genres se mélangent à plaisir.

Le bout de papier que Jeannie lui avait remis ne portait que ces mots : *Ferris Booth Hall, Cycle d'initiation au supérieur. Mrs. Prentiss.* Il aurait dû décrocher son téléphone et parler à cette femme au lieu de laisser ce soin à Jeannie.

Ferris Booth Hall était l'un des bâtiments récents. Manquant de la patine que seul l'âge confère, il manquait aussi d'âme. Don prit l'ascenseur jusqu'au troisième et n'eut aucun mal à trouver le bureau qu'il cherchait.

Mrs. Prentiss était une jolie jeune femme au teint café au lait, mince et presque aussi grande que lui. A l'accueil qu'elle lui réserva, il comprit que Jeannie avait astucieusement préparé le terrain.

– Il paraît que votre fils est un crack, monsieur Ward, attaqua Mrs. Prentiss, le sourire aux lèvres.

– C'est ce qu'affirme Jeannie. Je ne sais jamais si c'est pour le flatter ou pour me soutirer une augmentation. (Ils éclatèrent de rire.) Le fait est qu'il n'est pas complètement idiot.

– Il nous faudra examiner son dossier scolaire, fit Mrs. Prentiss. Mais auparavant, nous aimerions connaître ses projets. Nous ne disposons pas de crédits illimités, c'est pourquoi nous devons nous assurer que...

– Il ne demande pas la charité, l'interrompit Don. J'ai largement de quoi financer ses études.

Le sourire de Mrs. Prentiss se figea tout net.

– Il n'est pas question d'argent, monsieur Ward. Les jeunes gens retenus le sont en fonction de leur valeur intellectuelle. Notre but est de recruter les éléments les plus prometteurs afin de leur permettre de mettre leurs connaissances au service de la nation tout entière. C'est le seul critère qui compte à nos yeux.

– Je suis désolé, bafouilla Don. Je croyais...

– Ne vous excusez pas, monsieur Ward. Votre réaction n'a rien de surprenant. La plupart des gens s'imaginent que tout s'achète.

Le sourire de Mrs. Prentiss refleurit, dissipant la légère tension qui flottait dans l'atmosphère.

– Passons aux détails pratiques. Il va falloir que vous remplissiez ce formulaire d'inscription. (Elle tendit à Don un imprimé bleu.) Que vous nous fournissiez une copie du livret scolaire de votre fils, et des lettres de recommandation. Nous aimerions également savoir quelles sont ses matières préférées, mathématiques, sociologie, physique, chimie, biologie, littérature anglaise, philosophie...

Ce fut au tour de Don d'ébaucher un sourire.

– J'ai dit quelque chose de drôle, monsieur Ward?

– Connaissant Robbie comme je le connais, je l'entends déjà m'objecter : « Mais papa, pourquoi est-ce que je ne peux pas suivre tous les cours? Il faut vraiment que je choisisse? » Et entre nous, il n'aurait pas tort, car il serait capable de réussir dans toutes les matières.

– S'il a seulement la moitié de votre assurance, il se plaira chez nous.

« Nom d'un chien, se rabroua Don. Tu ne peux donc pas la fermer? Tu n'es pas au bureau à défendre ta peau. »

– Madame Prentiss, je parle trop, veuillez m'en excuser. J'espère que vous n'en tiendrez pas rigueur à Robbie, qui est un garçon modeste malgré ses succès. Je suis sûr que vous l'apprécierez.

– Nous verrons, sourit Mrs. Prentiss, amusée de la fougue avec laquelle Don vantait les mérites de sa progéniture. N'oubliez surtout pas de nous faire parvenir les documents à temps.

Elle se leva pour lui faire comprendre qu'il pouvait prendre congé. Don se dirigea vers la porte. Il avait la main sur la poignée lorsqu'elle le rappela.

– Monsieur Ward... (Il pivota vers elle.) Un dernier point. Où demeurez-vous?

– A New Canaan. Mais il n'y aura pas de problème pour les transports, nous trouverons une solution. J'espère que vous ne tenez pas compte de ce détail dans le choix des candidats.

– Détrompez-vous. Ce cycle d'initiation est réservé aux jeunes gens domiciliés à New York.

Voyant la mine de Don s'allonger, elle émit une suggestion :

– Peut-être que si votre fils venait habiter en ville, chez des parents, par exemple... Le tout, c'est qu'il ait une adresse new-yorkaise.

Il y eut un silence. Trouvez une solution, semblait dire Mrs. Prentiss. C'est de jeunes comme votre fils que nous avons besoin. Ne vous tracassez pas, je me débrouillerai, lui assurait Don.

Au trente-deuxième étage, la réunion touchait à sa fin. Soucieux de regonfler à bloc le moral de ses troupes, Ed Brady venait de gratifier ses proches collaborateurs d'une de ces allocutions musclées dont il avait le secret, faisant miroiter à tous des crédits substantiels qui leur permettraient de mettre en chantier divers projets pour la saison prochaine. Dynamisés par ce discours, les cadres quittèrent la salle de conférences d'un pas martial, laissant derrière eux force gobelets en plastique et trognons de cigares.

Brady semblait soulagé d'en avoir fini. Aussi fit-il la moue en voyant que Don n'avait pas cru bon d'emboîter le pas à ses camarades.

– Eh bien, Don, qu'y a-t-il? jeta Brady, espérant que Ward ne remettrait pas sur le tapis la question de son avancement, car les directeurs de la société mère ne lui avaient toujours pas donné de réponse.

– Écoutez, Ed, ça m'ennuie de vous demander ça... mais... votre appartement de fonction en ville...

L'air ahuri, Brady le dévisagea de l'autre côté de la table qui brillait comme un miroir.

– Seigneur! Si on m'avait dit que vous aussi étiez un de ces...

– Un de ces quoi?

– N'en parlons plus, coupa Brady, sans cacher sa déception.

Il plongea la main dans sa poche et en retira une clé accrochée à un anneau en or. Il la fit glisser sur la table d'un geste si brutal que Don eut juste le temps de l'attraper avant qu'elle ne tombe sur la moquette.

– Mais débrouillez-vous pour ne pas avoir d'ennuis. Les femmes tombent enceintes tellement facilement. Ce qui entraîne toutes sortes de complications, surtout de nos jours où elles veulent à tout prix garder l'enfant. Qui est-ce, Don, je la connais?

– Ed! Vous croyez que j'ai l'intention d'aller batifoler chez vous?

– C'est bien pour cela que vous m'avez demandé ma clé, non? rugit Brady, virant au brique.

– C'est pour mon fils...

– Robbie? s'exclama Brady, de plus en plus sidéré. Ne me dites pas qu'à son âge...

– Pour l'amour du ciel, Ed, écoutez-moi au lieu de faire des insinuations déplaisantes.

– Très bien, mon garçon, je suis tout ouïe, fit Brady, sur le ton du mentor s'adressant à son protégé.

Don se mit en devoir de tout lui expliquer. Le cycle d'études organisé à Columbia pour les éléments doués, la nécessité d'avoir une adresse à New York même, ne fût-ce que pour des raisons administratives.

Brady partit d'un rire tonitruant.

– C'est tout? Et moi qui me figurais que vous aviez des vues sur Emily Grant... Une drôle de belle fille, entre nous soit dit. Je me suis souvent demandé... mais passons. Bien sûr que vous pouvez l'utiliser, mon vieux! Il est temps que cet appartement serve à autre chose qu'à... (S'interrompant, il pouffa de nouveau.) Encore que, si on réfléchit bien, la destination de ce local ne change guère. La seule différence, c'est qu'on baise l'administration et non...!

Gloussant de plus belle, il reprit possession de sa clé.

7

Planté devant Ferris Booth Hall, Robbie Ward tenait à la main l'enveloppe renfermant livret scolaire et autres documents. Claire le poussa doucement.

– Troisième étage, Robbie. Allons-y.

– Inutile de m'accompagner, j'y vais seul.

– Mais pourquoi? s'étonna Claire.

– C'est moi qui suis les cours, c'est à moi de m'occuper des formalités, insista Robbie.

– Comme tu voudras, capitula Claire. Je t'attends dans la voiture.

Elle le regarda s'enfoncer dans le couloir mal éclairé.

– Alors c'est vous, Robert Ward, dit Mrs. Prentiss.

Tout en parcourant le dossier qu'il lui avait apporté, elle jetait des regards de biais au jeune homme assis en face d'elle. Il était aussi séduisant que brillant. Son père n'en avait pas rajouté. Ses résultats scolaires, les lettres de recommandation de ses professeurs, notamment celle du directeur de Canaan, Mr. Slattery, qui mentionnait la collecte de vivres organisée par Robbie, prouvaient à l'évidence que c'était exactement le genre d'étudiant qu'elle recherchait.

Il semblait très mûr pour son âge et comme en plus il était carré et costaud, il avait l'air d'avoir dix-sept ou dix-huit ans bien sonnés. Cela enlevait à Mrs. Prentiss une belle épine du pied. Il n'était jamais bon en effet de faire entrer dans un groupe d'étudiants de première année des éléments trop jeunes; ces derniers se sentaient déplacés au milieu de leurs aînés et étaient incapables de participer. Mrs. Prentiss devait tenir compte de la maturité psychologique et pas seulement des capacités intellectuelles des sujets qu'elle recrutait.

Le jeune Robert Ward semblait posséder toutes les qualifications requises.

La première semaine, Claire emmena Robbie à Columbia en voiture. Le lundi, en attendant qu'il sorte de son cours d'anglais – qui durait deux heures –, elle flâna sur le campus, fit de brèves incursions dans les halls des différents pavillons, tendant l'oreille pour saisir au vol les propos des étudiants, tantôt surprise et tantôt amusée.

Le mercredi, elle se rendit à la bibliothèque de l'université. Ravie, elle tomba sur le manuel d'histoire qu'elle avait eu en faculté, mais réactualisé. En feuilletant l'ouvrage, elle se rendit compte du gouffre qui séparait les adolescents d'aujourd'hui de ceux de sa génération. Il n'y avait pas que la jeunesse qui avait changé, le monde aussi avait subi de notables transformations, même si les grands problèmes demeuraient identiques. Son manuel à elle s'arrêtait à la guerre de Corée, mais dans la dernière édition qu'elle avait en main on parlait abondamment du Vietnam, de la situation explosive en Amérique latine, de l'expansionnisme soviétique et du Moyen-Orient.

L'univers dans lequel évoluerait bientôt Robbie devenait de plus en plus complexe et gros de menaces. Elle referma l'ouvrage, le cœur serré.

A la fin de la deuxième semaine de cours et après que Robbie eut rendu sa première dissertation anglaise, Claire fut convoquée par Mrs. Prentiss qui voulait lui communiquer l'opinion du professeur de son fils sur le travail de ce dernier.

– Je vais vous lire les remarques du professeur Gilman sans en sauter une ligne.

Claire se raidit sur son siège. Don l'avait prévenue : les responsables se réservaient le droit de renvoyer à tout moment les auditeurs libres, filles ou garçons, qui avaient du mal à suivre, séchaient les cours, ne rendaient pas leurs devoirs, ou n'atteignaient pas le niveau voulu. Claire savait exactement à quoi s'en tenir.

– Voici, dit Mrs. Prentiss, le nez sur son papier. Je cite : « Robert Ward est particulièrement doué pour l'expression écrite. J'ai eu l'occasion d'avoir dans mes cours un ou deux sujets qui étaient plus doués que certains de mes étudiants de première année. Mais c'est la première fois que j'en rencontre un qui les dépasse tous. La richesse de son vocabulaire, son orthographe impeccable – à une époque où l'orthographe se dégrade de plus en plus –, la clarté avec laquelle il formule et développe ses idées sont tout à fait étonnantes.

« La justesse de ses vues concernant l'influence des mass media sur la pensée américaine et les affaires internationales, la solidité de son argumentation, la maturité dont il fait preuve dans sa conclusion sont telles que je me suis permis de soumettre sa dissertation à un concours de rédaction.

« Au cours de ma carrière d'universitaire, je n'ai rencontré qu'un étudiant capable de soutenir la comparaison avec lui. Celui-ci est aujourd'hui l'envoyé extraordinaire du président en Amérique centrale et il est question de le nommer ambassadeur aux Nations unies. » Fin de citation, conclut Mrs. Prentiss.

Elle ajouta dans la foulée :

– Je voudrais que vous présentiez mes excuses à votre mari. Quand il est venu me parler de Robbie, je n'ai pas pu m'empêcher de le mettre dans la catégorie des pères vaniteux. Je me rends compte aujourd'hui que sa fierté est justifiée. Vous avez un fils remarquable, madame Ward.

– Oui, opina Claire, soulagée. Nous avons beaucoup de chance. Nous aurions pu tomber plus mal. Robbie est notre fils adoptif, voyez-vous.

Elle eut un sourire timide avant de poursuivre :

– Jamais je ne me risquerais à avouer cela à mes amis, surtout pas à ceux qui sont dans le monde du spectacle, ils ne comprendraient pas. Ils passent leur temps à me demander si le show-biz ne me manque pas, si je n'ai pas envie de remonter sur scène. Bien sûr que cela me manque. Mais ce qui me manquerait davantage encore maintenant, ce serait de ne pas avoir Robbie. Je ne regrette pas le choix que j'ai fait.

8

Robbie entamait sa troisième semaine à Columbia lorsque la mère de Claire tomba gravement malade et dut être hospitalisée. Agée d'une bonne soixantaine d'années, vivant seule, elle dépendait de sa fille, qui lui rendait toutes sortes de services et lui tenait compagnie.

Il fut décidé, pour laisser à Claire sa liberté de manœuvre l'après-midi, qu'elle déposerait Robbie à la faculté le matin. Les cours terminés, il se rendrait en métro à l'Intercontinental où il attendrait que Don ait fini pour rentrer avec lui. Robbie emporterait de quoi s'occuper de façon à ne pas perdre son temps. Au cas où Don devrait partir pour la côte ouest au pied levé, Robbie prendrait le train ou se ferait raccompagner par un des collègues de son père résidant dans le Connecticut.

Les deux premières fois, tout marcha comme sur des roulettes. Le mercredi toutefois, Don travailla si tard que Jeannie dut apporter à Robbie deux hamburgers et un milk-shake pour lui permettre de tenir le coup, car il avait l'estomac dans les talons. Réfugié dans la bibliothèque de la société, Robbie passa l'après-midi et le début de la soirée à préparer sa dissertation anglaise et faire ses devoirs pour Canaan.

Le lundi de la quatrième semaine, Robbie, qui avait expédié ses leçons et s'ennuyait ferme, s'éclipsa et ne réintégra les bureaux qu'à vingt heures.

– Ça fait au moins une heure que je fais le pied de grue. Qu'est-ce que tu as fabriqué pendant tout ce temps? lui lança son père.

– Rien de spécial, j'ai vadrouillé.
– La prochaine fois, pense à regarder ta montre.
– Ouais, promit Robbie, se gardant bien d'expliquer à son père la cause de son retard.

Dans l'après-midi, il avait pris le métro jusqu'à Greenwich Village. Au moment de rentrer, il s'était trompé de ligne et s'était retrouvé à Queens sans savoir comment. Mais il ne regrettait pas son escapade. Greenwich Village était un quartier fascinant où grouillait une faune hétéroclite et pittoresque. Il se promit d'y retourner.

Le mercredi d'après, une fois que sa mère l'eut déposé dans la 116ᵉ Rue, Robbie agita la main en signe d'adieu.
– Arrange-toi pour être à l'heure, mon chéri. Au cas où ton père arriverait à se libérer tôt.

Avec un hochement de tête, il sourit et gravit les marches du perron, puis il se dirigea vers Hamilton Hall où avait lieu le cours d'anglais.

Mais à peine Claire avait-elle fait demi-tour qu'il rebroussa chemin et s'engouffra dans la station de métro la plus proche. C'était décidé : il allait sécher le cours de façon à pouvoir passer l'après-midi au Village et être de retour à temps au bureau.

Le trajet dans le wagon bruyant et sale lui sembla interminable. Peu habitué à ce moyen de locomotion, Robbie avait l'impression d'étouffer, de souffrir de claustrophobie. Aussi est-ce avec un soupir de soulagement qu'il retrouva en sortant le vacarme de la circulation et les bruits de la rue. Il erra à l'aventure autour de Sheridan Square, étudiant les divers spécimens d'humanité qui peuplaient le secteur. Punks à l'air farouche et aux cheveux savamment hérissés. Vieillards qui se traînaient, les jambes pleines de varices, serrant contre eux de maigres provisions.

Peut-être ne faisaient-ils leur ravitaillement que tous les deux ou trois jours, persuadés sans doute que la mort les faucherait d'ici là. Ou peut-être avaient-ils peur de se faire agresser. A moins que, faute de moyens, ils fussent obligés d'acheter en petite quantité. Il avait vu un reportage à la télévision sur le troisième âge et les prouesses que devaient faire les vieux pour subsister avec une retraite dérisoire pour toute ressource. Il se dit que cela pourrait faire un excellent sujet de dissertation.

Il demanderait à la jolie blonde qu'il avait pour voisine au cours d'anglais le sujet du prochain devoir. Elle avait trois ans de plus que lui et elle était drôlement bien roulée. S'il s'était ouvert de ses intentions auprès d'un de ses copains, il se serait sans nul doute fait charrier, mais il envisageait sérieusement de sortir avec elle. Ne l'avait-elle pas toujours traité en égal? Et puis, question rondeurs, elle était nettement plus pulpeuse que Susan.

Éberlué, il contempla à la vitrine d'une échoppe le nécessaire du parfait toxicomane. Sur le trottoir d'en face, un haut-parleur fixé au vasistas d'un magasin de disques dégorgeait du hard rock en flots tonitruants. Il poursuivit sa promenade, jetant un œil au passage à des boutiques de prêt-à-porter où les groupies pouvaient s'offrir la panoplie vestimentaire de leurs idoles. Par contraste, Canaan lui sembla morne et terne.

Lorsque le vacarme de la musique rock cessa, Robbie perçut soudain à l'arrière-plan des sons ténus, tout différents. La mélodie fluette s'échappait de la porte ouverte d'un vieux café. S'approchant du seuil, il tendit l'oreille. L'endroit était sombre, éclairé par des bougies. Quelques rares tables étaient occupées par des jeunes gens en jeans et blousons de cuir qui consommaient du vin ou du café. Au plafond, un projecteur bleu déversait une lumière anémique sur le guitariste assis sur une vulgaire caisse de bois au centre de la scène.

Séduit, Robbie se risqua à l'intérieur. « Belle voix, se dit-il. Et il ne se débrouille pas mal à la guitare non plus. »

Il s'installa à une table au minuscule dessus de marbre où étaient posés un cendrier, un sucrier et deux tasses sur leurs soucoupes. Une jeune serveuse fondit sur lui. Dans la pénombre, on voyait que son uniforme froissé était maculé de taches brunâtres.

– Capuccino? Expresso?

– O.K., fit Robbie.

– Mais encore? reprit la fille, agacée.

– Expresso, précisa Robbie au hasard.

Il n'en avait jamais bu. Mais puisqu'elle insistait pour qu'il consomme, pourquoi ne pas se lancer?

Il était sous le charme. Le guitariste interprétait du classique et avait un timbre agréable. La serveuse déposa devant lui une tasse miniature où fumait un breuvage noir à l'arôme puissant qui n'avait qu'un lointain rapport avec le café que préparait sa mère.

– Un dollar cinquante, annonça-t-elle.

– O.K.

– Faut me régler tout de suite, ajouta la serveuse. Ordre du patron.

Robbie plongea la main dans sa poche et en retira deux billets d'un dollar qu'il posa sur l'addition. Elle s'empressa de ramasser l'argent et tourna les talons, bien décidée à garder la monnaie. Il avala une gorgée du liquide brûlant, qui avait un goût d'amertume très prononcé. « C'est ça un expresso? songea-t-il. Pas de quoi s'extasier. » Quittant sa table, il se rapprocha de l'estrade.

Le guitariste filiforme et basané termina son morceau. Robbie applaudit, imité par une poignée de consommateurs apathiques, que le musicien gratifia d'un sourire narquois.

– Vous jouez?

Robbie opina.

– Vous voulez essayer?

Nouveau hochement de tête de Robbie.

L'étranger lui tendit l'instrument d'une main tremblante, Robbie s'en saisit avec précaution.

– Ne vous faites pas de bile. Je ne vais pas vous l'esquinter.

Le guitariste eut une moue indulgente. Robbie s'installa sur l'estrade et se mit à pincer les cordes.

– C'est de vous, cet air? questionna l'inconnu, quelques mesures plus tard.

Robbie fit oui du menton.

– Pas mal.

S'éloignant de la lumière bleutée du projecteur, le musicien se dirigea vers les toilettes, suivi de près par un type qui ressortit presque aussitôt. Le guitariste, lui, ne reparut que plus tard.

Il attendit que Robbie eût terminé son morceau. Tandis que l'assistance applaudissait mollement, l'inconnu reprit possession de son bien qu'il empoigna d'une main ferme cette fois. Robbie se rassit sur l'estrade; l'artiste se remit à jouer, mais plus cool.

Robbie écoutait attentivement, étudiant le phrasé du guitariste, lorsqu'il jeta soudain un coup d'œil machinal à sa montre. Six heures déjà, il n'avait pas vu le temps passer. Il ferait mieux de reprendre le métro et de ne pas se tromper de direction, ce coup-ci. Mais auparavant, il avait une envie pressante à satisfaire.

Les toilettes étaient sombres et il y flottait une odeur nauséabonde. On pataugeait dans les flaques d'urine. Il finissait de se soulager lorsqu'il entendit la porte s'ouvrir dans son dos. Se tournant à demi, il aperçut le type qui un instant plus tôt avait emboîté le pas au guitariste.

– Une dose à cinq dollars, ça t'intéresse?

– Non, merci, déclina Robbie en fermant sa braguette.

– Qu'est-ce que tu viens fabriquer ici, alors? lâcha l'autre d'un ton agressif.

– J'aime la musique, expliqua Robbie, essayant d'atteindre la porte sans frôler son interlocuteur au passage, ce qui, compte tenu de l'exiguïté des lieux, relevait de l'exploit.

L'homme l'empoigna par le bras et, l'attirant brutalement vers lui, le regarda sous le nez.

– Dis donc, bonhomme, tu serais pas des stups, par hasard? Un de ces flics déguisés en étudiants?

Le trafiquant plongea son regard dans celui de Robbie, cherchant confirmation de ses soupçons.

Robbie se dégagea d'une poussée. Au moment où il allait se diriger vers la sortie, le dealer lui balança un swing en pleine figure. Le sang jaillit du nez de Robbie, qui riposta. Cueillant l'homme à la tempe, il lui assena une droite qui l'envoya faire connaissance avec le mur. Le fourgue glissa mollement sur le sol pisseux. Robbie se rua vers la porte, bien décidé à mettre les voiles. Le revendeur l'attrapa in extremis par la cheville. Robbie qui poussait le battant tomba en avant.

– Attrapez-moi ce salopard! beugla le dealer. Il a essayé de m'arnaquer.

D'un bond, Robbie se remit debout et se trouva nez à nez avec une demi-douzaine de consommateurs, qui s'étaient levés de leur chaise dans l'intention évidente de lui régler son compte.

L'heure n'était pas à la réflexion mais à l'action. Robbie se jeta sur son adversaire le plus proche avec plus d'ardeur qu'il n'en avait jamais mis à plaquer sur un terrain de football. Étourdi par le choc, le type tomba à la renverse et atterrit dans les pieds de ses acolytes. Robbie enjamba d'un bond le corps de son agresseur.

Entre la porte et lui, il n'y avait plus qu'un homme. Mais armé d'un couteau.

Robbie comprit que s'il se mettait à finasser, cela laisserait aux autres le temps de récupérer. « Vas-y, attaque, lui cria son instinct. Tu n'as pas le choix. Tente le tout pour le tout. » Il se jeta sur lui. Lorsque l'homme au couteau se rua sur lui à son tour, Robbie pivota comme il avait coutume de le faire pour éviter les plaqueurs. La main du loubard se détendit comme un ressort.

La lame lacéra la manche de Robbie, qui bloqua le truand et l'envoya s'écraser contre une des petites tables qui s'effondra et se brisa sous le choc. L'adolescent se précipita vers la porte et fonça dans la fraîcheur de cette soirée automnale. Il se mit à courir comme un dératé en espérant qu'il ne s'était pas trompé de direction.

Apparemment, il avait choisi la bonne. Il dévala les marches du métro quatre à quatre, attendant d'être en bas de l'escalier pour jeter un œil par-dessus son épaule. Dieu merci, il n'avait personne aux trousses. Mais il remarqua bientôt que les voyageurs qu'il croisait se retournaient sur lui, l'air ahuri. Robbie les ignora superbement. Comment auraient-ils pu deviner qu'il s'était tiré indemne d'une bagarre qui aurait pu très mal se terminer?

Au lieu de trembler rétrospectivement ou de pousser un soupir de soulagement, Robbie jubilait. Ne venait-il pas de remporter une nouvelle victoire?

Lorsqu'il monta dans le wagon bondé, il lui sembla que les autres passagers esquissaient un mouvement de recul à sa vue.

Ce n'est qu'en distinguant son reflet dans la vitre crasseuse qu'il comprit pourquoi : il avait le visage en sang du nez au menton. En examinant son bras, il s'aperçut que le couteau avait laissé une longue entaille dans le somptueux blouson de cuir italien que son père lui avait rapporté de Beverly Hills.

« Pas de quoi faire un drame! se dit Robbie en haussant furieusement les épaules. Ce n'est jamais qu'un cadeau, un de plus, qu'il m'a offert pour se faire pardonner son absence. »

De retour à l'Intercontinental, Robbie fit un crochet par les lavabos du trente et unième étage afin de faire un brin de toilette. Lorsqu'il se fut débarbouillé, il s'examina avec soin dans la glace. Son nez était intact. Son visage était rouge et couvert d'ecchymoses, mais il était souvent rentré chez lui dans cet état après une dure séance d'entraînement.

Maintenant qu'il était présentable il pouvait rejoindre son père à l'étage au-dessus.

Pendant le trajet du retour, son père ne lui posa pas la moindre question. Par chance, c'était la manche droite de son blouson qui avait été abîmée, aussi Don Ward ne s'aperçut-il de rien. Il serait toujours temps d'inventer une explication le jour où on lui en demanderait.

Il y avait seulement un détail auquel il n'avait pas pensé.

9

– Madame Ward? Madame Prentiss de l'université de Columbia à l'appareil, énonça la responsable du cycle d'initiation d'une voix ferme.

– Madame Prentiss, oui, bien sûr, fit Claire. Je suis ravie de vous avoir au bout du fil.

– Ne vous réjouissez pas trop vite. Il est rare que je contacte directement les parents de mes étudiants. En général, un mot suffit. Mais Robert est tellement différent des autres que je n'ai pas pu m'empêcher de faire une exception à la règle.

– Que se passe-t-il? croassa Claire, la gorge nouée.

– Votre fils a-t-il été souffrant ces derniers temps, madame Ward?

– Il est revenu de l'entraînement avec quelques contusions et deux ou trois belles bosses, mais à part cela, il est en pleine forme. Pourquoi?

– Il a manqué ses trois derniers cours, lui annonça Mrs. Prentiss tout à trac.

– C'est impossible! s'exclama Claire. C'est moi qui l'ai emmené en voiture.

– Je n'en doute pas, mais il n'empêche qu'il n'a pas assisté aux cours, rétorqua sèchement Mrs. Prentiss. Aussi allons-nous être obligés de le rayer de nos effectifs.

– Mais il obtenait de si bons résultats.

– C'est exact. Avant de se mettre à sécher, du moins.

– Je vais m'efforcer de tirer cette histoire au clair, lui demander de s'expliquer.

– Je doute que cela change grand-chose, énonça Mrs.

Prentiss. S'il souhaite s'inscrire l'an prochain, qu'il fasse les démarches nécessaires, nous réexaminerons sa candidature. Mais pour cette année, c'est terminé. Je suis désolée.

– Je comprends, murmura Claire dans un souffle.

A peine eut-elle raccroché qu'elle faillit appeler Don. Toutefois elle se ravisa. Don avait assez de problèmes comme cela à régler. Elle attendrait son retour pour lui parler.

Elle gagna le coin-repas et se laissa tomber sur une chaise. Les projets qu'elle avait faits pour la journée lui semblèrent tout à coup dérisoires. Aller chez sa mère, faire ses courses, lui préparer à manger, même cela lui parut soudain ridicule. « Robbie a horreur de perdre; d'ailleurs, c'est bien simple, il ne sait même pas ce que c'est », songea-t-elle. Il risquait d'accuser le coup, d'autant qu'à quinze ans on est particulièrement vulnérable.

A quoi avait-il bien pu employer ces après-midi après qu'elle l'eut déposé, le sourire aux lèvres, devant la faculté? Où était-il allé traînasser?

Un détail qu'elle avait remarqué récemment lui retraversa l'esprit. Sur le moment, Robbie lui avait fourni une explication qui lui avait paru tout à fait logique. Cette entaille dans la manche de son blouson de cuir. Celui qu'elle avait porté à réparer. Une entaille si large et si profonde que le tailleur de Don auquel elle l'avait confié n'avait pu s'empêcher de faire des réflexions. Elle se dirigea vers la penderie de l'entrée où il était suspendu et examina la manche. Le tailleur avait raison. Ce n'était pas en accrochant au passage une patère de vestiaire que Robbie avait pu abîmer ce vêtement de la sorte : l'explication ne tenait pas debout.

Elle revint dans la cuisine et entreprit machinalement de dresser une liste de ce qu'elle devait apporter à sa mère. Jusqu'au moment où, incapable de continuer, elle se mit à réfléchir.

Pourquoi se rongeait-elle ainsi les sangs? Était-ce à cause de Robbie et du choc que la nouvelle allait lui causer? A cause de Don, alors? Pas davantage. Soudain, elle comprit ce qui la tracassait.

C'était la seconde fois au cours de ces dernières semaines que Robbie se conduisait d'une manière inhabituelle. Et cette fois, Don ne pourrait pas hausser les épaules en lui disant qu'il avait voulu faire le malin afin d'épater sa petite copine.

Jamais Robbie n'avait eu ce genre de comportement auparavant. Afin d'éviter que cela ne tourne à l'obsession, elle s'efforça de se concentrer sur son emploi du temps de la journée. Courses pour sa mère. Réunion à l'hôpital l'après-midi au sujet de la représentation extraordinaire qu'elle avait promis de donner à l'intention des malades. Ensuite, elle devait faire un saut chez Mr. Yodelson et le convaincre de prêter aux Towne Players le canapé et les deux fauteuils dont elle avait besoin pour les décors. Yodelson se faisait régulièrement tirer l'oreille mais il finissait toujours par céder car il adorait le théâtre.

Tout en s'efforçant de faire taire son inquiétude, Claire vaqua à ses multiples occupations. Mais le coup de téléphone de Mrs. Prentiss la poursuivit toute la journée.

– Ce n'est pas possible! s'écria Don, furibond. Je vais appeler Mrs. Prentiss demain matin. Et elle reviendra sur sa décision, fais-moi confiance!

– Ça m'étonnerait.

– Voyons, chérie, je sais comment manipuler les gens. C'est mon métier, que diable!

– Attends-toi à tomber sur un bec cette fois, Don. A sa voix, j'ai compris qu'il était inutile d'insister.

Don se mit à faire tourner son verre entre ses doigts sans un mot, reconnaissant par son silence le bien-fondé de la remarque de Claire.

– Tu as parlé à Robbie? s'enquit-il au bout d'un moment. Tu lui as demandé de s'expliquer?

– J'ai pensé qu'il vaudrait mieux qu'on soit tous les deux pour faire ça.

Il l'enveloppa d'un regard pénétrant.

– Claire?

– Oui, avoua-t-elle, le nez baissé. J'ai peur.

– Il doit avoir ses raisons.

– Peut-être, n'empêche que j'ai peur.

– Qu'un gamin se mette à faire l'école buissonnière tout d'un coup, il n'y a pas de quoi sauter de joie, je te l'accorde. Mais de là à se mettre dans un état pareil, il y a de la marge. Nous allons lui parler.

Claire appela Robbie qui descendit et, à peine entré dans la bibliothèque, s'enquit :

– On mange bientôt?

– Assieds-toi, ordonna Don d'un ton sans réplique.

– O.K.

– Écoute-moi, Robbie. Si tu as des ennuis... des problèmes...

– Je ne me drogue pas, coupa Robbie, fermement.

Don jeta un coup d'œil à Claire et plongea longuement son regard dans celui de son fils.

– Je te crois, déclara-t-il finalement. Tu ne te drogues pas. Cela étant, si tu m'expliquais un peu ce que tu as fabriqué ces derniers jours?

Voyant Robbie hésiter, Don poursuivit :

– Inutile de finasser. Ta mère a reçu un coup de fil de Columbia ce matin : tu es renvoyé.

– Oh! souffla Robbie.

– Qu'as-tu fait entre le moment où ta mère t'a déposé à la fac et celui où tu m'as rejoint au bureau à je ne sais plus quelle heure?

Gêné, Robbie gardait le silence.

– Toutes ces histoires que tu m'as racontées au retour dans la voiture sur ce que vous aviez fait en classe, c'étaient des mensonges, n'est-ce pas? s'énerva Don.

– Oui, lâcha Robbie. Mais autrement plus intéressants que le cours!

– C'est donc ça, fit Claire. Tu t'ennuyais.

– Oui, si tu veux le savoir, et pas qu'un peu, même! Je me faisais suer au cours, je m'enquiquinais au bureau à bayer aux corneilles en attendant que papa veuille bien me ramener. Jamais je ne me suis autant emmerdé de ma vie.

– Qu'as-tu fabriqué pendant tout ce temps? Où es-tu allé traîner?

– Je me suis promené dans Greenwich Village. Dans les petites rues, partout. Là où il y a des tas de restaurants, de bars, de cafés. J'ai croisé toutes sortes de gens marrants, écouté de la musique. Il y a un type qui m'a proposé de la drogue, mais je l'ai envoyé paître, ça n'a pas traîné!

– O.K., Robbie, conclut Don. Tu te rends compte que tu viens d'essuyer un échec, un grave échec, en te faisant virer de la fac? Une recommandation de Columbia, quand on veut entrer à l'Université, ce n'est pas rien. Inutile de compter dessus maintenant. Il faudra t'en passer.

– Ouais, marmonna Robbie, incapable d'en dire davantage.

– Si on passait à table? suggéra Claire pour dissiper le malaise ambiant. C'est prêt.

– J'ai pas faim. Je peux remonter dans ma chambre? s'enquit Robbie, de l'air de quelqu'un qui s'est fait sérieusement doucher.

– Si tu préfères, concéda Claire.

Au moment où il tournait les talons et se dirigeait vers la porte, Claire le rappela :

– Robbie, c'est bien avec une patère de vestiaire que tu as esquinté ton blouson?

Il pivota, se demandant s'il devait continuer à mentir, avant d'avouer :

– Non, j'ai reçu un coup de couteau dans une bagarre.

– Tu t'es battu avec un type qui avait un couteau? jeta Claire, horrifiée.

– Ouais, fit-il, sortant de la pièce et gravissant l'escalier.

Il y eut un silence.

– Nom de Dieu! rugit soudain Don. Ed Brady!

– Qu'est-ce que Brady vient faire dans cette histoire?

– Souviens-toi, c'est lui qui a fourni à Robbie une adresse à New York, adresse sans laquelle il n'aurait jamais été accepté à Columbia. Depuis, il ne me lâche plus, il veut savoir si ça marche pour Robbie. Il a été tellement impressionné par le rapport de son professeur d'anglais qu'il envisage de le prendre en stage cet été. Que vais-je bien pouvoir lui raconter s'il me demande où Robbie est passé?

Sourcils froncés, il réfléchit un instant.

– J'ai trouvé! Je vais lui dire que son entraîneur exige qu'il soit à l'entraînement tous les après-midi, sous peine de se voir exclu de l'équipe.

Devant la moue éloquente de Claire, il comprit qu'elle n'approuvait pas ses élucubrations.

– Que veux-tu que je fasse, nom d'un chien? Tu préfères que je lui dise que Robbie s'est fait virer? Après tout le mal que nous nous sommes donné? Un petit mensonge n'a jamais tué personne!

Mais de toute évidence, il n'avait pas l'air très fier de lui.

– Ça ne ressemble pas à Robbie de sécher les cours, murmura Claire. Ni d'aller seul à Greenwich Village et de se mêler à une bagarre. Il aurait pu se faire tuer.

– Claire, ma chérie, il va falloir te résigner : il ne pourra pas vivre dans du coton éternellement. Il faudra bien un jour qu'il quitte notre banlieue douillette. Je trouve normal qu'à son âge il soit saisi par le démon de l'aventure. Laisse-le donc explorer le vaste monde, il ne tardera pas à le découvrir sous son véritable aspect.

– Tu as raison, acquiesça Claire, qui n'en pensait pas moins.

« Je sais bien qu'il n'a plus deux ans mais le problème n'est pas là. S'il y a quelqu'un qui est bien placé pour le connaître, c'est moi. Or j'ai l'impression qu'il n'est plus lui-même. Je ne sais pas ce qui se passe et je suis morte d'inquiétude. »

10

– Dommage que papa n'ait pas été là, soupira Robbie, se laissant tomber sur le siège avant du break de sa mère. Tu as vu ce qu'on leur a mis dans le dernier quart-temps?

– Six passes sur sept de réussies, tu as été génial, mon chéri. Tu as bien mérité ta place en finale. Ton père aurait été fier de toi. Nous lui raconterons tes exploits ce soir à table.

– S'il rentre.

Depuis son renvoi de Columbia, Robbie investissait de plus en plus dans le football, puisant dans ses prouesses athlétiques de quoi panser ses blessures d'amour-propre. Claire savait qu'il aurait été très content que Don le voie à l'œuvre.

Elle mit son clignotant, déboîta et s'engagea dans la rue bordée d'érables imposants dont le feuillage rouge et or commençait à se clairsemer en cette rutilante fin d'automne.

Troublée par le silence de son fils et son inhabituelle apathie, Claire enchaîna :

– Il a appelé. Ils sont sur les dents...

– Ne te fatigue pas, coupa Robbie. La nouvelle grille est une catastrophe et il faut qu'ils trouvent une solution. Ils vont probablement acheter quelques vieux films à la gomme et programmer un *Mardi Cinéma*, un *Mercredi Cinéma*, et aussi pourquoi pas, un *Jeudi Cinéma*. S'ils réalisaient des émissions intéressantes au lieu de ces âneries...

– Je t'interdis de parler de ton père sur ce ton, fit sèchement Claire. C'est son métier, après tout.

– Ah, ça va, le métier! Je sais, la baraque, les deux voitures, et plus tard mes études à l'université, tout ça grâce à lui! Je commence à en avoir ras le bol!

Il y eut un silence que Robbie rompit bientôt :

– Franchement, ça rime à quoi, toutes ces réunions? J'ai rencontré une bonne partie des cadres du réseau. Eh bien, tu veux que je te dise? Le premier idiot venu aurait de meilleures idées qu'eux.

– Robbie! s'exclama Claire d'un ton de reproche en stoppant au feu rouge.

Elle attendit le temps nécessaire avant de tourner à droite. Lorsqu'elle était seule, elle ne respectait pas aussi scrupuleusement le code mais chaque fois que son fils était là, elle s'efforçait de lui donner le bon exemple.

Au moment où elle introduisait la clé dans la serrure de la porte menant du garage à la cuisine, le téléphone se mit à sonner. Bousculant Robbie au passage, elle se rua à l'intérieur. Elle détestait décrocher une fraction de seconde trop tard pour n'entendre que la tonalité. Quand par hasard cela se produisait, elle se creusait la cervelle pendant une heure, se demandant qui avait appelé et pourquoi.

– Allô! dit-elle, tout essoufflée, en s'emparant du combiné.

– Chérie? fit la voix chaude de Don au bout du fil. Alors, comment ça s'est passé?

– Quoi? lâcha-t-elle, prise de court et ne voyant pas à quoi il faisait allusion.

L'aurait-il chargée de quelque course importante qu'elle aurait oubliée?

– Le match, s'impatienta Don. Le match, voyons. Robbie s'en est bien sorti?

– Il a été formidable. Son entraîneur est d'avis que nous devrions commencer à nous occuper sérieusement de cette histoire de bourse.

– Tu connais mon sentiment là-dessus, répliqua Don. Une bourse de M.I.T., d'accord! Mais une bourse de football, je suis plus réticent. Notre champion est dans les parages? Passe-le-moi, veux-tu?

– Robbie! Ton père veut te parler.

Claire était aussi soulagée que ravie. Pendant la rencontre et le trajet du retour, elle s'était demandé si Don se souviendrait que son fils jouait aujourd'hui, s'il aurait le temps de lui passer un coup de fil.

– Salut, grommela Robbie, s'arrangeant pour mettre dans ce simple mot tout un monde de ressentiment.

– Bonjour, mon grand. Maman m'a dit que tu t'étais défendu comme un chef. Je regrette d'avoir raté ça. Mais tu sais ce que c'est, dans ce business...

– Ouais, papa.

– Cette victoire va vous permettre d'aller en finale dans deux semaines, ajouta Don, forçant sur la jovialité.

– Ouais, lâcha Robbie, laconique.

Don comprit qu'une fois encore son fils lui en voulait : il n'avait pas été à la hauteur.

– Écoute, bonhomme, tu veux que je te dise? Dimanche après-midi, toi et moi, on va aller applaudir les Giants et les Packers dans le New Jersey. Qu'est-ce que tu en penses?

– C'est une idée, fit Robbie, sans le moindre enthousiasme.

– Robbie, je n'ai pas pu me libérer aujourd'hui, je t'ai expliqué pourquoi. Une réunion d'une importance capitale. Pas question d'y couper.

– Je comprends, bougonna Robbie.

– Repasse-moi ta mère.

– O.K.

– Tu boudes? Tu sais que je t'aime, Robbie. Tu n'en doutes pas, j'espère?

– Non. (Et se tournant vers Claire :) Papa veut te dire un mot.

Sans se donner la peine de lui tendre le combiné, il sortit en hâte de la cuisine.

– Don?

– Il m'en veut?

– Plutôt, oui.

– J'arrangerai ça.

– Pourvu que Dieu nous prête vie.

– Qu'est-ce que cela signifie? jeta Don furieux. Tu fais de l'esprit maintenant?

Il se mettait toujours en rogne quand il se sentait coupable.

– Cela signifie que tu as déjà pas mal de choses à te faire pardonner.

– Je n'y peux rien. C'est le boulot.

Se rendant soudain compte qu'il vociférait, Don baissa le ton.

– Écoute, je lui ai promis de l'emmener voir les Giants

dimanche. On fera la fête. Je m'arrangerai pour qu'une limousine du réseau passe nous prendre et nous nous installerons dans la tribune des journalistes. Après la rencontre, je l'emmènerai dans les vestiaires pour lui présenter les joueurs. Peut-être qu'avec un peu de chance j'arriverai à le photographier en compagnie du meneur de jeu des Giants.

– Parfait, fit Claire en raccrochant.

Était-ce à son travail que son mari était si attaché ou aux à-côtés non négligeables qui en découlaient? Il semblait prendre un tel plaisir à déclarer : « Je m'arrangerai pour qu'une limousine passe nous prendre », ou : « Nous dînons au *Vingt et un* ce soir. » Ou dans tout autre restaurant à la mode.

« Nous ne roulons pas précisément sur l'or, se disait souvent Claire. Pourtant, Don aime vivre comme si nous étions pleins aux as. Son job lui permet de jouer les nababs. »

« Robbie dispute la finale du championnat dans deux semaines. Boulot ou pas, son père assistera au match », se promit-elle. Même si pour cela elle devait téléphoner à Ed Brady en personne!

Il commença à pleuvoir dans la nuit de samedi et le dimanche matin cela continua. Malgré le temps, Don et Robbie allèrent voir jouer les Giants, dans la limousine d'Intercontinental.

Le terrain était détrempé, recouvert par endroits de plusieurs centimètres d'eau. Quand un joueur était plaqué, il glissait parfois sur cinq mètres avant de s'arrêter. Quand une passe n'arrivait pas à destination, le ballon au lieu de rebondir restait collé à terre sur la pelouse spongieuse.

Dans ces conditions, le spectacle ne pouvait pas être brillant. Don ne tarda pas à s'apercevoir que Robbie s'ennuyait ferme. Au point qu'il avait fait l'impasse sur les hot-dogs, lui qui, d'ordinaire, en raffolait.

Au milieu du troisième quart-temps, Robbie déclara :

– Inutile de s'éterniser.

– Tu ne veux pas que je te présente aux joueurs?

– Non. Partons.

Dans la limousine qui les ramenait dans le Connecticut, Don essaya une nouvelle fois de se faire pardonner sa défection de vendredi, mais en vain. Ils roulèrent en silence sous la pluie dans le véhicule trois fois trop grand pour deux personnes.

« Ils se sont gourés, songeait Robbie. Avec le métier qu'il fait, mon père n'aurait jamais dû avoir d'enfant, adopté ou non. Ou alors peut-être que si j'étais vraiment son fils, il s'organiserait autrement. »

– Ta mère t'a dit que j'assisterai à la finale? remarqua Don, interrompant le cours des pensées de Robbie.

– Non. Elle a dû avoir peur de me faire une fausse joie.

– Écoute, bonhomme, si tu crois que je fais exprès de rater tes matches, tu te trompes. Quand tu seras grand et que tu auras charge d'âme à ton tour, tu comprendras.

– Pourquoi veux-tu que j'attende? rétorqua Robbie. Ça fait un bout de temps que j'ai pigé, tu sais.

Don pivota vers l'adolescent et le fixa.

– Ce qui signifie?

– Tu l'as dit toi-même : je ne suis pas ton fils, mais une charge. Un boulet, quoi!

– Si je ne t'aimais pas, objecta Don, peiné, crois-tu que je me décarcasserais comme je le fais pour t'envoyer dans une école privée qui coûte les yeux de la tête? Si je n'aimais pas ta mère, crois-tu que je me sentirais responsable d'elle? Tu comprends ça, quand même, non?

– Ouais, bien sûr, s'empressa d'opiner Robbie car, quand son père se mettait à culpabiliser, il se sentait gagné par le désarroi.

Il pouvait s'écouler des jours, des semaines, des mois sans qu'il pense à sa situation. Ce n'est que quand il était frustré qu'il se disait : « Comment me traiteraient-ils si j'étais vraiment leur fils? »

Lorsqu'il traînait avec des copains, combien de fois ne les avait-il pas entendus formuler les mêmes griefs à l'égard de leurs parents? Ils n'arrêtaient pas de râler, se plaignant de ce qu'ils ne pouvaient même pas lever le petit doigt sans être harcelés de questions : « D'où viens-tu? Qu'est-ce que tu as encore fabriqué? » Leurs parents se figuraient sans doute qu'ils se droguaient. Pourquoi ne pouvaient-ils leur faire confiance?

Et on ne les avait pas adoptés, eux. Pourtant, quand il y avait quelque chose qui n'allait pas, comme le vendredi où il s'était surpassé et que son père lui avait posé un lapin, la question resurgissait, lancinante.

Bien sûr, sa mère était là, elle. Elle ne manquait pas un match, mais elle ne connaissait pas grand-chose au football. Ce n'était pas comme son père, qui était un expert. Plusieurs années auparavant, il avait travaillé au service des sports d'Intercontinental et commenté tous les matches de la N.C.A.A. [1]. Il parlait comme un pro et ses conseils étaient précieux.

Pendant l'interminable trajet du retour sous la pluie battante, Don Ward réfléchissait de son côté.

« Je sais ce qu'il ressent. Je suis bien placé pour le savoir. Quand je jouais dans l'équipe de basket du lycée de Clinton dans l'Iowa, je n'avais pas de meilleur supporter que mon père. C'est important quand on est gosse d'avoir un père qui vous soutient le moral. Il faut dire que papa avait une exploitation forestière, qu'il était son propre patron, et que les urgences, il ne connaissait pas. En quatre ans, il n'a pratiquement pas raté un match, que ce soit à Clinton ou à l'extérieur. Dans le temps, ce n'était pas comme aujourd'hui, on était moins stressé. Mais je trouverai bien un moyen de me faire pardonner. »

•

1. National Collegiate Athletic Association : équivalent d'une fédération sportive universitaire. *(N.d.T.)*

11

Lundi, en fin d'après-midi, Don téléphona chez lui, tout excité.

– Claire? Il est là?

– Dans sa chambre. Il fait ses devoirs en écoutant du rock. Si tu entendais ce boucan... Pourquoi?

– Passe-le-moi.

– Don! Qu'y a-t-il?

– Tu le verras bien! fit-il avec un rire taquin.

Dès qu'il eut son fils au bout du fil, Don attaqua :

– Si je te disais que je peux avoir deux places pour le concert des Morbid vendredi prochain, tu me croirais?

– Voyons, papa, tu te paies ma tête? Les billets se revendent quarante à cinquante dollars pièce au marché noir.

– Exact. N'empêche que mon fils et sa petite copine seront dans la salle.

– C'est encore une de tes promesses à la noix? risqua Robbie, sceptique.

– Qui parle de promesses alors que je suis là, assis à mon bureau, avec deux billets marqués « Rangée F, places 110 et 111 ». Qu'est-ce que tu dis de ça?

– Génial! s'exclama Robbie. (Se tournant vers sa mère, il lui glissa en aparté :) Papa a des billets pour le concert des Morbid vendredi soir!

– Et ce n'est pas tout, mon grand. Après le spectacle, avec la complicité de mon copain du réseau, je te présenterai à Killer Kane.

– Cette fois, tu te fiches de moi, papa. Killer refoule

systématiquement les visiteurs après ses concerts tellement il est crevé. C'est dans tous les journaux, tu devrais être au courant.

– C'est bien pour cela que j'ai eu un mal de chien à arriver à mes fins et que j'ai dû faire jouer mes relations. On verra si je me fiche de toi quand tu seras dans sa loge.

– Youpee! J'appelle Susan tout de suite.

– A la bonne heure! s'exclama Don. Un dernier mot encore, Robbie. Tu ne m'en veux plus pour vendredi dernier?

– Mais non, papa, rassure-toi. Je comprends, va.

– Très bien, fiston, c'est le principal.

Vendredi en fin d'après-midi, Don dut prendre le premier avion pour Washington. Le réseau avait des ennuis avec diverses organisations gouvernementales au sujet d'un long métrage sur la guerre nucléaire. Le film était déjà dans la boîte et avait coûté à Intercontinental la bagatelle de quatre millions de dollars.

– Il faut absolument qu'ils nous autorisent à le passer. Il n'y a que vous qui puissiez les convaincre de nous donner le feu vert, avait déclaré Ed Brady à Don.

Don n'avait eu d'autre solution que de s'incliner.

L'atmosphère était chargée d'électricité. Les portes du bâtiment n'étaient pas encore ouvertes et plusieurs milliers de jeunes étaient massés aux abords de l'entrée. Les uns vautrés par terre, les autres affalés sur les marches. L'odeur douceâtre de la marijuana emplissait l'air.

Çà et là dans la foule on apercevait des têtes surmontées de coiffures extravagantes. Désireux de copier leurs idoles, garçons et filles s'étaient fait teindre les cheveux en vermillon et en violet. Certains avaient enduit d'une bonne couche de laque leurs mèches aux couleurs agressives qui se dressaient sur leur crâne comme les piquants d'un porc-épic.

En proie à un vague malaise, Claire s'efforçait de se rassurer à coups de banalités : « Ils ne sont pas de ta génération, comment veux-tu les comprendre? Il est normal que tu te fasses du mauvais sang à leur sujet. »

Évoquant la fin tragique, quelques années auparavant, d'une douzaine d'adolescents piétinés lors d'un concert de rock, elle se demanda pourquoi on n'avait toujours pas ouvert les portes. Après avoir déposé Robbie et Susan, munis des recommandations d'usage, elle avait fait mine de repartir. Mais elle était allée se garer un peu plus loin afin de pouvoir suivre le déroulement des opérations dans son rétroviseur.

Les organisateurs avaient dû se décider à ouvrir, car les jeunes gens commençaient à s'engouffrer dans la salle, comme happés de l'intérieur. Rassurée, elle démarra et prit le chemin du théâtre où devait avoir lieu la répétition générale de la pièce qu'elle avait montée. Elle allait être en retard mais tant pis : ils attendraient. Robbie était arrivé à bon port et c'était l'essentiel.

La fumée des cigarettes dansait en molles volutes à la lueur des lumières psychédéliques qui clignotaient sur la scène. Le groupe attaquait la troisième partie du concert. Après plus d'une heure de musique au rythme infernal et aux paroles suggestives, les deux mille jeunes gens étaient littéralement survoltés. Tapant des pieds en chœur, ils se mirent à chanter en même temps que Killer, le chef des Morbid, couvrant presque le son de sa voix. Transportés, Robbie et Susan se levèrent de leur siège, rapidement imités par leurs voisins. En un éclair, la salle tout entière fut debout, braillant, battant des mains. Les rôles furent bientôt inversés, les membres du groupe rock contemplant les spectateurs déchaînés qui ne se souciaient plus que d'eux-mêmes.

– Je te parie que j'y arrive! déclara soudain Robbie à Susan.

– Que tu arrives à quoi?

– A jouer mieux que Killer Kane.

– Tu es cinglé! protesta Susan.

– Cinglé, moi? Attends un peu!

Au milieu de cette foule en délire, sa nature impulsive prenant le dessus, Robbie se mit à hurler à pleins poumons :

– C'est moi le meilleur!

Sur ces mots, bousculant Susan, il se fraya un chemin jusqu'à l'allée centrale et se dirigea en jouant des coudes vers la scène, fonçant au milieu des couples qui dansaient devant l'estrade.

D'un bond, il sauta sur le plateau et fit face à Killer Kane, vêtu d'un blouson de cuir noir truffé de décorations en acier, boutons, étoiles et autres clous à tête de diamant. Raides de laque au point de paraître cartonneux, les cheveux de l'idole se hérissaient sur sa tête en mèches hideuses. Son visage disparaissait sous un maquillage blafard rehaussé çà et là de taches de rouge simulant le sang. Ses yeux cerclés de noir et de blanc ressemblaient à des cibles dont les pupilles auraient formé le centre.

En examinant ses prunelles, Robbie comprit que l'euphorie de Killer ne devait rien aux morceaux au rythme obsédant qu'il avait interprétés. Si Kane planait, ce n'était pas à cause de la musique.

Cédant à ses pulsions, Robbie tendit le bras vers la guitare de la vedette, en vociférant pour tenter de couvrir le vacarme.

– Je vais te montrer comment on en joue, moi!

Soucieux de protéger le coûteux instrument, Killer s'écarta et fit demi-tour afin d'échapper à son agresseur, qui s'élança aussitôt sur ses talons. Les deux adversaires s'empoignèrent. Il est probable que la mêlée se serait prolongée si Killer n'avait appelé son batteur à la rescousse.

– Dinty! Au secours!

Le batteur ne fit ni une ni deux : il bondit de son podium et se précipita sur Robbie. Lorsque les spectateurs comprirent qu'on prenait à partie l'un des leurs – lequel allait sûrement succomber sous le nombre –, ils se ruèrent sur la scène et se jetèrent dans la bagarre. En l'espace de quelques secondes, le concert dégénéra en bataille rangée entre l'auditoire et les musiciens.

Fermement décidé à s'emparer de la guitare et à s'en servir afin de faire la preuve de sa virtuosité, Robbie déchaîné se mit à bourrer Killer de coups. Il le cueillit sur le côté de la tête d'une droite fulgurante qui l'envoya au tapis. Au moment où l'adolescent tendait le bras pour se saisir de l'objet de sa convoitise, Killer tira de sous son blouson de cuir noir un calibre 38. Le pointant vers le plafond, il fit feu à deux reprises. Le bruit assourdissant se répercuta à travers toute la salle, amplifié encore par la sono.

Les détonations ramenèrent aussitôt le silence et le calme. La peur du danger avait calmé d'un coup les esprits surchauffés.

Conscient de l'avoir échappé belle, Robbie recula à pas comptés. Il s'en était fallu d'un cheveu qu'il ne fût blessé ou tué. Comme au sortir d'une transe, il se demanda soudain ce qu'il faisait là, ce qui s'était passé.

En entendant hululer les sirènes des voitures de ronde, les spectateurs refluèrent en débandade vers leurs sièges. Certains de ceux qui étaient encore sur la scène s'apprêtaient à en descendre lorsque les policiers firent irruption dans la salle.

Le lieutenant qui était à la tête des forces de l'ordre ordonna à chacun de rester où il était. Rejoignant les membres du groupe, il se mit aussitôt au travail.

– Où est cette arme?

Comme personne ne répondait, il s'entêta.

– Alors, ça vient?

Killer finit par obtempérer et tendit son 38 au policier.

– Vous avez un permis?

– Ouais. Dans ma loge.

– Qu'est-ce que vous attendez pour aller le chercher!

– J'y vais, proposa Tony Ferrante, l'agent de Killer, filant en direction des coulisses.

Le lieutenant confisqua le revolver et entreprit de reconstituer les faits. Les jeunes spectateurs furent bien forcés d'admettre que c'était Robbie qui avait mis le feu aux poudres en sautant sur le plateau pour s'expliquer avec Killer.

– Mon client s'est borné à ramener le calme, souligna Ferrante, il a tiré en l'air. Compte tenu des circonstances, il a fait preuve d'un beau sang-froid.

– O.K., concéda le policier. Je vous conseille de plier bagage. L'incident est clos.

– Eh là, minute! glapit Ferrante. Qu'est-ce que vous comptez faire du petit?

– Écoutez, commença le lieutenant s'efforçant de jouer les médiateurs, il n'y a pas eu de casse. Alors, si on laissait tomber?

– Vous rigolez! brailla Ferrante. Supposez qu'un de ces fouille-merde de la presse écrite ou parlée s'amuse à monter en épingle ce début d'émeute, vous savez ce qui se passera? Des tas de villes refuseront de nous accueillir. Nous serons interdits de concert dans les salles de spectacle et les stades à moins de verser une caution monumentale pour couvrir des dégâts éventuels. Et vous voudriez que je m'écrase, que je laisse tomber? Pas question! Le gamin est responsable, nous allons le poursuivre en justice, et peut-être même réclamer des dommages et intérêts!

– Si vous insistez..., dit le lieutenant.

– Et comment que j'insiste! vociféra Ferrante. Bouclez-moi ce gosse.

Pour la seconde fois en l'espace de quelques semaines, Don Ward fut prié de passer prendre son fils au commissariat. Le lieutenant auquel il eut affaire se montra nettement moins compréhensif que ne l'avait été son collègue.

– Nous avons l'habitude des adolescents turbulents, monsieur Ward. Il nous en passe pas mal entre les mains. Mais dans le cas présent, c'est d'une émeute qu'il s'agit et non d'un simple chahut. Des coups de feu ont été tirés. Et l'agent de Killer Kane crie comme un putois.

Avant toute chose, Don voulut voir son fils. On fit sortir Robbie de la cellule dans laquelle on l'avait placé pour faire plaisir au vindicatif imprésario des Morbid. Don l'examina avec soin afin de s'assurer qu'il n'avait pas besoin d'un médecin.

– Que s'est-il passé, Robbie?

– Je voulais jouer de la guitare avec le groupe, c'est tout.

– Et tu as déclenché une émeute?

– Je ne comprends pas comment c'est arrivé. Tout d'un coup je me suis retrouvé marchant vers la scène et me disant : « Je vais lui montrer ce que je sais faire, à ce Kane! Je me défends mieux que lui, je suis le meilleur. »

« Le meilleur. » Don ne put s'empêcher de tiquer. C'était l'une des expressions favorites de Robbie. Quand il l'utilisait à propos de ses exploits sportifs ou scolaires, Don trouvait ça drôle et en éprouvait de la fierté. Mais aujourd'hui il n'avait pas envie de rire. Même si ce n'était pas de propos délibéré que son fils avait semé la pagaille, il n'en restait pas moins que lui allait devoir payer les pots cassés.

– Ne bouge pas de là, fiston. J'ai deux mots à dire à ce monsieur.

Chétif, courtaud, le poil noir, le teint olivâtre, Tony Ferrante était sanglé dans un costume foncé à la coupe irréprochable, pour mieux se démarquer sans doute de ses poulains et de leur accoutrement criard. Lorsqu'il se retrouva en tête à tête avec Don Ward dans la salle réservée aux interrogatoires, il se dressa sur ses ergots comme un vrai coq, adoptant son air le plus combatif. Voyant des gouttes de sueur perler à son front, Don sut d'emblée quelle attitude adopter avec lui.

– Monsieur Ferrante, je suis le père de Robbie Ward. Je crois comprendre que vous désirez me parler.

– En effet. Je ne sais pas si vous vous rendez bien compte de la gravité de la situation, lança Ferrante, d'un ton ulcéré. A cause de votre fils, les Morbid ont dû quitter la salle en plein concert ; la presse va les traîner dans la boue, ce qui risque de compromettre leur carrière. Je vais avoir les pires difficultés à convaincre les directeurs de salle de les engager maintenant. Les pertes risquent de se chiffrer par millions !

– Je vois, énonça Don, le visage grave.

– Que comptez-vous faire au juste, monsieur Ward ? Pour réparer, j'entends.

– Je ne sais pas. Vous me prenez de court. Je ne m'attendais pas à ça...

– Dans ce cas, vous allez avoir un choc, coupa l'imprésario. J'ai eu notre avocat au téléphone. Lundi à la première heure, nous allons intenter une action en dommages-intérêts.

– Mais dites-moi, c'est sérieux !

– Et comment !

– Monsieur Ferrante, voyez-vous un inconvénient à ce que je prenne contact avec votre avocat ?

– Pas le moindre, allez-y. Vous verrez que nous n'avons pas envie de plaisanter et lui non plus.

– Peut-on le joindre maintenant ?

– Bien sûr, il est chez lui. Je viens de l'avoir au bout du fil.

Magnanime, le lieutenant mit son bureau et son téléphone à la disposition des deux hommes et s'éclipsa, les laissant seuls.

Ce fut Ferrante qui composa le numéro.

– Monsieur Casey ? Je suis avec le père du petit. Il est prêt à négocier. Ça m'a l'air d'être quelqu'un de bien, alors allez-y doucement. Mais n'oubliez pas quand même le préjudice subi par nos clients.

Après ce préambule, il tendit le combiné à Don.

Don eut à peine le temps de dire bonjour à James Casey que celui-ci l'interrompit de sa voix pontifiante.

– Cette affaire est lamentable, monsieur Ward. Rendez-vous compte : voilà un adolescent de quinze ans qui se retrouve au poste pour avoir causé un scandale monstre, dont les Morbid risquent de faire les frais. Nous allons lui intenter un procès, qui sera long, et aura pour lui les retombées les plus désastreuses. Il ne comparaîtra pas devant le tribunal avant au moins un an, juste au moment où il posera sa candidature pour entrer à l'Université. Car il a l'intention d'entrer à l'Université, n'est-ce pas?

– Oui, acquiesça Don, gardant son calme devant cette tentative de chantage manifeste.

Des juristes comme Casey, il en rencontrait tous les jours dans le show-business; leurs manœuvres d'intimidation, leurs façons de procéder, leurs insinuations n'avaient aucun secret pour lui. Il laissa Casey poursuivre :

– J'ai moi-même un fils. Je sais ce que vous devez éprouver. Je me mets à votre place. C'est pourquoi j'ai réussi à obtenir de Ferrante et de Killer qu'ils soient raisonnables. Je pense pouvoir les convaincre de renoncer à entamer des poursuites. A condition toutefois que vous y mettiez du vôtre bien sûr.

– Qu'entendez-vous par là, monsieur Casey?

– Vous me versez cinquante mille dollars et l'affaire en reste là, déclara Casey, mettant cartes sur table.

– Cinquante mille dollars, reprit Don, faisant mine de réfléchir.

– Bien entendu, nous ne vous mettons pas le couteau sous la gorge : il n'est pas question que vous nous versiez la totalité de la somme en liquide. L'important dans cette histoire, c'est de préserver la réputation de votre fils. Vous savez comme moi que les facultés ont les trublions en horreur, souligna l'homme de loi.

Il y eut une pause.

– Monsieur Ward? reprit l'avocat quelques secondes plus tard.

– De grâce, monsieur Casey, faites-moi le plaisir de m'appeler Don.

– Volontiers, Don. Don... Ward? s'enquit Casey après un temps.

– C'est cela même, monsieur Casey. Don Ward, vice-président d'Intercontinental et de ses filiales en Floride et en Californie. Je suis bien placé pour savoir que vos clients ont des engagements fermes pour les quinze mois à venir. Le réseau est en train de négocier avec les Morbid le tournage d'une émission spéciale pour la Toussaint. Alors, inutile de me bourrer le mou : vos protégés ne perdront pas un centime. Quant à essayer de me soutirer du fric, je ne vous le conseille pas : ce n'est pas à un vieux singe qu'on apprend à faire des grimaces. Vu?

Il y eut une longue pause à l'autre bout de la ligne. Lorsque Casey reprit la parole, non seulement il avait perdu son ton condescendant mais il chevrotait même légèrement.

– Passez-moi Ferrante.

Don tendit le combiné à l'imprésario qui, l'air surpris, s'en empara.

– Oui?

Ce fut la goutte d'eau qui fit déborder le vase. Casey se lança dans une violente diatribe dont les échos parvinrent jusqu'à Don qui était pourtant à plusieurs mètres de l'appareil.

Ferrante s'efforça bien d'interrompre son interlocuteur afin de s'expliquer, mais Casey était lancé, autant essayer d'arrêter un train en marche. L'imprésario finit pourtant par réussir à placer un mot.

– Comment est-ce que je pouvais savoir, nom d'un chien? Les Ward, il y en a des milliers dans l'annuaire. Je comprends. Oui... Ouais... O.K... Bon... Bien... D'accord. Désolé. Je vous répète que je suis désolé. Entendu. Comptez sur moi, ce sera fait.

Ferrante ruisselait littéralement lorsqu'il raccrocha.

– Compte tenu de... euh... la situation, monsieur Casey est d'avis que nous tirions un trait sur tout ça. Faisons comme si rien ne s'était passé et serrons-nous la main.

Don fut tenté un instant d'ignorer la main tendue mais, se ravisant, il prit entre les siens les doigts maigres et moites.

– L'arrangement pour la Toussaint tient toujours, n'est-ce pas? s'enquit Ferrante.

– Oui, répondit Don, ne voyant pas pourquoi le réseau devrait pâtir des agissements douteux de l'imprésario. Seulement, je vous préviens : nous ne fournissons pas la cocaïne, alors prenez vos précautions de ce côté-là.

– Bien sûr, monsieur Ward. Vous ne pouvez pas vous permettre de prendre ce genre de risques. Je comprends.

Pendant le trajet du retour, Don éprouva un immense soulagement à sentir son fils sain et sauf près de lui. Mais il ne pouvait s'empêcher de songer que c'était grâce au poste qu'il occupait à Intercontinental qu'il avait réussi à faire pression sur les maîtres chanteurs et à se débarrasser d'eux. Tendant le bras, il tapota la cuisse de son fils.

– Robbie?

– Ouais?

– Quelle mouche t'a piqué tout d'un coup?

– Je ne sais pas, papa. Une envie, je n'ai pas pu résister. Je ne cherchais pas à faire du grabuge, je t'assure. Je n'ai pas pensé un instant que ça pourrait dégénérer comme ça.

– Des coups de feu ont été tirés. Il aurait pu y avoir des victimes.

– Ouais.

– Dieu merci, il n'y a pas eu de blessés graves. J'aimerais quand même que le Dr Rissom te voie. On ne sait jamais.

Le Dr Rissom avait examiné Robbie des pieds à la tête. En dehors de quelques contusions sur les bras et la poitrine, il n'avait rien trouvé de suspect. Toutefois, il fit signe à l'adolescent d'attendre dehors pendant qu'il parlait à Claire.

– Votre fils s'en est tiré pour ainsi dire sans une égratignure. Les deux gamins que j'ai soignés ont eu moins de chance que lui à en juger par leurs blessures. Cette histoire aurait pu tourner à la tragédie.

– Nous avons été complètement retournés, Don et moi, en apprenant ce qui s'était passé. Comment Robbie a-t-il pu foncer tête baissée dans une histoire pareille? Ça ne lui ressemble guère.

– Il y a pourtant eu un précédent, Claire. Rappelez-vous le jour où il a ratatiné la voiture de Don.

– Vous avez raison, opina-t-elle. C'est comme s'il avait changé tout d'un coup. Que peut-il bien lui arriver?

– J'ai ma petite idée sur la question.

Le médecin pivota sur son fauteuil, prit la main de Claire qu'il serra paternellement entre les siennes.

– Écoutez-moi, mon petit, et tâchez de rester calme. Voilà un garçon exceptionnel à qui tout – études, sport – réussit, qui pète la santé et qui, à deux reprises, se lance dans des aventures dont le moins qu'on puisse dire est qu'elles sont hasardeuses. Pourquoi? Parce qu'il a désespérément besoin qu'on s'occupe de lui et qu'il cherche à se faire remarquer.

– Docteur Rissom, j'ai renoncé à ma carrière pour l'élever. Ne me dites pas que...

– Claire! l'interrompit Rissom. Vous êtes sa mère, une mère irréprochable, certes. Mais, pardonnez-moi si je suis brutal, vous n'êtes que sa mère. Robbie a aussi un père. Or ce père, accaparé par son travail, est rarement à la maison, il n'a pas le temps d'aller voir Robbie jouer au football ni de sortir avec lui. Dire à son fils qu'on est fier de ses prouesses n'est pas suffisant. Il faut aussi que l'enfant puisse lire cette fierté dans le regard paternel quand il vient d'accomplir une action d'éclat. Il me semble que Robbie est en train de se tenir le raisonnement suivant : « Si mon père ne s'intéresse pas à moi alors que je suis bon en tout, peut-être qu'il daignera s'occuper de moi si je me fourre dans de sales draps. » C'est du moins comme cela que j'interprète les faits.

La gorge serrée, Claire hocha la tête.

– Mais ce type était armé. Robbie aurait pu se faire descendre.

– Vous n'imaginez pas de quoi les enfants sont capables quand ils ont l'impression qu'on les néglige, dit le Dr Rissom, d'un ton grave. Essayez de convaincre Don d'assister au prochain match de Robbie. Il s'agit de la finale du championnat, que diable!

– Ce n'est pas l'envie qui lui en manque. Mais dans son métier, on n'est pas maître de son emploi du temps.

– Débrouillez-vous, Claire, insista le médecin. Il faut qu'il y assiste.

A peine Claire fut-elle sortie que le Dr Rissom entreprit de mettre à jour le dossier de son jeune patient pendant que les détails étaient encore tout frais dans sa mémoire.

Il nota l'emplacement des contusions qu'il avait observées sur le corps de l'adolescent, précisant qu'il ne lui avait prescrit aucun médicament. Au moment de refermer la chemise, il se ravisa et ajouta un dernier détail : « Depuis quelque temps, Robbie manifeste une tendance à se mettre malgré lui dans des situations périlleuses. A surveiller de près, comportement très inquiétant. »

12

La matinée était fraîche en ce dernier samedi de novembre. L'association sportive des écoles préparatoires n'avait que six matches à son calendrier. Commencées fin septembre, les rencontres se terminaient le second vendredi de novembre. La finale entre les équipes classées respectivement première et seconde à la fin de la saison se déroulait quinze jours plus tard, toujours un samedi. Canaan était arrivée seconde à cause d'une mauvaise angine qui avait fait manquer un match à Robbie. Sans cet incident de parcours, ils auraient terminé la saison sans défaite et auraient été premiers ex æquo avec Hillside.

Mais aujourd'hui, ils allaient se rattraper et rétablir la situation. Robbie se réveilla plus tôt que d'habitude, bien plus tôt qu'un jour de match ordinaire. Il était trop à cran pour dormir, trop impatient de montrer de quoi il était capable. Allongé dans son lit, il se mit à réfléchir, analysant les forces et les faiblesses de ses adversaires, élaborant sa stratégie, espérant que l'entraîneur le laisserait choisir ses combinaisons de jeu au lieu de les crier du banc de touche.

L'attaquant le plus redoutable de Hillside était un arrière au gabarit impressionnant qui aurait aisément pu jouer dans une équipe universitaire. Il avait d'ailleurs décroché une bourse d'étude à Ohio State University pour l'année prochaine. Sa seule puissance assurait à son équipe une progression de cinq à six yards à chaque tentative. Et si, grâce à des percussions et des blocages astucieux, ses partenaires réussissaient à lui ouvrir une brèche, il s'y engouffrait et pouvait aller tout seul à l'essai. Il était assez costaud pour résister aux plaquages et assez rapide pour les éviter presque tous.

La solution était de neutraliser cet arrière suffisamment souvent pour prendre possession de la balle. Alors ce serait au tour de Robbie d'entrer en action, de faire des passes à ses deux ailiers, qui étaient loin d'être les plus mauvais de la division.

Par chance, la défense de ses adversaires sur le jeu de passe laissait à désirer. Il les tiendrait aux abois avec les passes courtes dont il avait le secret. Cette tactique de jeu nécessitait un *quarterback* [1] vif, aux réflexes fulgurants.

Don y avait initié Robbie dès l'âge de huit ans; il n'avait pas tardé à y exceller car il était doué d'une coordination de mouvements tout à fait étonnante. « Lève les yeux et lance, ordonnait Don. Pivote et lance. Lance dans toutes les positions, mais vite. Il ne faut pas que tu laisses à la défense le temps de s'organiser. » Aujourd'hui, Robbie était décidé à les faire tourner en bourrique. Il était résolu à gagner mais surtout à montrer à son père qu'il avait bien assimilé ses leçons. Obnubilé par cette pensée qui finissait par tourner à l'idée fixe, il sauta à bas de son lit. Son père allait-il seulement assister à la rencontre? Il lui fallait s'en assurer.

Pieds nus, le bas de son pyjama neuf traînant sur la moquette, Robbie se dirigeait vers la chambre de ses parents lorsqu'il entendit la voix paternelle à l'étage au-dessous. Il s'engagea dans l'escalier. La porte qui séparait la salle à manger de la cuisine était fermée. Mais il distinguait nettement la voix de son père, qui parlait fort et semblait furieux.

– Désolé, Ed! Il faudra envoyer quelqu'un d'autre. Je ne suis pas libre. Demandez à Harry d'y aller. Ou alors à Pres. Ne me dites pas que je suis le seul à pouvoir la baratiner. Faites-lui miroiter un rôle dans un film ou dans un épisode pilote. Non, Ed, impossible. Le réseau? Mon fils passe avant le réseau. Merci, Ed. Je vous revaudrai ça. Je rentre directement chez moi après le match, je devrais être là à quatre heures. Si elle continue à faire des siennes, je vous

1. Le *quarterback* est au football américain ce que le demi de mêlée est au rugby. C'est lui en outre qui joue le rôle de meneur de jeu. *(N.d.T.)*

promets de prendre le premier avion pour la côte ouest demain.

Robbie comprit que son père venait de tenir tête à Ed Brady, président d'Intercontinental. Si son père avait envoyé le patron sur les roses, c'est qu'il l'aimait.

« Mon fils passe avant le réseau. » Robbie répéta plusieurs fois la phrase, trouvant qu'elle sonnait bien.

Aujourd'hui il allait se surpasser et se faire pardonner du même coup les ennuis qu'il avait causés à ses parents ces dernières semaines.

Sa mère était dans les tribunes avec les parents des autres joueurs. L'entraîneur avait invité son père – expert en la matière – à prendre place sur le banc de touche.

Cette journée d'automne était froide et ensoleillée et la pureté de l'air rendait la réverbération d'autant plus intense. Ce n'était pas le temps rêvé pour les passeurs et les receveurs. Un ailier qui se retourne en pleine vitesse pour réceptionner le ballon se retrouve avec le soleil en plein dans les yeux.

La première fois que Canaan eut la balle, Robbie fit trois passes. Deux n'aboutirent pas. Quant à la troisième, elle ne fit progresser son équipe que de huit yards et ses partenaires furent contraints de jouer au pied.

Robbie dut s'asseoir sur le banc de touche où il vit, impuissant, Hillside remonter le terrain par des charges courtes de trois, quatre ou cinq yards. Non seulement ils progressaient régulièrement mais le chronomètre jouait pour eux. Une longue remontée du terrain pouvait prendre sept à huit minutes. Deux remontées et c'était un quart-temps de perdu pour Canaan.

« Qu'est-ce que vous attendez pour l'arrêter! fulminait Robbie. Arrêtez ce salopard, nom d'un chien, et attrapez-moi ce ballon. »

Les joueurs de Hillside marquèrent dès leur première progression. Après la transformation, ils menaient par 7 à 0 et devaient donner le coup de pied d'engagement. Le soleil étant toujours derrière Robbie et dans les yeux de ses receveurs, l'entraîneur décida d'adopter une tactique moins risquée et de jouer au sol. Robbie réussit à glisser le ballon à ses lignes arrière qui gagnèrent du terrain sur les deux premières tentatives, ce qui redonna confiance à l'équipe.

Lors de la phase de jeu suivante, l'ailier de Canaan partit

du côté droit pour tenter de déborder la défense. Mais le plaqueur adverse, flairant la manœuvre, le rattrapa et, ne réussissant pas à le plaquer, parvint toutefois à lui arracher la balle qui se mit à faire des rebonds imprévisibles sur la pelouse. Robbie tenta de plonger mais un avant de Hillside le bloqua tandis qu'un autre se jetait sur le ballon.

Robbie retourna s'asseoir sur le banc de touche et regarda Hillside regagner yard après yard grâce au jeu en force de ses avants qui commençait à payer et à faire apparaître des fissures dans l'homogénéité des avants de Canaan.

Les choses continuèrent ainsi pendant le premier quart-temps et une partie du second. A la moitié du second quart-temps, le score était de 14 à 0 pour Hillside. Après le changement de camp à la fin du premier quart-temps, le soleil ne gênait plus les ailiers mais c'était Robbie qui avait toutes les peines du monde à distinguer ses receveurs. Comme le temps filait et que le jeu en passes courtes ne suffisait pas, il tenta de jouer long. Aveuglé par le soleil bas, il ne réussit pas de combinaisons fructueuses. Lorsque les deux équipes quittèrent le terrain à la mi-temps, Hillside menait, toujours sur le score de 14 à 0.

Dans les vestiaires, l'entraîneur entreprit d'analyser les faiblesses de ses joueurs. Au lieu de s'appesantir sur la supériorité physique de Hillside, il leur prodigua ses conseils.

– Jouons notre jeu. Ne nous battons pas nous-mêmes. Ce ballon perdu a cassé notre rythme. Nous ne pouvons plus nous permettre d'autres erreurs de ce genre, il nous faut jouer sobre et efficace. Échappez-vous pour permettre à Robbie de faire ses passes. Passez au moment où ils s'y attendent le moins. Compris, Robbie?

– Oui, marmonna Robbie, qui ruminait d'autres projets.

– En cercle, ordonna l'entraîneur.

Il leur fit signe de se donner la main pour former le cercle, rituel auquel ils sacrifiaient avant de quitter les vestiaires.

Les trente-sept jeunes gens obéirent. Robbie, seul, refusa de s'exécuter.

– Robbie! s'écria l'entraîneur, le rappelant à l'ordre.

– Un instant! dit Robbie. Ce n'est pas en se tenant par la main ni en poussant des cris de sioux qu'on va s'en sortir. Si vous voulez gagner ce match, les gars, attrapez-moi ce ballon! Bloquez-moi ce fumier d'arrière. Vous, les flankers, infiltrez-vous, arrêtez-le avant qu'il ait remonté jusqu'à leur ligne. Vous, les plaqueurs, faites-lui mal. Faites-le reculer. Épuisez-le, ralentissez-le. Mais si vous voulez qu'on les batte, débrouillez-vous pour me gagner le ballon. Dès que je l'aurai, je vous promets de faire tourner ce type en bourrique avec des passes courtes. Fini les passes hautes qu'on ne rattrape pas à cause du soleil. Rien que des passes courtes sans problème. Un coup à droite, un coup à gauche. Jamais deux fois la même chose. Je vais les faire devenir chèvres. Mais attrapez-moi ce ballon, bon dieu! O.K., les gars?

– O.K.! hurlèrent ses équipiers.

– Maintenant, formons le cercle, dit Robbie en se joignant aux autres.

L'équipe au grand complet scanda à pleins poumons le cri de ralliement de l'école. Après quoi, les joueurs sortirent en courant, toujours braillant. Campé près de la porte, l'entraîneur observait ses troupes en silence. Lorsque Robbie franchit le seuil, il lui administra une bourrade amicale dans le dos.

– Il va en faire une tête, ton père, quand je lui raconterai ça! Je vois ça d'ici!

Galvanisés par le speech de Robbie, les défenseurs se sortirent les tripes. Hillside s'empara du ballon sur le coup d'envoi. Mais, à la troisième tentative, Canaan attrapa l'arrière avant qu'il puisse s'échapper. Hillside dut jouer au pied.

Lorsque Robbie s'élança sur le terrain, il était remonté à bloc. « Regarde, papa, regarde ces passes courtes, ça ne te rappelle rien? Admire un peu le travail. Je vais leur en faire voir de toutes les couleurs. »

Avec précision et maestria, Robbie grignota yard après yard. Canaan avait atteint la ligne des trente-quatre yards et un avant de Hillside marquait Robbie en permanence pour l'empêcher de faire ses passes courtes. C'est alors que l'adolescent fit une longue passe en avant à l'un de ses ailiers qui réceptionna à la perfection et alla à l'essai sans opposition.

Robbie tint le ballon tandis que le botteur transformait. Le score était désormais de 14 à 7. Canaan remontait. Robbie Ward avait l'impression d'avoir des ailes, il se sentait invincible. Personne ne l'arrêterait désormais. Quand l'équipe se retrouva pour l'engagement, ses aînés lui administrèrent de grandes claques dans le dos.

Il était redevenu celui que les journalistes sportifs locaux avaient baptisé le « gagneur ». Il jeta un regard vers le banc de touche. Le sourire aux lèvres, son père bavardait avec l'entraîneur qui jubilait. C'était le match le plus important de toute la carrière de Robbie, et, qui plus est, disputé devant son père, la personne qui comptait le plus au monde pour lui.

« Je vais lui montrer ce que j'ai dans le ventre. Il s'est décarcassé pour être là, il ne le regrettera pas. »

On était au milieu du quatrième quart-temps. Canaan, qui était revenu à la marque dès l'engagement, avait de nouveau forcé Hillside à jouer au pied. Robbie avait le ballon. L'instant était décisif.

S'en tenant à sa stratégie, il affolait ses adversaires avec des passes courtes et fixait pratiquement toute la défense sur lui. Canaan atteignit ainsi la ligne des quatorze yards. Il tenta une longue passe qui se perdit dans l'en-but. Lors de la tentative suivante, le receveur fut bloqué et la balle tomba au sol. L'entraîneur donna la consigne de tenter un coup de pied au but. Robbie renâcla mais obtempéra. Si Canaan marquait trois points à ce stade de la partie, alors que les attaquants de l'équipe adverse étaient neutralisés, le match était dans la poche.

Robbie maintint le ballon et le botteur tapa. La balle s'éleva parfaitement dans les airs et passa juste entre les poteaux. 14 pour Hillside et 17 pour Canaan. C'était dans la poche.

Lorsqu'on entama la dernière minute du match, Canaan était en possession du ballon. Ce n'était plus qu'une question de secondes. Robbie glissa un regard oblique vers la touche. Son père arborait un sourire rayonnant, l'entraîneur exultait.

« Je vais leur en donner pour leur argent, songea Robbie. Aujourd'hui, c'est moi le patron; j'en fais ce que je veux, de ces gus. »

Il jeta un œil à la pendule du tableau d'affichage à l'autre bout du terrain.

Plus que quatorze secondes. C'était suffisant pour leur donner une idée de son audace et de son génie. Il imaginait déjà les titres dans les quotidiens locaux. Peut-être même que les journalistes sportifs mentionneraient sa performance aux informations du soir. D'autant qu'il s'agissait d'un match de championnat.

« Aujourd'hui, tout me réussit, je ne peux rien rater. »

Il n'avait jamais éprouvé pareil sentiment d'invincibilité.

Il réunit son équipe sur la ligne des quarante-deux yards de Hillside. C'était la seconde tentative, il leur restait sept yards à gagner et quatorze secondes à jouer.

– Dites donc, les gars, si on terminait en beauté? fit-il, surexcité. Quelle est la chose à laquelle ils s'attendent le moins?

– A ce qu'on ne joue pas au sol? suggéra son avant. C'est ce que tout le monde fait.

– Exactement. On va leur en faire une qu'ils ne sont pas près d'oublier.

Personne ne pipant mot, Robbie sourit derrière son masque.

– Une longue passe. La dernière. Pour l'essai.

– Ça m'étonnerait qu'ils s'attendent à ça, approuva son flanker, gagné par l'enthousiasme de Robbie.

– C'est parti! jeta Robbie, hilare.

L'équipe se mit en place comme d'habitude. Don et l'entraîneur se levèrent pour assister à la dernière phase de jeu, la plus banale, s'attendant à ce que Robbie se laisse tomber sur la balle derrière la ligne d'engagement ou quelque chose dans ce goût-là. Aussi furent-ils sidérés de voir Robbie s'emparer du ballon au centre et commencer à reculer. Don supposa que son fils allait traverser le terrain latéralement, histoire d'utiliser les dernières secondes.

Erreur. Le *quarterback* de Canaan reculait pour faire une passe. Ce qu'il fit. L'un des défenseurs de Hillside, qui avait machinalement suivi l'ailier de Robbie, fut le premier surpris de pouvoir sauter et intercepter la longue passe de Robbie. Il remonta le terrain, prenant au dépourvu l'équipe adverse.

Robbie tenta un plaquage désespéré mais ne le toucha même pas. Tout ce qu'il vit, allongé par terre, ce fut le dos du joueur de Hillside qui passait la ligne de but. La transformation ne fut qu'une simple formalité. La partie était terminée.

Les yeux embués, Robbie vit le score s'inscrire au tableau d'affichage. Hillside gagnait par 21 à 17.

Robbie se dirigea vers les vestiaires, ignorant les paroles de réconfort qu'on lui prodiguait. Don essaya de lui passer un bras autour des épaules mais il se dégagea avec violence. Lorsque l'entraîneur voulut le consoler, l'adolescent évita de croiser son regard et fixa obstinément la pelouse, luttant pour refouler une terrible envie de pleurer.

13

Le nez baissé, Robbie quitta le terrain et s'engagea dans le tunnel. Les chaussures à crampons des joueurs raclaient le béton brut avec un bruit d'enfer. Son casque à la main, il pénétra d'un pas lourd dans les vestiaires surchauffés qui empestaient la sueur et le liniment. Penaud, il n'osait lever les yeux. Si après les matches précédents, il avait échangé des plaisanteries avec ses équipiers, poussé des hurlements de triomphe, reçu force claques amicales dans le dos, cette fois c'était le calme plat.

Il ouvrait la porte de son placard lorsque Roger Ames – un arrière qui venait de jouer son dernier match à Canaan car il entrait en faculté l'année prochaine – se dirigea vers lui.

– Écoute, petit, tu...

– Je t'interdis de m'appeler « petit »! gronda Robbie en lui faisant face.

– T'énerve pas. Je voulais seulement...

Mais Robbie ne lui laissa pas le temps de terminer sa phrase. Se jetant sur son aîné, il lui assena un coup de poing sur la tête et lui en flanqua un autre à la mâchoire. Pris au dépourvu, Ames alla heurter du dos le placard métallique. Se ressaisissant, il se mit à riposter. Toutefois, force lui fut bientôt de constater qu'en dépit de sa supériorité physique, il lui était impossible de venir à bout de Robbie, déchaîné.

Plus petit et moins baraqué que son adversaire, l'adolescent n'en continuait pas moins de cogner. Il tapait avec tant de hargne qu'ils durent s'y mettre à quatre, l'entraîneur et trois joueurs, pour le maîtriser.

Ils le maintinrent cloué au sol plusieurs minutes durant,

attendant qu'il se calme. Ce n'est que lorsque l'entraîneur fut certain qu'il avait retrouvé son sang-froid qu'il fit signe aux autres de le relâcher.

– Robbie? s'enquit-il, inquiet.

Robbie détourna la tête afin d'éviter de croiser son regard.

– Qu'est-ce qui te prend, mon garçon? Tout ce cirque pour un match perdu, on n'a pas idée! Roger essayait de te remonter le moral, c'est tout. Tu vas me faire le plaisir de t'excuser. Allez, les enfants, serrez-vous la main et oublions cette histoire.

Debout au-dessus de Robbie, Roger Ames lui tendit la main pour l'aider à se relever comme il l'avait fait des centaines de fois sur le terrain lorsque son partenaire avait été plaqué. Mais, ignorant la main tendue, Robbie se remit debout tout seul, bouscula Roger au passage et fila vers les douches. Ames se mit à frictionner sa mâchoire douloureuse.

– Un drôle de teigneux quand il s'y met.

– Je n'ai jamais vu ce gosse dans cet état, remarqua l'entraîneur. Je me demande ce qui lui arrive.

Le break des Ward était garé devant la sortie du stade. Claire était assise à l'intérieur. Appuyé contre l'aile avant, Don, qui attendait Robbie, vit arriver l'entraîneur.

– Comment réagit-il? s'enquit Don.

– Plutôt mal.

– Ça ne m'étonne pas. Encaisser une défaite, c'est difficile, surtout quand on a l'habitude de gagner.

– Il a eu un petit... accrochage au vestiaire avec un de ses équipiers.

– Que s'est-il passé?

– J'aimerais mieux que ce soit lui qui vous en parle, éluda l'entraîneur en se dirigeant vers le parking.

Quelques minutes plus tard, le cheveu luisant, le visage congestionné, Robbie fit son apparition, l'œil droit orné d'une ecchymose, résultat du coup de poing que lui avait flanqué Ames. Don se dit qu'il avait dû récolter ce cocard pendant le match.

Robbie se glissa sur le siège du passager comme à son habitude, sans un regard pour sa mère installée à l'arrière et sans adresser un mot à son père.

– Robbie, ta ceinture, lui rappela Claire pour détendre l'atmosphère.

– Eh bien quoi, ma ceinture? Qu'est-ce que ça peut foutre, que je la mette ou non?

– Ne discute pas, mets-la, dit Claire, furieuse.

Don croisa le regard de Claire dans le rétroviseur et lui fit comprendre qu'il valait mieux ne pas insister. Il attendit d'avoir démarré avant de se risquer à questionner son fils.

– Il y a eu des commentaires après le match?

Les poings dans les poches de son blouson, Robbie se tassa sur son siège sans répondre.

– Ton père t'a posé une question, dit Claire.

Don lui jeta un coup d'œil réprobateur, mais trop tard.

– O.K., d'accord! Vous voulez savoir ce qui s'est dit dans les vestiaires? Eh ben, rien! PAS UN MOT! QUE DALLE! hurla Robbie, tourné vers sa mère.

Don lança un nouveau coup d'œil à Claire qui signifiait clairement : « Fiche-lui la paix. » Peinée, elle se tut.

Il s'écoula quelques minutes avant que Robbie n'explose à nouveau :

– S'ils ne m'avaient pas retenu, je le tuais, ce fumier!

Sidéré par la violence du ton, Don s'enquit :

– Qui ça?

– Roger.

– Quel Roger?

– Roger Ames! précisa Robbie, ulcéré. Je l'aurais démoli. Quand je pense qu'il a eu le culot...

– Le culot de quoi? questionna Claire, éberluée par l'agressivité inhabituelle de son fils.

– Le culot de m'appeler « petit », fit Robbie en se retournant pour lui faire face. « Petit! » Alors que j'ai quinze ans et demi, bientôt seize!

– Et c'est pour cela que tu t'es mis dans cet état?

– Non, ça encore ce n'est rien, c'est la suite. « Écoute, petit », qu'il a fait, « je voulais seulement... »

– Il voulait seulement quoi? enchaîna Claire.

– Je ne lui ai pas laissé le temps de finir, à ce salaud, mais je l'ai bien vu venir, avec ses gros sabots! Il se disait que si on avait perdu, c'était à cause de moi. Je ne pouvais pas laisser un crétin d'arrière me parler sur ce ton. Il a eu de la veine que les autres me retiennent sans quoi je le massacrais. Ça ne faisait pas un pli.

Ni Don ni Claire ne soufflèrent mot. Ils se contentèrent d'échanger des regards inquiets dans le rétroviseur. A l'évidence, ils venaient d'avoir un nouvel échantillon du comportement aberrant de Robbie.

Claire attendit qu'ils eussent quitté l'autoroute pour tenter de rompre le silence qui devenait oppressant.

– Voyons, Robbie, tu ne vas pas te laisser démoraliser par une malheureuse erreur. Tu as joué comme un dieu.

– Pas comme un dieu, comme un imbécile! D'ailleurs, je suis un imbécile! explosa Robbie. Quand je pense que vous n'aviez que l'embarras du choix et que vous m'avez pris, moi. On ne peut pas dire que vous ayez été bien inspirés.

Le regard de Don intercepta une nouvelle fois celui de Claire dans le rétroviseur. Le souffle coupé, ils restèrent un bon moment sans parler. Ils n'en étaient pas à leur premier accrochage avec leur fils. Plusieurs fois déjà ils avaient refusé de laisser Robbie « faire comme les copains ». Ulcéré, Robbie boudait et sous le coup de la colère lâchait des réflexions qui allaient du classique : « Si vous m'aimiez vraiment, vous diriez oui », à l'inévitable : « Je suis sûr que vous agiriez différemment si j'étais votre vrai fils. » Les Ward avaient fini par prendre leur parti de ces accès de mauvaise humeur, qu'ils mettaient sur le compte de l'adolescence.

Mais Robbie Ward n'avait encore jamais adopté cette attitude, ni culpabilisé de la sorte.

La réaction de Claire ne se fit pas attendre :

– Robbie, je t'interdis de dire une chose pareille. Nous t'avons choisi et nous sommes fiers de t'avoir pour fils. Tu n'es pas un imbécile, loin de là : tes notes le prouvent et le fait qu'on t'ait autorisé à suivre des cours à Columbia aussi.

– Cela ne les a pas empêchés de me virer.

– Peut-être, mais pas parce que tu n'étais pas à la hauteur, souligna Claire.

– Je n'avais qu'à me laisser tomber sur le ballon pour gagner le match. Ce n'était pourtant pas sorcier! Mais il a fallu que je fasse le malin!

La discussion s'arrêta là. Don proposa à Robbie de l'emmener dans son restaurant préféré, où le steak était tendre et les gâteaux au chocolat particulièrement onctueux. Mais Robbie repoussa la suggestion d'un ton sec, frisant la grossièreté.

Lorsqu'ils furent de retour à la maison, il refusa de

manger, grimpa dans sa chambre et s'y enferma à clé. Claire l'appela pour qu'il vienne dîner, mais sans succès. Elle décida alors de monter.

– Robbie, tu m'entends? fit-elle, appuyée contre le battant de la porte.

– Oui.

– Il va être l'heure de passer à table.

– Mangez sans moi! Je ne bouge pas d'ici! lança-t-il, péremptoire.

Elle tourna les talons, désolée et soulagée en même temps. Mais sans savoir pourquoi.

Don s'était réfugié dans son antre au premier pour lire les scénarios d'une douzaine de comédies. Ou plutôt de ce que Hollywood considérait comme des comédies, et qui constituaient en fait autant de mornes variations autour de quatre thèmes éculés. Primo, l'adultère bon enfant assaisonné de quiproquos désopilants. Secundo, les tribulations d'adultes débiles ridiculisés par des gosses de neuf ans au Q.I. insolent. Tertio, le conflit des générations. Quarto, les histoires prétendument fantastiques peuplées de revenants bien en chair s'amusant à torturer de pauvres humains sans défense. Bref, un ramassis de sottises, qui étaient censées provoquer l'hilarité du public.

« Ce n'est pas possible, fulmina Don. Des poncifs, encore des poncifs, on n'en sortira donc jamais! Je vais quand même bien finir par trouver du nouveau. » Mais neuf scénarios plus tard, comme il n'avait toujours pas déniché la moindre idée originale au milieu de ce fatras, il laissa tomber. « Et on se demande ce qui cloche à la télévision », ironisa-t-il.

Il poussa un véritable soupir de soulagement lorsque Claire l'appela pour dîner. En passant, il fit halte devant la chambre de Robbie.

– Robbie?

« La faim fait sortir le loup du bois. Avec l'appétit qu'il a, il ne résistera pas longtemps. »

Pendant le repas, Claire et lui n'échangèrent pas un mot. Ils étaient bien trop occupés à guetter ce qui se passait à l'étage au-dessus où régnait un silence inhabituel. On n'entendait en effet pas plus les pulsations de la chaîne de Robbie que le son de sa guitare. Don repoussa soudain son assiette.

– Je ferais mieux d'aller lui parler.

Restée seule, Claire cessa de faire semblant. Elle était au bord des larmes. Don et elle avaient déjà eu des prises de bec avec Robbie. Et pourtant, sans parvenir à s'expliquer pourquoi, elle avait le sentiment que ce qui se passait aujourd'hui était plus grave et plus inquiétant.

La porte de Robbie était toujours fermée à clé. Don tendit l'oreille. Pas un bruit. Il frappa. Pas de réponse.

– Robbie? Il faut que je te parle.

Silence.

Don frappa de nouveau.

– Fiche-moi la paix! lança une voix courroucée.

– Robbie?

– J'ai pas envie de parler!

– Moi si, s'entêta Don.

– De quoi? De ma connerie?

– Je veux te parler, c'est tout. Ouvre.

Quelques instants plus tard, Don entendit le bruit de la clé dans la serrure. Il tourna la poignée, ouvrit la porte et jeta un coup d'œil autour de lui. Les stores étaient baissés. La pièce était plongée dans l'obscurité. Robbie, qui n'avait pas quitté son blouson, était assis au pied de son lit.

Il regardait fixement le mur en face de lui et, accroché au mur, format poster, le programme des rencontres que son équipe devait disputer pendant la saison. Robbie avait noté le score de chaque victoire à l'aide d'un gros feutre noir. Don vit qu'au lieu de reporter le résultat d'aujourd'hui sur l'affiche son fils avait écrit CRÉTIN en capitales.

– Robbie..., commença Don, espérant arracher son fils à sa contemplation morose. Tu ne crois pas qu'on devrait essayer de remettre les choses au point? Avoir une conversation, tous les deux?

– Pour quoi faire? On a perdu. Canaan a perdu par ma faute. Jamais je ne remettrai les pieds dans cette école.

– Voyons, Robbie, ne dramatise pas. Tu n'as commis qu'une erreur en cinquante phases de jeu, une malheureuse petite erreur...

– Une petite erreur qui nous a coûté le match et le championnat! éclata Robbie.

– Tu veux savoir ce que pense ton entraîneur?

– Non! hurla Robbie.

– Tant pis, je vais te le dire quand même. « Votre fils a pris une sacrée leçon aujourd'hui. Il n'en jouera que mieux l'année prochaine. »

– Il n'y aura pas d'année prochaine!

– Écoute-moi bien, lança Don, commençant à perdre patience. Je ne veux pas de ce genre de discours ici. Tu vas me faire le plaisir de retourner à l'école lundi et de terminer ton année scolaire. L'an prochain, tu reprendras ton poste de *quarterback* et tu gagneras le championnat.

Claire, qui écoutait à la porte, secoua la tête. « Don, mon chéri, garde ton calme, je t'en supplie. Ce n'est vraiment pas le moment. »

– Tu as entendu? jeta Don d'un ton sec.

Son fils refusant de répondre, il ajouta :

– Regarde-moi quand je te parle!

Robbie ne broncha toujours pas.

– Très bien, fit Don. Je descends dans la bibliothèque. Si tu veux me parler, tu sais où me trouver.

C'est tout juste s'il ne renversa pas Claire en sortant. Ils n'échangèrent pas un mot. C'était inutile, d'ailleurs : leurs regards étaient suffisamment éloquents. Furieux, Don se dirigea vers l'escalier.

L'espace d'un instant, elle hésita sur la conduite à tenir, puis décida d'entrer. Sans prononcer une parole, elle serra son fils contre sa poitrine. Robbie tenta de se dégager mais n'y parvint pas tant elle le maintenait fermement.

– Je sais ce que tu ressens, mon chéri. Mais dis-toi que c'était un match comme un autre.

– Ce n'était pas un match comme un autre, protesta-t-il. C'était la finale du championnat.

– Tu en disputeras d'autres. Et tu les remporteras.

– Non!

Claire sentit la peur l'étreindre de nouveau. Pourquoi s'enfermait-il dans ce refus buté? Elle le serra plus fort.

– Je regrette qu'il ait été là, dit Robbie au bout d'un moment.

– Qui?

– Lui.

– Ton père?

– Oui, mon père, fit-il avec violence.

– C'est toi qui lui as demandé de venir. Et il a fait des pieds et des mains pour se libérer : il a été jusqu'à envoyer Brady sur les roses, souligna Claire.

– Tout ça, c'est de sa faute.

L'obligeant à lever la tête, elle le regarda droit dans les yeux.

– Robbie? Si tu m'expliquais?

– Je voulais lui montrer ce que j'avais dans le ventre. Je voulais qu'il puisse raconter partout que son fils était un crack. Je voulais qu'il soit fier de moi. Qu'il ait l'impression d'avoir tiré le bon numéro le jour où il m'a adopté.

– Ce n'est pas un match qui va changer quoi que ce soit aux sentiments de ton père. Il est fier de toi, je t'assure. Et moi aussi, d'ailleurs.

– Ce n'est pas la même chose. Toi, tu es toujours là. Tandis que lui, c'est un vrai courant d'air. Quand par hasard il lui arrive d'être à la maison, c'est encore à son travail qu'il pense. Il ne s'intéresse à moi que quand je rapporte de bonnes notes ou que je lui montre un article me concernant découpé dans le journal local. C'est pour ça que j'ai décidé de me défoncer aujourd'hui, de lui en mettre plein la vue. Mais je me suis planté...

– Si tu descendais manger un morceau, Robbie? Je suis sûre que ça te ferait du bien.

Il secoua la tête.

– Dis-moi ce qui te ferait plaisir, que je te prépare ça en vitesse. A moins que tu ne préfères une pizza. Je t'emmène chez l'Italien d'un saut de voiture, si tu veux.

– Pour tomber sur les copains? Ah, non!

– Il faudra bien que tu les voies lundi.

– Je ne remettrai jamais les pieds dans cette boîte! énonça-t-il d'un ton péremptoire.

– Comme tu voudras, fit Claire, conciliante et persuadée au fond d'elle-même qu'il reprendrait le chemin de Canaan lundi.

Tout comme elle était pratiquement sûre de le voir débarquer dans la cuisine sur le coup de neuf heures, l'estomac dans les talons, à la recherche d'un petit quelque chose à grignoter.

Ce en quoi elle se trompait. Car elle avait sous-estimé la profondeur du désespoir de son fils et la fermeté de sa décision.

14

Le dimanche, Robbie resta terré dans sa chambre. Lorsque Claire l'appela pour le petit déjeuner, il répondit qu'il l'avait déjà pris. Ce qui, à en juger par l'état de la cuisine, était un mensonge flagrant. Don essaya de manger et finit par renoncer.

– Qu'est-ce qu'il fabrique là-haut?

Inquiète, Claire haussa les épaules en signe d'ignorance.

– Je ne l'ai jamais vu comme ça. D'habitude, le dimanche, il s'entraîne ou alors il file rejoindre ses copains.

– Je monte lui dire deux mots.

– Tu risques d'envenimer les choses, objecta Claire.

– Est-ce le simple fait de lui parler ou le fait que ce soit moi qui lui parle qui risque d'envenimer les choses, comme tu dis?

– Don, promets-moi de ne pas t'énerver...

– Pourquoi veux-tu que je m'énerve? coupa-t-il, d'un ton rogue.

– Ce qu'il a fait hier, c'était pour... t'épater. Si tu montes lui parler, son échec lui paraîtra encore plus cuisant.

– Je ne peux plus parler à mon fils, maintenant?

– Je n'ai pas dit ça. Mais si j'étais toi, je choisirais un autre moment.

– Ça c'est incroyable! Je m'entretiens à longueur d'année avec des centaines d'inconnus, clients, techniciens, fonctionnaires, commanditaires, que j'embobine comme je veux, et je ne peux pas adresser la parole à mon propre fils sous prétexte que je vais envenimer les choses! (Il se leva d'un bond.) Je vais faire un tour! Je m'arrêterai peut-être au club, histoire de faire des balles.

Il sortit de la cuisine en claquant la porte de communication avec le garage. Quand Don était en rogne, il avait deux exutoires : la conduite et le tennis. Il prenait la voiture et roulait pendant des heures quand il n'allait pas se défouler sur un court où, la colère aidant, il se surpassait.

La Mercedes sortit du garage et enfila la rue, moteur ronflant à plein régime. Claire se demanda si ce n'était pas le moment d'essayer d'attirer Robbie à la cuisine. Craignant inconsciemment un échec, elle renonça. « Avec l'appétit qu'il a, il finira bien par descendre tout seul. Je ne veux pas qu'il s'imagine que je le harcèle. »

Elle se plongea dans le *Times*. L'épais journal – si volumineux le dimanche qu'il avait l'air d'être vendu au poids – était idéal pour tuer le temps. Elle passa les rubriques en revue les unes après les autres. Monde. Société. Civilisation. Loisirs. Économie. Sport. Livres. Voyages. Immobilier. Petites annonces.

Rien de tel que le *Times* pour tromper son ennui, surtout que le numéro de cette semaine renfermait, ô surprise – bien qu'on fût seulement en novembre –, un fascicule en couleurs consacré à la mode de printemps.

Claire, qui était à la recherche d'une robe du soir pour le dîner de gala annuel du réseau à Las Vegas, entreprit de le feuilleter. Mais elle eut beau tourner les pages, elle ne vit rien qui l'inspirât. Elle se faisait trop de mauvais sang pour s'intéresser vraiment à ces frivolités. D'un geste brusque, elle jeta sur le divan le fascicule, qui dégringola mollement par terre.

Sans même se donner la peine de le ramasser, elle se leva, monta l'escalier moquetté et alla coller l'oreille à la porte de Robbie. Silence total.

– Robert? Robbie?

Haussant le ton, elle fit une troisième tentative.

– Robbie?

– Oui?

– Tu vas te décider à le prendre, ce petit déjeuner?

– J'ai pas faim, dit-il à travers la porte.

– Qu'est-ce qui te ferait plaisir pour déjeuner?

– J'ai pas faim, je te dis!

– On en reparlera dans une heure.

– Si je change d'avis, je te le dirai.

Précautionneusement, elle essaya de tourner la poignée, sans résultat. Elle n'insista pas. Il arrivait que Robbie s'enfermât dans sa chambre. Claire fit demi-tour, plus préoccupée que jamais. « Il faudra bien qu'il se décide à mettre le nez dehors demain pour aller à l'école », se dit-elle pour se rassurer.

Le lendemain matin, Don se leva de bonne heure, prit sa douche, s'habilla et s'assit à la table du petit déjeuner avant sept heures. Il voulait être au bureau à temps pour la réunion de huit heures afin d'examiner les indices d'audience des émissions dominicales. Le lundi, d'ordinaire, quand Don ralliait la cuisine, Robbie s'y trouvait déjà et terminait un plantureux breakfast. Mais aujourd'hui, aucune trace de l'adolescent. Don se tourna vers Claire qui était en train de lui couper son pamplemousse.

– Il est un peu en retard, expliqua-t-elle.

– S'il se dépêche d'avaler ses tartines, je le dépose à l'école. En vélo, il n'arrivera jamais à l'heure.

– Il ne veut pas descendre, murmura Claire d'une toute petite voix, désireuse d'éviter une scène.

– Comment ça, il ne veut pas descendre? jeta Don en se levant.

– Il... il dit qu'il ne veut pas aller en classe.

– Je l'ai laissé bouder hier toute la journée, mais aujourd'hui, ça suffit : il va à l'école. Il faudra bien qu'il retrouve ses copains et son entraîneur un jour ou l'autre. Plus il retardera l'échéance et plus ce sera pénible.

– C'est ce que j'ai essayé de lui expliquer...

– Veux-tu que je te dise ce qui ne va pas, Claire? Tu le traites encore en bébé, alors qu'il a quinze ans et demi. A son âge, je travaillais trois après-midi par semaine, moi. Je n'avais pas un père capable de sortir sept mille dollars par an pour m'envoyer dans une boîte privée. Si ça t'amuse de lui passer tous ses caprices, libre à toi; moi, je vais lui dire deux mots.

– Don, non! Si tu montes...

– Que veux-tu qu'il arrive, si je monte?

– Je ne sais pas. Il vaut mieux que tu t'abstiennes.

– Pourquoi? s'enquit-il, d'un ton radouci, en voyant luire la peur dans ses yeux.

– Parce que... parce qu'il n'est pas comme d'habitude.

– Comment cela?

– Je ne sais pas.

Il la prit dans ses bras et la sentit trembler de tous ses membres.

– Claire, ma chérie, si tu m'expliquais...

– Il n'y a rien à expliquer. J'ai l'impression qu'il faut le laisser tranquille, ne pas le brusquer, c'est tout.

– Je te promets de ne pas me mettre en rogne. Je vais seulement monter lui parler. En général, il m'écoute. Ce n'est pas une tête de lard.

Elle finit par aquiescer.

Quelques minutes plus tard, il redescendait.

– Alors?

– Je n'ai même pas réussi à entrer dans sa chambre, avoua Don. (Il jeta un coup d'œil à l'horloge de la cuisine.) Il faut que je file. Je te laisse l'emmener à l'école.

Claire essaya de nouveau de tourner la poignée. La porte était toujours fermée.

– Robbie, mon chéri, cette grève de la faim a assez duré.

Silence.

– Tu m'entends, Robbie, insista-t-elle, la voix chevrotante.

Sans doute se rendit-il compte qu'elle était au bord des larmes car il se décida à déverrouiller sa porte. Il entrouvrit le battant et risqua un œil dehors. Par l'entrebâillement, elle aperçut le lit en désordre, la couverture et les draps en tire-bouchon. A l'évidence, il avait passé une nuit agitée.

– Allons, Robbie, descends. Viens manger quelque chose.

Il secoua la tête.

– Tu ne vas pas rester éternellement cloîtré dans ta chambre!

– Pourquoi pas?

Folle d'inquiétude, elle cria presque :

– Je t'interdis de parler comme ça, tu m'entends? Je te défends de dire des bêtises pareilles!

– Ça va changer quoi? fit-il, impavide et comme absent.

En entendant cette voix atone, Claire ne put résister. Elle poussa la porte, entra et le prit dans ses bras, si vite qu'il n'eut pas le temps de résister.

– Ne t'en fais pas, mon grand, ça va bien se passer. Ton père est fier de toi, il trouve que tu t'es battu comme un lion. Il voulait te le dire, mais tu ne l'as pas laissé entrer.

Robbie ne broncha pas.

– Qu'est-ce qu'il y a, Robbie?

D'une petite voix enfantine, il murmura :

– J'ai peur.

– Peur de ce que vont dire tes équipiers?

Il fit non de la tête.

– Peur de ce que va dire l'entraîneur, alors? Tu sais ce qu'il a confié à ton père? Que grâce à cette histoire tu jouerais encore mieux l'an prochain.

Le regard lointain, il ne répondit pas.

– Robbie! Regarde-moi!

Il tourna vers elle des yeux de garçonnet apeuré. Elle le serra contre elle, comme pour tenter de dissiper ses craintes dans sa chaleur.

– Dis-moi ce qui ne va pas, Robbie.

– C'est comme si... je n'avais jamais été ici. C'est pour ça que j'ai peur.

En entendant ces mots si incongrus dans la bouche d'un enfant qu'elle avait recueilli alors qu'il n'avait que deux semaines, Claire eut l'impression qu'un scalpel s'enfonçait dans sa chair.

– Qu'entends-tu par là?

– Je ne sais pas.

S'arrachant à son étreinte, il la poussa dans le couloir et lui claqua la porte au nez.

« J'ai peur. » Ces mots résonnèrent aux oreilles de Claire pendant toute la journée. Ce n'étaient pas des mots que Robbie avait l'habitude de prononcer, lui qui était plutôt du genre casse-cou, toujours prêt à relever le moindre défi. « C'est comme si je n'avais jamais été ici. » C'était la première fois qu'elle l'entendait dire une chose pareille. Que signifiait cette phrase? Faisait-il référence à la maison? Impossible. Il y avait onze ans qu'ils y habitaient. Depuis que Don avait accédé au statut de cadre supérieur.

Alors comment interpréter ce : « C'est comme si je n'avais jamais été ici »?

15

Le troisième jour, au lieu de se lancer dans des discussions stériles, Don se contenta de déclarer à sa femme avant de partir au bureau :

– Arrange-toi pour qu'il reprenne son train-train quotidien. Une fois qu'il aura retrouvé ses automatismes, il retournera en classe comme si de rien n'était et tout rentrera dans l'ordre.

– J'essaierai, promit Claire.

Don Ward empoigna son attaché-case et l'épaisse enveloppe contenant les scénarios qu'il avait étudiés à la maison. Arrivé devant la porte, il pivota.

– « C'est comme si je n'avais jamais été ici », c'est bien ce qu'il a dit, tu en es sûre?

– Sûre et certaine.

Don secoua la tête mais s'abstint de tout commentaire.

Après son départ, Claire monta au premier, frappa à la porte de son fils, tourna la poignée, qui s'ouvrit. La pièce était sombre et silencieuse. « Carrément lugubre, même », songea-t-elle. Allongé sur son lit, qui ressemblait à un véritable champ de bataille avec ses draps en désordre, Robbie ne bougea pas d'un pouce.

– Robbie, mon chéri, tu ne peux pas rester indéfiniment cloîtré dans ta chambre, il va falloir que tu te décides à assumer. Alors habille-toi que je t'emmène. Si tes copains t'envoient des vannes, fais la sourde oreille. Tu es assez costaud pour encaisser sans broncher. C'est grâce à toi que Canaan est arrivée en finale, ne l'oublie pas. Allez, va prendre ta douche, enfile tes vêtements. Je te dépose à l'école.

Suivant les conseils de Don, elle pénétra dans la salle de bains, tripota les robinets et attendit. Quelques interminables minutes plus tard, il se décida à ouvrir les yeux, s'assit au bord du lit, se leva et se dirigea vers le cabinet de toilette. Au bruit de l'eau giclant contre le carrelage, elle comprit qu'il était sous la douche. Poussant un ouf de soulagement, elle descendit lui préparer son petit déjeuner.

– Tu n'es pas très en avance, remarqua-t-elle. Je vais t'emmener d'un coup de voiture.

– Je préfère y aller en vélo.

Don avait vu juste. Le tout, c'était de le remettre sur les rails.

– Comme tu voudras, mon chéri.

Campée devant la fenêtre du séjour, elle le regarda descendre l'allée, tourner le coin. Pour la première fois depuis trois jours, le nœud qu'elle avait dans la gorge se desserra. Elle allait pouvoir vaquer à ses occupations.

« Il faut que j'y aille, s'encourageait Robbie. Tant pis s'ils me charrient. J'en connais un qui ne va pas se gêner, c'est Roger. Pas étonnant. Après la raclée que je lui ai flanquée... Enfin, si ça les amuse... Moi personnellement, je m'en fiche. Ce n'est pas pour moi que je fais ça, c'est pour les parents. Il n'y a pas de raison qu'ils fassent plus longtemps les frais de mon sale caractère. Ils sont tellement sympa avec moi, ce n'est pas juste. Je vais prendre le problème de front et après ce sera réglé une bonne fois pour toutes. »

Toutefois, lorsque en s'engageant dans la rue où se trouvait l'école, il aperçut les retardataires qui galopaient pour essayer d'arriver avant la dernière sonnerie, Robbie freina brutalement. Les pieds bien à plat sur la chaussée pour ne pas perdre l'équilibre, l'œil fixe, il contempla le parking où s'alignaient les bicyclettes.

Renonçant à s'y engager, il fit demi-tour et s'éloigna dans la direction opposée.

Au départ, l'établissement était flanqué d'un petit terrain de sport. Cependant, douze ans plus tôt, le bâtiment originel étant devenu trop petit par suite de l'augmentation du nombre des élèves, il avait fallu en édifier un plus grand sur l'emplacement du terrain en question. Le nouveau stade se trouvait à un pâté de maisons de Canaan.

Robbie pédala jusqu'au stade, squelettique structure d'acier qu'enserrait une clôture métallique à mailles losangées hérissée de redoutables aspérités. Après avoir précautionneusement franchi l'obstacle, il sauta et se reçut en douceur de l'autre côté.

Il se dirigea vers le terrain de football. Sous ses pieds chaussés de baskets, la pelouse était plus souple que sous les chaussures à crampons réglementaires. Il se mit à descendre le terrain à toute allure, se libérant à mesure qu'il courait du poids de la défaite du samedi précédent.

Envolé, le désir de se recroqueviller sur lui-même! Il se sentait de nouveau en pleine possession de ses moyens, il avait retrouvé son audace. Il jeta un coup d'œil en direction des tribunes où étaient massés des spectateurs fantômes.

La foule acclamait ses moindres mouvements. Se postant au milieu du terrain, il fit mine de se baisser derrière ses avants. Il réceptionna le ballon, pivota, fit une passe courte, une autre et encore une autre, débordant la défense de Hillside qui, complètement dépassée, ne savait plus où donner de la tête.

« Vif argent », tel était le surnom que lui avait donné un chroniqueur sportif local. « Pour un joueur de sa catégorie, il est stupéfiant de rapidité », avait renchéri un commentateur de radio avant de conclure : « L'université qui le comptera dans son équipe aura de la chance. »

Il entreprit de rejouer la fin du match fatidique, le mimant au fur et à mesure sous les cris enthousiastes d'un public nombreux.

Plus que quatorze secondes à jouer. Canaan avait la balle et se trouvait sur la ligne des quarante-deux yards de Hillside. Agenouillé au milieu de ses équipiers, Robbie leur exposa sa tactique au cours de la pause de vingt-cinq secondes précédant la remise en jeu.

– Inutile de faire des fioritures, les gars. C'est pratiquement dans la poche. Alors contentez-vous de me protéger et je me laisserai tomber sur la balle. On joue la montre, compris? Le temps que je me relève et on sera champions. Mon père va en faire une tête!

Il se posta derrière la ligne d'avants invisible. De toute la force de ses poumons, il brailla les codes, son regard naviguant d'un joueur à l'autre pour mieux tromper l'adversaire. Le centre lui passa le ballon. Robbie le serra contre sa poitrine de peur qu'il ne lui échappe et se jeta à terre, entouré de ses équipiers.

Le coup de sifflet marquant la fin de la rencontre retentit. Dans les tribunes, les applaudissements se mirent à crépiter. Gagné, ils avaient gagné! Ils étaient champions de leur division.

Les hurlements de joie fusèrent dans le stade. Ses équipiers – Roger Ames en tête – se mirent à lui administrer de vigoureuses tapes dans le dos. Puis ils le portèrent en triomphe. Il agita le bras en direction du banc de touche où était assis son père, puis de la tribune où se trouvait sa mère. Elle lui sourit. Son père avait levé les mains au-dessus de sa tête en signe de victoire.

Toutefois, ce sentiment d'exaltation fut de courte durée. A l'endroit où Robbie s'était agenouillé, les crampons avaient mis la terre à nu à force de labourer la pelouse, et le sol était glacé. Un silence absolu enveloppait le stade. Sa mère n'était pas là pour lui sourire, ni son père pour lui adresser un clin d'œil complice.

« Pourquoi est-ce que je n'ai pas joué comme ça samedi? Ç'aurait été pourtant simple. Pourquoi faut-il toujours que je prouve aux autres que je suis le meilleur? En tout? Et en prenant le maximum de risques? Pour que mon père soit fier de moi? Qu'il n'ait pas de regrets? Mais qu'il ne regrette pas quoi? De m'avoir pris chez lui, élevé, gâté? En un mot, adopté? C'est ça, le fond du problème? »

Pourquoi cette fixation sur son adoption, tout d'un coup?

S'ils l'avaient adopté, c'est que quelqu'un d'autre s'était débarrassé de lui. Pourquoi? Est-ce parce qu'il présentait un défaut de fabrication, une tare cachée, que sa vraie mère l'avait abandonné? Comme si elle savait que, confronté à une situation difficile, il ne pouvait qu'échouer.

Seul dans ce stade désert et claquant des dents sous la bise de novembre, il n'avait jamais eu autant conscience d'être un enfant adopté.

A peine eut-il ouvert la porte qu'il entendit sa mère crier du séjour :

– Robbie!

Elle se précipita vers lui pour le prendre dans ses bras et l'embrasser.

– J'étais morte d'inquiétude.

Il ne broncha pas.

– Mr. Slattery a téléphoné. Il paraît que tu as séché. Où as-tu été traîner toute la journée? Qu'as-tu fabriqué?

– J'ai essayé d'aller en classe, maman. Mais une fois là-bas, j'ai rebroussé chemin. Ç'a été plus fort que moi.

– Tu es bon pour refaire une autre tentative demain. Tout se passera bien, tu verras, fit-elle d'un ton rassurant.

Sans un mot, il se dégagea et se dirigea vers l'escalier en traînant les pieds. Un peu plus tard, elle entendit la clé tourner dans la serrure.

Il s'était de nouveau enfermé dans sa chambre.

16

– Tu ne peux pas continuer à le materner comme ça, chérie, il n'a plus deux ans. Nous avons tout essayé, c'est à lui de jouer et de se prendre en charge maintenant. Cesse de le couver et occupe-toi de toi, tu as du pain sur la planche : courses, répétitions, déjeuners, sans compter qu'il faut que tu te trouves une robe pour le cocktail de Las Vegas. Tous les grands pontes de la société mère seront présents et je veux que tu sois éblouissante, que tu leur en mettes plein la vue!

– Très bien, Don. Je vais essayer de trouver quelque chose.

Claire n'était plus qu'à deux pas du centre commercial où étaient implantés Saks et Bergdorf. Soudain, cédant à une impulsion irrésistible, elle leva le pied de l'accélérateur. Le break ralentit brusquement. L'automobiliste qui la suivait appuya rageusement sur son klaxon en signe de protestation et s'empressa de la doubler en prenant soin de laisser deux bons mètres d'écart entre son véhicule et le sien. Claire ne lui jeta pas même un regard. Elle prit la sortie suivante, se gara sur le bas-côté et s'arrêta.

Elle tremblait de tous ses membres et éprouvait une vague douleur au creux de l'estomac. Passant en revue les événements de la matinée, elle s'efforça d'en déterminer la cause. Que s'était-il passé de spécial ce matin? Apparemment, rien. Robbie était resté dans sa chambre, refusant toujours de retourner en classe. Lorsqu'elle avait frappé à sa porte, il avait consenti à lui répondre par monosyllabes. Mais il n'avait pas fait mine de sortir de sa tanière, que ce fût pour prendre son petit déjeuner ou aller à l'école.

Une matinée en tous points semblable aux précédentes, en somme.

A ceci près que... Un détail lui revint soudain à l'esprit. La dernière fois qu'elle était allée frapper à la porte de son fils pour lui dire qu'elle partait faire des courses, il n'avait pas réagi.

Pourquoi ce silence? Voulait-il qu'elle sorte? Qu'elle arrête de lui casser les pieds? Ou alors souhaitait-il rester seul à la maison? Et si oui, pourquoi?

C'est alors qu'elle comprit pourquoi elle tremblait, pourquoi elle avait mal. Dans les journaux ou à la télévision partout on parlait des suicides d'adolescents, filles ou garçons, âgés de quinze ou seize ans. C'était le fléau qui sévissait dans les banlieues chics.

« Pas Robbie, protesta Claire. Pas mon fils. Un garçon si dynamique, si vivant, bouillonnant d'idées et de projets! Jamais ça ne pourrait lui arriver à lui. »

Pourtant elle sentait la terreur tapie au creux de son estomac comme une tumeur. Elle se rappela la mère d'un jeune homme interviewée à la télévision déclarant au journaliste : « Pas un instant, nous ne nous sommes doutés de quoi que ce soit... Il ne disait rien... rien dans son comportement ne pouvait laisser prévoir... »

Claire passa en première, rejoignit l'autoroute et rebroussa chemin.

Hantée par des visions de cauchemar, elle roulait à tombeau ouvert. Au bord de l'hystérie, elle prit le dernier virage sur les chapeaux de roues dans un atroce crissement de pneus. S'efforçant de se contrôler, elle s'engagea dans le garage. Elle s'extirpa d'un bond de la voiture, claquant la portière derrière elle, se rua dans la maison en criant :

– Robbie! Robbie!

Elle grimpa l'escalier quatre à quatre, enfila le couloir et, hors d'haleine, freina des quatre fers devant la chambre de son fils.

– Robbie! Robbie!

Plaquée contre le battant, elle s'efforçait de s'arrêter de trembler. Elle sentit un filet de sueur couler entre ses seins.

– Robbie!

– Quoi? finit-il par répondre en déverrouillant sa porte.

Claire repoussa le battant, entra en trombe dans la pièce obscure, le serra contre elle et fondit en larmes.

– Maman? fit-il, saisi, en s'arrachant à son étreinte.

– Ce n'est rien, mon chéri. Tout va bien, articula péniblement Claire, continuant de pleurer.

Le Dr Rissom se pencha vers Claire et lui prit la main.

– J'aimerais pouvoir vous dire que vos craintes ne sont pas fondées. Malheureusement, j'ai eu deux cas de ce genre l'année dernière. Inutile de jouer les autruches. Ce sont des choses qui arrivent. Quoi qu'il en soit, dites-vous bien que ce n'est pas en vous mettant dans cet état que vous arrangerez les choses. Si j'ai bien compris, Robbie est dépressif. Cela n'a rien d'étonnant : il est convaincu de s'être couvert de ridicule devant ses camarades.

– Il n'y a pas moyen de le consoler. Il est complètement replié sur lui-même. Je n'arrive pas à lui parler. Don non plus. Il ne nous entend pas.

– Peut-être est-ce du ressort d'un spécialiste.

– Un psychiatre?

– Oui, confirma le médecin. J'en connais un très bon que je peux vous recommander. C'est une femme qui a un excellent contact avec les adolescents. Parlez-en à Don. Quand vous aurez pris une décision, faites-moi signe, je m'arrangerai pour vous obtenir un rendez-vous.

Lorsque Don rentra, cravate en bataille, col froissé, l'air éreinté, il était onze heures passées. Manifestement, il avait eu une dure journée. Quand Claire l'embrassa, elle constata que ses vêtements empestaient le tabac. Comme il ne fumait pas, cela ne pouvait signifier qu'une chose : il avait passé la journée et la soirée en compagnie de ses collègues dont certains avaient perpétuellement la cigarette au bec. Pas question de suspendre son costume dans la penderie avant de l'envoyer chez le teinturier. Elle mourait d'envie de lui parler de Robbie mais, de toute évidence, ce n'était pas le moment.

Claire s'éveilla en sursaut au milieu de la nuit. A côté d'elle, la place de Don était vide. Il devait être dans la salle de bains, en train de fouiller dans la pharmacie à la recherche d'un antigastralgique, comme chaque fois qu'il avait forcé sur la boisson.

– Chéri? Ça va?

N'obtenant pas de réponse, elle se glissa hors du lit.

Elle le trouva dans son bureau, dans le noir.

– Don?

– Ouais. Désolé de t'avoir réveillée.

– Tu as eu des ennuis au bureau?

– On s'est fait descendre en flammes. Des indices infects. Le patron nous a passé un de ces savons... (Il se frictionna l'estomac.) J'aurais bien besoin d'un verre de lait.

– Tu ne crois pas que tu devrais retourner voir le radiologue?

– Non.

– Comment ça, non?

– J'ai passé toute une série de radios la semaine dernière.

– Première nouvelle!

– Tous les cadres y ont eu droit. La mutuelle lance une grande campagne de dépistage systématique.

Claire n'en crut pas un mot mais préféra ne pas relever.

– Conclusions?

– D'après le toubib, j'ai l'estomac un peu sensible, mais à part ça, je suis en superforme.

Claire sortit le lait du réfrigérateur. Soucieuse de la santé de sa petite famille, elle n'achetait que du lait écrémé, moins riche en lipides. Don en avala une longue gorgée. Elle se dit que c'était le moment ou jamais de lui raconter sa journée, de lui faire part des craintes qui l'avaient poussée à se rendre chez leur médecin.

– J'ai fait un saut chez le Dr Rissom cet après-midi.

Don tendit le bras par-dessus la table du coin-repas et lui tapota la main.

– Chérie, je sais que tu es très préoccupée par la santé de Robbie et si tu veux tout savoir, moi aussi. Mais tu as trop tendance à noircir le tableau. Monsieur a fait une bourde pendant un match et maintenant il boude. Ça lui passera, crois-moi. Inutile de faire une crise d'hystérie.

– Moi, hystérique? glapit Claire.

– Tu vois! Souviens-toi, quand il était bébé, les premiers jours. Je te revois encore passant des heures à son chevet de peur qu'il ne meure dans son berceau. Tout ça parce que tu avais lu un article à ce sujet. Eh bien, il est mort, oui ou non? Je t'assure que tu as tort de te mettre martel en tête, ma chérie : il traverse une mauvaise passe, j'en conviens, mais il s'en sortira.

– Le Dr Rissom pense qu'il a besoin de voir un spécialiste, fit Claire, butée.

– Un psychiatre? Qui va lui dire quoi? Que tout est de ma faute parce que je ne suis jamais là? Tout ça parce que je veux assurer à ma femme et à mon fils une existence confortable?

– C'est pour cette raison vraiment que tu refuses de laisser Robbie consulter un psychiatre? Peut-être que tu te trompes, que tu n'y es pour rien et que c'est moi la responsable.

– Que dis-tu? souffla Don, perdant d'un coup son air agressif.

– Quand on voit son fils réagir de cette façon, on se pose des questions, on essaie de comprendre.

– Qu'est-ce que tu me racontes?

– Tu ne te souviens pas de ce que nos amis nous ont dit à l'époque? Qu'il arrivait fréquemment, chez les couples sans enfant, que la femme tombe enceinte peu après l'adoption. Que sa stérilité était psychologique, qu'elle reflétait en fait sa crainte de la grossesse. Je m'attendais plus ou moins à être enceinte après l'arrivée de Robbie. Ne voyant rien venir, je me suis interrogée. Je me suis demandé si j'avais la frousse. Mais pourquoi aurais-je eu peur de ne pas arriver à m'occuper d'un nouveau-né alors que j'avais élevé Robbie? Ridicule.

« Alors que redoutais-je donc? Je n'arrêtais pas de tourner et retourner la question; ces derniers jours, je me la suis reposée et il me semble que j'ai trouvé la réponse : si j'ai refusé inconsciemment la maternité, c'est parce que mon désir de travailler était plus fort que celui d'avoir un enfant.

– Voyons, Claire, ça ne tient pas debout! Pourquoi aurais-tu subi tous ces tests, obéi aux ordres farfelus des médecins, si c'est ce que tu ressentais vraiment?

– Pour dissimuler mon sentiment de culpabilité.

– Quel rapport avec Robbie?

– Je crois que nous avons eu tort d'en faire un fils unique. Nous aurions dû adopter un second, peut-être même un troisième enfant.

Lui prenant le bras, il plongea son regard dans le sien.

– Tu te fais tellement de mauvais sang que tu dramatises,

mon chou. J'ai l'impression que tu es en train de faire une montagne d'une taupinière.

Claire secoua la tête avec violence.

– J'ai peur, Don. Je ne le reconnais plus. Ce n'est plus lui.

– Sais-tu ce que je vais faire? Demain, à la première heure, je fonce chez Brady lui dire que je déclare forfait, pour l'instant, en ce qui concerne les aller et retour entre New York et la côte ouest, que ma femme et mon fils ont besoin de moi.

– Don! jeta Claire d'une voix tendue. Le Dr Rissom a eu deux cas de suicides d'adolescents l'année dernière!

– O.K. Tu veux l'emmener chez un psychiatre? Je te donne le feu vert, mais à une condition : que ce soit nous qui payions les frais. Il n'est pas question que je demande à la mutuelle d'Intercontinental de rembourser les soins.

– Je m'y attendais, lâcha Claire, amère. Après tout, c'est en fourrant son nez dans les dossiers médicaux de ses fidèles collaborateurs que Brady se tient au courant des ennuis de santé de leur petite famille. Et il ne faut pas qu'il sache que nous avons des embêtements, n'est-ce pas?

– Il n'aime pas que ses cadres soient perturbés par des histoires de gosses qui se droguent ou de femmes qui s'adonnent à la boisson.

– Ben voyons, persifla Claire. Les problèmes, c'est réservé aux vedettes.

17

Le Dr Sabrina Belmond écoutait avec une attention extrême, prenant des notes à l'occasion sur son bloc jaune. Âgée d'une quarantaine d'années, elle avait un visage au modelé énergique qu'encadraient des cheveux noirs tirés en arrière imperceptiblement striés de gris. Grande, elle était bien proportionnée et très féminine.

Quand Claire eut fini de relater les événements qui étaient à l'origine du brutal changement d'attitude de Robbie, elle s'enquit :

– Vous n'avez jamais vu votre fils se conduire de la sorte?

– Jamais. Il est plutôt du genre hyperactif, remuant, plein d'initiative. Son entraîneur le considère comme le plus mature des adolescents qui lui soit passé entre les mains. Pour Robbie, « impossible » était un mot qui n'existait pas. Jusqu'à aujourd'hui, du moins. C'est bien la première fois que je l'entends avouer qu'il a peur.

– De quoi? Vous l'a-t-il dit?

– Non. Il ne semblait pas très bien le savoir lui-même. Il a murmuré : « J'ai peur » et il a ajouté : « C'est comme si je n'étais jamais venu ici. » J'avoue que cela m'a effrayée et m'effraie encore.

– Je vois, fit le médecin en écrivant dans son bloc. Dites-moi, madame Ward, votre fils est-il réellement aussi exceptionnel que vous vous efforcez de me le faire croire?

– Demandez au Dr Rissom ce qu'il en pense, il connaît bien Robbie. Vous souvenez-vous de la collecte de vivres destinés à l'Afrique que Canaan a organisée il y a deux mois et qui a provoqué des embouteillages monstres, paralysant la circulation pendant toute une journée? Eh bien, c'est mon fils qui a lancé le mouvement.

– Remarquable, en effet, commenta le Dr Belmond. Votre fils n'est pas n'importe qui.

– Je ne prétends pas qu'il est parfait. Il lui arrive d'être un rien vantard, par exemple. Quand il avait treize ans, des camarades de classe l'ont mis au défi de... vous connaissez le pont qui passe au-dessus de la voie ferrée dans Windsor Street?

– Oui.

– Eh bien, ils l'ont mis au défi de marcher sur le parapet du pont pendant que le train passait dessous.

– Et il a relevé le défi?

– Il ne m'en a jamais soufflé mot. Mais l'un des gamins a raconté l'histoire à sa mère, qui s'est empressée de m'appeler.

– Je vois, fit de nouveau le Dr Belmond, prenant des notes.

Au moment où Claire louchait vers son bloc pour tenter de déchiffrer ce que Sabrina Belmond venait d'écrire, celle-ci leva le nez et surprit son manège.

– Y a-t-il autre chose, madame Ward?

– Eh bien, récemment...

– Je vous écoute.

Claire entreprit de raconter au médecin le passage éclair de Robbie à Columbia – insistant sur les excellents résultats qu'il avait obtenus avant de se mettre à sécher les cours –, et la bagarre à laquelle il avait été mêlé à Greenwich Village.

– Est-ce tout?

Voyant Claire hésiter, le Dr Belmond la mit gentiment sur la voie :

– Le Dr Rissom m'a confié qu'il avait dû examiner votre fils à la suite d'un début d'émeute qu'il avait provoqué pendant un concert rock.

– En effet, convint Claire. La musique l'avait mis dans un état second, son geste n'avait rien de prémédité. Robbie était complètement survolté, il a agi sous le coup d'une impulsion subite.

– Moui, marmonna le psychiatre, griffonnant dans son bloc. Prend-il soin de ses affaires ou les laisse-t-il traîner dans tous les coins?

– Il lui arrive d'avoir des exigences que je juge excessives, mais une fois qu'il a obtenu gain de cause, il prend grand soin de ce qu'on lui a offert. Ses affaires, pour lui, c'est sacré. Il ne supporte pas qu'on y touche.

– « Une fois qu'il a obtenu gain de cause », reprit le Dr Belmond citant Claire. Je suppose qu'il obtient généralement satisfaction?

Prenant cette phrase pour une critique, Claire se mit aussitôt sur la défensive :

– Ce n'est pas le genre de garçon auquel il faut mettre une carotte sous le nez pour qu'il travaille. Inutile de lui dire : « Robbie, si tu veux une nouvelle chaîne stéréo, il va falloir que tu donnes un sérieux coup de collier en mathématiques. » Il n'a que des 20 en maths. Comme dans presque toutes les autres matières, d'ailleurs, le sport y compris. Il n'y a pas de raison de lui refuser quoi que ce soit.

– Et puis les cadeaux compensent les absences répétées de son père, observa Sabrina Belmond.

– Si mon mari voyage, c'est à cause de ses affaires, fit sèchement Claire.

– Madame Ward, ne prenez pas mes remarques en mauvaise part. J'essaie seulement de me faire une idée aussi exacte que possible de votre fils avant de le voir. Lui donnez-vous beaucoup d'argent de poche?

– Suffisamment pour qu'il n'ait pas l'air ridicule auprès de ses camarades de classe. Canaan n'est pas fréquentée par des fauchés.

– Est-ce qu'il thésaurise ou est-ce qu'il dépense tout?

– Je ne vois pas en quoi..., s'énerva Claire avant de poursuivre, plus calmement : il lui arrive parfois d'être trop dépensier. L'an dernier, quand il a été meneur de jeu de l'équipe de football pour la première fois pendant tout un match et que Canaan a gagné, il a emmené tous ses équipiers manger des hamburgers et boire des milk-shakes.

– Tous?

– Les trente-sept joueurs, oui.

– Ses économies ont dû en prendre un coup.

– Eh bien, il... il a été obligé de m'appeler à la rescousse. Il n'avait pas de quoi payer l'addition.

– Robbie a-t-il déjà traversé des périodes d'abattement, de dépression, madame Ward?

– Jamais, répondit Claire. Comme tous les jeunes de son âge, il lui arrive de se faire du mauvais sang une veille d'examen ou avant de disputer un match important. Avant de fréquenter la petite Spencer, il se demandait s'il trouverait des filles qui accepteraient de sortir avec lui. Vous connaissez les adolescents.

– Certes, opina le psychiatre, enchaînant aussitôt : la petite Spencer, c'est bien la jeune fille qui était avec lui quand il a esquinté la voiture de votre mari?

– C'est le Dr Rissom qui a dû vous en parler, je suppose, fit Claire, interloquée.

– Exact. Il a jugé préférable de me mettre au courant.

– Robbie a eu un accident, en effet, concéda Claire.

– Et maintenant, si vous me disiez ce que votre mari pense de tout cela...

– Don n'est pas très chaud pour que Robbie entreprenne une psychothérapie. Il est persuadé que notre fils s'en tirera tout seul. Que ce n'est qu'une question de temps.

– Le temps..., reprit le Dr Belmond en écho. Je crois que vous feriez mieux de dire à votre mari de m'appeler, madame Ward, ajouta-t-elle d'un ton qui tenait plus de l'ordre que de la suggestion.

– Et s'il refuse?

– S'il aime son fils, il ne refusera pas.

Une fois la visiteuse partie, Sabrina Belmond relut ses notes et téléphona au Dr Rissom.

– Fred? Madame Ward sort de mon cabinet. J'ai bien peur que vos craintes ne soient justifiées. Il ressort de notre entretien qu'elle est très fière de son fils et particulièrement des traits de caractère qui, moi, m'inquiètent. Il est surdoué, hyperactif, doté d'une imagination fertile et dépensier. Depuis quelque temps, il a tendance à prendre des risques exagérés. N'ayant pas encore en main tous les éléments du dossier, il m'est difficile de poser un diagnostic définitif mais les symptômes constituent un ensemble assez troublant.

– Tenez-moi au courant.

– Je n'y manquerai pas, Fred, je compte sur votre discrétion. Tout ceci doit rester entre nous.

– Cela va de soi, opina le médecin. N'hésitez pas à faire appel à moi le cas échéant.

– Docteur Belmond, je vous remercie d'avoir accepté de me recevoir en dehors de vos heures de consultation habituelles, commença Don Ward. Mais dans mon métier...

– ... on n'est pas maître de son emploi du temps, compléta le psychiatre avec un fin sourire. Plusieurs de mes patients travaillent dans le show-business, monsieur Ward, je sais à quoi m'en tenir. Et maintenant si vous voulez bien...

– Puis-je avoir l'assurance que vous ne soufflerez mot de mes propos à personne? coupa Don.

– Bien entendu.

– Pas même à ma femme?

La question de Don Ward éclairait l'affaire d'un jour nouveau. Sabrina Belmond hésita une fraction de seconde et hocha la tête en signe d'assentiment.

– Je crois que Claire dramatise. Vous connaissez les mères, toutes des angoissées. Leur enfant a 37°3? Il couve une méningite. S'avise-t-il d'attraper la varicelle? Il est perdu! Ma femme a passé des nuits au chevet de notre fils de peur qu'il ne meure dans son berceau. Vous a-t-elle dit qu'elle était comédienne de formation et qu'elle s'occupe actuellement de la troupe de théâtre amateur locale? C'est de son métier que lui vient cette imagination débordante. Avec elle, l'incident le plus banal prend aussitôt des proportions ahurissantes. Robbie est un gosse doué et remuant. Un joueur de football sensationnel. Bon, d'accord, il a commis une erreur qui a coûté le championnat à Canaan. Il est malheureux comme une pierre et il a tellement honte qu'il ne veut pas remettre les pieds à l'école. Je n'approuve pas son attitude mais je la comprends. Claire, elle, grossit cette histoire et en fait tout un plat. C'est pourquoi si vous pouviez... l'aider à traverser cette mauvaise passe, le temps que Robbie se ressaisisse, je vous en serais infiniment reconnaissant. Votre prix sera le mien, évidemment.

– Et si vous me parliez un peu de votre fils? s'enquit Sabrina Belmond, suave.

Don, qui était persuadé d'avoir exposé son point de vue de façon définitive et percutante, en resta pantois.

– Mais..., se rebiffa-t-il.

– Monsieur Ward, est-ce que vous vous rendez compte de la gravité de l'état de votre fils? Je connais des adolescents dépressifs, moins sérieusement atteints que lui et qui sont cependant dangereux pour eux-mêmes.

– J'imagine très bien ce que ma femme vous a raconté, mais de là à conclure que Robbie... C'est absurde!

– Il présente pourtant tous les symptômes. Il refuse de s'alimenter, broie du noir, se replie sur lui-même, se méprise. Il a peur. Le monde est devenu soudain pour lui un endroit hostile où il n'a plus sa place.

– Il est déprimé, c'est vrai, mais dangereux pour lui-même..., fit Don, dubitatif.

– Vous êtes-vous déjà trouvé confronté à ce genre de situation, monsieur Ward?

– Non, reconnut Don. C'est la première fois que je le vois dans cet état.

– J'entends avec un proche, un membre de votre famille. Un oncle, une tante?

Don fouilla dans ses souvenirs et secoua la tête.

– Et du côté de votre femme?

– Pas que je sache... (Il s'interrompit, se rendant soudain compte de ce qu'impliquait la question du médecin.) Un instant, docteur. Vous voulez dire que l'état dépressif de Robbie pourrait être héréditaire?

– Des études récentes tendent à prouver que ces états dépressifs voire suicidaires sont d'origine génétique.

– C'est impossible!

– Pourtant les données que nous possédons démontrent à l'évidence...

– En ce qui concerne Robbie, c'est impossible, docteur! l'interrompit Don. Ma femme ne vous a donc pas dit...

– Quoi?

– Robbie est un enfant adopté. Mes antécédents familiaux et ceux de Claire ne le concernent donc en rien.

– Adopté? Je l'ignorais. Votre femme n'a pas cru bon de m'en informer.

– Pourquoi, elle aurait dû? Il est tout autant notre fils que si elle l'avait mis au monde.

« Pas exactement, songea le médecin. Toutefois il est encore trop tôt pour approfondir cette question. Et j'espère de tout mon cœur que cela ne sera pas nécessaire. »

– Monsieur Ward, il faut absolument que je voie Robbie. C'est très important.

– Il est calfeutré dans sa chambre, il refuse de mettre le nez dehors, ne serait-ce que pour manger. Alors comment voulez-vous que je le persuade de venir vous voir?

– Lui avez-vous parlé de moi?

– Non.

– Peut-être que cela lui ôterait un poids de se confier à quelqu'un d'étranger à l'affaire, suggéra Sabrina Belmond. Quelqu'un qu'il n'a pas l'impression d'avoir déçu en perdant ce match. Vous pouvez toujours lui poser la question.

Don finit par opiner.

– Il vaudrait mieux que ce soit lui qui m'appelle pour prendre rendez-vous.

– Dans l'état d'esprit où il se trouve, je doute qu'il essaie de vous joindre.

Arrivé devant la porte, mû par une impulsion soudaine, Don fit demi-tour et contempla Sabrina Belmond, qui s'était levée. Indubitablement, cette grande femme à la silhouette agréable, à la physionomie franche et ouverte, avait tout pour inspirer confiance.

– Une dernière question, docteur. Cela vous intéresserait-il de tourner dans des spots publicitaires pour la télévision? Nous avons un client qui cherche quelqu'un possédant charme et autorité, une espèce de Walter Cronkite [1] en jupon, pour lancer une ligne de produits de soins...

Devant le sourire sibyllin du psychiatre, Don se sentit soudain ridicule et s'empressa de faire machine arrière.

– Pardonnez-moi. Ce doit être la déformation professionnelle. Dans notre métier, il faut exploiter toutes les possibilités, faire flèche de tout bois.

– Je sais, rétorqua le Dr Belmond. Demandez à Robbie de me téléphoner. Mais laissez-lui quelques jours pour réfléchir.

– Ce n'est pas une obligation, mon grand. Toutefois, au cas où tu aurais envie de parler à quelqu'un, voilà les coordonnées de Sabrina Belmond.

Don posa le petit morceau de papier sur le lit en désordre. Robbie ne broncha pas. L'œil rivé sur le mur, il fixait l'affiche sur laquelle, quelques jours plus tôt, il avait écrit au feutre noir le mot CRÉTIN.

Sans essayer de palabrer avec son fils ou de lui secouer les puces, Don quitta la chambre noyée dans la pénombre. Claire, qui était postée devant la porte, lui jeta un regard interrogateur auquel il répondit par un haussement d'épaules impuissant.

La gorge nouée, Claire passa les quarante-huit heures qui suivirent à faire le guet, ne s'aventurant dehors que pour les courses indispensables. Les trois quarts du temps, elle se tenait dans la cuisine, où elle s'employait à confectionner les plats favoris de Robbie dans l'espoir qu'il retrouverait

1. Ancien présentateur vedette du journal télévisé de C.B.S. *(N.d.T.)*

l'appétit. Tout en s'activant, elle épiait les bruits venant de l'étage au-dessus, attendant qu'il se décide à mettre le nez dehors pour aller téléphoner. Il y avait deux postes en haut, un dans leur chambre, et un second dans l'antre de Don, pièce tranquille où il passait tous ses coups de fil professionnels. Bref, elle vivait dans l'expectative.

Le deuxième jour, alors qu'elle était en train de préparer le dîner, il lui sembla percevoir des pas furtifs à l'étage. Avec d'infinies précautions, elle posa son couteau sur la table et alla se poster au bas de l'escalier. Elle entendit Robbie sortir de sa chambre, longer le couloir et se diriger vers le cabinet de son père. Cela ne pouvait signifier qu'une chose : il allait téléphoner, appeler le Dr Belmond, peut-être.

Lorsque Don rentra, avant même de l'embrasser, elle lui chuchota au creux de l'oreille :

– Il s'est enfin décidé à décrocher le téléphone.

– Pour appeler qui? Susan?

– Le Dr Belmond, il me semble. C'est plutôt bon signe, non?

– Et comment! Au fait, est-ce que la petite Spencer s'est manifestée?

– Quatre fois. Il ne veut pas lui parler.

– Peut-être que je devrais demander à son entraîneur de le contacter, murmura Don.

– C'est inutile. Il a téléphoné et Robbie a également refusé de lui parler.

18

Assise à son bureau, le Dr Sabrina Belmond jaugeait Robbie Ward du regard. C'était sans conteste un beau garçon; sur ce point en tout cas, sa mère n'avait pas menti. Il avait dû décoller quelque peu ces derniers temps, mais il n'en restait pas moins que c'était un solide gaillard bien découplé qui faisait plus vieux que son âge. Quant à sa physionomie, c'était typiquement celle d'un adolescent dépressif, mal dans sa peau et recroquevillé sur lui-même. S'il s'était trouvé au milieu d'un groupe, elle l'aurait repéré tout de suite. Le nez baissé, il contemplait fixement ses mains posées sur ses genoux, qu'il se mit bientôt à frotter contre ses cuisses comme si elles étaient sales et qu'il voulait à tout prix les nettoyer.

– Robbie... Tu permets que je t'appelle Robbie?

Il haussa les épaules d'un air indifférent.

– Sais-tu pourquoi tu es ici?

Toujours muré dans un silence morose, il opina de la tête.

– Tu as quelque chose à me dire?

– Pas spécialement.

Sabrina Belmond ne se laissa pas décourager par cette réponse pour le moins frustrante. Elle l'avait entendue bien des fois dans la bouche de son fils et de sa fille. C'était une expression à la mode chez les adolescents, qui, par un mystère qu'elle avait du mal à s'expliquer, se servaient à peu près tous des mêmes mots. « Pas spécialement », dans leur jargon, cela signifiait en clair : « Non, et inutile de fourrer votre nez dans mes affaires. »

– A me demander, alors?
– Pas spécialement.
– Je suis au courant, pour cette histoire de passe, dit-elle pour voir sa réaction.
Le regard au loin, il lâcha simplement :
– Lamentable.
– Tu n'as pas l'air d'un lamentable.
– Ça a raté, c'est pour ça que c'est lamentable, fit-il, se replongeant dans un mutisme buté.
– Robbie?
– Je n'ai pas l'impression que ça va mieux marcher avec vous, d'ailleurs.
– Qu'en sais-tu? Tu pourrais au moins faire un essai.
– Ce qui est fait est fait, personne n'y peut rien, vous pas plus que les autres. Et puis, je les connais, les psychiatres. J'avais un copain qui est allé en voir un pendant plus d'un an. Ça n'a pas servi à grand-chose. La preuve, à la fin il a sombré dans le hasch. De toute façon, il en fumait déjà au départ.
Il s'interrompit, puis enchaîna d'une voix presque inaudible :
– On l'a retrouvé pendu dans son placard. C'est pour ça que...
Au lieu de finir sa phrase, il se leva d'un bond. Tournant le dos à son interlocutrice, il fit mine de se diriger vers la porte. Mais se ravisant soudain, il se mit à arpenter le cabinet, allant et venant comme un tigre en cage, s'exprimant par phrases hachées.
– Vous voulez savoir ce que j'ai dans le crâne? Mais vous espérez découvrir quoi, au juste? Un secret bien croustillant? J'ai fait une connerie parce que je suis con. Ça, tout le monde le sait. Vous parlez d'une trouvaille!
Sans laisser au Dr Belmond le temps de placer un mot, il poursuivit :
– Ouais, je sais, je n'ai pas l'air d'un taré. Sur le moment, elle ne m'a pas paru si débile que ça, mon idée.
– Elle t'a paru comment, Robbie?
L'air mauvais, il fit face au médecin qui soutint son regard sans ciller. Peu à peu, la lueur de rage qui s'était allumée au fond de ses yeux s'éteignit et Sabrina Belmond ne lut bientôt plus dans les prunelles de l'adolescent qu'une immense fatigue, résultat de longues nuits d'insomnie.
– Eh bien, Robbie, tu ne veux pas essayer de m'expliquer ce que tu as ressenti?

Le psychiatre attendit, mais en vain.

– Tu n'as pas eu l'impression de tenter un coup fumant, par hasard? De réaliser un exploit que nul meneur de jeu n'avait osé tenter avant toi?

Il lui jeta un regard mi-interrogateur, mi-intrigué. Comment avait-elle bien pu deviner?

« Si j'ai vu juste, songea le médecin, voilà qui devrait l'inciter à s'épancher. »

– Ouais, convint-il.

– Raconte-moi ça plus en détail, Robbie.

Autant pour utiliser son trop-plein d'énergie que pour éviter de la regarder en face, il se mit à tripoter toutes sortes d'objets tout en continuant de faire les cent pas. C'est ainsi qu'elle le vit prendre et reposer un crayon qui traînait sur son bureau, un cendrier sur une table basse, un bloc sur la chaise qui flanquait le divan où s'allongeaient ses clients, un mobile en acier, cadeau d'un patient.

Son agitation désordonnée, ses gestes saccadés constituaient pour le Dr Belmond autant d'indications précieuses à verser au dossier.

– C'est comme si... comme si..., murmura le jeune homme avant d'exploser : comme si j'étais devenu tout d'un coup le maître de l'univers! C'était l'extase, le pied! J'avais ces dix gars à ma botte, et je leur faisais faire mes quatre volontés. Ils se sont sortis les tripes pour moi. Et pourquoi est-ce qu'ils se sont défoncés comme ça? Parce qu'ils me respectent, qu'ils m'admirent. Je n'ai peut-être que quinze ans et demi, n'empêche que ces types qui sont tous plus costauds et plus âgés que moi m'obéissaient au doigt et à l'œil. Je les tenais, ils étaient à moi! Voilà ce que j'ai ressenti! Je me suis dit : « Robbie, il faut que tu leur montres de quoi tu es capable. »

« Qu'est-ce qu'un Joe Montana ou un Jim Plunkett ferait en un moment pareil? Est-ce qu'ils se laisseraient tomber sur la balle? Jamais de la vie! C'est pas comme ça qu'on gagne un match quand on est un champion. Il n'y a que les tocards qui enterrent le ballon. Nous, on va terminer en beauté, par un coup d'éclat qui restera dans les annales! Voilà à quoi je pensais.

« Quatre-vingt-dix-neuf fois sur cent, je réussis cette passe, poursuivit Robbie, surexcité, le visage luisant de sueur. Je n'arrive pas à comprendre ce que cet imbécile d'ailier fichait là? Tout ailier normalement constitué se serait dit que je n'allais pas tenter une passe en fin de partie. C'est justement là-dessus que je comptais, l'effet de surprise!

Se rendant soudain compte qu'il tenait entre les doigts l'éphéméride du médecin, il s'interrompit net et reposa le calendrier sur le bureau d'un geste gauche.

Sabrina Belmond, qui lisait en lui à livre ouvert, imagina les questions qu'il devait se poser : « Qu'est-ce qui m'a pris de toucher à cet objet? Il y a longtemps que je l'ai en main? »

– Ils croient tous dur comme fer que je refuse de remettre les pieds à l'école parce que j'ai honte : ils n'y sont pas du tout. C'est parce que cette boîte est nulle que je ne veux pas y retourner! Il y a des tas d'établissements qui ne demanderaient pas mieux que de m'avoir pour élève, qui s'estimeraient heureux de m'avoir comme meneur de jeu dans leur équipe de football! Et quand j'irai au collège, ce sera dans un des plus grands collèges du pays. Un jour je disputerai le Super Bowl [1]!

Belmond griffonna dans son carnet : « Il se considère comme le meilleur, il se croit capable de tout faire, y compris l'impossible. »

– Mon père veut que j'aille dans une des facultés chics de l'Ivy League. Il prétend que les usines à football ne font pas le poids sur le plan des études. Je ne vois pas pourquoi je devrais avoir une formation universitaire en béton alors que je peux gagner des millions en tapant dans un ballon. Parfaitement, des millions! Vous savez combien Steve Young a empoché quand il a signé pour l'U.S.F.L. [2]? Quarante millions de dollars, pas un sou de moins! Un type qui ne m'arrivait pas à la cheville quand il avait mon âge. Ce qui m'intéresse, moi, c'est le fric. Et j'ai bien l'intention de m'en mettre plein les poches! lança Robbie, l'œil étincelant, tel un guerrier juvénile et triomphant.

Se carrant dans son fauteuil, le psychiatre l'observa. « Révélateur, cette façon de passer de l'abattement à l'exaltation en quelques minutes. Il est probable qu'il va se remettre à broyer du noir d'ici peu, dans mon cabinet ou de retour chez lui. J'ai donc tout intérêt à profiter de ce qu'il est d'humeur expansive. »

1. Finale du championnat professionnel de football américain aux U.S.A. *(N.d.T.)*
2. United States Football League. *(N.d.T.)*

– Comment t'arranges-tu pour être aussi en forme physiquement, Robbie?

– C'est simple : je me donne du mal, je travaille. Je cours plusieurs kilomètres tous les jours même quand il pleut. Je soulève des poids. Un meneur de jeu doit avoir des mains solides.

– Tu prends des médicaments?

– Des drogues? Je ne suis pas fou!

– Il arrive que certains athlètes prennent des stéroïdes pour développer leur musculature.

– J'ai lu quelque part que c'était pas terrible pour la santé.

– Ah bon, où ça?

– Dans les bouquins que j'ai potassés à la bibliothèque. Ils disent que les anabolisants et les stéroïdes peuvent avoir des effets indésirables sur l'organisme à long terme. Alors, très peu pour moi.

– Tu vas souvent à la bibliothèque, Robbie?

– Toutes les fois que j'ai besoin de me documenter sur un sujet ou un autre.

Cette précision mit le Dr Belmond mal à l'aise. Qu'arriverait-il si, poussé par la curiosité, Robbie s'avisait de consulter des ouvrages de médecine afin de se renseigner sur l'affection dont il souffrait? Cela ne risquait-il pas de compromettre sérieusement le traitement? Il n'était pas rare en effet de voir des crises se déclencher brutalement chez les patients qui avaient fourré leur nez dans la littérature spécialisée. Et cela parce qu'ils émergeaient régulièrement de leurs lectures avec l'impression que les symptômes dont ils souffraient étaient les plus graves et que leurs chances de guérison étaient pour ainsi dire nulles.

Pour un adolescent comme Robbie, pareille expérience ne pouvait être que néfaste et elle risquait même d'aggraver son mal.

Mais comment lui interdire de se renseigner sans éveiller davantage encore sa curiosité, qui était grande...

– Ce sera tout pour aujourd'hui, Robbie.

Le jeune homme eut un sourire entendu.

– J'ai dit quelque chose de drôle?

– Le copain dont je vous ai parlé... celui qui fumait du hasch...

Sabrina Belmond remarqua qu'il évitait soigneusement de préciser « celui qui s'est suicidé ».

– Le jour où je lui ai demandé à quoi ça ressemblait, un psy, il m'a dit qu'il en existait de toutes sortes mais qu'ils avaient tous au moins un point commun : ils n'y allaient pas par quatre chemins pour vous faire savoir quand la séance était terminée. Je vois qu'il avait raison. Vous n'êtes pas du genre à faire des cadeaux.

– Les psychiatres, leur façon de travailler, ça t'intriguait?

– Vous croyez que je ne comprends pas où vous voulez en venir? Vous vous fourrez le doigt dans l'œil. Si j'ai posé la question à Hubbie, c'est uniquement par curiosité. Je suis d'un naturel curieux, moi, je m'intéresse à tout. Tenez, la navette spatiale, par exemple. J'ai posé une foule de questions à notre prof de physique à ce sujet. Des questions auxquelles il n'a pas été fichu de répondre. Ce n'est pas pour autant que je veux devenir astronaute. Eh bien, c'est la même chose pour les psy. C'est pas parce que j'ai essayé de me renseigner auprès de Hubbie que j'avais des idées derrière la tête. Ce qui est sûr en tout cas, c'est que je ne suis pas dingue!

– Je me suis laissé dire que depuis que tu avais cessé d'aller à l'école, tu restais dans ta chambre, rideaux tirés, dans le noir. Il paraît aussi que tu n'écoutes plus de musique et que tu as laissé tomber la guitare.

L'adolescent eut un haussement d'épaules qui pouvait passer pour un acquiescement.

– Que fais-tu enfermé toute la journée, Robbie?

– Je sais pas... je... (Il détourna les yeux puis avoua à voix basse :) Ils se figurent que je passe mon temps à roupiller mais ils se trompent. Je dors à peine. C'est pour ça que je suis tout le temps crevé.

– Tu te sens fatigué en ce moment?

– Ouais.

– Et quoi encore?

– Stupide.

– C'est tout?

– Non. J'ai l'impression d'être un lamentable. A cause de ce match. (Il marqua un temps d'arrêt, et les yeux au loin, avoua :) Je me demande pourquoi on s'intéresse à moi.

– « On », c'est-à-dire tes parents?

– Ils vous ont dit que je n'étais pas vraiment leur fils?

– Oui. C'est pour cela que tu as si peur? Tu crois qu'ils vont te jeter à la rue à cause de cette histoire de passe manquée?

– Maman, me jeter à la rue, elle? Jamais de la vie!
– Et ton père?
Robbie garda le silence.
– Il t'a déjà menacé de te flanquer dehors?
– Non.
– Alors pourquoi redoutes-tu qu'il le fasse?
– Parce que si j'avais un fils qui avait fait une connerie pareille, je le flanquerais à la porte.
– Vraiment?
Le nez baissé, Robbie labourait machinalement la moquette du pied.
– Non. J'en serais malade pour lui. Je me dirais qu'il se sent déjà assez mal comme ça, qu'il doit se faire l'effet d'être en dessous de tout, d'être un minable, un tocard, un raté. Je me dirais peut-être qu'il vaudrait mieux pour moi...
L'adolescent s'interrompit net.
– Qu'il vaudrait mieux que quoi, Robbie?
– Qu'il soit mort.
– C'est à ça que tu penses quand tu es dans ta chambre, tout seul?
– Non! Enfin, des fois, oui, admit-il finalement, le visage crispé par la souffrance.
– Et c'est la première fois que tu en parles à quelqu'un?
Il hocha la tête.
– Je te remercie de ta confiance. Je crois que nous allons faire du bon travail ensemble, Robbie. Pour commencer, j'aimerais que tu mettes un peu le nez dehors. Sors. Bouge. Tâche de t'habituer à l'idée qu'il te faut retourner en classe.
– J'essaie. Mais plus les jours passent et plus ça me paraît difficile.
– Plus tu tarderas et plus ce sera dur. Fais un effort, Robbie.
– Je... je vais essayer.
Il se dirigea vers la porte, s'immobilisa soudain et pivota vers le médecin.
– Oui?
– Vous m'aiderez, n'est-ce pas? Pas tellement pour moi, mais pour mes parents. Ça me fait mal au cœur de les voir se ronger les sangs à cause de moi. Il faut absolument que vous m'aidiez. Tout seul, je ne m'en sortirai jamais.
– Tu peux compter sur moi, Robbie, promit le Dr Belmond.

19

Ce n'est qu'en fin de journée – une journée chargée et truffée d'urgences – que Fred Rissom trouva le temps d'examiner les messages qui s'étaient accumulés sur son bureau. Après en avoir pris connaissance, il décrocha son téléphone et composa le numéro du Dr Belmond.

– Eh bien, attaqua-t-il dès qu'il eut le psychiatre au bout du fil, comment l'avez-vous trouvé?

– De toute évidence, Robbie est dans une phase dépressive, ponctuée toutefois de moments d'euphorie. Il oscille entre la dépression et l'exaltation de façon inquiétante. C'est un garçon doué, intelligent et sensible. Cela dit, je vous avouerai que je n'ai pas encore réussi à me prononcer sur la nature exacte de son mal.

– Vous hésitez entre...

– Une psychose périodique...

– Maniaque dépressive? s'inquiéta Rissom.

– Oui.

– Et...?

– La schizophrénie.

– Nom de Dieu, lâcha Rissom. Et où en est-on aujourd'hui?

– On ne guérit pas. De toute façon, tant que je n'aurai pas posé de diagnostic, il est hors de question que je lui prescrive un traitement quelconque. Dans le cas qui nous intéresse, le diagnostic est d'autant plus dur à faire que la psychose périodique peut souvent prendre la forme de la schizophrénie. Je ne peux pas me permettre de me tromper, car le traitement préconisé pour l'une a sur le sujet l'effet exactement inverse de l'autre. Toute erreur de ma part risquerait d'avoir des conséquences désastreuses.

Rissom se donna le temps d'assimiler la nouvelle avant d'ajouter :

– Dire que je suis ce gosse depuis qu'il a six ans et que je n'ai jamais rien remarqué!

– Ces deux maladies ne se déclarent souvent qu'à la puberté, parfois même plus tard.

– Il y a sûrement quelque chose à faire.

– Je vais le mettre sous antidépresseurs en attendant d'être fixée. Mais il faut que je sois certaine qu'il ne prend pas d'autres médicaments par ailleurs. Des stéroïdes, par exemple. Il m'a certifié que non, mais je veux en être sûre. Je compte sur vous pour effectuer les vérifications nécessaires de ce côté-là.

– Aucun problème, lui assura le Dr Rissom. Je lui demanderai de passer à mon cabinet demain.

– Enfin, et c'est le point le plus important, il faut absolument que j'aie un entretien avec ses parents. Car il va falloir prendre un certain nombre de mesures, sur le plan juridique notamment.

– Des mesures juridiques, murmura le généraliste. Vous n'envisagez tout de même pas de le faire interner?

– Absolument pas.

– Mon mari a dû prendre l'avion en catastrophe pour Chicago, expliqua Claire d'un ton d'excuse au Dr Belmond. Intercontinental – le réseau pour lequel il travaille – a mis une nouvelle série en chantier et il y a des problèmes sur le tournage.

– Je regrette qu'il n'ait pu venir. Vous risquez d'avoir un choc, madame Ward.

– Je ne suis pas un petit bibelot fragile, se rebiffa Claire. Ni une ménagère inculte. Je n'ai pas toujours été une femme au foyer. J'ai commencé à gagner ma vie à seize ans en décrochant des petits rôles dans des feuilletons télévisés. Je suis peut-être plus coriace que vous ne le pensez. Et puis, ajouta-t-elle avec une nuance d'inquiétude dans la voix cette fois, les nouvelles que vous avez à m'apprendre ne peuvent pas être si mauvaises que ça. Le Dr Rissom, qui a examiné Robbie sur toutes les coutures, l'a trouvé en excellente forme. Et vous n'avez vu mon fils que deux fois.

– Je m'étais déjà fait une idée sur la question lors de sa

première visite. Le deuxième examen m'a confirmée dans mon opinion.

– Eh bien, allez-y, je vous écoute, jeta Claire en se cramponnant à son sac comme un noyé à sa bouée.

– Détendez-vous, madame Ward. Si vous vous mettez dans un état pareil, vous ne serez d'aucun secours pour Robbie, or il va avoir besoin de compréhension et d'amour.

– Comme s'il en avait été sevré jusque-là!

– Il faudra que vous lui en témoigniez davantage encore, poursuivit Sabrina Belmond, imperturbable, ses yeux d'eau noire rivés sur son interlocutrice. La maladie dont il souffre étant une maladie à éclipse, l'évolution se fait en dents de scie et on enregistre autant d'améliorations que de rechutes. Son état peut rester stationnaire un bon bout de temps avant qu'on enregistre un mieux. Il n'est pas exclu non plus qu'on n'enregistre pas le moindre progrès.

– Parce qu'il existe des cas où la science est impuissante? risqua Claire. Ne me dites pas que Robbie est incurable!

– Il est un peu tôt pour tirer des conclusions de cet ordre. Il serait d'ailleurs plus sage de n'en tirer aucune pour l'instant.

– Dans ce cas, pourquoi m'avoir convoquée? Je croyais que vous vouliez me parler de la maladie de Robbie...

– C'est exact. Voyez-vous, madame Ward, j'ai le sentiment que pendant que vous et votre mari vous réjouissiez d'avoir pour fils un garçon surdoué et entreprenant, ce dernier n'attendait qu'une occasion pour craquer. Comme lors du match de championnat.

– Simple incident de parcours, protesta Claire. C'est la première fois que cela lui arrive.

– En êtes-vous bien sûre? Et le jour où il a démoli la voiture de son père? La bagarre au couteau à Greenwich Village? Le début d'émeute qu'il a provoqué lors du concert de musique rock? La façon dont il a agressé son équipier alors que celui-ci voulait simplement lui remonter le moral? Au cours de leurs accès de surexcitation, les cyclothymiques ont tendance à se fourrer dans des situations périlleuses, à rechercher le danger. Le reste du temps ils passent par des périodes d'abattement.

– C'est la première fois que Robbie fait une dépression, s'obstina Claire.

– Une dépression grave, corrigea le psychiatre. Les précédentes vous ont échappé car elles étaient plus discrètes.

Mais il y a un commencement à tout, et qu'on soit atteint d'une psychose ou d'un cancer il arrive fatalement un moment où la maladie éclate au grand jour. Le problème, dans le cas de votre fils, c'est que la dépression risque de n'être qu'un signe avant-coureur.

Malgré ses efforts pour dominer sa peur, Claire se mit à pleurer en silence, laissant les larmes couler le long de ses joues sans même essayer de les essuyer.

– Madame Ward, l'expérience m'a prouvé que les parents avaient tendance à imaginer le pire dans ce genre de situation. Il est inutile de se monter la tête tant que les investigations ne seront pas terminées. Et en attendant, nous avons du pain sur la planche.

– Que voulez-vous dire?

– Il nous faut passer au peigne fin les ascendants de Robbie – mère, père, oncle, tante, cousin – afin d'y découvrir les éventuels alcooliques, dépressifs, maniaco-dépressifs ou individus à poussées suicidaires.

– Suicidaires? reprit Claire, visiblement épouvantée.

– Il faut tout envisager, madame Ward, tout est possible. Il ne faut négliger aucune piste. Il est indispensable que nous passions au crible les antécédents familiaux de votre fils.

– Je vous rappelle que c'est un enfant adopté et qu'il nous est impossible d'avoir accès à son dossier, souligna Claire.

– Certes. Il vous faudra donc mettre cette affaire entre les mains de votre avocat, voire de la justice. Parlez-en avec votre mari le plus vite possible.

– Dieu merci, je ne suis pas..., murmura Claire, s'interrompant in extremis.

– ... responsable, compléta le Dr Belmond.

La visiteuse, qui se levait pour prendre congé du médecin, opina de la tête.

– Les parents se figurent toujours que si leur enfant est malade, c'est à cause d'eux, de ce qu'ils ont ou n'ont pas fait. A cet égard, les ouvrages de vulgarisation psychiatrique et les manuels relatifs à l'éducation des enfants ont fait des ravages. Dites-vous bien que les enfants naissent avec leurs problèmes. Simplement, ceux-ci mettent du temps à se manifester. Parlez de tout cela à votre mari et rappelez-moi.

– Entendu, promit Claire.

– Vous mettre en quête de la mère naturelle de Robbie risque d'être pénible pour vous, émotionnellement parlant. Si possible, j'aimerais l'interroger, lui poser des questions sur sa famille. Tâchez de retrouver sa trace, de la convaincre. Dans l'intérêt de votre fils.

– J'en étais sûr! explosa Don, furieux mais chuchotant de peur que Robbie ne l'entende. Tu commences par consulter Rissom qui te dit de consulter le Dr Belmond, laquelle demande à fourrer son nez dans le dossier de Robbie. Avec les psy, on sait comment ça commence, on ne sait jamais comment ça finit. Je te le répète : laisse-lui le temps de retomber sur ses pattes, il finira par s'en sortir.

– Don! s'exclama Claire. Tu te trompes. Tout seul, il n'y arrivera pas! C'est l'avis de Rissom et c'est également celui de Mrs. Belmond. Il a besoin d'aide.

– Tu montes cette histoire de match en épingle comme s'il s'agissait d'une question de vie ou de mort! Tu ne crois pas que c'est un peu gros?

– D'après le Dr Belmond, ce match a seulement joué le rôle de déclencheur.

– Belmond... Belmond... Tu n'as que ce nom-là à la bouche maintenant! Une femme dont nous ignorions jusqu'à l'existence il y a une semaine... C'est vraiment incroyable. Il ne t'est pas venu à l'idée qu'elle pouvait avoir mis à côté de la plaque? C'est à peine si elle connaît Robbie : elle l'a vu deux fois en tout et pour tout. Et elle nous demande de prendre connaissance de son dossier afin de fouiner dans son passé? Pas question!

– Don!

– Avant de nous lancer sur les traces de la mère de Robbie, ce qui risque de ne pas être une partie de plaisir, prenons l'avis de quelqu'un d'autre. Ce serait bien le diable si les médecins d'Intercontinental n'avaient pas un bon psychiatre à me recommander. O.K.?

– O.K., opina Claire, comprenant qu'il lui fallait passer sous les fourches caudines.

– Et cette fois, c'est moi qui enverrai Robbie chez le spécialiste et lui exposerai son cas. Moi qui recueillerai les conclusions du médecin.

– Entendu. Si c'est comme ça que tu veux procéder, vas-y. L'important, c'est d'agir, et vite. J'ai le sentiment que le temps file, que la vie de Robbie nous glisse entre les doigts. J'ai l'impression...

Incapable de poursuivre, elle se détourna pour cacher ses larmes.

– Claire, mon cœur, fit Don en la prenant dans ses bras. Ressaisis-toi. Ne cède pas à la panique. La situation ne peut pas être aussi grave que le psychiatre te l'a laissé entendre. Si c'était aussi sérieux que ça, nous nous en serions rendu compte. Voilà quinze ans que nous le pratiquons, nous le connaissons quand même mieux que cette femme qui ne s'est entretenue que quelques heures avec lui.

– C'est ce que je n'arrête pas de me dire, chevrota Claire avant d'avouer : Quand même, jamais je n'aurais cru qu'il réagirait comme ça. Nous ne le connaissons peut-être pas si bien que cela au fond?

– C'est pourquoi j'aimerais avoir l'avis de quelqu'un d'autre.

Le Dr Alexis Cooper, le médecin qu'Intercontinental consultait dès qu'un problème de santé se posait, avait recommandé trois spécialistes à Don Ward : deux femmes et un homme. Secrètement persuadé que les femmes psychiatres réagissaient de façon trop émotionnelle, Don opta pour ce dernier, le Dr Ralph Christian.

Soixante ans, petit et corpulent, le cheveu blanc, le Dr Christian passa son temps à remonter ses lunettes qui glissaient le long de son nez aristocratique pendant que Don lui expliquait le but de sa visite.

Lorsque Ward eut terminé son exposé, le psychiatre se contenta d'un laconique :

– Votre fils est un enfant adopté, c'est cela?

– Oui.

– Bien, commenta le spécialiste sans se compromettre. Tant que je n'aurai pas vu le patient, je ne peux me prononcer.

– Bien entendu.

– Il me faudra environ deux heures, annonça le praticien en consultant son carnet de rendez-vous. Jeudi, 16 heures, cela vous irait?

– Je vous l'enverrai jeudi, docteur.

Le vendredi matin, alors que Don regagnait son bureau après une longue séance de travail avec le responsable des mini-séries, il trouva un message de Jeannie sur sa table de travail. « Appeler d'urgence le Dr Christian. »

Don décrocha son téléphone mais ne put toucher son correspondant car le psychiatre était en consultation. Il ne parvint à le joindre qu'après le déjeuner.

– J'ai eu un entretien passionnant avec votre fils, monsieur Ward. C'est un garçon exceptionnellement doué. Le genre de patient qui donne à un psychiatre envie de remuer ciel et terre pour le sauver.

– Je vous remercie. Mais à part cela, quel est votre diagnostic, docteur?

– Compte tenu des faits que vous m'avez rapportés et de ce que j'ai pu observer au cours des deux heures que j'ai passées avec Robbie, je dirais qu'il souffre vraisemblablement d'une schizophrénie ou d'une psychose périodique, c'est-à-dire d'une psychose maniaque dépressive.

– Ah bon. Comment traite-t-on ce genre de maladie?

– Votre fils m'a dit avoir vu le Dr Belmond. Je ne la connais pas personnellement mais elle jouit d'une excellente réputation dans la profession. Je ne sais ce qu'elle vous a conseillé de faire. Mais si j'étais vous, avant d'entreprendre quoi que ce soit, je commencerais par me documenter sur les antécédents médicaux de la mère naturelle de Robbie. Cela faciliterait le diagnostic.

– En d'autres termes, vous me conseillez de demander aux services compétents l'autorisation de consulter le dossier de Robbie, résuma Don, désireux d'en avoir le cœur net.

– C'est indispensable si on veut éviter une erreur de diagnostic et donc de traitement, qui pourrait être catastrophique.

– Je vois.

– Au fait, poursuivit le médecin. J'ai cru comprendre que votre fils avait confiance dans le Dr Belmond à en juger par sa façon de parler d'elle. Il ne serait peut-être pas mauvais qu'elle continue à s'occuper de lui.

– Vous avez raison. Merci infiniment, docteur.

20

De même qu'ils avaient décidé d'un commun accord d'adopter un enfant, de même Don et Claire décidèrent-ils de se rendre ensemble au service des adoptions.

Le personnel avait changé depuis leur dernier passage. Mrs. Lena Betancourt, l'actuelle directrice, était une petite femme brune et potelée à la physionomie agréable et avenante. Il émanait de sa personne quelque chose de moelleux et de maternel qui rassura aussitôt Claire : cette femme les aiderait, cela ne faisait pas l'ombre d'un doute. La responsable écouta Don lui exposer les événements qui avaient motivé leur visite d'une oreille attentive, hochant la tête d'un air compréhensif.

– Je suis navrée pour vous. Heureusement nous avons peu de cas de ce genre. Les enfants dont nous avons la charge sont sélectionnés avec le plus grand soin et leurs mères font l'objet d'une enquête aussi approfondie que possible. Leurs pères également, quand les circonstances le permettent. Toutefois...

– Nous avons besoin de renseignements sur la mère naturelle de Robbie, coupa Don.

– Mon prédécesseur a dû vous les fournir lorsque vous êtes venus chercher votre fils.

– Le Dr Belmond aimerait en savoir davantage sur ses antécédents familiaux, intervint Claire.

– Ses antécédents familiaux, reprit Mrs. Betancourt, se raidissant imperceptiblement. Il nous est interdit de divulguer ce genre d'informations.

– Je sais, lui assura Don. Mais dans le cas présent, je

pense que vous pourriez faire une entorse au règlement : le médecin a impérativement besoin de ces données pour poser un diagnostic précis.

– La loi est la loi, monsieur Ward. Je ne peux pas aller contre.

– Au diable la loi ! Il nous faut retrouver cette femme ! s'énerva Don.

– Don, fit Claire. Du calme.

– La santé de mon fils est en jeu et tu voudrais que je fasse des ronds de jambe ! Si les médecins estiment que ces renseignements sont vitaux, c'est qu'ils le sont, et j'ai bien l'intention de les obtenir !

– Pas sans une ordonnance du tribunal, affirma Mrs. Betancourt du haut de son mètre cinquante-huit. Si vous voulez consulter le dossier médical de la mère naturelle de Robbie, je peux vous le communiquer. Pour le reste, ne comptez pas sur moi. Je suis tenue au secret.

Don allait répliquer vertement mais Claire le devança :

– Puisque nous sommes là, autant en profiter.

S'il fallait en croire les documents officiels, la jeune femme qui avait donné naissance à Robbie avait mis au monde un bébé de trois kilos trois cents au terme d'une grossesse sans histoire. Le carnet de santé du nouveau-né précisait qu'il avait un Apgar [1] à 9, autrement dit qu'il était parfaitement normal. La maman n'avait eu aucun problème de santé grave dans sa jeunesse.

Du père, on ne savait rien, si ce n'est qu'il avait trente-sept ans, se portait comme un charme, était marié et avait trois enfants.

Dans le dossier figurait également un certificat rédigé par les médecins du service des adoptions attestant que la patiente était en pleine forme pendant sa grossesse et au moment de l'accouchement.

– Rassurant, commenta Don. Mais ce n'est pas ce dont le Dr Belmond a besoin.

– Désolée, déclara Mrs. Betancourt. Je ne peux plus rien pour vous. C'est au tribunal de se prononcer désormais.

1. Tests mis au point par Virginia Apgar en 1952 et portant sûr la couleur de la peau, la respiration, le cœur, le tonus et les réflexes. *(N.d.T.)*.

La procédure légale exigeait que les Ward et le Dr Belmond fournissent de longues déclarations écrites sous serment expliquant en détail le cas de Robbie. Le service des adoptions dut également spécifier par écrit qu'il ne s'opposerait pas à ce que l'identité de la mère soit divulguée au cas où le tribunal en déciderait ainsi.

Deux jours après que les documents eurent été remis à qui de droit, Ed Hillman, avocat des Ward, téléphonait à ses clients.

– Claire? Don est là?

– Non. Il est sur la côte ouest. Il ne rentrera que dimanche.

– C'est ennuyeux. Un de mes associés qui connaît bien le juge Carmody a réussi à le convaincre d'entendre la cause demain en fin de journée.

– Qu'est-ce que c'est que cette histoire d'audience? Les déclarations écrites ne suffisent donc pas?

– Certains juges sont très à cheval sur l'étiquette dès qu'il s'agit d'enfants. Puisque votre mari est absent, il va falloir reporter ça à plus tard. Dommage!

– Pas question de reporter quoi que ce soit, fit Claire avant qu'il raccroche. J'irai.

– Je vais appeler la secrétaire du juge et tâter le terrain. Je ne sais si Carmody marchera, il semblait tenir à ce que toutes les parties concernées soient présentes.

– Pas Robbie, tout de même? s'enquit Claire de plus en plus inquiète.

– Non, la rassura Hillman. Je vous rappelle dès que j'ai la réponse. A propos, comment va le malade?

– Difficile à dire. Il me semble qu'il y a du mieux. Mais peut-être que je me fais des illusions.

Claire n'était pas seule à avoir remarqué que son fils avait changé : le Dr Belmond avait également constaté ce changement, qu'elle se garda toutefois de qualifier d'amélioration. Elle procédait avec une prudence et une circonspection extrêmes, sachant qu'il lui serait impossible d'entreprendre un traitement tant qu'elle n'aurait pas obtenu les renseignements génétiques dont elle avait besoin.

L'audience se déroula dans les bureaux du magistrat. Agé d'une soixante d'années, maigre comme un clou, Julian Carmody, carré dans son fauteuil de cuir éraflé, avait le faciès crispé de quelqu'un qui vient de mordre par inadvertance dans une rondelle de citron. Prenant les papiers que sa secrétaire avait déposés devant lui, il y jeta un rapide coup d'œil.

– Ah, je vois! laissa-t-il échapper, l'air excédé. Je vous écoute, maître.

Ed Hillman s'efforça d'exposer les faits aussi succinctement que possible, se rendant compte que son interlocuteur s'était contenté de parcourir les déclarations au lieu de les examiner en détail.

Le magistrat enveloppa Claire et le Dr Belmond d'un regard inquisiteur.

– Où est le père? Je croyais pourtant lui avoir demandé de venir.

– En Californie, pour affaires, expliqua Claire.

– S'il s'agissait de mon fils, affaires ou pas affaires, je me serais débrouillé pour être là, rétorqua Julian Carmody, acerbe. Surtout si la situation est aussi grave que vous le prétendez.

– Dans son métier, on n'est pas toujours maître de son emploi du temps, dit Claire d'un ton d'excuse.

– Que fait-il?

– Il est vice-président d'un réseau de télévision.

– Sérieusement, vous voulez me faire croire que ce sont des adultes qui pondent ces âneries?

Claire garda un silence prudent.

– C'est peut-être de là que viennent les problèmes de votre enfant. Si ça se trouve, il est inutile d'aller chercher plus loin, commenta Carmody en abandonnant son air sarcastique. Voyez-vous, madame Ward, je suis persuadé que la nature des relations dans le triangle enfant-parents adoptifs-parents naturels est particulièrement complexe. J'ai vu des adolescents partir à la recherche de parents naturels qui se souciaient d'eux comme d'une guigne. Des parents naturels essayer de retrouver la trace d'enfants adoptés qui refusaient de les voir. Quant aux parents adoptifs, ils laissent souvent des plumes dans ce genre d'aventure.

« Imaginez que je signe cette ordonnance, que le service des adoptions vous communique l'adresse de cette femme, que vous mettiez la main sur elle, et qu'elle refuse de vous rencontrer. Quelle sera votre réaction? questionna le magistrat.

– Il n'est pas nécessaire qu'elle soit mise en présence des

parents adoptifs de Robbie, Votre Honneur, intervint le Dr Belmond. C'est moi qui ai besoin de renseignements, pas eux. Comme je vous l'ai expliqué dans ma déclaration écrite, faute de précisions sur les antécédents médicaux de mon patient et de ses ascendants, il m'est impossible de prescrire un traitement adéquat.

– Les différentes parties n'auraient donc pas à être mises en présence? s'enquit Carmody.

– Non, monsieur le juge. Il suffirait d'une heure d'entretien avec l'intéressée et le tour serait joué.

– Dans ce cas..., fit le magistrat, les sourcils froncés. Je ne vous mettrai pas de bâtons dans les roues.

Prenant son stylo, il allait apposer son paraphe au bas du document lorsqu'il jeta soudain un coup d'œil scrutateur au psychiatre.

– Vous avez absolument besoin de ces données pour votre diagnostic, vous me le certifiez?

– Oui, Votre Honneur.

Le juge griffonna sa signature dans la case prévue à cet effet, donna un coup de buvard et tendit le formulaire à Hillman, qui le prit avec un soupir de soulagement.

Au moment où Claire s'apprêtait à sortir, Carmody l'apostropha.

– Dites à votre mari de se trouver un job décent. Le sien est indigne d'un honnête homme.

21

C'est avec un manque d'empressement flagrant que Mrs. Betancourt remit aux Ward le papier à l'en-tête de son service sur lequel étaient dactylographiés le nom et l'adresse qu'ils avaient eu tellement de mal à obtenir : *Emily Birch, 1227 Rosemont Avenue.*

Rosemont Avenue se trouvait du côté de Washington Heights dans la partie ouest de Manhattan, près du George Washington Bridge. Confortable et bourgeois à l'origine, le quartier avait aujourd'hui triste mine avec ses maisons miteuses aux façades de brique d'un rouge terne. Le long des trottoirs où elles étaient garées, les voitures encastrées les unes dans les autres semblaient avoir pris racine dans l'asphalte. La langue prédominante était l'espagnol.

Les Ward n'eurent aucun mal à repérer le 1227. Arrivés devant la porte, ils eurent un moment d'hésitation en constatant l'allure sordide de la bâtisse.

– Allons-y, décida Claire. Il faut bien commencer quelque part.

Après avoir gravi une marche, ils pénétrèrent dans un hall minuscule aux murs tapissés de boîtes aux lettres. Certaines avaient été pourvues de serrures supplémentaires pour dissuader les voleurs de subtiliser les chèques émanant de l'aide sociale.

Don craqua une allumette et s'efforça de déchiffrer les noms inscrits sur les boîtes. C'étaient pour la plupart des patronymes à consonance espagnole. Des réfugiés en provenance de l'Amérique centrale ou de l'Amérique du Sud, sans doute. En tout cas il ne trouva rien qui ressemblât de près ou de loin à celui qu'ils cherchaient.

Une vieille dame qui portait un filet à provisions plein à craquer s'engouffra dans le hall. Surprise de les découvrir là, elle esquissa un discret mouvement de recul, son filet plaqué contre sa poitrine. Après les avoir bien examinés, elle se décida à faire un pas vers sa boîte aux lettres pour y prendre son courrier. Vérification faite, la boîte se révéla vide.

– Excusez-moi..., commença Don, songeant qu'il y avait des chances pour qu'elle vécût là depuis des lustres.

Tendue, de nouveau sur la défensive, l'inconnue posa sur lui un œil soupçonneux.

– Il y a longtemps que vous habitez l'immeuble?

– Hélas, oui, convint-elle avec l'accent très prononcé des Juifs de la petite bourgeoisie qui peuplaient majoritairement le quartier au début du siècle.

– Puis-je vous poser une question?

– Faites donc, dit-elle, se cramponnant à son sac comme si elle craignait qu'on ne lui arrache ses victuailles.

Loin de s'offusquer de sa réaction, Claire en conclut qu'à force de vivre dans une grande ville où les agressions étaient monnaie courante la vieille femme avait fini par se méfier systématiquement de tout le monde.

– Auriez-vous connu une jeune fille du nom d'Emily Birch qui résidait ici il y a seize ans, par hasard?

– Birch? C'est pas un nom juif, ça. Vous êtes sûr qu'elle habitait cet immeuble?

– C'est le nom qu'elle nous a donné, en tout cas.

– Birch... Birch..., marmonna l'inconnue. J'ai déjà du mal à me souvenir de ce que j'ai fait hier, comment voulez-vous que je me rappelle des événements vieux de seize ans...

– Réfléchissez! Faites un effort! intervint Claire d'un ton suppliant. C'est très important.

– « Important », grommela la vieille avec un haussement d'épaules désabusé. En dehors du chômage, des Russes et des feuilletons à l'eau de rose, plus rien n'a d'importance aujourd'hui. Vous parlez d'une époque!

– Emily Birch, insista Don. Il faut absolument que nous arrivions à la joindre : notre fils est malade et elle seule peut l'aider.

– Vous avez un fils qui est souffrant? Je sais ce que c'est, je suis passée par là avec mon pauvre Irving. La pénicilline n'existait pas encore à l'époque... les médecins n'ont rien pu faire pour lui.

Battant furieusement des paupières, elle renifla un bon coup pour refouler ses larmes.

– Il n'y a rien de pire pour une mère que d'enterrer son enfant.

– Alors aidez-nous, je vous en prie! s'écria Claire.

– Vous voulez une tasse de thé? proposa soudain l'inconnue. Venez, peut-être qu'en bavardant, ça me reviendra.

Ils enfilèrent à sa suite le couloir où il faisait noir comme dans un four. Le carrelage blanc qui avait dû autrefois être entretenu avec un soin méticuleux était maintenant cassé par endroits et gris de crasse.

Don s'offrit à porter le filet à provisions de leur guide qui s'y cramponna de plus belle. Il leur fallut gravir trois étages avant d'arriver chez elle. Après avoir ouvert la porte – mantie de quatre verroux – l'hôtesse se glissa à l'intérieur, suivie de près par ses visiteurs. L'appartement était sombre mais il y flottait une odeur agréable qui n'avait rien de commun avec les effluves nauséabonds qui empuantissaient la cage de l'escalier.

– Asseyez-vous. Je vais mettre la bouilloire à chauffer.

D'un geste, elle les invita à entrer dans un séjour exigu encombré de sièges volumineux recouverts de velours râpé. Les accoudoirs des fauteuils comme ceux du canapé étaient usés jusqu'à la corde. Le mobilier n'avait manifestement pas été renouvelé depuis que sa propriétaire l'avait acheté il y avait de cela quarante ou cinquante ans à l'occasion de son mariage. Sur une table contre le mur s'alignaient comme à la parade des photos jaunies sur lesquelles souriaient des messieurs et des dames vêtus de toilettes désuètes.

L'attention de Claire fut attirée par un cliché qui semblait faire bande à part. Celui d'un petit garçon drapé dans un châle de prière, le chef couvert d'une calotte noire. Mue par une impulsion subite, elle le prit pour l'examiner de plus près et rougit comme une gamine en entendant la vieille dame lancer dans son dos :

– C'est mon Irving à treize ans et demi. Mignon, n'est-ce pas? Et bon élève, en plus. Les médecins ont tout essayé mais ils n'ont pas réussi à le sauver. Dieu sait pourtant s'il en a vu, des spécialistes. Dans trois hôpitaux différents. Mais il n'y a rien eu à faire.

Elle poussa un long soupir qui indiquait clairement qu'après toutes ces années sa peine était toujours aussi vive.

– Installez-vous là pendant que je prépare le thé.

Et elle trottina en direction de la cuisine.

Don et Claire échangèrent un regard de connivence. Ils ne découvriraient rien d'intéressant dans cette maison. Dès qu'ils pourraient décemment prendre congé de leur hôtesse, ils fileraient.

La vieille femme reparut, portant un plateau où elle avait disposé trois tasses fumantes et une assiette pleine de biscuits. Elle tendit à chacun de ses visiteurs une tasse et une soucoupe, leur proposa du citron et, dans une coupelle en porcelaine, une poudre blanche.

– Servez-vous, c'est du faux sucre mais c'est aussi bon. Le médecin m'interdit le vrai.

Avant même qu'ils aient eu le temps de la remettre sur la voie, elle se mit à réfléchir à haute voix.

– Birch... Birch... voyons un peu. Au rez-de-chaussée, côté rue, logeaient les Rosen et les Winokur, côté cour les Levin et les Schwartz. Non, je me trompe, les Schwartz, c'était bien avant. Il y a seize ans, c'était la famille Samuel qui habitait là. Il était marchand de modes. Quand son commerce a commencé à battre de l'aile, il s'est reconverti dans les vêtements de sport...

Don, qui bouillait d'impatience, commença à s'agiter sur sa chaise. Claire lui jeta un coup d'œil, lui signifiant clairement que ce n'était pas le moment de se mettre en rogne. Dût-elle y passer des heures, elle était bien décidée à soutirer à son interlocutrice tous les renseignements susceptibles de les conduire jusqu'à Emily Birch.

Après avoir passé en revue – étage après étage et appartement après appartement – les occupants de l'immeuble, la brave dame dut s'avouer vaincue.

– Birch... Décidément, ce nom ne me dit rien. Vous êtes sûrs que c'est la bonne adresse?

– 1227 Rosemont Avenue, répéta Claire.

– C'est la bonne adresse, mais pas la bonne maison. Je suis désolée, j'aurais bien voulu pouvoir vous aider.

– Merci quand même, fit Don, pris de claustrophobie et pressé de quitter le petit logement déprimant.

– Laissez-moi votre numéro de téléphone. On ne sait jamais, au cas où la mémoire me reviendrait.

Don n'était pas très chaud mais Claire sauta sur l'occasion. En tendant leurs coordonnées à la vieille dame, elle murmura :

– N'hésitez pas à nous appeler. Le moindre détail sera le bienvenu.

– Comptez sur moi, je vous contacterai. Au fait, de quoi votre fils souffre-t-il?

Obéissant aux instructions de Don qui n'avait aucune envie que la maladie de Robbie fût connue de tous, Claire se dépêcha d'éluder.

– C'est très compliqué.

– Courage, dit la septuagénaire. Les médecins font des miracles de nos jours.

– Merci infiniment, conclut Claire. Vous avez été très aimable.

– Pour ce que ça a servi!

Semblable à une chouette avec ses lunettes aux verres épais, Herb Bannerman, chef du service documentation d'Intercontinental, dévisagea Don Ward d'un air ahuri.

– L'annuaire de Manhattan d'il y a seize ans? fit-il, la mâchoire pendante.

– C'est bien ça, Herb. Ainsi que ceux d'il y a quinze et dix-sept ans.

– Et à supposer que je réussisse à me les procurer?

– Herb, vous voulez être gentil? Ne posez pas de questions. Mettez la main sur ces bottins, c'est tout ce que je vous demande. Et n'allez pas déléguer le boulot à une tierce personne, je veux que vous vous en occupiez vous-même. Quand vous aurez les bouquins, pointez tous les abonnés du nom de Birch. B-i-r-c-h.

– Vous voulez une liste de tous ces braves gens avec leur numéro de téléphone, je suppose?

– Non, il n'y en a qu'un qui m'intéresse : celui qui était domicilié au 1227 Rosemont Avenue.

Sentant que le chef de service allait lui poser une autre question, Don le devança.

– Inutile de jouer aux devinettes, Herb. Contentez-vous de faire ce qu'on vous dit. C'est très important!

Le lendemain après-midi alors que Don regagnait son bureau après un interminable déjeuner de travail avec les autres pontes de la société, il trouva Herb Bannerman qui faisait le pied de grue devant sa porte.

– Eh bien, Herb?

– J'ai eu un mal de chien à me procurer ces vieux

annuaires. Il a fallu que je raconte à la compagnie du téléphone que le réseau en avait besoin pour le tournage d'un documentaire.

– Et alors?

– Alors j'ai relevé vingt et un Birch. Mais pas un seul domicilié 1227 Rosemont Avenue.

– C'est impossible! explosa Don. C'est là qu'elle habitait. Ça a été vérifié par le...

Il s'interrompit net.

– Je peux photocopier les pages, proposa Herb. Vous verrez qu'il n'existe pas de Birch à l'adresse que vous m'avez indiquée.

– Laissez tomber, Herb, ce n'est pas la peine, fit Don en s'efforçant de dissimuler sa déception. Et merci encore. Je compte sur votre discrétion.

– Bien sûr, Don.

Il restait un dernier espoir à Don.

Jim Brennan, véritable colosse, qui avant d'occuper le poste de responsable de la sécurité chez Intercontinental avait exercé les fonctions d'inspecteur de police à New York. Lorsque Don lui eut exposé son problème, Brennan lui fit remarquer qu'une piste vieille de seize ans ne pouvait pas donner grand-chose. Surtout si aucun abonné du nom de Birch ne figurait dans l'annuaire à l'adresse qu'on avait fournie à Don.

– Difficile de battre le pavé à la recherche d'une femme dont vous ne savez rien. Autant chercher une aiguille dans une meule de foin.

– Selon vous, il n'y a aucun moyen...

– S'il y en avait un, monsieur Ward, je me mettrais aussitôt en chasse.

– Merci, Jim. Si jamais vous avez une idée, n'hésitez pas à m'appeler.

– Certainement.

Don repartit le cœur gros, persuadé que l'ancien inspecteur ne pouvait rien pour lui.

Le Dr Belmond allait donc devoir soigner Robbie sans savoir quels étaient les antécédents médicaux de sa mère.

22

Il avait décidé de ne pas souffler mot de ses démarches infructueuses à Claire. A quoi bon? Cela ne servirait qu'à l'inquiéter davantage et ce n'était vraiment pas le moment. Don commençait à se faire du mauvais sang à son sujet car elle avait beaucoup maigri au cours des dernières semaines. Les pommettes saillantes, le teint hâve, elle finissait par avoir un air de ressemblance avec Robbie.

Ce soir-là cependant, une fois que le dîner eut été expédié et que Robbie eut réintégré sa chambre, Don – qui n'avait pas l'habitude de faire des cachotteries à sa femme – craqua.

– Bannerman a fait chou blanc. Et Brennan – qui est pourtant un expert en matière d'enquête sur les personnes disparues – m'a déclaré que je n'avais aucune chance de la retrouver étant donné que nous n'avons pas l'ombre d'un commencement de piste. D'après lui, elle a donné un nom et une adresse bidon.

– C'est bien possible, opina Claire. Mais ne fais pas cette tête, mon chéri. Nous n'aurons peut-être pas besoin d'elle.

– Comment cela? Le Dr Belmond...

– Tu n'as donc rien remarqué? fit Claire en baissant la voix.

– Quoi?

– L'appétit avec lequel Robbie a mangé tout à l'heure. Et ce n'est pas tout : il a remonté ses stores aujourd'hui. C'est bon signe, non? J'ai l'impression qu'il va mieux. J'ai bondi sur le téléphone pour annoncer la nouvelle au Dr Belmond, malheureusement je n'ai pas réussi à la joindre, j'ai dû me contenter de laisser un message. Vivement qu'elle me rappelle. Je suis à peu près certaine qu'elle va me dire d'abandonner les recherches.

– Ça m'ôterait un sacré poids. Tu ne crois pas que je devrais monter pour essayer de lui parler, l'encourager?

– C'est peut-être un peu prématuré. Mieux vaut attendre que le Dr Belmond nous donne le feu vert.

Don acquiesça, l'air navré.

– J'ai besoin d'une autorisation du médecin pour adresser la parole à mon fils maintenant, tu avoueras que c'est un comble!

– Tu devrais t'estimer heureux qu'il commence à relever la tête. Inutile de le bousculer, tu le braquerais.

Le lendemain matin, au moment où Don allait quitter la maison en taxi pour attraper le train de sept heures, Robbie descendit à la cuisine. Les jours où Don devait prendre l'avion afin de faire un saut sur la côte ouest, il utilisait les transports en commun pour se rendre à New York, ainsi il n'avait pas à se soucier de sa voiture. Dans ces cas-là, il démarrait plus tôt de chez lui, les trains de banlieue ayant toujours du retard, quand ils n'étaient pas purement et simplement annulés.

– Bonjour, p'pa, fit Robbie d'une toute petite voix mais avec un petit sourire.

– Bonjour, mon grand!

Don prit son fils dans ses bras et lui plaqua un baiser sonore sur la joue. Emporté par son élan, il faillit lui demander s'il comptait retourner à l'école, mais il s'abstint après avoir intercepté le regard sévère de Claire lui enjoignant de ne pas pousser plus loin son avantage.

– Je suis bougrement content de te voir. D'autant que je ne serai pas là ce soir.

– Je sais, énonça Robbie. Encore un aller et retour sur la côte ouest.

– Ouais. A ce propos, j'ai une idée. Si on allait tous en Californie à Noël? On pourrait passer quelques jours à Palm Springs. Ou assister au Rose Bowl. C'est Intercontinental qui a l'exclusivité de la retransmission cette année. Je pourrais avoir des places dans la tribune des journalistes. Qu'est-ce que tu en dis? Ça te tente?

– Formidable! Super! s'exclama Robbie avec son enthousiasme d'antan.

Pour la première fois depuis des jours, Don et sa femme échangèrent un regard plein d'espoir.

– Parfait! Je m'en occupe aujourd'hui même, promit Don.

Prenant sa valise d'une main, il saisit de l'autre son attaché-case bourré de notes, scripts et autres documents et emboîta le pas à Claire, qui était partie en éclaireur lui ouvrir la porte.

Ils tinrent un rapide et fébrile conciliabule dans l'entrée.

– Il est méconnaissable, observa Don.

– C'est merveilleux! Tout porte à croire que nous allons enfin voir le bout du tunnel.

– Mine de rien, tu devrais essayer de le convaincre de retourner en classe. Il faut absolument qu'il se décide à affronter ses copains.

– J'espère qu'ils se montreront compréhensifs.

– Ils le seront, j'en suis sûr. Songe à tous les coups de fil qu'ils ont passés pour avoir des nouvelles de leur meneur de jeu. Je suis certain qu'ils seront à la hauteur.

Et sur ces mots, il se dirigea vers l'allée où l'attendait le taxi qui devait l'emmener à la gare.

Claire s'activait dans la cuisine, tenaillée par l'envie de monter trouver Robbie pour lui demander s'il comptait remettre les pieds à l'école. Mais elle parvint à refouler cette envie, lavant la vaisselle du petit déjeuner pour tuer le temps. Les mains dans l'eau savonneuse, elle entreprit d'établir son emploi du temps de la journée : courses, répétition avec les Towne Players. Elle avait tout laissé en plan depuis que Robbie était en dépression. Jusques et y compris le Mercy Hospital, toujours pendu à ses basques, qui la harcelait pour qu'elle monte un spectacle à l'hôpital. L'équipe de soignants comptait bien – grâce au produit de la représentation – arriver à financer en partie l'achat d'un coûteux appareil d'imagerie médicale.

Quel soulagement ce serait de ne plus avoir à jouer les geôliers en se demandant ce que Robbie pouvait bien fabriquer dans sa chambre...

Quand il descendit, il était en jean, chemise écossaise et blouson, sa tenue de classe habituelle. Ses cheveux encore humides étaient soigneusement peignés et brossés. Claire se félicita de ce que les adolescents aient abandonné les coiffures excentriques de ces dernières années empruntées aux idoles du hard rock.

– Tu... tu vas en classe?

– Ouais. Il serait presque temps.

– Je peux t'emmener, si tu veux.

– Je préfère prendre ma bicyclette.

– Comme tu voudras.

– Désolé de vous en avoir fait baver, à papa et à toi.

– N'y pense plus, mon chéri, fit Claire en le serrant contre elle.

– J'ai une idée géniale, il faut absolument que je la soumette aux copains, c'est pour ça que je retourne à Canaan. Tu sais qu'on n'est pas autorisés à s'entraîner au printemps. Eh bien, je vais demander aux gars s'ils sont d'accord pour travailler en douce. Je ne vois pas pourquoi on nous en empêcherait du moment qu'on n'utilise pas le terrain de sport de l'école.

– En effet. Et si l'entraîneur n'est pas dans le coup...

– Comme ça, nous serons fin prêts dès le début de la saison! Et cette fois-ci, rien ne pourra nous arrêter : tant pis pour nos adversaires, nous les écraserons tous les uns après les autres!

– J'en suis certaine, mon chéri. Bonne journée!

Se postant devant la fenêtre du séjour, elle regarda son fils descendre l'allée circulaire sur sa machine et prendre la direction de l'école. A peine eut-il tourné le coin qu'elle empoigna le combiné et composa un numéro. Au lieu d'avoir le Dr Belmond au bout du fil, elle tomba sur son répondeur :

« Je suis en consultation. Veuillez me laisser vos coordonnées, je vous joindrai dès que possible. Merci. »

« Claire Ward à l'appareil. Il faut que je vous parle, c'est urgent. Rappelez-moi au 555 67 52. »

Elle jeta un coup d'œil à la pendule de la cuisine. Huit heures moins dix. Le psychiatre commençait ses consultations bien tôt. Sans doute était-elle avec un patient qui travaillait à New York et ne pouvait se rendre chez elle qu'à cette heure matinale.

Histoire de passer le temps en attendant le coup de téléphone du médecin, Claire entreprit de changer les draps, corvée dont Lily se chargeait généralement. Une séance chez le psychiatre ne durait que cinquante minutes et l'heure était déjà bien avancée quand elle avait appelé. Sabrina Belmond ne tarderait pas à la contacter.

Il était huit heures dix lorsque le téléphone sonna.

– Madame Ward? Dr Belmond. J'ai bien reçu votre message. Désolée de n'avoir pu vous téléphoner plus tôt mais j'ai eu une urgence. Il a fallu que je m'absente.

– Rien de trop grave, j'espère.

– Vous le saurez en lisant les journaux. Revenons à nos moutons. Vous désiriez me parler, vous avez un problème?

– Non, au contraire, s'exclama Claire d'une voix vibrante. Je crois bien que je n'en ai plus.

– Parfait, commenta Belmond d'un ton qui indiquait clairement qu'elle attendait la suite.

– Robbie est descendu pour le petit déjeuner de sa propre initiative. Après quoi il est remonté se doucher, s'habiller et il est parti en classe. Sans que mon mari ni moi-même ne soyons intervenus, précisa fièrement Claire.

– C'est tout?

– Non! J'ai cru remarquer à certains signes qu'il était sur la voie de la guérison.

– Quels signes, madame Ward? s'enquit le psychiatre d'un ton neutre.

Claire se mit en devoir de lui parler du projet de Robbie concernant l'entraînement de son équipe, ajoutant qu'elle retrouvait enfin son battant de fils.

– Vous ne pouvez pas savoir comme je suis soulagée. C'est bien simple, j'ai l'impression de revivre.

– Je comprends ça, madame Ward.

– Les choses étant rentrées dans l'ordre, il est inutile que nous continuions à essayer de retrouver la trace de sa mère, je suppose?

– Cette urgence m'a obligée à annuler mes rendez-vous de la journée, madame Ward, aussi ai-je du temps de libre cet après-midi. Pourriez-vous passer à mon cabinet, à trois heures moins le quart, par exemple?

– Bien sûr, acquiesça Claire qui raccrocha avec l'impression de s'être fait taper sur les doigts.

Le soulagement qu'elle avait éprouvé en voyant son fils enfourcher son vélo pour se rendre à l'école fit soudain place à une angoisse sourde qui lui noua les entrailles.

Malade d'impatience, Claire Ward arriva chez le médecin avec quarante minutes d'avance. Trop inquiète pour lire ne fût-ce que les légendes des photos, elle se mit à feuilleter fébrilement de vieilles revues. Incapable de se concentrer, elle laissa tomber son magazine, s'abandonnant aux craintes qui l'habitaient.

Elle s'était imaginé qu'en apprenant que Robbie allait mieux le psychiatre allait renoncer à retrouver sa mère naturelle. Mais apparemment, c'était tout le contraire qui s'était produit.

La nuit dernière et ce matin, Claire s'était sentie délivrée de cette angoisse affreuse. Et maintenant elle était plus oppressée que jamais. Au cours de ses entretiens avec son fils, le Dr Belmond avait-elle découvert un détail inquiétant qu'elle comptait lui révéler de vive voix? Pourquoi s'était-elle imperceptiblement raidie lorsque Claire lui avait annoncé que Robbie commençait à reprendre du poil de la bête?

– Vous pouvez entrer, madame Ward, lança soudain le psychiatre.

Tremblant d'appréhension, Claire se leva si brusquement que son sac tomba par terre, vomissant rouge à lèvres, clés, cartes de crédit et autres accessoires. S'agenouillant, elle entreprit de ramasser ses affaires et de les remettre en place tout en bafouillant des excuses.

Une fois qu'elle eut retrouvé son sang-froid, elle adressa un sourire piteux au médecin.

– Je suppose que ma maladresse est révélatrice...

– En effet, dit Sabrina Belmond avec le plus grand sérieux. Vous étiez morte d'inquiétude à l'idée de venir me voir, l'attente vous a mis les nerfs à vif. Vous aviez hâte d'entrer dans mon cabinet afin de me bombarder de questions et, en vous levant, votre sac vous a échappé. Dans l'état d'esprit où vous vous trouviez, pareille mésaventure n'a rien que de normal, cela aurait pu arriver à n'importe qui, y compris à moi. Maintenant, entrez, j'ai à vous parler.

Sa visiteuse installée et calmée, le Dr Belmond attaqua :

– Ainsi, Robbie a repris son train-train quotidien et le chemin de l'école sans que vous lui forciez la main. Cela prouve que les antidépresseurs commencent à agir.

– L'important, c'est qu'il soit redevenu lui-même.

– Très juste, madame Ward, c'est bien là l'important, en effet.

– Dans ce cas, pourquoi faut-il que nous continuions à rechercher cette femme?

– Vous dites que votre fils est redevenu lui-même, qu'entendez-vous par là, madame Ward?

– Il est de nouveau plein d'entrain et d'initiative. Tenez, il projette d'organiser un stage de printemps pour les membres de l'équipe de football sans le concours de l'entraîneur. Je suis certaine que ça se fera. Il jouit d'un tel prestige auprès de ses équipiers qu'ils le suivront comme un seul homme. Bref, j'ai retrouvé mon Robbie.

– Votre Robbie est aussi celui qui vient de faire une dépression dont il est sorti grâce aux antidépresseurs majeurs que je lui ai prescrits, souligna le médecin. C'est pourquoi j'ai besoin de l'aide de cette Emily Birch si je veux pouvoir le soigner correctement.

– Mais s'il va mieux, pourquoi a-t-il besoin de suivre un traitement?

– Parce que dans son cas, le fait d'aller mieux risque de faire partie de son mal. Ces hauts et ces bas qui font qu'il passe sans transition de l'exaltation la plus vive à l'abattement le plus profond, c'est ça la maladie de Robbie. Il faut que vous retrouviez cette femme, madame Ward. Elle détient la clé de sa maladie, ce n'est que grâce aux données qu'elle me fournira que je pourrai poser mon diagnostic et, partant, soigner Robbie.

23

Pendant tout le trajet, les paroles prononcées par le médecin lors d'une visite antérieure ne cessèrent de hanter Claire. « Comprenez-moi bien. Si je soigne Robbie sans avoir posé un diagnostic précis au préalable, ce n'est pas sans risque. La thérapeutique d'une maladie mentale donnée peut s'avérer inopérante voire nocive appliquée à une autre. »

« Inopérante, nocive », les mots bourdonnaient aux oreilles de Claire, lui ôtant tout courage. Ils la démoralisaient autant sinon davantage que la réaction surprenante du psychiatre qui, loin de trouver encourageant le changement survenu chez Robbie, y voyait au contraire la confirmation de sa maladie.

Tout en conduisant, elle songea aux arguments qu'elle aurait pu opposer au spécialiste si elle avait eu suffisamment de présence d'esprit. Si les antidépresseurs agissaient, si Robbie se comportait comme il le faisait avant de tomber dans ce trou noir, à quoi bon aller chercher plus loin?

En atteignant le garage, elle était épuisée, vidée après son déprimant entretien avec Sabrina Belmond. A peine avait-elle franchi le seuil de la maison qu'elle remarqua à une foule de détails que Lily, sa femme de ménage, était passée et repartie, son travail terminé. Claire monta directement dans sa chambre, s'allongea sur le lit et, après s'être débarrassée de ses chaussures, sombra dans un profond sommeil.

Lorsqu'elle émergea, il faisait déjà nuit dehors. Quelle heure pouvait-il bien être? Cinq heures et demie, six heures?

Robbie devait être rentré du basket. A moins qu'avec sa manie de ne jamais faire les choses à moitié, il n'eût décidé de prolonger la séance d'entraînement. Pour savoir à quoi s'en tenir, elle cria :

– Robbie!

Pas de réponse. Les nerfs tendus, elle se dressa d'un bond sur son lit et fit une seconde tentative.

– Robbie!

Silence. Elle se dirigea vers le couloir. N'entendant pas hurler la chaîne, elle en conclut que son fils n'était pas encore de retour. Au moment où elle allait faire demi-tour et regagner ses appartements, elle s'arrêta net avec l'impression que quelque créature invisible la tirait par la manche, et rebroussa chemin.

Les craintes qui l'avaient taraudée tout le temps qu'avait duré la dépression de Robbie l'assaillirent de nouveau. La douleur tapie au fond de son ventre se réveilla et la reprit de plus belle.

Ce fut plus fort qu'elle. Pieds nus, elle s'approcha précautionneusement de la porte de la chambre. Elle tourna la poignée, s'attendant à ce que celle-ci résiste, mais elle s'ouvrit au contraire sans problème. Elle poussa le battant et jeta un coup d'œil à l'intérieur. La pièce semblait être dans l'état où Lily l'avait laissée : nette, impeccable. Lentement, Claire se dirigea vers le placard, qui était fermé. Lily avait la manie de fermer commodes et penderies, contrairement à Robbie qui laissait tout entrebâillé. Du moins en temps ordinaire... Elle tendit la main, tourna la poignée qui lui parut glacée et ouvrit.

Les vêtements étaient soigneusement suspendus à des cintres – Lily était venue mettre son grain de sel, cela se confirmait – et il n'y avait pas la moindre chaussette dépassant des tiroirs hermétiquement clos.

Tout était en ordre et pourtant elle se mit à trembler. Les appréhensions accumulées au cours des derniers jours, les noires pensées qui l'avaient habitée, les faits divers entendus aux informations télévisées ou lues dans la presse locale, les récits de mères en larmes ayant retrouvé leurs enfants pendus dans leur vestiaire déferlèrent soudain sur elle avec la violence d'un raz de marée.

Tremblant de tous ses membres, elle se laissa choir sur le lit, les bras autour du corps, glacée.

Elle était encore recroquevillée sur elle-même lorsqu'elle

entendit la porte de derrière s'ouvrir et se refermer avec fracas en un vacarme familier et rassurant. Il n'y avait que Robbie pour faire claquer les portes comme ça, un Robbie qui avait retrouvé sa fougue et son allant habituels. D'en bas, il cria :

– Maman?

– Je suis là, mon chéri.

Il gravit les marches en courant et freina des quatre fers en la voyant émerger de sa chambre.

– Qu'est-ce qui se passe? Ça ne va pas?

– Mais si, ça va. Pourquoi?

– Tu es toute blanche... on dirait que tu viens de voir un fantôme.

– Je vais très bien, fit Claire se forçant à sourire et l'embrassant sur la joue. Alors, cette journée, ça s'est bien passé?

– Formidable! J'ai été élu capitaine de l'équipe de basket junior, fit-il en bombant le torse. Je passerai bientôt chez les seniors, à ce moment-là je leur montrerai de quoi je suis capable. Au basket, c'est comme au football, on a besoin de meneurs de jeu. Tu verras, maman, ça marchera comme sur des roulettes.

– J'en suis persuadée, mon grand.

Elle l'embrassa de nouveau, secrètement ravie de son exubérance malgré les mises en garde du Dr Belmond. Rassérénée, elle descendit s'occuper du dîner.

Le mot était fixé à la hotte au-dessus de la cuisinière. C'était un billet arraché à l'un des blocs que Don rapportait régulièrement à la maison. Autocollant, il tenait sur tous les supports. Lily laissait toujours les messages au-dessus de la cuisinière.

Claire le prit, le parcourut rapidement et son premier mouvement fut de le jeter à la poubelle. Elle ne connaissait pas de Mrs. Birnbaum et son numéro de téléphone ne lui disait rien. Sans doute une quémandeuse quelconque. Mais alors qu'elle était en pleins préparatifs, elle eut soudain l'impression que ce nom éveillait un vague écho dans sa mémoire. Aussi composa-t-elle le numéro de Manhattan indiqué sur le pense-bête.

A peine eut-elle entendu sa correspondante dire « Allô » avec son intonation si particulière qu'elle l'identifia : c'était la vieille dame de Rosemont Avenue.

– Madame Birnbaum? Madame Ward à l'appareil. Vous m'avez appelée, je crois.

– En effet. Comment allez-vous?

– Bien, répondit Claire machinalement.

« Ce n'est tout de même pas pour me demander des nouvelles de ma santé qu'elle a pris la peine de décrocher son téléphone », songea-t-elle, agacée.

– Et votre mari? Quel homme charmant! C'est mon Morris tout craché. Beau garçon et si élégant. Mais ce n'est pas pour cela que je vous appelle.

– Pourquoi, alors, madame Birnbaum?

– C'est au sujet d'Emily Birch, cette jeune femme à propos de laquelle vous m'avez posé toutes sortes de questions.

– Eh bien?

– Emily Birch n'existe pas, décréta Mrs. Birnbaum, catégorique.

– Comment cela, elle n'existe pas?

– Il n'y a jamais eu de Birch dans l'immeuble. Par contre, nous avons eu des Biegenwald.

– Je ne vous suis pas très bien.

– Au troisième, côté cour, il y avait une famille Biegenwald, des Allemands. Des gens discrets qui allaient à la messe tous les dimanches, pas causants. Ils avaient une fille qui se prénommait Emily. Un jour, ils ont déménagé sans tambour ni trompette, comme des voleurs. A mon avis, c'est à cause de la petite, elle avait dû faire un faux pas, si vous voyez ce que je veux dire.

– Je vois.

– Dans le temps, ce n'était pas comme maintenant. Aujourd'hui quand une actrice – mariée ou non – est enceinte, elle s'empresse de convoquer les journalistes pour claironner la nouvelle. Nous vivons vraiment une drôle d'époque.

– Je suis d'accord avec vous, madame Birnbaum. Mais vous me parliez des Biegenwald...

– Oui. Comme je vous le disais il y a un instant, ils avaient une fille, Emily. Quand on s'appelle Biegenwald, on a bien le droit de raccourcir son nom, pas vrai? Surtout si on se retrouve... enfin, vous me comprenez.

– Fort bien.

– J'espère que ça pourra vous aider dans vos recherches. Ne me tenez pas rigueur de ce que j'ai dit sur la petite.

C'était une brave gosse et ça m'a plutôt fait de la peine quand j'ai appris qu'elle avait quitté le quartier.

– Merci de votre appel, madame Birnbaum. C'est vraiment très aimable à vous.

– Pensez donc! Ce n'est pas grand-chose. Transmettez mes amitiés à votre mari. C'est fou ce qu'il me rappelle mon pauvre Morris.

– Biegenwald? fit Herb Bannerman en fixant le papier que Don venait de lui remettre. Je vais faire mon enquête auprès de la compagnie du téléphone.

– Dépêchez-vous.

La journée n'était pas terminée que Bannerman rappelait.

– Don? Il y avait effectivement un abonné du nom de Biegenwald domicilié à cette adresse seize ans plus tôt.

– Enfin du concret! Demandez à la compagnie du téléphone quand ils ont déménagé et où ils sont allés. Ils devraient être en mesure de répondre.

– Vous pensez bien que je leur ai déjà posé la question. Et j'ai la réponse.

– Formidable! Alors?

– De Manhattan, ils sont allés s'installer dans le quartier de Queens. 2127 Vickers, à Long Island City. Ils y sont restés deux ans, après quoi ils ont de nouveau levé l'ancre mais cette fois sans laisser leurs nouvelles coordonnées.

– C'est un point de départ, commenta Don. Merci mille fois, Herb.

– De rien, Don, n'hésitez pas à faire appel à moi.

Et Bannerman raccrocha, ravi d'avoir pu rendre service au futur président d'Intercontinental.

– Biegenwald?

Le responsable de la sécurité fronça les sourcils, signe qu'il réfléchissait.

– Eh bien, on tient une piste. Laissez-moi quelques jours pour me retourner, monsieur Ward.

– Accordé, mais faites vite! dit Don avec un sourire. C'est important, Jim. Je compte sur vous.

Au cours des quatre jours qui suivirent, Jim Brennan contacta tous ses collègues de la police de New York et particulièrement ceux qui travaillaient au service des personnes disparues. Il demanda à deux de ses hommes de faire une recherche systématique dans les fichiers. Ils tombèrent sur une piste qui les mena au service des adoptions, c'est-à-dire nulle part.

Le cinquième jour, un officier de police qui épluchait le registre des admissions de tous les hôpitaux tomba sur le nom d'Emily Birch.

Cette Emily Birch avait été admise au service des urgences de l'hôpital Bellevue. Son hospitalisation coïncidait avec la date à laquelle les Biegenwald avaient quitté Long Island City.

Brennan appela la secrétaire de Don Ward pour lui demander un rendez-vous avec son patron, précisant qu'il valait mieux que ce fût à un moment où ce dernier ne risquait pas d'être bombardé de coups de fil.

Invité à se rendre chez Ward le lendemain matin à dix heures et demie, il fut introduit immédiatement dans le bureau du vice-président. Celui-ci était campé devant l'immense baie vitrée qui donnait sur la partie ouest de Manhattan et d'où par temps clair on voyait, par-delà l'Hudson, la campagne du New Jersey.

– Eh bien, Jim, qu'avez-vous découvert?

– Est-ce que cette Emily Birch est quelqu'un de votre famille, monsieur Ward? s'enquit le responsable de la sécurité sans répondre.

Surpris, Don marqua une pause.

– Écoutez, Brennan, la question n'est pas là. L'avez-vous retrouvée, oui ou non?

– En un sens, oui.

– Comment cela « en un sens »?

Sans un mot, Brennan posa sur la table de travail de Don une chemise renfermant quelques maigres feuillets où étaient consignés tous les éléments d'information qu'il avait réussi à glaner sur Emily Birch, ce qui se résumait à peu de chose.

– Si vous avez encore besoin de moi, n'hésitez pas à m'appeler, monsieur Ward.

Don attendit que le responsable de la sécurité ait tourné les talons pour se risquer à prendre le dossier et l'ouvrir. Le premier document était une photocopie relative à l'admission d'une malade nommée Emily Birch à l'hôpital Bellevue.

La jeune femme avait été admise au service des urgences de cet établissement à la suite d'une tentative de suicide manquée consécutive à des troubles psychotiques. Alors qu'elle essayait de se jeter dans le vide du haut de Queensborough Bridge, deux agents de police new-yorkais avaient réussi à la ceinturer in extremis et l'avaient conduite à l'hôpital. Les médecins l'avaient mise sous sédatifs pendant plusieurs jours. Lorsqu'elle fut en état d'être examinée par les psychiatres de Bellevue, ceux-ci constatèrent qu'elle était délirante, très dépressive et sujette à des poussées suicidaires si violentes qu'il fallut prendre des mesures de sécurité indispensables en attendant son transfert au Rockland State Hospital.

L'histoire s'arrêtait là. Assis à son bureau, avec l'impression d'avoir reçu un coup sur la tête, Don écoutait grésiller le téléphone, incapable de tendre la main vers le combiné. Voyant qu'il ne répondait toujours pas, à la quatrième sonnerie sa secrétaire se décida à aller frapper à sa porte.

– Vous ne vous sentez pas bien, monsieur?

– Si... si..., répondit péniblement Don.

– Je peux entrer?

Don eut un hochement de tête machinal avant de se rendre compte qu'elle ne pouvait – et pour cause – voir sa mimique. Aussi lâcha-t-il d'une voix presque inaudible :

– Bien sûr, Jeannie.

Poussant le battant d'une main énergique, elle pénétra dans son bureau d'un pas martial et s'arrêta net.

– Que se passe-t-il, monsieur Ward?

– Je... ce doit être le café... j'ai dû en avaler un de trop pendant la réunion de ce matin. La caféine me joue des tours.

– Voulez-vous que j'appelle l'infirmerie, qu'ils vous apportent un calmant?

– Non, merci, Jeannie. J'ai seulement besoin d'un peu de tranquillité. Alors, soyez gentille, pas de communications pour l'instant.

– Bien, monsieur.

Elle sortit à reculons, l'œil braqué sur son patron.

Trop faible pour bouger ne fût-ce que le petit doigt, Don demeura prostré sur son siège jusqu'au moment où il sentit la sueur perler à son front et ruisseler le long de ses joues. Il eut soudain l'impression que son col de chemise l'étranglait et le déboutonna d'un geste si violent que le bouton sauta. Il fit pivoter son fauteuil de façon à se trouver face au paysage qu'il regarda sans le voir.

Impossible d'aligner deux idées. Robbie. Le Dr Belmond. Claire. Robbie. Robbie. Robbie. Les noms dansaient une sarabande infernale dans son cerveau. Son premier mouvement fut de téléphoner à Claire, mais il décida de n'en rien faire. Pourquoi l'effrayer? Lui faire partager son angoisse? Il y avait sûrement des mesures à prendre. Ce qui était sûr, c'est qu'il allait devoir mener son enquête jusqu'au bout. Ce n'est qu'après avoir collecté le maximum de renseignements qu'il pourrait faire part de sa découverte à quelqu'un, notamment au Dr Belmond.

Vautré au fond de son fauteuil, il s'efforça de prendre de profondes inspirations, espérant qu'il s'arrêterait bientôt de transpirer ainsi. Lorsqu'il sentit son col de chemise mouillé et glacé contre sa peau, il comprit que les suées avaient cessé. A l'aide de son mouchoir, il s'épongea le visage, puis rajusta sa cravate, essayant de se rendre présentable. Ses doigts poissés de sueur, ses gestes maladroits ne lui facilitaient pas la tâche et il dut se rendre à l'évidence : dans l'état où il se trouvait, jamais il n'arriverait à tenir un volant.

Décrochant son téléphone, il marmonna :

– Jeannie, passez-moi la sécurité.

Un instant après, il eut Brennan au bout du fil.

– Que puis-je faire pour vous, monsieur Ward?

– J'aimerais que vous me rendiez un service. Un très grand service.

– Vous voulez que je vous emmène au Rockland State Hospital? fit le responsable de la sécurité devançant sa question.

– Oui, je vous en serais très reconnaissant.

– Bien, monsieur.

24

Par toute autre belle journée hivernale, le voyage jusqu'à Rockland State eût été un véritable plaisir. Mais aujourd'hui, Don n'était guère en état d'admirer la nature. Soleil, paysage bucolique, ciel bleu, nuages moutonnant doucement, il ne voyait rien.

Brennan conduisait en silence sans essayer de faire la conversation et Don lui sut gré intérieurement de sa discrétion. Une fois qu'ils furent arrivés à destination, le responsable de la sécurité se contenta de dire :

– Je vous laisse y aller seul?

– Ne vous inquiétez pas, Jim. Ça va.

Don fit des pieds et des mains pour rencontrer le directeur de l'hôpital. Ce dernier n'étant pas disponible, force lui fut de se rabattre sur une certaine Mrs. Sampson, qui s'occupait des archives de la maison.

C'était une Noire toute menue qui portait des lunettes à monture métallique. Sa petite taille faisait qu'on lui donnait au grand maximum vingt-cinq ans alors qu'elle était plus âgée en réalité.

– En quoi puis-je vous être utile?

– Pour toutes sortes de raisons, attaqua Don, il faut absolument que je retrouve une de vos anciennes malades qui était chez vous il y a quatorze ans. Il faut que je sache quand elle est sortie et, si possible, où elle est allée. Bref, que vous me fournissiez sa dernière adresse.

– Êtes-vous avocat?

– Non.

– Avez-vous une ordonnance du tribunal, une autorisation quelconque? Nos dossiers sont confidentiels, n'y accède pas qui veut.

– Je sais que ces documents sont confidentiels. Mais il s'agit d'une affaire urgente! Nous avons absolument besoin de ces renseignements, nous devons impérativement retrouver cette femme.

– Il arrive souvent qu'on nous demande des renseignements et c'est toujours urgent. En règle générale, nous ne les communiquons qu'à un avocat muni d'une ordonnance du tribunal en bonne et due forme.

– Écoutez, fit Don commençant à s'énerver, la vie de mon fils est en jeu. Il faut que j'aie ces données. Et pas plus tard que maintenant!

Bondissant de sa chaise, il se pencha d'un air menaçant au-dessus du bureau de son vis-à-vis. Mrs. Sampson, impassible, ne bougea pas d'un pouce.

– Monsieur..., commença-t-elle d'une voix douce.

– Ward! hurla Don.

– Monsieur Ward, poursuivit-elle d'un ton apaisant. N'allez surtout pas imaginer que je cherche systématiquement à vous contrarier. Ce que vous me demandez est contraire au règlement.

– Je n'ai pas le temps de faire des démarches à n'en plus finir! explosa Don. Mon fils...

Incapable de poursuivre, il se rassit, le front trempé de sueur.

– Si vous me disiez quel rapport il y a entre nos archives et la vie de votre fils? s'enquit Mrs. Sampson en lui jetant un regard compréhensif derrière ses lunettes austères.

– Très bien.

Aussi succinctement que possible, Ward entreprit de lui résumer la situation. C'était la première fois qu'il en parlait à quelqu'un d'étranger à l'affaire. Mrs. Sampson attendit qu'il eut terminé pour poser sa question :

– Voyez-vous un inconvénient à ce que je contacte le Dr Belmond?

– Aucun.

– Vous avez son numéro?

Don plongea la main dans sa poche pour y prendre son petit répertoire noir, précieux instrument de travail qui ne le quittait jamais, et où figuraient les coordonnées de ceux qu'il pouvait avoir besoin d'appeler à tout moment, qu'il s'agît de vedettes, de metteurs en scène, de scénaristes ou du Dr Belmond. D'un geste machinal – qui prouvait l'étendue de son désarroi – il le tendit à son interlocutrice, la laissant se débrouiller. Après avoir feuilleté le carnet, elle composa le numéro adéquat et attendit.

– Docteur Belmond? s'enquit-elle quelques secondes plus tard. Dorothy Sampson, responsable des archives à Rockland State. J'ai dans mon bureau un monsieur Ward qui souhaiterait obtenir des renseignements sur une de nos anciennes malades. Il prétend que cela a un rapport avec son fils. Avez-vous un Robbie Ward dans vos patients?

– Oui.

– Ces éléments d'information sont-ils si importants que cela pour la suite du traitement?

– Cette malade est-elle bien la mère naturelle de mon patient?

– S'il faut en croire monsieur Ward, oui.

– Alors ces données sont vitales, et je vous serais très reconnaissante de vouloir bien me les transmettre.

– Vous m'enverrez une demande écrite sur du papier à en-tête de votre cabinet pour la bonne forme?

– Certainement. Mais je vous en conjure, donnez-lui satisfaction.

Mrs. Sampson raccrocha.

– La cause est entendue, monsieur Ward. Je vais vous communiquer les renseignements à titre officieux. Je ferai parvenir une copie du dossier à votre médecin dès que je recevrai sa demande écrite.

Une demi-heure plus tard, un employé apportait le dossier à Mrs. Sampson. Elle l'étudia, tout en s'efforçant de dissimuler ses réactions. Mais Don vit bien à ses yeux qu'elle avait reçu un choc. Lorsqu'il tendit la main pour prendre le document, elle hésita à le lui donner.

– Aucun établissement psychiatrique quel qu'il soit n'est à l'abri de ce genre d'incident, monsieur Ward.

Don ouvrit la chemise et, au bas de la première page, lut les phrases suivantes : *La malade a mis fin à ses jours le 4 avril. Pour se supprimer, elle s'est servie d'un manche de brosse à dents, qu'elle avait réussi on ne sait comment à rendre aussi coupant que la lame d'un couteau. Le corps a été réclamé par son oncle, un certain Max Biegenwald.*

Les mains de Don se mirent à trembler.

– Je peux faire quelque chose? s'empressa la responsable des archives.

– Non, murmura-t-il d'une voix rauque. Laissez-moi une minute ou deux, le temps de récupérer.

– Voulez-vous que je vous laisse seul?

– Non, merci. Restez là. Ne bougez pas.

– Je suis navrée que vous ayez appris la nouvelle de cette façon.

– Ne vous tracassez pas pour moi. C'est à Robbie que je pense... Robbie.

Pendant tout le trajet du retour, il transpira abondamment. Voyant la sueur ruisseler sur le visage de son passager, Brennan se décida à sortir de sa réserve.

– Je vous ramène au bureau ou je vous dépose chez vous, monsieur Ward?

– Déposez-moi à la maison, articula péniblement Don.

Toutefois, alors qu'ils n'étaient plus qu'à trois pâtés d'immeubles de leur destination, Ward s'écria soudain :

– Laissez-moi là!

– Mais nous sommes presque arrivés, objecta Brennan.

– Je vais faire le reste du trajet à pied. J'ai besoin de prendre l'air.

– Vous êtes sûr que vous tiendrez le choc?

– Sûr et certain. Il faut que je fasse quelques pas, que je réfléchisse.

– Comme vous voudrez, capitula Brennan en s'arrêtant le long du trottoir.

Comme Don s'extirpait du véhicule, il ajouta :

– Voulez-vous que je transmette un message à Jeannie de votre part?

– Non, je l'appellerai plus tard, éluda Don en s'éloignant.

Au lieu de démarrer tout de suite, le responsable de la sécurité attendit, histoire de voir comment Don se débrouillait. C'est seulement quand il fut persuadé que Don s'en sortirait tout seul qu'il fit demi-tour pour rejoindre l'autoroute et regagner New York.

Don Ward ne rentra pas directement chez lui. Pour une raison qu'il ne s'expliquait pas, le simple fait de détenir ce renseignement de dernière heure avait fait naître en lui un intense sentiment de culpabilité. Transpirant toujours abondamment, il longea des propriétés vastes et somptueuses, passa devant des arbres que le vent aigre avait dépouillés de leurs feuilles. Il remonta son col pour se protéger du froid, assez vif en cette fin d'après-midi.

« Robbie... Robbie... Robbie... », ne cessait-il de se répéter. Jusqu'au moment où il songea à Claire. « Comment lui annoncer la nouvelle? Je n'y arriverai jamais. D'ailleurs ce n'est pas à moi de me charger de ça, mais au Dr Belmond. » Il se traita aussitôt de lâche. Claire et Don n'avaient jamais eu de secret l'un pour l'autre et aujourd'hui il allait confier à une tierce personne le soin de lui apprendre une nouvelle qui risquait de la bouleverser?

Ce n'était pas le moment de flancher. Sa décision prise, il prit le chemin de la maison.

Le dîner fut un véritable supplice. Don se força à manger, tâcha de sourire, de partager l'enthousiasme de Robbie. Au milieu du repas, Claire commença à le regarder d'un drôle d'air et finit par lui poser la question qui lui brûlait les lèvres :

– Ça va, mon chéri?

– Oui. Pourquoi?

– Tu as dû faire un déjeuner copieux. Tu n'as pas faim?

– Mais si.

Et de s'efforcer de lui donner l'impression qu'il se régalait. Mais il avait beau mastiquer à s'en décrocher les mâchoires, la nourriture ne passait pas.

– Je crois que tu as raison, j'ai fait un repas pantagruélique à midi, je ne peux plus rien avaler. J'ai une dizaine de scénarios à décortiquer, je vais m'installer dans mon antre.

– Qu'est-ce qu'il a, papa? s'enquit Robbie après que son père eut quitté la table.

– Il travaille trop, répondit Claire, persuadée qu'il y avait autre chose.

Vivement que Robbie monte, prenne sa douche et se mette au lit, afin qu'elle puisse en avoir le cœur net.

En passant devant le cabinet de travail paternel, Robbie frappa à la porte d'un index timide.

– P'pa?

– Oui.

– Je peux entrer?
– Bien sûr, s'écria Don en empoignant en toute hâte le synopsis qu'il était censé étudier.
Robbie s'introduisit dans la pièce, plaqua un baiser sur la joue de son père.
– Bonsoir, p'pa.
– Bonsoir, fiston.
– J'espère que ce n'est pas à cause de moi que tu fais la tête, p'pa.
– Mais non, grand bêta.
– Tu as assez de soucis dans ton boulot, pas la peine de te faire du mouron pour moi. Faut pas te biler, tu sais. Tout baigne maintenant!
– Tant mieux! s'exclama Don, s'efforçant de se mettre au diapason. Dors bien. Rien de tel que le sommeil pour être en forme.
– 'soir, papa, fit Robbie, embrassant de nouveau son père avant de sortir.

Malade d'inquiétude et de curiosité, Claire décida cependant de laisser passer un peu de temps avant de s'expliquer avec son mari. Elle s'affaira donc dans la cuisine, débarrassant la table, chargeant assiettes, verres et couverts dans le lave-vaisselle. Une fois qu'elle eut tout remis en ordre, elle prépara la scène qu'elle devait répéter le lendemain avec les Towne Players. Tout en s'activant ainsi, elle guettait les bruits venant de l'étage au-dessus, attendant que Robbie se mette au lit.
Lorsqu'elle fut sûre qu'il était couché, elle monta retrouver Don. En entendant sa femme ouvrir la porte, il s'empara de la première brochure qui lui tomba sous la main et fit mine de se plonger dans sa lecture. Mais il n'avait pas été assez rapide et elle le surprit en flagrant délit.
– Que s'est-il passé? Tu as eu une engueulade avec Brady? Il t'a viré ou c'est toi qui lui as donné ta démission? Si c'est ça, tu m'en vois ravie. Il y a belle lurette que tu aurais dû plaquer Ed, le réseau et tout le saint-frusquin. Quand je pense au travail que tu as abattu! Tout ça pour quoi? Je te le demande!
– Pour l'amour du ciel, tais-toi! chuchota-t-il d'une voix rauque. Il ne s'agit pas de cela!
– De quoi s'agit-il alors? L'homme auquel je suis mariée depuis dix-huit ans rentre en tirant une tête de trois pieds

de long et je n'ai même pas le droit de savoir ce qui le tracasse? Si ce n'est pas une histoire de boulot, c'est une histoire de cœur. Il y a une autre femme dans ta vie, c'est ça? Tu veux divorcer? Mais parle, enfin! Dis-moi quelque chose!

– Assieds-toi, veux-tu?

– Mais...

– Claire, assieds-toi, s'il te plaît.

Muette soudain, éberluée, terrorisée, elle prit place sur la chaise la plus proche.

Don se leva, laissant la brochure choir sur la moquette. Tout en arpentant la pièce, il se mit à chercher la formulation juste et décida de lui annoncer la nouvelle sans phrases, simplement.

– Je... j'ai eu des nouvelles aujourd'hui. J'ai fait un saut là-bas.

– « Des nouvelles? » « Là-bas? »

– Je me suis rendu là-bas et j'ai obtenu les informations voulues. J'ai poussé jusqu'à Rockland State et pris connaissance de son dossier.

– « Dossier? » reprit Claire, l'air ahuri. De quel dossier veux-tu... (Soudain, la lumière se fit dans son esprit.) Oh...

Voyant une lueur de terreur s'allumer au fond de ses yeux, Don se dit : « Je suis un âne. Je n'aurais pas dû rentrer à la maison ni commencer à lui parler. Comment m'en sortir maintenant? Que lui dire? Belmond aurait trouvé les mots, elle. »

– Don! Je t'écoute.

Il fit face à sa femme, plongea son regard dans le sien et comprit qu'il n'y avait pas d'échappatoire possible. Il était bel et bien au pied du mur, il ne lui restait plus qu'à aller de l'avant.

– J'ai consulté le dossier de la mère de Robbie. Elle est décédée à Rockland State, à l'âge de vingt-trois ans.

– De quoi est-elle morte?

– Elle s'est suicidée.

– Oh mon Dieu! chuchota plaintivement Claire, enfouissant son visage dans ses mains.

Se penchant, il la prit dans ses bras et la souleva comme on soulève un enfant qui tombe de sommeil. La serrant contre sa poitrine, il s'aperçut qu'elle tremblait convulsivement.

25

Ils s'étaient arrangés pour voir le Dr Belmond à une heure où ils savaient Robbie à l'école, afin de ne pas éveiller inutilement ses soupçons. Don dut inventer une excuse pour expliquer l'impossibilité où il se trouvait de participer à un brain-storming – séance dont le but était de trouver des intrigues originales, les scénaristes de feuilletons sentimentaux étant au bout de leur rouleau pour avoir usé et abusé du viol, de l'inceste et de l'adultère. Ed Brady fut contrarié par sa défection mais ne se mit pas en rogne.

Les yeux dans les yeux, les Ward patientaient dans la salle d'attente du psychiatre. Don n'avait qu'une peur : que sa femme se remette à pleurer. Claire remarqua soudain que son mari avait perdu son bronzage californien et qu'il avait le teint terreux.

Il lui semblait revivre les moments qu'elle avait vécus en compagnie de sa mère dans le cabinet du cancérologue en attendant les résultats des radios, qui s'étaient révélées positives. Sa mère avait dû être opérée et subir une chimiothérapie, mais elle s'en était tirée.

La porte du cabinet s'ouvrit. Souriante, Sabrina Belmond leur fit signe d'entrer. Son sourire s'évanouit lentement lorsqu'elle vit la mine défaite de ses visiteurs.

– Par ici, je vous prie, leur dit-elle doucement.

Ils prirent place en face d'elle. Don consulta Claire du regard, l'air de dire : « Jetons-nous à l'eau. » Puis il fixa le médecin.

– Je me suis rendu à Rockland State hier.

– Je sais.
– J'ai vu son dossier.
– Alors?
– Elle est morte là-bas à l'âge de vingt-trois ans. Suicide.
– Je vois, murmura sobrement le Dr Belmond.

Don et Claire s'efforcèrent d'interpréter la réaction du spécialiste. Allait-elle ranger leur fils dans la catégorie des incurables?

– Voilà qui va me permettre de faire un diagnostic précis, déclara le psychiatre après un temps.

– Des mots! explosa Claire. Pour vous débarrasser de nous en douceur!

Sa voix se brisa et ses yeux s'emplirent de larmes.

– Absolument pas! jeta le médecin d'un ton sec. J'avais besoin de données complémentaires indispensables et vous venez de me les fournir. Ce n'est pas d'une schizophrénie que Robbie souffre, mais d'une psychose périodique, ce qui est beaucoup plus encourageant en ce qui concerne le pronostic...

– Mais si ces troubles sont héréditaires comme vous me l'avez dit..., coupa Claire d'une voix chevrotante et pleurant cette fois sans retenue.

– Chérie, chuchota Don, s'efforçant de la calmer.

– Je ne veux pas qu'on me raconte des histoires, ni qu'on me donne de faux espoirs.

Ward se raidit, ne sachant que faire. Il avait envie de la prendre dans ses bras pour la réconforter mais il était complètement inhibé par la présence du psychiatre. Se rendant compte qu'il était comme paralysé, Sabrina Belmond lui fit signe d'agir. S'agenouillant à côté de sa femme, il l'étreignit, appuya son visage au creux de son épaule.

– Chérie, laisse parler le docteur...

– Que veux-tu qu'elle nous dise de plus? C'est une question de terrain. Robbie est comme sa mère...

Sabrina Belmond se leva.

– Faites-moi le plaisir de cesser d'interpréter mes paroles, madame Ward, énonça-t-elle, rogue. Et arrêtez de vous apitoyer sur vous-même.

L'œil embué, Claire la dévisagea.

– C'est à Robbie que je pense, pas à moi!

– Eh bien dans ce cas, cessez de pleurnicher et écoutez-moi!

Sidérée par la sécheresse du ton, Claire jeta un regard de détresse à Don, qui ne bougea pas.

– Elle a raison, chérie. Ce que nous ressentons n'a aucune espèce d'intérêt. Ce qui compte, c'est ce qu'elle a à nous dire au sujet de Robbie.

Avec sa pochette de soie, il lui essuya les yeux. Quand elle eut retrouvé son sang-froid, elle se tourna vers le Dr Belmond, l'invitant implicitement à poursuivre.

– Ce n'est pas parce qu'il y a un facteur génétique dans l'alcoolisme et le suicide qu'il faut considérer l'issue de la maladie de Robbie comme fatale. D'une certaine façon, le suicide de sa mère est un signe encourageant.

Claire lança un coup d'œil de biais à Don pour voir s'il partageait sa stupeur et son incompréhension.

– Vous avez bien entendu, madame Ward, confirma le psychiatre à qui sa mimique n'avait pas échappé. Si votre fils avait eu des antécédents différents, il m'aurait fallu poser le diagnostic de schizophrénie. Et là, vous auriez eu de sérieuses raisons de vous inquiéter. Mais cette histoire de suicide me conforte dans l'idée qu'il souffre d'une psychose périodique, c'est-à-dire d'une psychose maniaque dépressive.

« Lorsqu'il est en proie à un accès maniaque, poursuivit-elle, Robbie est le garçon entreprenant, le brillant élève, le sportif surdoué dont les exploits vous remplissent de fierté. Mais il y a le revers de la médaille : cette tendance à flirter avec le danger. Rappelez-vous son escapade dans la voiture de son père. La bagarre à laquelle il a été mêlé à Greenwich Village. L'émeute qu'il a déclenchée lors du concert et qui s'est terminée par des coups de feu. Je ne dis pas que c'est le désir de nuire qui le pousse, mais son impulsivité.

« Un autre trait de caractère des maniaco-dépressifs quand ils sont euphoriques, c'est la prodigalité. Si je me souviens bien, votre fils a un jour invité toute l'équipe de football – soit trente-sept gaillards à l'appétit solide – à manger des hamburgers et boire des milk-shakes pour fêter sa première victoire. Combien cela lui a-t-il coûté? Soixante, soixante-dix dollars?

– L'équivalent de trois mois d'argent de poche, convint Don.

– La plupart du temps, les sujets atteints de ce genre de psychose cherchent à plaire et à impressionner leur entourage. Ce sont des charmeurs-nés. C'est pourquoi les gens les trouvent sympathiques, amusants, irrésistibles. Jusqu'au jour où, perdant tout sens de la réalité, ils se lancent dans des entreprises éminemment risquées, dangereuses pour eux-mêmes ou pour les autres.

« Robbie n'ayant que quinze ans, les symptômes n'ont pas encore atteint leur pleine ampleur. Mais une fois parvenu à l'âge adulte, il n'est pas exclu qu'il échoue dans sa vie professionnelle, fasse faillite s'il choisit de monter une affaire, menace la sécurité de sa femme et de sa famille...

– Mais comment contenir l'enthousiasme de Robbie sans tuer...

Claire s'interrompit net sur ce mot pour le moins malheureux.

– Comment faire pour que l'enthousiasme de Robbie reste dans les limites du raisonnable? fit le Dr Belmond en reformulant sa phrase.

– Oui, opina Claire.

– Il nous faut commencer par étudier l'autre aspect de la maladie de Robbie, à savoir les états dépressifs. Il sort d'une dépression grave causée par une grande déception. Il n'est pas au bout de ses peines, car il connaîtra d'autres désillusions et, partant, d'autres dépressions. Ces périodes peuvent être également très dangereuses.

Elle ne jugea pas utile de s'étendre sur la nature des dangers en question et poursuivit :

– Robbie a hérité de sa mère un certain terrain, c'est exact. Ce n'est pas pour autant qu'il est condamné à finir comme elle. N'oubliez pas qu'il possède des atouts qu'elle n'avait pas : il a la chance d'avoir un père et une mère qui l'aiment, qui ne vont pas se débarrasser de lui et le mettre à l'asile quand il deviendra trop gênant. En outre, nous disposons aujourd'hui de thérapeutiques qui n'existaient pas du temps de sa mère.

« Robbie traversera d'autres périodes d'exaltation suivies de périodes d'abattement, c'est inévitable, mais nous mettrons ces thérapeutiques en œuvre pour atténuer la violence des unes et des autres, l'empêcher de connaître des états d'euphorie trop intenses et des états dépressifs trop profonds. La suractivité comme l'inaction peuvent avoir des conséquences dramatiques qu'il faut à tout prix éviter. Il faudra donc nous efforcer de le stabiliser et de l'aider à devenir le jeune homme intelligent, sensible et créatif qu'il peut être.

– Vous pouvez vraiment parvenir à ce résultat?

– Pas moi, nous, corrigea le médecin. Il s'agit d'un travail de groupe. Notre petite équipe sera constituée de cinq personnes, nous trois, le Dr Rissom et Robbie, bien entendu. Il faut qu'il désire être soigné. Il faut qu'il coopère. Avant de lui en parler, j'ai besoin de savoir à quoi m'en tenir en ce qui vous concerne.

– Vous pouvez compter sur une collaboration sans restriction de notre part! s'exclama Don.

– Pas si vite, monsieur Ward. J'aimerais que vous réfléchissiez sérieusement à la situation. Parlez-en avec le Dr Rissom, si nécessaire. Et après seulement revenez me voir. Mais ne traînez pas.

– Inutile d'entamer des palabres avec telle ou telle personne, dit Claire. Je peux vous donner ma réponse tout de suite.

– Je préférerais que vous vous accordiez le temps de la réflexion, madame Ward. La nouvelle est trop récente. Vous êtes encore très ébranlée : vous pleurez à tout bout de champ, vous dites « oui » un peu trop vite. Pesez la question. Essayez d'examiner le problème en profondeur. Ensuite vous me recontacterez.

26

Le dîner fut une véritable épreuve pour Don et Claire. Monopolisant la conversation, Robbie s'étendit complaisamment sur ses progrès au basket-ball. Intarissable, il précisa qu'il avait tellement impressionné l'entraîneur que ce dernier l'avait mis d'autorité dans l'équipe senior, et qu'il espérait bien en devenir le meneur de jeu.

« Il est redevenu lui-même », se dirent les Ward en songeant à l'avertissement du Dr Belmond. Compte tenu de la nature de sa maladie, l'amélioration de l'état de Robbie n'était pas forcément une bonne chose, les périodes d'euphorie risquant d'être aussi dangereuses que les périodes de dépression.

Aussi est-ce avec un soulagement certain qu'ils l'entendirent déclarer finalement :

– J'ai un devoir de physique, je monte.

Après son départ, Don se leva de table.

– Je vais faire un tour.

Claire, qui débarrassait, se tourna vivement vers lui. Quand son mari avait un problème dont il ne pouvait s'ouvrir à personne, pas même à elle, il prenait la voiture et roulait au hasard.

« Pour une fois, je l'accompagne », décida-t-elle.

– Attends-moi. Je viens.

Peu habitué à ce qu'elle s'impose, il lui jeta un coup d'œil dénué d'aménité.

– Rester seule en un moment pareil, c'est au-dessus de mes forces.

Il s'apprêtait à l'envoyer promener lorsqu'il entendit un

petit cri bientôt suivi du bruit d'une assiette atterrissant avec fracas sur le carrelage. Tremblante, Claire se baissa pour ramasser les morceaux épars. Dans sa hâte, elle se coupa avec un des fragments et son majeur se mit à saigner. Il s'agenouilla près d'elle, lui prit la main qu'il serra pour empêcher le sang de couler. Serrant toujours son doigt blessé, il porta sa main à sa joue.

– Mais tu as les mains gelées, fit-il, stupéfait.

– Depuis cet après-midi, oui.

– C'est ma faute. J'aurais mieux fait de me taire et d'aller trouver le Dr Belmond sans toi. (Puis il ajouta :) Mais il aurait fallu que tu saches un jour ou l'autre.

Elle eut une mimique lui enjoignant de ne pas hausser le ton.

– Tu as raison, chuchota-t-il. Il ne faut pas qu'il nous surprenne ou se doute de quoi que ce soit.

Il l'entraîna dans la lingerie où se trouvait la pharmacie de secours, désinfecta la plaie et lui confectionna un pansement.

– Sortons, décida Don. Allons faire un tour, n'importe où.

– Qu'allons-nous dire à Robbie?

– N'importe quoi. Je ne sais pas, moi... Dis-lui que nous allons chercher de la glace au supermarché.

– Alors que le freezer en est plein?

– Tu n'as pas de courses à faire?

– Le jeudi, il y a nocturne au centre commercial, dit-elle après un instant de réflexion. Je pourrais lui raconter que je vais essayer de me trouver une robe pour la réception de Las Vegas.

– Excellente idée.

Campée au pied de l'escalier, Claire cria :

– Robbie! Nous nous absentons une minute, ton père et moi. Je vais jeter un coup d'œil chez Lord & Taylor's, histoire de voir si je déniche une robe. Nous ne resterons pas longtemps dehors. Inutile de nous attendre.

– O.K., m'man, cria Robbie.

Ils roulaient depuis quelques minutes à peine lorsque Claire déclara soudain :

– Tu te rends compte de ce que je viens de faire?

– Tu t'es coupé le doigt, fit Don, prosaïque. Tu as mal? Est-ce que ça saigne encore?

– Je parle de la petite comédie que nous venons de jouer.
– Quelle comédie?
– Nous nous sommes conduits comme des conspirateurs, des criminels. Il nous a fallu mentir, monter un bateau à Robbie pour sortir faire une balade en voiture. Des malfrats projetant de commettre un meurtre ou de dévaliser une banque ne se seraient pas comportés autrement. Nous chuchotons comme si nous préparions un coup d'État. Tout ça pour quoi? Pour pouvoir parler de notre fils.
– Il nous faut être prudents. Tu ne veux quand même pas que Robbie surprenne notre conversation! protesta Don.
– Robbie? Et moi alors? Si je ne m'étais pas manifestée tu serais parti vadrouiller seul. C'est généralement ce que tu fais quand tu as des problèmes de boulot dont tu ne veux pas discuter avec moi. Cette fois, le problème me concerne.
– Je n'ai jamais dit le contraire.
– Alors pourquoi allais-tu filer en me plantant là?
– Je voulais réfléchir. Essayer de trouver une solution intelligente avant de t'embringuer dans tout ça.
– Mais j'y suis déjà mêlée, Don! Au cas où tu l'aurais oublié, je suis sa mère!
– Je comptais étudier la question afin de pouvoir venir te dire : « Chérie, j'ai bien réfléchi, voilà ce que nous allons faire, inutile de te ronger les sangs. »
– « Inutile de te ronger les sangs », reprit Claire en écho d'un ton plein de ressentiment. « Ce brave Don Ward! Toujours prêt à jouer les pompiers de service! Le seul type sur qui Ed Brady puisse compter pour redresser la situation quand un tournage bat de l'aile. » Je te signale qu'il ne s'agit pas d'une émission de télévision mais de notre fils, et qu'il a de sérieux problèmes. Pas le genre de problèmes que tu résous habituellement.

La peur l'emportant sur la colère, elle se mit à pleurer. Il se rangea sur le bas-côté de la route, et prit sa femme dans ses bras. Elle se débattit puis céda.
– Chérie, arrête, je t'en prie. Les larmes ne sont pas une solution.
– Je sais, fit-elle en sanglotant de plus belle.

Il la tint serrée contre lui et constata qu'elle tremblait de tous ses membres. Il se mit à chercher des mots de réconfort et, n'en trouvant point, explosa.
– Tout ça, c'est la faute du service des adoptions. Nous

leur avons fait confiance et nous avons eu tort. Ils auraient dû nous prévenir. On n'agit pas comme ça. C'est immoral, criminel, même!

– Comment voulais-tu qu'ils nous mettent en garde? fit Claire entre deux hoquets. Eux-mêmes n'étaient pas au courant. A l'époque, personne n'était au courant.

– Ils auraient dû se renseigner, c'est leur boulot après tout! s'énerva Don. Comment ont-ils osé nous faire ça? Nous laisser investir émotionnellement dans cet enfant sans nous toucher un mot du problème. Il devrait y avoir des lois obligeant les services à enquêter de façon plus approfondie sur les ascendants des nouveau-nés qu'ils placent!

Un silence s'installa dans l'habitacle. La tête enfouie au creux de l'épaule de son mari, Claire avait cessé de pleurer.

– Au fond j'ai tort de me mettre en rogne et de leur jeter la pierre, reprit Don, plus calme. Imagine que cette femme ait été comme Robbie. Vive, dynamique, intelligente, pleine de charme, et que sa maladie ne se soit déclarée que bien plus tard. Ils n'avaient aucune raison de soupçonner qu'elle pût...

– Comme nous, n'est-ce pas? murmura Claire d'une voix si bizarre que Don l'éloigna de lui et, la tenant à bout de bras, plongea son regard dans le sien.

Malgré l'obscurité, il lut de la culpabilité au fond de ses yeux.

– Claire?

Elle tenta de détourner la tête mais en vain.

– Claire? Qu'y a-t-il?

Silence.

– Claire! fit-il, soudain très inquiet.

D'un geste brusque, elle s'arracha à son étreinte. Ouvrant la portière, elle s'élança dehors et se mit à courir sur le bas-côté de la route de campagne déserte jonché de branches mortes. Il se lança à sa poursuite.

– Claire! Claire! Attention! Tu vas trébucher! Te rompre les os!

« Impossible de lui avouer cela, songea Claire. Il faut que je garde ça pour moi! Comme j'aimerais pouvoir disparaître. »

A cet instant précis, elle se prit le pied dans une branche, trébucha et s'étala de tout son long sur le sol gelé. Son genou heurta durement la terre et elle s'écorcha la paume des mains sur les cailloux. Sonnée par sa chute, elle ne protesta pas quand Don la souleva.

– C'est moi que tu fuyais comme ça?

– Non.

– Claire? Explique-toi.

– J'étais prise de panique. Et tout d'un coup j'ai compris pourquoi.

– C'est quand tu as compris que tu t'es mise à courir?

– Robbie n'est plus le bébé que nous sommes allés chercher à l'hôpital. Ce n'est plus le petit garçon que nous avons élevé : c'est un étranger.

– Et c'est de cela que tu as peur?

– Penser qu'on vit avec un étranger, tu ne trouves pas ça effrayant?

– Je crois qu'il y a autre chose, ce n'est pas le moment de faire des cachotteries. Si tu as quelque chose sur le cœur, dis-le.

– Tu vas me haïr, fit-elle, luttant pour se dégager.

– Si nous commençons à nous déchirer l'un l'autre, il ne nous restera plus rien à quoi nous raccrocher.

– Tu vas me détester, répéta-t-elle, butée.

La prenant par les épaules, il la força à se tourner vers lui de façon que son visage fût baigné par la clarté de la lune. Jamais il n'avait vu cette expression sur ses traits.

– Je t'en supplie, Claire. Parle!

Secouant farouchement la tête, elle s'efforçait d'éviter son regard.

– Tu vas me détester.

– Je te promets que non.

Claire tourna légèrement la tête et la lune éclaira son profil délicat.

– Robbie... est vraiment un étranger... Il n'a rien à voir avec nous... Il n'a rien de moi... Rien de toi... Son problème n'est pas le nôtre. J'en viens à souhaiter...

– ... que nous ne l'ayons jamais adopté, compléta doucement Don.

– Toi aussi? murmura-t-elle sans le regarder.

Il émit un vague bruit qui pouvait passer pour un acquiescement.

– C'est pour cela que tu voulais être seul ce soir?

– Oui, mais avoue qu'il m'était difficile de t'annoncer ça de but en blanc. Depuis que nous avons quitté le cabinet du Dr Belmond, ces problèmes, je les tourne et les retourne dans ma tête, moi aussi. J'ai passé la journée à aller de réunion en réunion sans même savoir quel était le sujet du débat, à fournir des réponses probablement ineptes à des questions que je n'avais même pas entendues. Toute la journée j'ai ruminé, ressassé, ratiociné. Je me suis dit : « Nous avons recueilli, élevé, gâté, choyé le fils d'une autre »...

– ... et voilà notre récompense, conclut Claire.

Sidéré, il la fixa. Ainsi, elle savait.

– Quand il nous a embrassés pour nous dire bonsoir avant de monter dans sa chambre tout à l'heure, je me suis dit que...

– ... ça ne serait jamais plus comme avant, finit Don.

– Exactement.

– Je continuerai de l'appeler fiston, il m'appellera papa, poursuivit Don.

– Mais ce ne sera plus jamais comme avant.

– C'est à ce moment-là que j'ai pensé...

– ... que nous aurions mieux fait de ne pas l'adopter, souffla-t-elle d'une voix à peine audible.

Lorsqu'elle se tourna vers lui, elle vit une larme rouler le long de sa joue.

– C'est même pire que cela, avoua-t-il. Promets-moi de garder cela pour toi, de n'en souffler mot à quiconque.

– Je te le promets.

Il se détourna, ce qu'il avait sur le cœur ne pouvant être confié qu'à l'obscurité.

– J'ai pensé que je préférerais le savoir mort plutôt que vivant, se promenant telle une bombe à retardement prête à exploser à tout moment. Je suis complètement désarmé. Je ne sais pas quoi faire ni comment m'y prendre. Tu as raison, Claire, je suis le médiateur d'Ed Brady, l'homme providentiel qu'on appelle au secours dès qu'il y a un pépin. Mais quand il s'agit de mes affaires, de ma vie privée, je ne suis plus bon à rien. Je n'ai qu'une envie : fuir. Je ne sais par quel bout prendre le problème. Tu ne peux savoir combien je regrette d'avoir adopté Robbie maintenant. Comme tu dois me haïr.

– Pas plus que je ne me hais moi-même.

– Seigneur! C'est insensé! Qu'est-ce que nous sommes? Des êtres humains ou des monstres?

Dans l'air glacial de la nuit, Claire se mit soudain à frissonner. Lui passant un bras autour de la taille, il la ramena vers la voiture. Le genou de Claire la lançait de plus en plus, elle boitait, mais quand il voulut la porter, elle refusa, insistant pour faire le trajet à pied.

Il mit le moteur en marche. La main sur le contact, il dit :

– Quand je pense que nous l'aimions tant, que nous étions si fiers de lui, si contents de l'avoir chez nous... et maintenant...

– Maintenant? fit-elle, le poussant dans ses derniers retranchements.

Incapable d'aller au bout de sa pensée, il se tut.

– Don, nous ne pouvons pas l'abandonner.

– Je sais, avoua-t-il. Pourtant ce n'est pas l'envie qui m'en manque...

Ils démarrèrent et reprirent le chemin de la maison en silence, culpabilisant chacun de leur côté.

– Si c'était notre fils, dit enfin Claire, et que nous ayons appris hier qu'il était atteint d'une maladie grave, d'un cancer peut-être, est-ce que nous l'abandonnerions?

– Je n'ai jamais dit que je le laisserais tomber, protesta Don, je me suis contenté de te confier les pensées qui me torturaient. Je testais tes réactions, je voulais savoir si j'étais seul à vivre la situation de cette façon et comment tu réagirais en apprenant ce que je ressentais.

– Le test est concluant : nous en sommes au même point tous les deux.

– Et moi qui me prenais pour un homme de devoir! Droit dans mon boulot, certes! Envers l'entreprise, bien sûr! Envers Ed Brady, grand dispensateur de bienfaits devant l'Éternel, normal : c'est grâce à lui que je vais accéder au fauteuil de président. Mais dès que mon fils a besoin d'un coup de main, qu'il a besoin d'être épaulé, il n'y a plus personne. Je n'ai plus qu'une envie : faire la part du feu et décamper. Je ne vaux pas cher, n'est-ce pas, Claire?

Incapable d'apporter un soulagement quelconque à ses tourments, elle se borna à remarquer :

– Je crois que nous ferions mieux de retourner voir le Dr Belmond le plus vite possible.

– Il ne faudra rien lui cacher.

– Je sais.

Ils effectuèrent le reste du trajet sans un mot.

Surpris et consternés, ils s'aperçurent en remontant l'allée qu'il y avait encore de la lumière dans la chambre de Robbie.

Attablé devant un verre de lait, il se bourrait de gâteaux secs, comme ils purent le constater en pénétrant dans la cuisine.

– Salut! fit-il en les voyant. C'est à cette heure-ci que vous rentrez? Je croyais que vous n'en aviez pas pour longtemps?

– Ta mère n'a pas réussi à dénicher la robe de ses rêves...

– Nous nous sommes arrêtés au *Village Lantern* pour prendre un café, ajouta précipitamment Claire.

– Moi, je n'arrivais pas à dormir, expliqua tranquillement Robbie. A force de sauter comme une carpe dans mon lit, ça m'a donné faim. Alors je suis descendu et...

Il s'interrompit net en voyant dans quel état était le genou de sa mère.

– Eh ben dis donc! s'exclama-t-il en se levant d'un bond. Tu t'es joliment arrangée! Ça saigne?

S'approchant d'elle, il lui passa un bras autour des épaules et la conduisit jusqu'à une chaise.

– Assieds-toi. Je vais m'en occuper.

Tout en fonçant chercher la trousse de secours, il lança par-dessus son épaule :

– Comment as-tu fait ton compte?

Don et Claire s'entre-regardèrent, décontenancés. C'est Claire qui retrouva ses esprits la première.

– Tu connais la galerie marchande et l'entrée avec une porte tournante? Eh bien, le type qui est entré derrière moi a fait tourner le tambour si vite que j'ai failli être éjectée dehors.

Robbie, à genoux, imbibait un pansement d'alcool à 90°.

– Ça pique, mais il n'y a rien de mieux pour désinfecter.

La brûlure de l'alcool fut en fait un soulagement pour Claire car elle mit fin à la conversation. Tandis que l'adolescent posait un pansement sec sur la plaie à vif, Claire jeta à Don un regard gêné.

Sa besogne terminée, l'infirmier bénévole se releva, louchant sur le doigt bandé.

– Décidément, la soirée a été rude, gouailla-t-il. Ne t'inquiète pas, tu t'en tireras. Papa et moi, on est là. Pas vrai, p'pa?

– Et comment! opina Don avec un enthousiasme de commande. Remonte te coucher maintenant et essaie de dormir... mon grand.

Comme son fils se dirigeait vers l'escalier, Don ne put résister à la tentation de le sonder.

– Comment se fait-il que tu sois encore debout à cette heure-ci? Normalement c'est la croix et la bannière pour arriver à te faire ouvrir l'œil tellement tu dors bien.

– Je ne sais pas.

– Tu as un problème? Il y a quelque chose qui te tracasse? Quelque chose dont on aurait parlé à table ou qui est arrivé à l'école? insista Don malgré la mimique éloquente de sa femme.

– Non. J'arrivais pas à m'endormir, c'est tout. Mais je vais rattraper le temps perdu, fit-il en gravissant l'escalier.

– Tu aurais mieux fait de tenir ta langue, attaqua Claire dès qu'elle fut certaine de pouvoir parler en toute tranquillité.

– Je voulais juste m'assurer que je n'avais rien dit qui pût lui mettre la puce à l'oreille pendant le dîner.

– Nous ne pouvons pas passer notre temps à surveiller nos moindres paroles.

– Vraiment? Alors pourquoi nous sommes-nous mis à mentir comme des arracheurs de dents quand il nous a demandé pourquoi nous rentrions si tard tout à l'heure? Ça va être comme ça tous les jours, dorénavant? Il va falloir qu'on lui raconte des bobards jusqu'à ce que cette histoire soit réglée d'une façon ou d'une autre?

– « D'une façon ou d'une autre? » Ça signifie quoi, au juste?

– Rien! C'est un cliché.

– Je ne suis pas idiote! Tu veux dire que son état s'améliore ou qu'il empire... et qu'il finisse comme cette jeune femme.

– Dieu m'est témoin que ce n'est pas ce que je voulais dire! protesta Don si fort qu'elle le fusilla du regard pour le faire taire.

Il lui prit les mains, les serrant entre les siennes au point qu'elle gémit :

– Mon doigt! Tu me fais mal!

Lâchant sa main, il la prit dans ses bras et l'étreignit.

– Si nous commençons à nous méfier l'un de l'autre, nous

sommes finis. Jamais nous n'arriverons à surmonter cette épreuve.

Dans sa chambre, Robbie Ward se mit au lit et s'allongea sur le côté droit, sa position favorite pour trouver le sommeil. Mais malgré l'heure tardive, il n'avait aucune envie de dormir.

Qu'est-ce que son père avait voulu dire avec son allusion au dîner? S'était-il dit quelque chose qu'il aurait dû remarquer et qui lui avait échappé? Il s'efforça de passer la conversation en revue : Comment ça avait marché à l'école? Rien de spécial à signaler? Et le basket? Robbie avait-il envie d'assister au match bien que les Giants fussent éliminés?

Les banalités habituelles, en somme. A une différence près, cependant, se dit l'adolescent. Les réponses de ses parents étaient trop promptes. Leurs sourires trop appuyés. Crispés. Était-ce l'impression qu'il s'était produit un changement subtil dans l'atmosphère qui l'avait tenu éveillé ce soir?

Son père avait peut-être des ennuis au réseau, peut-être risquait-il de perdre son job. Et ses parents s'efforçaient de le lui cacher de peur de le perturber dans son travail scolaire.

Ou bien peut-être que leur comportement s'expliquait par l'attitude qu'il avait adoptée après avoir perdu le championnat, s'enfermant dans sa chambre, refusant de retourner à Canaan, ne voulant pas mettre le nez dehors?

Mais tout ça, c'était de l'histoire ancienne maintenant, il avait réglé la question avec le Dr Belmond. Il était redevenu lui-même : entreprenant, enthousiaste, bouillonnant de projets.

Mais alors si tout allait bien, pourquoi avaient-ils l'air si inquiets?

Perplexe, il s'endormit, incapable de trouver la réponse à cette question.

27

Impassible, le Dr Belmond écouta les Ward lui faire part à tour de rôle des événements qui s'étaient produits quarante-huit heures plus tôt. Tourmentés, visiblement mal à l'aise, ils déballèrent en vrac leurs problèmes, leurs réactions, le besoin qu'ils avaient éprouvé de se glisser hors de chez eux en catimini comme des voleurs afin de pouvoir formuler leurs angoisses à voix haute.

– Cette expérience n'aura pas été inutile, elle vous aura au moins permis de découvrir que l'amour parental n'est pas aussi pur ni aussi total qu'on le dépeint dans les contes de fées, commenta le Dr Belmond, dédramatisant placidement la situation. On rencontre de tout dans mon métier, vous savez. J'ai même vu des parents avec un fils ou une fille toxicomane baisser les bras et venir me trouver en me disant : « Docteur, nous sommes prêts à payer ce que vous nous demanderez : guérissez notre enfant ! » Mais en réalité, ce qu'ils pensent c'est : « C'est au-dessus de nos forces. Nous renonçons, prenez le relais. » Autant vous prévenir tout de suite : le traitement que Robbie devra suivre n'est pas simple. Cela n'a rien à voir avec une intervention chirurgicale. Pas question d'accompagner votre enfant jusqu'à la porte de la salle d'opération – comme dans les feuilletons télévisés – et de le confier ensuite au chirurgien, en vous contentant d'aller vous asseoir dans le couloir pour attendre le résultat. Il va falloir que vous participiez activement.

– Vous pouvez compter sur nous, docteur, affirma Claire. Dites-nous ce que nous devons faire.

– Les personnes qui sont partie prenante dans le traitement de Robbie sont bien évidemment le principal intéressé, ensuite ses parents et enfin le Dr Rissom et moi-même. Ensemble nous avons une chance de parvenir à guérir votre fils de cette maladie redoutable qui risque de le conduire à sa perte.

– Comme elle a conduit cette femme à la sienne? s'enquit Claire.

– Je suppose que c'est à la mère naturelle de Robbie que vous faites allusion? Pourquoi ne pas regarder la réalité en face et appeler les choses, si j'ose dire, par leur nom, madame Ward?

Claire eut un hochement de tête.

– Pour commencer, reprit le psychiatre, je vais demander au Dr Rissom de faire passer un bilan complet à Robbie.

– Mais il est en superforme! protesta Don. Il a terminé la saison de football sans une seule blessure grave, il vient d'entamer celle de basket et tout marche à merveille.

Pour la première fois depuis le début de l'entretien, Sabrina Belmond sourit.

– Inutile de prendre la mouche. Vous n'êtes ni le médecin, ni l'avocat de votre fils, monsieur Ward. Ce ne sont pas ses performances sportives ni sa condition physique qui nous intéressent mais l'état de ses reins, de sa thyroïde et de son cœur qui seul nous permettra de savoir si son organisme est capable de tolérer les médicaments qu'il va devoir absorber. Les patients supportent plus ou moins bien le traitement, qui chez certains peut provoquer des effets secondaires graves.

– Qu'arrive-t-il dans ce cas-là? questionna Don.

– On est contraint d'arrêter le traitement, convint le Dr Belmond.

– Alors si Robbie ne parvient pas à tolérer...

– Les devinettes n'ont jamais été mon fort, monsieur Ward. C'est au Dr Rissom qu'il appartient, après examen, de nous fixer sur ce point, décréta le Dr Belmond d'un ton sans réplique. Le traitement de Robbie consistera en partie à prendre des médicaments de nature à diminuer l'intensité des périodes d'excitation comme la violence des épisodes dépressifs, ce qui lui permettra de mener une vie plus normale. Comme il est rare qu'un adolescent de quinze ans accepte de gaieté de cœur d'avaler des comprimés régulièrement trois fois par jour, il arrive souvent qu'il sabote son traitement. Les jeunes malades veulent voir jusqu'où ils peuvent diminuer les doses, ou au contraire les augmenter, afin d'accélérer le processus de guérison. Qu'ils pèchent par négligence ou par imprudence, ils courent des risques.

– Et s'il suit à la lettre le traitement prescrit? s'enquit Claire.

– S'il réagit comme le Dr Rissom et moi-même l'espérons, il a toutes les chances de mener une existence satisfaisante et de vivre longtemps. Pour cela, il faut qu'il respecte scrupuleusement son régime, et là vous avez un rôle capital à jouer.

– Nous ferons tout notre possible, promit Claire.

– J'ai beaucoup réfléchi au cours des deux derniers jours, intervint Don. J'ai droit à un congé sabbatique de six mois. Et j'ai l'intention de le prendre, que cela plaise ou non à mon patron. J'envisage même de donner ma démission et de consacrer une année à mon fils pour l'aider à traverser cette mauvaise passe.

Sabrina Belmond hocha doucement la tête, laissant Don terminer avant de remarquer sans élever le ton :

– Vous trouvez qu'il ne culpabilise pas suffisamment comme cela?

– Je veux qu'il sache combien nous l'aimons.

– Dites plutôt que vous voulez me montrer à quel point vous tenez à lui, contra le psychiatre. Je ne voudrais pour rien au monde qu'il se sente responsable du fait que vous ayez renoncé à réaliser vos légitimes ambitions professionnelles. Un jour ou l'autre, vous risqueriez de le lui reprocher. « Après tous les sacrifices que j'ai faits pour toi, voilà comment tu me remercies? » Rangez au vestiaire les beaux gestes et les promesses héroïques. Il vaut mieux procéder de façon scientifique. Je vais contacter le Dr Rissom. Vous lui enverrez Robbie demain après les cours.

Comprenant à la fermeté du ton que l'entretien était terminé, les Ward se levèrent. Arrivée devant la porte, Claire ne put s'empêcher de pivoter sur ses talons.

– Docteur Belmond, nous suivrons vos instructions à la lettre. Mais promettez-moi que vous le sauverez. Promettez-moi...

Incapable de poursuivre, elle fondit en larmes. Don lui passa un bras autour des épaules, jeta au médecin un regard d'excuse et entraîna sa femme vers la sortie.

Sabrina Belmond décrocha son téléphone et composa un numéro.

– Fred? Sabrina. Je viens de voir les Ward. Ils vous envoient Robbie demain après-midi.

– Parfait. Je lui ferai passer un examen complet : reins, cœur, thyroïde. J'espère qu'il pourra supporter le traitement.

– Et moi j'espère que les Ward pourront le supporter, dit Sabrina Belmond pensivement.

– Qu'y a-t-il, Sabrina? interrogea Fred Rissom, sentant bien que quelque chose la tracassait.

– Je n'ai pas voulu les inquiéter davantage. Mais les manuels de psychiatrie sont formels : les parents adoptifs ne sont pas forcément les meilleurs auxiliaires dans ce genre de thérapie.

– Vraiment?

– Statistiquement, on constate que le traitement réussit moins bien chez les enfants adoptés que chez les autres. On peut avancer toutes sortes d'hypothèses quant aux causes. Mais le résultat est là et il faut que nous en soyons conscients.

– Selon vous, les chances de guérison de Robbie seraient moindres du fait qu'il est le fils adoptif des Ward? J'ai du mal à le croire. Don et Claire Ward sont des parents remarquables, sur qui on peut compter.

– Fred, insista le Dr Belmond, inutile de se voiler la face : les faits sont là, vous n'avez qu'à consulter les ouvrages de mes confrères sur ce point. On a vu des parents adoptifs dont les enfants avaient eu des problèmes sérieux à répétition aller devant le tribunal et demander à être dégagés de leurs obligations. En un mot, demander à « désadopter » l'enfant.

Sabrina Belmond raccrocha. Tout en pianotant sur la table, elle s'efforça d'évaluer le cas de Robbie de façon réaliste.

S'il tolérait le traitement, s'il le suivait à la lettre, si les Ward réussissaient à garder le moral pendant les rechutes – inévitables dans ce genre de maladie –, alors ce jeune homme doué et plein de charme pourrait être sauvé pour le plus grand bien de la communauté qu'il servirait.

Cela faisait beaucoup de « si ». Trop peut-être.

28

– Pourquoi faut-il que je retourne chez le Dr Rissom? Il sait que je ne prends pas de stéroïdes : il a déjà vérifié. Et je me sens en pleine forme! s'exclama Robbie en repoussant sa chaise d'un geste brusque.

– Le Dr Belmond aimerait que tu passes des examens plus approfondis, expliqua Claire.

– Justement, à propos de Belmond, enchaîna Robbie. Puisque j'ai retrouvé la santé, je ne vois pas l'intérêt de continuer les séances.

– Robbie! s'exclama Claire d'un ton sévère. Tu continueras d'y aller parce que nous en avons décidé ainsi, ton père et moi.

– Vous croyez que je suis cinglé, c'est ça? Moi je sais bien que je ne le suis pas.

– Pas du tout! protesta Claire.

– Alors pourquoi dois-je voir Belmond ou Rissom? Je viens de passer une visite médicale pour le basket-ball. Et Rissom m'a trouvé en superforme. Pas question que je remette ça!

Elle l'entendit gravir les marches quatre à quatre, claquer la porte de sa chambre. Son premier mouvement fut d'appeler le psychiatre, mais elle se ravisa. Elle décida d'attendre le retour de Don pour discuter de tout cela avec lui.

Avec des gestes d'automate, elle débarrassa la table du dîner, vida les assiettes avant de les mettre dans le lave-vaisselle et d'appuyer sur le bouton de mise en marche. Au moment où la machine commençait à ronfler, le téléphone sonna sur la ligne privée qu'utilisait généralement Don du fait qu'elle avait tendance à monopoliser l'autre.

– Bonsoir, chéri, fit-elle d'un ton compassé.

Au son de sa voix, il comprit aussitôt que quelque chose ne tournait pas rond.

– Claire, mon cœur, tu as des ennuis?

– Je t'expliquerai quand tu rentreras.

– Justement, je voulais te prévenir : ne m'attends pas ce soir, je ne rentre pas.

– Ne me dis pas que tu files sur la côte ouest. A cette heure-ci, il n'y a plus d'avions.

– La famille de Brady est en vacances à Hilton Head. Comme il est seul en ville, il m'a demandé de rester afin de terminer un travail urgent. Tu comprends?

Claire ne répondit pas. Tout récemment, elle avait remarqué une nouvelle ingénue dans *La vie est formidable*, – série qui battait de l'aile et à laquelle son mari avait été chargé de redonner du tonus. Pour ce faire, il avait engagé cette blonde ravissante et bourrée de talent qui ressemblait à Claire comme deux gouttes d'eau.

Quoi de plus naturel pour un quadragénaire, marié depuis dix-huit ans à la même femme, que d'essayer de retrouver les sensations de sa jeunesse en sortant avec une gamine qui, sachant fort bien où était son intérêt, faisait mine de boire ses paroles tout en fixant sur lui de grands yeux bleus innocents.

– C'est à cause de la petite Hopkins, n'est-ce pas? laissa échapper Claire.

– La petite Hopkins..., reprit Don, interdit. Enfin, Claire, tu ne t'imagines tout de même pas que je m'envoie Anita Hopkins! Si je devais faire du plat à une fille, ce n'est pas celle-là que j'aurais choisie. Ce n'est pas mon type.

« Comment ça, ce n'est pas ton type? Mais c'est mon portrait tout craché quand tu es tombé amoureux de moi », faillit lui rappeler Claire.

– Il faut que tu sois sérieusement perturbée pour m'accuser d'avoir une liaison avec cette gamine. Tu n'en es quand même pas là?

– Je t'expliquerai demain.

– Pas question d'attendre demain. Tu vas m'en parler tout de suite.

– C'est au sujet de Robbie.

– Nom de Dieu! Qu'est-ce que ce gosse a encore été inventer?

– Je lui ai dit qu'il fallait qu'il retourne voir Rissom et il a refusé tout net. Il a ajouté qu'il ne voulait pas retourner chez Belmond non plus, qu'il se sentait en pleine forme.

– Il y retournera, c'est moi qui te le dis! Même si je dois le prendre par la peau du cou et l'y traîner de force!

Se calmant, Don reprit :

– J'aurai une petite conversation avec lui, d'homme à homme, je lui expliquerai calmement les choses et tout s'arrangera.

– Il faudrait que tu commences par rentrer.

– Impossible de me libérer ce soir, chérie, je suis coincé.

En l'entendant baisser la voix, Claire comprit que Brady devait être dans les parages.

– C'est au cours de ces séances de travail tardives en tête à tête que Brady se déboutonne et se laisse aller aux confidences sur les changements d'orientation de la politique d'Intercontinental et les promotions. Essaie de comprendre.

– J'en ai par-dessus la tête de vivre dans une famille où Ed Brady joue le rôle principal!

– Ne te laisse pas démoraliser par la réaction de Robbie. Je suis sûr qu'à nous deux nous trouverons une solution au problème. Il s'en sortira, tu verras. Promets-moi que tu tiendras le coup.

– D'accord. Je suis désolée pour ce qui vient de se passer, chéri. J'avais besoin de parler à quelqu'un et quand tu m'as annoncé que tu ne rentrais pas...

– Écoute, mon chou, je vais dire à Ed que...

– Tu ne vas rien lui dire du tout. Tu vas faire ce que tu as à faire. Je m'en tirerai très bien toute seule. Ne t'inquiète pas, conclut-elle d'une voix aussi ferme que possible.

Seule, Claire ne dormait jamais vraiment bien. Au cours de leur première année de vie commune, chaque fois que Don devait s'absenter, elle répétait son texte en vue du tournage du lendemain. C'est plus d'une fois que le metteur en scène la voyant arriver à la répétition lui avait secoué les puces. « Et moi qui avais prévu de tourner des gros plans aujourd'hui. Regarde-moi ces yeux, tout bouffis, c'est une catastrophe. » Ces dernières années, allongée sur son lit, elle réfléchissait aux prochains spectacles qu'elle monterait avec les Towne Players ou bien elle écoutait des pièces radiophoniques.

Ce soir-là, au lieu d'allumer la radio ou de faire des projets d'avenir pour sa troupe de comédiens amateurs, elle se mit à penser à Don, à Robbie et à la vie qu'ils menaient tous les trois. Quelle idiote elle avait été d'accuser Don d'avoir une liaison!

Qu'est-ce qui avait bien pu la pousser à formuler une accusation aussi grotesque? Pourquoi, au moment où Robbie avait déclaré qu'il refusait de remettre les pieds chez le Dr Rissom, avait-elle soudain eu l'impression que sa vie se désintégrait, que son petit monde familial volait en éclats?

Impossible de chasser cette pensée. A l'instant où elle allait sombrer dans le sommeil, un mot s'imposa brutalement à elle, lui ôtant toute envie de dormir.

Échec.

S'il y avait un mot auquel son mari était allergique, c'était celui-là.

Depuis le début, Ed Brady lui avait enfoncé sa théorie dans le crâne : « Dès que vous sentez qu'une émission risque de faire un bide, annulez-la. On oublie vite une annulation dans ce métier, mais un échec qui traîne en longueur jamais. Plongez-vous dans les indices d'écoute les quinze premiers jours et si vous flairez la catastrophe, annulez tout! »

Telle était la règle de conduite que Brady s'était fixée une fois pour toutes. Quant aux efforts déployés par les réalisateurs et les techniciens, il s'en moquait bien! Seules comptaient les réactions des téléspectateurs. Si le public n'accrochait pas, on arrêtait les frais tout simplement.

Qu'est-ce que la gestion d'une chaîne de télévision pouvait bien avoir à faire avec elle? Avec les sentiments qu'elle éprouvait pour Don ou ceux qu'il éprouvait pour elle?

Échec.

Le mot résonnait obstinément à ses oreilles. Non seulement le Dr Belmond s'était bien gardée de leur donner des certitudes mais elle avait même précisé que si les examens pratiqués par le Dr Rissom n'étaient pas satisfaisants, le traitement ne pourrait être mis en œuvre.

S'il s'avérait que Robbie était incurable, comment son mari prendrait-il la nouvelle? Don Ward avait beau clamer que Robbie pouvait compter sur lui, l'échec provoquait toujours chez lui un réflexe conditionné de fuite. Prendrait-il ses jambes à son cou? Abandonnerait-il son fils?

A l'aube, n'ayant pas fermé l'œil de la nuit, Claire Ward

en vint à envisager l'effondrement de son mariage et la fin de dix-huit ans de vie commune.

Incapable de demeurer plus longtemps dans ce lit vide, elle rejeta la couverture et se leva si soudainement qu'elle eut l'impression que la chambre tournait autour d'elle. Heureusement le malaise se dissipa presque aussitôt.

Elle descendit à la cuisine et mit la bouilloire sur le feu. Au moment où elle trempait le sachet de thé dans l'eau fumante, elle entendit du bruit derrière elle. Terrifiée, elle pivota vivement sur ses talons et aperçut Robbie accoté au chambranle en pantalon de pyjama, sa tenue de nuit habituelle. C'était devenu un sujet de plaisanterie entre eux, elle lui disait qu'elle finirait bien par dénicher un magasin ne vendant que des bas de pyjama. Elle commençait à en avoir assez de jeter les hauts qu'aucune association charitable ne voulait accepter.

– Qu'est-ce que tu fabriques à une heure pareille? Tu ne te sens pas bien?

– Que se passe-t-il dans cette maison? fit simplement l'adolescent.

– Comment ça, « que se passe-t-il »?

La fixant, il répondit :

– J'ai tout entendu.

– Tu as quoi?

– Quand le téléphone a sonné, j'ai décroché en haut dans le cabinet de travail. Je savais que sur cette ligne ça ne pouvait être que papa et je voulais lui dire un mot. Mais au lieu de lui parler, j'ai écouté. C'est vrai, ce que tu penses, maman? Qu'il s'envoie une jeune actrice? Qu'est-ce qu'un vieux de quarante et un ans peut bien trouver à une nana qui en a vingt de moins que lui?

– Tu n'aurais pas dû nous espionner! s'exclama Claire. Combien de fois faudra-t-il que je te le répète? C'est très vilain!

– Je ne l'ai pas fait exprès.

Poussée par la curiosité, elle ne put retenir sa question.

– Tu as tout entendu?

– Oui, avoua Robbie. Pourquoi tenez-vous tellement à ce que Rissom m'examine et à ce que je retourne voir Belmond? Je ne me suis jamais mieux senti. Tu avais l'air si bouleversée que tu as failli fondre en larmes et que papa s'est mis en pétard. Qu'est-ce qui se passe dans cette maison? Ça n'était pas comme ça avant.

– Non, tu as raison. Prends un verre de lait et viens t'asseoir. Je vais essayer de t'expliquer.

– O.K.

– Robbie, mon grand. Ce qui t'est arrivé après le match, c'est ce qu'on appelle une...

– ... dépression, compléta Robbie, allant droit au but. Dans les journaux... quand ils écrivent des articles sur quelqu'un qui... sur un jeune qui... enfin tu vois ce que je veux dire...

– Explique-toi, Robbie.

– Quand ils parlent d'un jeune qui s'est suicidé, ils précisent toujours soit qu'il était dépressif, soit que personne ne se doutait qu'il était dépressif. (Après un instant de réflexion, il poursuivit :) C'est ça que j'ai eu, une dépression?

– Oui, admit Claire, essayant d'étudier discrètement sa réaction.

– Ah bon, fit-il au bout d'un moment. Et les médicaments que le Dr Belmond m'a fait avaler, qu'est-ce que c'était?

– Des antidépresseurs.

Il but une gorgée de lait et, son verre à la main, réussit à articuler avec peine :

– J'ai quelque chose à te dire mais promets-moi que tu ne pleureras pas. Je ne peux pas supporter de voir une femme pleurer.

– Tu en as déjà vu?

– Oui.

– Quand? Où?

– Oh... Aux actualités télévisées, éluda-t-il.

– Robbie? insista-t-elle, désireuse d'avoir le fin mot de l'histoire.

– Tu connais Wes Parker, un type de ma classe. On sort ensemble des fois.

– Il me semble l'avoir aperçu. Eh bien?

– Un jour – ça remonte à un an – on s'entraînait à faire des passes. Il est génial comme receveur. Dommage qu'il ne soit pas plus grand parce qu'il ferait partie de mon équipe.

– Robbie, on parlait de femmes en larmes.

– Il faisait tellement sombre que Wes n'arrivait plus à voir le ballon. Alors on a décidé d'arrêter de jouer. Il m'a dit : « Viens chez moi, on doit sortir manger une pizza, je t'invite. » Quand on est arrivés chez lui, la voiture de son père a déboulé de l'allée en trombe et Mr. Parker a pris le virage sur les chapeaux de roues. J'aurais voulu que tu entendes ces grincements de pneus! Il a failli emboutir un véhicule qui venait de sa droite. Wes faisait une de ces têtes... Il ne pensait plus à la pizza, je t'assure. Il ne savait plus où se mettre, s'il devait entrer ou attendre dehors. Alors pour le mettre à l'aise je lui ai dit : « Il va faire nuit, je ferais mieux de rentrer. » Mais il a eu une réponse bizarre : « Bouge pas, je vais voir si la voie est libre. »

« J'ai attendu en me demandant ce qu'il voulait dire. Il a remonté l'allée et a jeté un coup d'œil à l'intérieur par la fenêtre de la cuisine. Je l'ai suivi. Elle était là, assise devant la table, un torchon plaqué contre le visage, et elle pleurait. De temps en temps, elle trempait le tissu dans un bol d'eau et à chaque fois l'eau se teintait de rose. J'ai compris que c'était du sang. Elle avait une coupure juste sous l'œil. C'est alors que Wes s'est aperçu que j'étais là. « Ne parle jamais de ça à personne! Promets-moi de tenir ta langue! » Je lui ai donné ma promesse. Puis il a ajouté : « Un jour, je le tuerai. » Ça m'a rendu malade de la voir pleurer comme ça. Comment un homme peut-il se conduire de cette façon? Pourquoi, maman?

– Je n'en sais rien.

Robbie hésita avant de poser la question qui lui brûlait les lèvres.

– Est-ce que papa a déjà...

– Non. Jamais.

– Tant mieux, fit Robbie soulagé. Si jamais il...

– Rassure-toi, ce n'est pas son genre.

– C'est ce que je me disais. Mais le père de Wes, il n'a pas l'air d'une brute, pourtant. J'ai eu un drôle de choc en voyant la mère de Wes sangloter comme ça. Et lui aussi. Malheureusement, ça ne devait pas être la première fois que ça se produisait, sans cela pourquoi m'aurait-il dit qu'il le tuerait?

– Oui, pourquoi? opina Claire. Tu n'avais pas quelque chose à me dire, Robbie? De quoi s'agit-il?

– J'ai fichu ta vie et celle de papa en l'air. Comment faites-vous pour me supporter?

– Je te défends de dire des énormités pareilles! s'écria Claire.

« Il se doute de quelque chose. Sans nous en rendre compte, nous avons dû nous trahir; il doit sentir notre inquiétude, notre désarroi. Les enfants ont des antennes », songea-t-elle.

Elle le serra contre elle.

– Je ne veux plus t'entendre dire des énormités pareilles !

Tandis qu'elle l'étreignait, il murmura :

– Si c'est ce que vous voulez, papa et toi, je suis d'accord pour aller voir Rissom et même pour retourner chez Belmond.

29

– Je voudrais savoir ce qui ne tourne pas rond chez moi, docteur Belmond, questionna Robbie.

– Tu n'as pas une petite idée?

– Hubie avait raison, fit Robbie en se tortillant rageusement sur sa chaise. Chaque fois qu'on pose une question à un psy, il vous en pose une autre au lieu de vous répondre. Vous êtes médecin, vous devez savoir ce qui cloche chez moi? Pourquoi m'avez-vous obligé à passer une autre visite médicale? Je parie que vous n'avez jamais eu de malade en meilleure santé que moi!

Le psychiatre nota à part elle le retour à la tendance qu'ont les maniaques à manier les superlatifs. L'agressivité de l'adolescent faisait également partie du syndrome. Son rôle étant avant tout d'observer, elle le laissa poursuivre.

– Je me trompe? (Comme elle ne répondait toujours pas, il s'obstina.) Vous avez vu beaucoup de patients en meilleure forme que moi?

Se levant d'un bond, il se mit à arpenter le cabinet, manifestement débordant d'énergie. S'emparant au passage de différents objets posés sur son bureau, il se mit – comme lors de sa première visite – à les tripoter les uns après les autres avant de les reposer.

– Vous voulez savoir ce qui me tracasse? jeta-t-il tout à trac. Je crois que vous êtes de mèche, ma mère et vous. Elle m'a tellement pompé l'air que je suis revenu. Mais vous, vous refusez de me parler. Alors à quoi on joue, au juste? Qu'est-ce qui se passe? Et qu'est-ce qu'ils ont à me regarder comme ça depuis quelque temps?

Les yeux du Dr Belmond se rivèrent sur lui. Les Ward avaient-ils – contrairement à ses instructions – laissé transparaître leurs craintes et leur ressentiment? Si elle était compréhensible, cette réaction n'était pas sans risque surtout à ce stade.

– Comment te regardent-ils, Robbie?

– Ça ne prend pas avec moi, fit-il, accusateur. Vous allez essayer de me persuader que c'est moi qui suis dingue, et pas eux. Hubie m'avait prévenu : quoi qu'on dise, le psy s'arrange toujours pour vous faire porter le chapeau.

– Je t'ai fait des reproches, Robbie?

– Je ne suis pas idiot, je sais lire entre les lignes, rétorqua-t-il en lui tournant le dos.

Sabrina Belmond ne souffla mot, attendant la suite, qui ne tarda pas à venir.

– Écoutez, si j'étais sûr de pouvoir vous faire confiance...

– Tu peux me faire confiance.

– Il faut que j'en aie le cœur net, fit-il après un temps. Est-ce qu'ils vont continuer à m'en vouloir longtemps? Est-ce que ce ne sera plus jamais comme avant?

– Quoi donc, Robbie?

– Eux. Moi. Nous. Depuis cette histoire, j'ai l'impression qu'ils me regardent d'un drôle d'œil. On dirait que je suis en sucre tout d'un coup. S'ils continuent à me traiter comme ça, je vais craquer. Vous voulez que je vous dise?

– Dis-moi, Robbie.

– Je passe mon temps à me demander pourquoi ils sont si gentils avec moi. Est-ce parce qu'ils chient dans leur froc? De quoi ont-ils peur? Ils vous en ont sûrement parlé. Il faut que je sache.

– Que veux-tu savoir au juste?

– Tout, lança-t-il dans un chuchotement qui en disait long sur ses craintes à lui.

– Assieds-toi. Il est exact que tes parents sont inquiets. Tu serais aussi préoccupé qu'eux si ton fils venait de traverser les épreuves que tu as traversées au cours de ces dernières semaines. Ce qu'ils redoutent, c'est que tu rechutes.

– C'est possible? s'enquit-il, plus calme.

– Ce n'est pas exclu.

– J'espère que ça ne se produira pas. C'est pas marrant d'être dans cet état-là. On rumine de drôle d'idées.

– Je sais, murmura Sabrina Belmond. On se sent coupé

du reste du monde. Tout vous insupporte. La lumière. Manger. Réfléchir. Les parents. Les copains. L'école. Le train-train quotidien. On se sent tellement mal dans sa peau qu'on se figure qu'il n'y a qu'une solution pour s'en sortir. C'est bien ça, n'est-ce pas?

– Et moi qui croyais être le seul à être passé par là.

Se penchant au-dessus du bureau, il plongea les yeux dans le regard noir.

– Dites-moi, docteur, si je refais une dépression, qu'arrivera-t-il? Je vous pose la question parce que je ne sais pas comment je réagirai la prochaine fois.

De toute évidence, Robbie en était au stade où le malade est le plus réceptif aux suggestions du médecin. Pour le thérapeute, c'est un moment très délicat. Il doit en effet parler avec franchise à son patient, sans pour autant aborder certains aspects de la maladie, qui risqueraient de heurter sa sensibilité. Il faut dire la vérité au patient, mais le tout est de savoir jusqu'à quel point.

– Robbie, si jamais tu rechutais, je te promets de tout mettre en œuvre, d'utiliser toutes les ressources de la pharmacologie pour t'aider à franchir le cap. Et en l'état actuel des choses, ces ressources sont loin d'être négligeables, crois-moi.

Quelque peu rasséréné, il eut un bref hochement de tête.

– De ton côté, il faut que tu me promettes un certain nombre de choses.

– Ouais. Quoi, par exemple?

– Il faudra te conformer à mes instructions à la lettre, suivre un régime alimentaire adapté, ne pas faire d'excès, te surveiller.

– Mais j'en prends soin, de ma forme, protesta Robbie. Pendant la saison de football, je force sur les protéines. Et avant une rencontre, je me bourre d'aliments glucidiques.

– C'est d'un autre type de régime que je te parle. Tu vas devoir absorber suffisamment de liquides et manger du sel en quantité. Il faut arriver à équilibrer ton alimentation. Et cet équilibre une fois trouvé, il te faudra le conserver.

– Entendu, répondit-il un peu précipitamment.

Songeant aux conséquences possibles de la médication qu'elle envisageait d'utiliser, Sabrina Belmond se demanda comment le jeune homme réagirait ultérieurement si les effets secondaires modifiaient son mode de vie d'une façon impossible à prévoir aujourd'hui.

– Il faudra également que tu prennes des médicaments régulièrement.

– Ceux que vous m'avez déjà donnés?

– Non. Il s'agit d'une autre variété de comprimés. Une fois que tu auras commencé le traitement, il faudra le poursuivre. Pas question de l'interrompre.

– Pendant combien de temps?

– Je ne sais pas.

Le traitement pouvait durer un an, deux ans, toute une vie. Mais ce n'était pas le moment d'aborder cet aspect de la question.

– Je ne risque pas de devenir toxicomane avec ce produit? fit-il, soupçonneux.

– Ce n'est pas une substance capable de créer une dépendance ou une toxicomanie, lui assura le psychiatre.

« C'est plutôt le genre de médicament vis-à-vis duquel les patients font un rejet au bout d'un certain temps, songea-t-elle. C'est d'ailleurs un des dangers principaux de cette thérapeutique. »

– Si j'avale ces comprimés, ça servira à quoi?

– A te permettre de mener une vie équilibrée. Fini les dépressions comme celle dont tu viens de sortir.

– Ces idées qui me trottaient dans la tête... Elles disparaîtront?

– Je ne peux pas te promettre qu'elles disparaîtront à tout jamais. Mais maintenant tu peux compter sur tes parents pour t'épauler. Sur moi et sur le Dr Rissom. Tu n'es plus seul. Mets-toi bien ça dans le crâne : tu n'es plus seul.

L'air soucieux, il opina.

– Une fois que j'aurai déterminé la dose optimale en ce qui te concerne, je contacterai ta mère.

– O.K., acquiesça-t-il en se levant de sa chaise.

– Nous sommes bien d'accord, Robbie? Tu remplis ta part du contrat et moi la mienne.

Nouveau hochement de tête.

– Parfait! conclut le psychiatre.

A quatre heures et demie, voyant qu'il n'était pas près de quitter son bureau, Don Ward décrocha son téléphone.

– Vous feriez mieux de ne pas m'attendre pour le dîner, chérie.

– Bien, fit Claire sans s'émouvoir. (Au bout de dix-huit ans de vie commune, elle commençait à avoir l'habitude.) Si jamais je dormais, réveille-moi.

– O.K., lui assura son mari.

Mais il savait pertinemment qu'il n'en ferait rien. En dix-huit ans de mariage, il n'avait jamais osé la tirer du lit quand il rentrait à des heures indues tant il se sentait coupable.

Avant qu'elle raccroche, il s'enquit d'un ton pressant :

– Alors?

– Alors quoi? rétorqua Claire, l'esprit ailleurs.

– Robbie, s'énerva Don. Est-ce qu'il est allé chez le Dr Belmond?

– Elle ne m'a pas appelée, c'est donc qu'il a dû aller à son rendez-vous.

– Il ne t'a rien dit? Tu n'as pas essayé de lui tirer les vers du nez?

– Je ne suis pas censée le cuisiner.

– Ah, bon, commenta Don, visiblement déçu. A plus tard.

– C'est toujours ce que tu dis quand tu dois rentrer *très* tard.

– Claire, s'il te plaît, ce n'est pas le moment...

– Excuse-moi, chéri. A bientôt.

Ce n'était que le soir, après un dîner tardif, que le Dr Belmond – dont les patients du fait des contraintes liées à leur vie professionnelle exigeaient des rendez-vous tôt le matin ou en fin d'après-midi – réussissait à trouver le temps de dépouiller tranquillement son courrier dans le calme de son cabinet de travail.

Alors qu'elle était plongée dans sa lecture, le téléphone sonna.

– Sabrina? Je viens de recevoir la copie du dossier de Rockland State que vous m'avez fait parvenir, annonça le Dr Rissom. Quelle horrible histoire!

– Très triste, en effet, opina-t-elle.

– Si je comprends bien, ils ont commencé par poser un diagnostic de schizophrénie et ils lui ont fait des électrochocs. Et elle était alcoolique, par-dessus le marché. Vous me faciliteriez la tâche en me disant quelles sont les chances de guérison de Robbie avec des antécédents pareils. Je saurais ainsi quelle attitude adopter vis-à-vis des Ward.

– Commencez donc par me communiquer les résultats des examens.

– Je viens de les mettre à la poste, vous les aurez demain.

Robbie est en excellente forme. Son cœur, ses reins, sa glande thyroïde fonctionnent correctement. Sur le plan physique, rien à dire, son état général est satisfaisant. Donnez-moi votre avis, maintenant, je ne veux pas faire des promesses en l'air au malade ou à sa famille.

– Très bien, Fred. S'il supporte le médicament, il a de grandes chances de guérir. A condition de suivre son régime, évidemment.

– Je ferai de mon mieux, promit le Dr Rissom.

– Nous ferons tous de notre mieux, mais nous ne pourrons pas avaler les comprimés à sa place. Ça, c'est à lui de le faire.

– Certes.

– En outre...

– Sabrina? Y a-t-il autre chose que j'aie besoin de savoir en tant que médecin traitant de cet enfant?

La question était formulée de telle façon que le Dr Belmond ne put se dérober.

– Ce qui me tracasse dans cette affaire, Fred, c'est ce qui ne figure pas dans le dossier d'Emily Birch.

– Que voulez-vous dire?

– Les études qui ont été réalisées montrent que les sujets ayant des problèmes affectifs semblables à ceux que connaissait Emily Birch ont tendance à choisir des partenaires aussi perturbés qu'eux sur le plan émotionnel.

– Je vois, énonça Rissom. Pareil héritage génétique risque de peser lourd dans la balance et de compliquer sérieusement la situation dans le cas de Robbie. Voire même de la rendre explosive.

– Si cette femme s'est conformée au schéma habituel, le danger est grand, en effet.

– Quand je vous ai envoyé le petit Ward, je ne vous ai jamais promis que ç'allait être une partie de plaisir. En tout cas, il y a une chose dont je suis sûr, c'est que ce gosse est doué, bourré de qualités et qu'il faut tout tenter pour le tirer de là. Excusez-moi, Sabrina, je me mets à parler comme un malade qui exigerait de vous réconfort et miracles. Je suis certain que vous ferez l'impossible.

Le Dr Belmond lisait un article sur les troubles affectifs des délinquants juvéniles lorsque son téléphone sonna. Machinalement, elle jeta un coup d'œil à la pendule. Onze heures passées. Ce n'était tout de même pas un patient qui appelait pour décommander son rendez-vous du lendemain. Elle décrocha le combiné. A peine eut-elle reconnu la voix de son correspondant qu'elle posa sa revue sur le bureau.

– Docteur Belmond?

– Oui, Robbie?

– Il y a une chose que j'ai oublié de vous demander.

Le psychiatre sourit. C'était toujours une fois sortis de son cabinet que les malades se souvenaient de l'essentiel.

– Je t'écoute.

– Vous n'allez pas... vous n'envisagez pas de me faire enfermer, n'est-ce pas? s'enquit l'adolescent dans un chuchotement.

Le médecin en eut des frissons dans le dos.

– Bien sûr que non! Pourquoi cette question? Où es-tu allé pêcher une idée pareille? protesta Sabrina Belmond, craignant que Robbie n'eût découvert la vérité sur sa mère d'une façon ou d'une autre.

– Ça m'a traversé l'esprit, tout d'un coup.

– Où es-tu en ce moment, Robbie?

– A la maison.

– Où à la maison?

– Dans le bureau de mon père. Cette histoire me turlupinait tellement que je n'arrivais pas à me coucher, alors j'ai décidé de vous téléphoner pour en avoir le cœur net.

– Personne n'a parlé de te mettre dans un asile! Je t'en donne ma parole, Robbie. Personne!

– Je vous crois, déclara l'adolescent avec un soulagement manifeste. Désolé de vous avoir dérangée.

– Tu ne me déranges pas, Robbie. La prochaine fois que tu auras une question à me poser – surtout si c'est une question de ce type –, n'hésite pas à m'appeler, quelle que soit l'heure! C'est compris?

– Oui, madame.

– Et maintenant essaie de dormir.

– Oui, docteur.

Juste avant de raccrocher, elle distingua un drôle de bruit à l'autre bout du fil.

– Robbie?

Elle l'entendait respirer.

– Robbie?

– Si je vous appelais... et que je vous parlais... ils n'en sauraient rien, n'est-ce pas? questionna-t-il d'une voix misérable.

– Non.

– Tant mieux. Parce qu'il y a des fois où j'ai vraiment de drôles d'idées qui me passent par la tête. S'ils savaient, ils seraient capables de ne plus vouloir de moi, chuchota-t-il.

– S'il y a une idée dont tu ferais bien de te débarrasser, c'est celle-là. Tes parents t'aiment, Robbie, il n'est pas question qu'ils t'abandonnent. Mais ne t'inquiète pas, ton secret sera bien gardé.

– Merci, madame.

Sabrina Belmond raccrocha, très inquiète.

30

– D'après les résultats des examens que le Dr Rissom m'a communiqués, votre fils devrait pouvoir tolérer le médicament. Toutefois, nous avons besoin d'un peu de recul pour connaître les réactions du malade, madame Ward, annonça Sabrina Belmond.

– Imaginons que Robbie fasse une intolérance à cette substance, que se passera-t-il? Est-ce que cela peut être dangereux?

– Nous arrêterons la prise des comprimés avant que cela ne le devienne. C'est pourquoi il nous faudra vérifier régulièrement la concentration du produit dans son sang. Au début, il devra donc se faire faire trois prises de sang par semaine.

– Si souvent que cela? s'étonna Claire en se demandant comment son fils réagirait.

– Nous devrons effectuer des contrôles sanguins. Surveiller la quantité de sodium qu'il aura ingérée. Dans son cas, le sel facilitant l'élimination, plus il en prendra mieux cela vaudra. Il ne faut surtout pas qu'il se déshydrate. Donc il faudra contrôler également la quantité de liquide qu'il absorbera. Enfin, il est indispensable de s'assurer que les fonctions rénale et thyroïdienne sont correctes. Au bout d'un certain temps, les prises de sang pourront être espacées et n'avoir lieu que deux fois par mois. Je devrai également surveiller l'apparition d'éventuels effets secondaires indésirables. Et là, j'aurai besoin de votre concours.

– Des effets secondaires? De quel genre? s'inquiéta Claire.

– Fatigue musculaire dans les bras et les jambes, nausées, vomissements, difficulté à s'exprimer. Parfois aussi on note un léger tremblement des doigts. Si vous décelez l'un de ces signes, vous devez me prévenir immédiatement.

Claire acquiesça de la tête.

– Il va nous falloir faire preuve de vigilance mais aussi de beaucoup de discrétion.

– Tout cela m'a l'air bien contraignant. Je doute que Robbie le supporte.

– Il joue régulièrement au football pendant la saison et il pratique le basket en ce moment, n'est-ce pas? Il s'alimente donc en conséquence.

– En effet, opina Claire.

– Selon vous, accepterait-il plus facilement l'idée de suivre un régime s'il estimait que cela pouvait avoir un effet bénéfique sur ses résultats sportifs? Car dans ce cas, ce serait à nous de le convaincre.

– Quel médicament allez-vous lui prescrire?

– Du carbonate de lithium. Une fois que l'on a déterminé la posologie optimale, ce sel fonctionne comme un régulateur de l'humeur des maniaco-dépressifs. Si votre fils rechutait et refaisait une dépression grave, je pourrais le remettre sous antidépresseurs. Mais il faut qu'il suive scrupuleusement son traitement afin d'éviter toute conséquence dangereuse. Qu'il prenne les doses prescrites et aille au labo régulièrement pour les prélèvements sanguins.

– Voulez-vous que je lui explique les grandes lignes de cette médication ou désirez-vous le faire vous-même? s'enquit Claire.

– Étant donné que ce traitement doit être commencé le plus vite possible, il est préférable que je m'en charge dans un premier temps. Vous pourrez prendre le relais, car il aura sûrement des questions à vous poser.

L'entretien terminé, Claire, qui allait se lever, se rassit.

– J'espère que je me montrerai à la hauteur. Au début, je me disais : « Jouer la comédie, c'est ton métier, un métier dans lequel tu réussis plutôt bien. Tu vas t'en sortir les doigts dans le nez. Tu sauras sourire quand il le faudra, encourager ton fils quand tu sentiras qu'il flanche, le secouer quand il se laissera aller. » Mais maintenant, je ne suis plus si sûre de moi.

Sabrina Belmond hocha la tête avec un sourire compréhensif.

– Pourquoi les patients s'imaginent-ils que les psychiatres sont des solitaires, qu'ils n'ont ni conjoint, ni enfants? Je suis mère comme vous, madame Ward. Et j'ai eu ma part de problèmes, je vous assure. Je comprends que vous vous tourmentiez au sujet de Robbie. Mais savez-vous ce que mon propre fils me jetait à la figure quand je le punissais? « Tu as dû m'adopter. Jamais tu ne me traiterais comme cela si j'étais de toi! » Voilà à quoi j'ai eu droit quand je punissais mon fils. Alors ne vous laissez pas démoraliser. D'une certaine façon, les antécédents de sa mère naturelle sont plutôt réconfortants.

– Comment cela?

– L'expérience montre que les malades dont les ascendants ont souffert d'une psychose maniaque dépressive réagissent mieux au carbonate de lithium. Dépêchons-nous de nous mettre au travail! Je veux voir Robbie lundi.

– Alors c'est ça? s'enquit Robbie en fixant le comprimé blanc au creux de sa paume.

– Oui, opina le psychiatre.

– C'est un produit récent?

– Si tant est qu'on puisse qualifier de récent quelque chose qui existe depuis déjà deux mille ans, fit Sabrina Belmond avec un sourire. Les médecins grecs et romains prescrivaient en effet des cures thermales aux dépressifs. L'un de ces thérapeutes, un certain Soranus, en fait même mention dans ses notes. Dernièrement, les chercheurs ont découvert que ces eaux minérales étaient riches en carbonate de lithium.

« Tu vois que ce n'est pas à proprement parler une découverte mais plutôt une redécouverte. Aujourd'hui, en Europe et aux États-Unis, certains patients se rendent dans des stations thermales afin d'absorber des eaux contenant du lithium.

Robbie jouait avec le comprimé qu'il faisait sauter dans le creux de sa main.

– Ça ressemble aux pastilles de sel qu'on nous distribue avant un match les jours où il fait très chaud.

– Ce n'est pas tellement différent du sel de table ordinaire ou chlorure de sodium, sauf pour ce qui est des effets. Tu vas commencer par en prendre trois par jour. Dans dix jours, j'augmenterai la dose. Et ce, jusqu'à ce que la concentration plasmatique du lithium soit satisfaisante.

– Et il va falloir que j'aille me faire faire des prises de sang trois fois par semaine chez le Dr Rissom? s'enquit l'adolescent, l'air rien moins que réticent.

– Au début seulement. Après on pourra commencer à diminuer les prélèvements.

– Ça va pas être facile de combiner ça avec l'entraînement de basket.

Le médecin rédigea l'ordonnance.

– Va chez le pharmacien tout de suite, Robbie. Et commence à prendre tes comprimés aujourd'hui. Trois fois par jour. La meilleure solution, c'est de les prendre à l'heure des repas, comme ça tu n'oublieras pas et les prises seront suffisamment espacées.

Il était minuit passé lorsque la Mercedes rouge de Don Ward pénétra dans le garage. Entendant le ronflement discret du moteur, Claire descendit pour accueillir son mari.

– Comment ça s'est passé entre Robbie et le Dr Belmond? demanda-t-il à peine sorti de voiture.

– D'après ce qu'il m'a raconté, bien, fit-elle, arborant l'air soulagé des porteurs de bonnes nouvelles. J'ai acheté les médicaments et il a déjà pris deux comprimés, un dans l'après-midi et un au dîner.

– Parfait! commenta Don.

– Tu veux peut-être manger ou boire quelque chose? Quoi de neuf de ton côté?

– L'émission d'hier soir a fait un tabac dans les indices d'écoute, répondit-il en desserrant sa cravate et déboutonnant son col. Ça va nous permettre de souffler pendant vingt-quatre heures. Brady essaie de négocier avec le même producteur la réalisation d'une série de trois autres émissions spéciales pour la saison prochaine. Je veux bien un sandwich, ajouta-t-il sans transition. Mais sans moutarde ni ketchup.

– Ton estomac recommence à faire des siennes?

– Quand ce ne sont pas les indices, c'est Robbie, et vice versa. A propos de Robbie, il m'est venu une idée en rentrant. Je crois que ça devrait l'inciter à prendre ses cachets régulièrement et que ça ferait un assez joli cadeau d'anniversaire pour ses seize ans.

– Quoi donc? s'exclama Claire qui préparait son sandwich au fromage. Je te donne du lait?

Don posa sa veste sur le dos d'une chaise du coin-repas.

– Volontiers. Je sens que je vais avoir une petite conversation avec lui demain, histoire de lui exposer mon idée. Ça m'étonnerait que cela ne lui plaise pas.

Robbie finissait ses céréales lorsque Don descendit.

– Salut, fiston!

– 'jour, p'pa.

Don s'approcha de la table et embrassa son fils sur la joue.

– J'ai une nouvelle pour toi, bonhomme.

– Ah ouais?

– Tu n'as pas de match samedi?

– Non. Pourquoi?

– Le Salon de la navigation de plaisance! s'exclama Don radieux.

– Le Salon de la...

– ...navigation de plaisance se tiendra au Coliseum à New York samedi matin. Je t'y emmène pour qu'on puisse jeter un coup d'œil aux derniers modèles. Notamment aux nouveaux Hobie Cat.

– On en a déjà un.

– Un catamaran de quatre mètres, tu appelles ça un catamaran?

– P'pa... tu penses à... celui que j'ai repéré dans le catalogue? Le cinq mètres? questionna Robbie, l'œil luisant de convoitise.

– Le cinq mètres. Ou alors la taille au-dessus.

– Un catamaran de cinq mètres cinquante? C'est dingue!

– Peut-être, mais on n'a pas tous les jours seize ans.

– Un Hobie 18! Le pied!

– D'accord pour samedi, alors?

– Oui, sauf si on te réclame sur la côte ouest, évidemment, remarqua Robbie d'un air désabusé.

– Pas cette fois, mon grand. Samedi matin on va au Salon et si ce bateau me plaît, on l'achète.

– Génial, p'pa!

Bondissant de sa chaise, l'adolescent sauta au cou de son père.

– Mais il faut que tu me promettes une chose.

Le jeune homme se mordit les lèvres, conscient de s'être laissé emporter par son enthousiasme.

– Le catamaran est à toi à condition que tu prennes tes

comprimés tous les jours à l'heure indiquée, comme le Dr Belmond te l'a ordonné. C'est d'accord?

– D'accord!

Robbie et son père échangèrent une poignée de main solennelle.

Don jeta un coup d'œil triomphant à Claire. « J'étais sûr que ça marcherait. »

Étant donné le nombre, la variété et la taille des bateaux exposés, l'immense Coliseum de New York sis près de Columbus Circle dans Manhattan ressemblait à un vaste port de plaisance couvert.

Don et son fils ignorèrent superbement les bateaux à moteur, bien que les ponts des coûteux cruisers fussent ornés de mannequins à la poitrine agressive qui souriaient en prenant des airs alanguis, s'efforçant de donner aux clients potentiels l'impression qu'en achetant un de ces luxueux joujoux ils acquéraient du même coup le droit d'embarquer en galante compagnie.

Prenant la main de son père, Robbie l'entraîna fermement vers le stand Hobie. Au centre trônait un catamaran de cinq mètre cinquante toute voile dehors en équilibre sur l'une de ses coques en plastique bleu.

Le père et le fils se mirent à tourner autour du bateau, admirant sa ligne élégante. C'était autre chose que le quatre mètres sur lequel Don avait appris à l'adolescent à naviguer.

Ce catamaran, le plus grand de la gamme Hobie, ne serait pas d'un maniement facile. Mais Don se dit que Robbie parviendrait bien à le manœuvrer d'ici la fin de l'été.

Et puis si cela pouvait l'encourager à suivre son traitement régulièrement cela valait le coup d'en faire l'acquisition, quel que soit le prix.

– Alors, qu'est-ce que tu en dis?

– Il est superbe, p'pa.

– Peut-être qu'on devrait choisir la couleur de la voile.

– Tu veux le commander maintenant?

– Bien sûr. Le temps qu'on nous le livre, on sera en mars. Peut-être même en avril. Essayons de mettre le grappin sur le vendeur, fiston.

L'adolescent examina les divers modèles de voiles. Le Silver Streak était bleu outremer, le Carumba s'ornait de rayures bleues avec un camaïeu de rouge et une bande violette.

Après avoir bien réfléchi – et séduit par le nom –, Robbie opta pour le modèle Cat Fever : rayures rouges, orange et jaunes sur fond bleu.

31

Pendant les semaines qui suivirent le démarrage du traitement, Robbie parut réagir de façon satisfaisante. Au début, bien sûr, il ne manqua pas de rouspéter chaque fois qu'il lui fallait se rendre au laboratoire pour les prises de sang. Aussi poussa-t-il un ouf de soulagement lorsque le Dr Belmond lui déclara qu'il n'aurait plus à se présenter chez Fred Rissom qu'une fois tous les quinze jours pour les prélèvements.

Chez les Ward, le temps passant et l'état de Robbie s'améliorant, l'atmosphère de la maison se détendait. Quand Don, éternel pompier de service en mission sur la côte ouest, appelait chez lui, ce n'était plus pour poser à sa femme le « Comment va-t-il? » fatidique et lancinant.

Les conversations entre les époux étaient redevenues normales et merveilleusement banales. L'esprit en paix, ils pouvaient aborder les sujets les plus futiles comme la prochaine soirée dansante au club, dont ils ne savaient pas encore s'ils s'y rendraient; la Mercedes neuve de Claire, qui nécessitait encore des réglages, et qu'elle devait emmener à tout bout de champ chez le garagiste; les réparations qu'il allait falloir entreprendre dans la maison; les problèmes que Don était censé régler sur le tournage; les répétitions des Towne Players. Et au détour d'une phrase, mine de rien, un « Et Robbie, ça va? » qui n'avait plus rien de crispé.

L'adolescent avait cessé d'être au centre de leurs préoccupations vingt-quatre heures sur vingt-quatre. Les visites de Claire chez le psychiatre n'avaient plus le caractère traumatisant du début. Les comptes rendus de Sabrina Belmond concernant les progrès de son patient allaient dans le sens des observations de Claire. S'ils n'étaient pas résolus, les problèmes du jeune homme étaient du moins en passe de l'être.

Les Ward pouvaient penser à son avenir universitaire car Robbie allait bientôt devoir prendre une décision. Ce trimestre, il devait passer le S.A.T. [1]. S'il obtenait de bons résultats – et ses parents n'avaient plus aucune raison de craindre qu'il en fût autrement –, il pourrait choisir les collèges auxquels il s'inscrirait.

Don et Claire qui, à la suite des incidents inquiétants des derniers mois, avaient chassé de leur esprit les ambitions qu'ils nourrissaient pour leur fils se remirent à faire des projets.

Le Dr Belmond, quant à elle, continuait d'observer la situation avec circonspection. Pendant les deux ans qu'elle avait passés en qualité d'interne dans un grand centre hospitalier, dans la clinique privée où elle avait ensuite exercé et enfin dans son cabinet, elle avait eu le temps de s'habituer aux améliorations et aux rémissions des patients atteints d'une psychose maniaque dépressive. Ces malades marchaient sur le fil du rasoir. Sous lithium, ces sujets, qui étaient le plus souvent d'une intelligence nettement au-dessus de la moyenne, se montraient créatifs et heureux de vivre. Non traités, ils passaient brutalement d'un état de dépression morbide à un état d'exaltation et de surexcitation, ce qui présentait de graves dangers.

Jugeant inutile d'alarmer Claire Ward, le médecin se garda bien de lui parler des rechutes, toujours possibles. Mais Rissom et elle surveillaient attentivement – encore que discrètement – les progrès de leur jeune malade.

Tant qu'il prenait ses comprimés de lithium, se soumettait à ses prises de sang régulièrement et venait à ses rendez-vous chez elle, Sabrina Belmond se disait qu'elle avait la situation en main. Mais de là à s'imaginer qu'un adolescent pouvait continuer de se plier à ces contraintes sans regimber ni ruer dans les brancards...

Robbie prit place en face d'elle sur sa chaise habituelle. Propre comme un sou neuf, le cheveu luisant, il sortait manifestement de sous la douche après sa séance d'entraîne-

1. Scholastic Aptitude Test : test permettant d'évaluer la capacité d'un élève du secondaire à passer dans le supérieur. *(N.d.T.)*

ment de basket. Son visage était rouge brique et il avait une ecchymose sur la joue droite. résultat d'un coup de coude qu'il avait pris pendant une mêlée pour récupérer une balle.

Le Dr Belmond plongea ses yeux dans le regard bleu, tout à la fois vif et empreint d'une sérénité qui lui faisait totalement défaut quelques semaines plus tôt.

– Les derniers résultats de tes examens de sang sont excellents à ce que m'a dit le Dr Rissom. La concentration plasmatique du lithium est parfaitement stabilisée, tous les autres signes sont satisfaisants. Comment te sens-tu?

– Bien.

– Pas de problèmes particuliers à signaler?

– Non.

– Le travail?

– Il faut commencer à s'accrocher, ça devient dur. Mais ce n'est pas désagréable.

– Et tes activités extra-scolaires? Le sport? Les sorties?

– Susan, vous voulez dire?

– Oui, Susan.

– On a l'intention d'assister à un concert des Catastrophe, un groupe de hard rock qui vient de se monter. J'ai acheté un de leurs disques. Ils jouent à White Plains et on va aller les entendre. Mais pas question de recommencer le cirque de l'autre fois, fit-il avec un sourire gêné.

Sabrina Belmond opina, se demandant à part elle ce que les adolescents pouvaient bien trouver de si fascinant à cette musique bruyante.

– Comment ça marche avec Susan?

Le psychiatre remarqua que Robbie, mal à l'aise, paraissait sur le point de se lever. Mais il se contenta de prendre un bibelot que lui avait offert un de ses malades au retour d'une excursion à Fort Ticonderoga. Le canon miniature, suffisamment petit pour tenir au creux de la main, était un des gadgets préférés de l'adolescent, qui s'amusait à le tripoter quand il était tendu.

– J'ai l'impression... qu'elle est plus... plus... Je ne trouve pas le mot.

– Plus entreprenante? suggéra le médecin. Plus désireuse de sauter le pas?

Les yeux du jeune homme répondirent pour lui.

– Alors que toi, tu n'es pas très chaud.

– Je... j'ai peur de...

– De quoi?

– De flanquer par terre l'équilibre que vous avez réussi à rétablir chez moi. Je n'ai pas envie de rechuter.

– De ce côté-là, tu n'as aucune crainte à avoir. Ce genre d'aventure ne risque pas de perturber ta lithiémie. Quant à savoir si tu dois ou non coucher avec Susan, c'est ton problème. A âge égal, les filles sont plus mûres que les garçons et elles préfèrent la compagnie de garçons plus âgés. Et les adolescents de quinze-seize ans se sentent plus à l'aise en compagnie de filles un peu plus jeunes.

– Il y a des fois où je me demande...

– Où tu te demandes quoi, Robbie?

– Cette femme qui m'a mis au monde, poursuivit-il après un temps. Et le type avec qui elle... Je me demande souvent à quoi ils ressemblaient. Est-ce qu'ils étaient vraiment amoureux l'un de l'autre? Ou est-ce qu'ils se sont juste envoyés en l'air comme ça un soir à la sauvette à l'arrière d'une voiture, ou chez un copain? Comme Elise Wiswell, qui s'est fait renvoyer de l'école, parce qu'on l'avait surprise en pleine action avec un gars chez les gens dont elle gardait les enfants... Je me demande si c'est comme ça que j'ai été conçu. Il y a des jours où j'aimerais bien savoir à quoi m'en tenir.

Dans des cas semblables, le Dr Belmond conseillait souvent à ceux de ses malades qui étaient des enfants adoptés de rechercher leur mère naturelle afin de faire taire les angoisses légitimes que leurs origines faisaient naître en eux. Mais connaissant le dossier d'Emily Birch comme elle le connaissait, il lui était difficile de donner ce genre de conseil à Robbie.

– Et le basket? s'enquit le psychiatre, s'empressant de détourner la conversation.

– Ça marche. On a gagné tous les matches. Nous ne sommes plus que quatorze maintenant. Encore une sélection et on aura le nombre voulu de joueurs. Le règlement de notre division n'autorise que dix joueurs par équipe.

– N'oublie pas ce que je t'ai dit, Robbie. A force de courir et de te démener, tu transpires. Tu risques de te déshydrater sans même t'en rendre compte. Pense à boire.

– J'y pense. Dès que j'ai la gorge sèche, je m'empresse d'avaler un ou deux verres d'eau.

– Tu peux te déshydrater avant de ressentir les effets de la soif. Il vaudrait mieux que tu boives systématiquement dès qu'il y a un temps mort. Et entre les mi-temps, avale autant de liquide que tu le peux. Tu y penseras?

Il hocha la tête.

– Tu prends régulièrement tes comprimés? Trois fois par jour au moment des repas?

– Oui.

– Parfait! Et à la maison, ça se passe bien?

– C'est comme avant.

– Que veux-tu dire?

– Papa continue à faire la navette entre New York et la côte. Maman n'apprécie toujours pas, alors elle se consacre aux Towne Players et à ses bonnes œuvres. Mais elle n'arrête pas de me surveiller.

– Elle te surveille?

– Ouais. Comme si elle s'attendait à voir un miracle se produire. Il n'y a pas de jour où elle ne me demande si j'ai bien pris mon comprimé à midi. Le matin et le soir, elle me fiche la paix. Mais à l'heure du déjeuner, elle n'est pas dans mon dos pour voir ce que je fais. Alors quand je suis à la maison, elle ne me perd pas de l'œil. Souvent à table je lève le nez et je la vois qui m'observe. Est-ce que ces comprimés sont censés me transformer physiquement ou quoi?

– Pas du tout, sourit le psychiatre. Mais tu peux difficilement en vouloir à ta mère de s'intéresser à ton allure, à la façon dont tu te nourris, à ce que tu dis. C'est comme ça, les mères, ça observe.

– Surtout après la frousse que je lui ai flanquée, pas vrai?

– Ce n'est pas comme cela que je formulerais la chose, Robbie.

– Mais j'ai passé le cap maintenant. Je me porte comme un charme! déclara-t-il fièrement avant d'ajouter, d'un air moins fanfaron : je suis sorti du trou, n'est-ce pas?

– Tu as fait d'immenses progrès, Robbie. Je suis fière de toi.

Les progrès de Robbie avaient eu un impact notable sur la vie privée de ses parents.

Au plus fort de la crise, c'est à peine si Don et Claire avaient réussi à mener une vie sexuelle normale. Quand par hasard il leur arrivait de faire l'amour, c'était toujours à la va-vite, tellement ils étaient inquiets, crispés. C'était devenu presque... mécanique, un simple besoin physiologique.

L'acte consommé, ils revenaient à leur sujet de préoccupation essentiel – que Claire avait baptisé « le problème » –, à savoir Robbie.

Tout cela rappelait désagréablement à la jeune femme l'époque fiévreuse où, décidée à tout tenter pour être mère, elle s'était conformée aux instructions plus ou moins fantaisistes voire grotesques des gynécologues et autres spécialistes. Après cette période de travaux pratiques aussi intenses qu'incongrus, Don et elle n'avaient jamais réussi à retrouver au lit la fougue et la spontanéité des premiers temps de leur mariage. Par la suite, c'était le travail de son mari qui s'était mis à dévorer tout son temps et toute son énergie. Lorsqu'elle commença à s'en plaindre, il lui promit vaguement de l'emmener dans une petite île. « Nous passerons la journée vautrés sur la plage et la nuit à faire l'amour. Nous irons dans un endroit perdu où il sera impossible de me joindre. Nous serons tous les deux, toi et moi, comme au bon vieux temps. »

Ils avaient effectivement réussi à s'évader. Une fois, ils étaient même allés faire du ski à Gstaad. Les deux premières nuits avaient été en tout point conformes à ses rêves les plus fous. Mais le troisième soir, alors qu'ils étaient couchés, tremblants de désir, tendrement enlacés, le téléphone s'était mis à sonner.

– Maudit soit cet instrument! avait chuchoté Don.

Mais la sonnerie avait continué, insistante, au point de lui faire perdre tous ses moyens. S'arrachant aux bras de Claire, il avait roulé sur le côté et décroché avec un : « Désolé, chérie. » C'était un appel de New York. L'employé de la réception s'excusa de le déranger, son correspondant avait tellement insisté qu'il avait dû obtempérer. Vingt-deux heures à Gstaad, donc quinze heures à New York.

Aux réponses brèves et vibrantes de Don, elle comprit que c'était Ed Brady au bout du fil.

– Oui. Bien sûr. Évidemment. Formidable! Un coup extraordinaire! Je m'en occupe demain matin. Entendu! D'accord! O.K.!

Les nerfs à vif, Claire se mit à pester intérieurement. « Si je l'entends glapir encore une fois " O.K. ", je file dans le couloir et je me mets à hurler. »

Envolé, le désir, elle n'était décidément plus d'humeur à être tendre. Lorsque Don reposa le combiné et se tourna vers elle afin de reprendre les choses là où il les avait laissées, il s'aperçut qu'il n'avait plus le cœur à l'ouvrage, lui non plus. Elle se recroquevilla dans son coin pendant qu'il s'allongeait sur le dos, l'œil au plafond.

– Navré, chérie. C'était important. Le réseau vient d'acquérir l'exclusivité de la retransmission des Jeux olympiques d'hiver. Brady veut que j'inspecte les lieux et que je lui fasse savoir de combien d'équipes de techniciens, de cameramen, de présentateurs et de journalistes nous aurons besoin. Le grand branle-bas de combat, quoi.

Comme elle ne soufflait mot, il enchaîna :

– Je ne peux pas laisser passer une occasion pareille. C'est peut-être à moi qu'il confiera la production de la totalité des émissions. Une sacrée référence!

Conscient qu'elle se sentait abandonnée, mise au rencart, il ajouta :

– Je suis désolé. Je ne pouvais pas envoyer promener Brady.

Un peu plus tard, ils avaient refait une tentative. Mais au lieu d'être enthousiastes et spontanés, leurs ébats avaient été mécaniques et sans âme. Claire, qui n'avait pas réussi à atteindre l'orgasme, fut soulagée quand tout fut fini et qu'elle put se tourner sur le côté et s'endormir. Ce qu'elle fit, les larmes aux yeux.

Ces derniers jours, délivrés de leurs craintes à l'égard de Robbie, ils avaient retrouvé des relations plus chaleureuses, plus détendues. Ils s'étaient remis à faire l'amour avec élan et, partant, avec plaisir.

Bien que n'en ayant jamais parlé à son mari, elle était certaine qu'ils éprouvaient tous deux le soulagement que peuvent ressentir des gens qui viennent de sortir indemnes d'un accident qui a bien failli leur coûter la vie. Après ce genre d'épreuve, on jette un coup d'œil en arrière et on décide de tirer de l'existence toutes les joies qu'elle peut vous offrir.

Certaines nuits, alors que Don, rassasié et exténué, dormait, elle se disait : « Maintenant que Robbie est tiré d'affaire, je m'aperçois que nos angoisses et nos inquiétudes ont eu aussi un côté positif : cette crise nous a soudés, Don et moi, et a donné un second souffle à notre couple qui commençait à battre de l'aile. »

32

Il était presque trois heures. Le cours d'espagnol tirait à sa fin. Robbie, qui pensait au basket, s'entendit soudain réclamer la conjugaison d'un verbe par son professeur. Surpris, il mit un moment avant de redescendre sur terre et de fournir la bonne réponse. Mrs. Carnahan secoua la tête d'un air désapprobateur.

– Eh bien, Robbie, vous êtes dans les nuages?

Tous les enseignants qui avaient eu l'occasion d'avoir le livret scolaire de l'adolescent sous les yeux s'attendaient à ce qu'il fournisse des prestations brillantes. Aussi, chaque fois qu'il lui arrivait de trébucher ou d'hésiter – soit par manque de préparation ou, comme aujourd'hui, par inattention –, le professeur qui le prenait en défaut s'empressait de manifester sa déception.

La cloche de trois heures sonna enfin. Il se précipita dehors pour rejoindre Susan sous l'horloge du hall et lui confirmer que leur rendez-vous de samedi soir tenait toujours, puis il enfila le couloir en direction de la sortie la plus proche du gymnase.

Après avoir passé short, sweat-shirt, chaussettes et baskets, et avalé deux verres d'eau, il se rua sur le terrain où se tenait Mr. McNaughton entouré des treize joueurs qui piaffaient, bien décidés à gagner leur sélection dans l'équipe qui devait disputer le tournoi. Robbie, arrivé bon dernier, rejoignit les autres.

– Écoutez-moi, les gars, lança McNaughton. Les matches de qualification de notre division débutent la semaine prochaine. Inutile de préciser que toutes les rencontres sont aussi importantes les unes que les autres. D'autant que cette année nous avons bien l'intention d'aller en finale, comme notre équipe de football. Pas vrai, Robbie?

– Sûr! s'exclama Robbie, à qui le souvenir de ce match désastreux fit passer des frissons dans le dos.

– Nous allons donc former deux équipes de cinq joueurs et cinq remplaçants. Nous jouerons des quarts-temps réglementaires. A la fin du premier quart-temps, les deux remplaçants entreront sur le terrain et deux joueurs sortiront. On continuera à tourner comme ça jusqu'à ce que chacun des participants ait joué au moins deux quarts-temps et ce au cours des deux matches de cette semaine. Vendredi, j'aurai choisi mes dix titulaires. D'accord?

Quatorze poitrines lancèrent un O.K. retentissant. McNaughton choisit ses deux équipes, répartissant équitablement les joueurs en fonction de leurs taille, poids, vitesse, précision de tir, agressivité. Robbie se vit affecter à l'équipe des Skins, ainsi nommés parce qu'ils jouaient torse nu. Les Shirts portaient de vieux maillots de Canaan qui ne servaient plus qu'à l'entraînement.

Avant d'envoyer ses garçons sur le terrain, McNaughton prit Robbie à part.

– Je compte sur toi pour jouer le rôle du meneur de jeu, comme au football. Tu n'es pas aussi grand que Converse, ni aussi musclé que Linburn. Alors laisse-les se battre au rebond sous le panier. Mais une fois qu'on aura le ballon, je veux que tu mènes la danse.

– Bien, monsieur.

– Rapidité, coup d'œil, flair, c'est de toutes ces qualités qu'on a besoin.

L'adolescent hocha la tête, pressé de rejoindre ses équipiers qui s'échauffaient en s'exerçant à tirer avec plus ou moins de succès. Les ballons étaient si nombreux à voler autour du panier qu'il n'était pas rare que deux balles se télescopent et ratent leur but.

Le manager s'empara du sifflet qui était suspendu à son cou par une lanière de cuir et demanda à ses deux équipes de se placer. Converse – qui jouait avec les Skins – vint se mettre dans le cercle central. Clinton sautait pour les Shirts.

McNaughton s'assura que chacun des dix joueurs était en place, et jeta la balle en l'air en donnant un coup de sifflet. C'était parti. Clinton l'emporta, rabattit la balle vers son ailier et les Shirts commencèrent à descendre le terrain. Robbie marqua son adversaire direct, faillit intercepter la passe qui lui était destinée, mais, ce faisant, perdit l'équilibre. Le joueur fit une feinte de dribble, se redressa, tira au-dessus des bras tendus de Robbie, et marqua.

Les Skins remirent en jeu et remontèrent le terrain. Converse et Linburn allèrent se placer sous le panier afin de faire profiter les Skins de leur taille et de leur poids. Evenger, un blond du gabarit de Robbie, fit une passe à ce dernier qui partit en dribble, Evenger allant se placer en coin. Robbie balaya le terrain du regard. Ses équipiers étaient bien placés, à l'exception d'Evenger. De sa main libre, Robbie fit signe à son partenaire d'approcher. Mais c'était une feinte. Car il transmit la balle à Converse par une passe en cloche au-dessus de la tête de Clinton qui le marquait. Converse n'eut qu'à sauter pour s'emparer du ballon et le déposer dans le panier. La manœuvre avait réussi.

McNaughton en prit bonne note. Outre des réflexes excellents, Ward avait un sens tactique très développé. Avec un meneur de jeu de cette envergure et deux gaillards comme Converse et Linburn, l'entraîneur songea qu'il arriverait à disputer le championnat de la division et peut-être même la finale inter-États.

Le jeu se poursuivit avec la même intensité pendant tout le quart-temps. A la fin, les Skins menaient par 14 à 10. McNaughton donna un coup de sifflet, fit sortir deux hommes de chaque équipe et rentrer les remplaçants. Il évita de remplacer Robbie, voulant voir combien de temps ce dernier réussirait à tenir sa place physiquement sans que s'émousse sa sûreté de jugement.

Pris par la compétition, encouragé par la réaction de ses équipiers, Robbie avait hâte de reprendre le jeu. Les autres étaient en nage et soufflaient bruyamment, lui-même transpirait, mais il était néanmoins impatient de continuer. Il ne voulait pas casser le rythme du jeu ni celui de ses équipiers. Ils étaient chauds et lui ne voulait pas se refroidir. « Bois un peu. » Il repoussa cette pensée. « Je boirai à la mi-temps. Ce n'est pas le moment d'avoir une crampe. McNaughton a l'air d'apprécier mon travail. Mais il n'a encore rien vu. J'ai bien l'intention de mettre toute la gomme pendant le second quart-temps. » Robbie éprouvait le même sentiment d'exaltation que lorsqu'il avait mené le jeu pendant la finale de football, avant de commettre cette erreur désastreuse.

Des deux remplaçants que McNaughton fit rentrer chez les Shirts, Scott Andrews se vit confier la tâche de marquer Robbie. Mince et véloce, Scott harcela Robbie dès l'instant où ce dernier se trouva en possession du ballon. Tout le temps que Robbie remonta le terrain en dribblant, l'œil sur ses équipiers, et jusqu'au moment où il fit une passe, Scott le marqua à la culotte. A deux reprises, Scott réussit à détourner du bout des doigts le ballon qui sortit la première fois mais fut récupéré la seconde fois par un arrière des Shirts qui alla marquer.

Robbie avait beau tout tenter pour se débarrasser de Scott, ce dernier ne le quittait pas d'une semelle. Robbie résolut de passer la vitesse supérieure pour le décrocher mais la fatigue s'abattit sur lui, lui donnant l'impression de fonctionner au ralenti. Presque à la fin du second quart-temps, alors qu'il tentait une passe rapide et sèche pour prendre Scott en défaut, Robbie perdit le contrôle du ballon, qui sortit des limites du terrain.

L'adolescent eut soudain le sentiment pénible de rejouer la dernière passe malheureuse qui avait fait perdre le championnat à Canaan. Il eut l'impression que ses équipiers le regardaient, comme si eux aussi revivaient cet instant fatidique.

McNaughton siffla la fin du quart-temps. Robbie et son équipe se dirigèrent vers la touche. Certains joueurs s'agenouillèrent par terre, d'autres s'agglutinèrent autour du seau pour boire de l'eau.

Robbie se laissa tomber sur le banc. « Cette passe, je l'ai faite exprès ou j'ai perdu le contrôle du ballon? » Il fixa ses mains d'un œil mauvais, s'efforçant de revivre la scène. Il avait cherché – ce qui était tout à fait dans la logique du jeu – à faire une passe à Converse qui se tenait à côté du panier, seulement le ballon lui avait glissé des doigts, chose qui ne lui était jamais arrivée auparavant. Pourquoi avait-il raté son coup aujourd'hui?

Quand il retournerait sur le terrain, il essaierait de refaire la même passe au même endroit afin de voir ce qui arriverait.

– Allons, les gars, s'écria l'entraîneur. On continue. Seconde mi-temps!

Comme Robbie se levait de son banc pour courir rejoindre les autres, McNaughton l'arrêta d'un geste.

– Eddie Richter va te remplacer.
– Pourquoi?
– Tu t'es battu comme un lion pendant toute une mi-temps, expliqua le manager. Souffle un peu.
Robbie se rassit. Pendant la seconde mi-temps, il observa Eddie Richter. Ce dernier était un peu plus rapide que lui du fait qu'il était frais, mais il était loin de le valoir. Cette passe ratée obsédait l'adolescent, qui tout en suivant le déroulement du jeu ne pouvait s'empêcher de jeter des coups d'œil subreptices à ses mains. Comment avait-il fait son compte pour rater ainsi son coup? Ce n'était pas normal.
A la fin de la seconde mi-temps, il se rendit aux douches. Une fois rhabillé, au lieu de se diriger vers le parking où était garée sa bicyclette, il enfila le couloir qui menait au bureau de McNaughton. De loin, il aperçut de la lumière, signe que l'entraîneur n'était pas encore parti.
Le manager mettait ses notes à jour après la séance d'entraînement, consignant ses appréciations sur les joueurs. Apercevant Robbie dans l'encadrement de la porte, il sourit.
– Ouais, Robbie?
– Je voulais vous expliquer...
– M'expliquer? fit McNaughton, sans comprendre. M'expliquer quoi?
– Cette passe...
– Quelle passe?
– Celle que j'ai ratée.
– Eh bien?
Mis au pied du mur, Robbie ne sut plus que dire et bafouilla lamentablement.
– Ce qui est arrivé aujourd'hui... ça n'a rien à voir avec ce qui s'est passé lors de la finale de football. Je n'essayais pas de faire de l'épate. Je voulais seulement passer la balle à Converse qui aurait marqué à tous les coups. Seulement le ballon m'a échappé.
– Compte tenu de la façon dont tu t'étais dépensé pendant la première mi-temps, ça n'a rien d'étonnant! Tu avais les mains moites de transpiration. Ce qui m'étonne, c'est que ça ne se soit produit qu'une fois. N'y pense plus.
– Mais vous m'avez fait sortir juste après.
– Tu étais arrivé au stade où un joueur commence à faire des fautes parce qu'il se laisse emporter par l'intensité du

jeu. Si on était en finale de la N.C.A.A. et que mon meneur de jeu soit dans cet état-là, je le ferais sortir, fût-il international. Le corps humain a ses limites. L'entraîneur doit savoir détecter le moment où un joueur commence à donner des signes de fatigue. Ne t'inquiète pas.

Sa grosse main plaquée sur son bloc, McNaughton fit pivoter l'objet vers Robbie.

– Si tu me promets de tenir ta langue, je te laisse jeter un coup d'œil dessus.

– Promis.

– Mes dix favoris.

L'entraîneur retira sa main et l'adolescent lut la liste sur laquelle il figurait en troisième position.

– Après le match de vendredi, à moins d'un coup de Trafalgar, ce sont ces dix-là qui représenteront Canaan.

Il faisait nuit lorsque Robbie arriva en vue de chez lui et tourna le coin pour remonter l'allée. Par la porte du garage demeurée ouverte, il aperçut la Mercedes neuve de sa mère, signe que celle-ci était à la maison. Après avoir appuyé sa bicyclette contre le mur, il entra. Elle était au téléphone.

Elle, qui se hâtait de baisser le ton chaque fois qu'elle le voyait arriver à l'époque où il était en pleine déprime, n'en fit rien. Elle parlait au contraire beaucoup plus fort que d'habitude.

– Si elle trouve son rôle insignifiant, qu'elle le laisse! J'ai travaillé avec des vedettes qui acceptaient des rôles plus modestes. D'ailleurs, si vous voulez mon avis, il est encore trop lourd pour elle.

Debout sur le seuil, Robbie l'encouragea d'un sourire.

– Vas-y, maman. Ne te laisse pas faire!

Mi-amusée, mi-agacée, elle lui fit signe de se taire. Plaquant sa main contre le micro, elle expliqua :

– Cette Sally Binns! Elle a été se plaindre à toute la troupe de ce que son rôle était trop mince.

– Je ne sais pas si son rôle est trop mince, mais elle, elle est trop grosse! riposta Robbie.

– Chuuut, souffla Claire, opinant néanmoins de la tête.

Il monta dans sa chambre, alluma sa chaîne d'un geste machinal, laissa tomber ses livres sur son bureau et s'étendit sur son lit, épuisé. Il resta allongé là, les mains derrière la nuque, écoutant la musique, se laissant porter par le rythme monotone. Peu à peu, le rock se transforma en pulsations sourdes. Et il se mit à songer à la passe qu'il avait si malencontreusement ratée cet après-midi.

S'efforçant de revivre la scène et de décomposer tous ses mouvements, il s'aperçut que ses difficultés avaient commencé à partir du moment où McNaughton avait fait rentrer Scott Andrews. Pour une raison qui échappait à Robbie, et pour la première fois depuis qu'il faisait du sport, il était tombé sur un garçon plus rapide que lui. Était-ce dû au fait qu'il s'était laissé aller, avait négligé son corps pendant les noires journées qu'il avait traversées? Il avait lu un article sur la forme physique dans un magazine spécialisé où l'on disait qu'il suffisait de trois jours aux muscles pour perdre de leur tonicité. Or ce n'était pas pendant trois jours qu'il avait décroché mais bien pendant trois semaines. Pour rattraper le temps perdu, il ferait peut-être mieux de laisser tomber sa bicyclette et d'aller à l'école en courant. L'aller et retour devait représenter quelque douze kilomètres. Au bout d'une semaine de ce régime, il serait de nouveau au top niveau. Il décida de commencer dès le lendemain.

Lorsqu'il parla de son projet à sa mère au dîner, elle l'encouragea dans cette voie, voyant dans sa décision un signe manifeste de l'amélioration de son état. Il était redevenu le Robbie qui cherchait à se dépasser, à faire toujours mieux. La course à pied aurait sûrement un effet stimulant sur lui.

Le lendemain matin en préparant son en-cas pour le déjeuner, comme elle avait pris l'habitude de le faire depuis quelques semaines, elle enveloppa un comprimé de lithium dans un petit morceau de plastique transparent qu'elle déposa à côté de son sandwich, des fruits et d'une bouteille thermos pleine de potage chaud.

– N'oublie pas de...

Il éclata de rire.

– ... prendre mon comprimé, je sais, fit Robbie, la devançant.

– Ça n'est pas drôle!

– Tu veux savoir pourquoi je me marre? C'est parce que maintenant la moitié des filles qui sont en classe avec moi s'entendent seriner la même chose par leur mère : « Pense à ta pilule. »

Claire faillit lui demander si Susan faisait partie du lot et s'il y avait quelque chose entre eux, mais elle s'abstint. S'ils sortaient ensemble, elle préférait ne pas être au courant. Après avoir embrassé son fils, elle l'expédia à l'école.

Ses livres et son déjeuner ne lui facilitaient pas la tâche pour courir. Mais, fidèle à lui-même, Robbie décida de relever le défi. Au bout du cinquième kilomètre, il s'aperçut qu'il commençait à avoir du mal à respirer et transpirait abondamment. Cette fois, il n'y avait plus de doute possible : les journées qu'il avait passées enfermé dans sa chambre lui avaient fait perdre la forme. D'ici la fin de la semaine, avec le programme de remise en condition physique qu'il s'était tracé, il aurait surmonté ce handicap. Vendredi, il serait prêt pour le match. Ceux qui s'imaginaient qu'ils allaient pouvoir lui prendre sa place au sein de l'équipe de basket n'avaient qu'à bien se tenir. Galvanisé par cette pensée, il effectua le reste du trajet presque sans effort.

Mais le match de l'après-midi fut moins bon que celui de la veille. McNaughton le fit sortir au milieu du second quart-temps.

– Qu'est-ce qui t'arrive, bonhomme?

Robbie se contenta de secouer la tête. Il avait l'impression de ne plus avoir de jambes. Ses bras ne répondaient pas comme il le voulait. Il mit cette fatigue musculaire sur le compte de son jogging matinal. La remise en forme allait prendre plus longtemps que prévu. Mieux valait ne rien dire à McNaughton qui risquerait de trouver ses explications peu convaincantes. Il réglerait le problème lui-même de façon à être prêt vendredi.

C'est en rentrant chez lui en courant qu'il pensa soudain à la feuille d'instructions que le Dr Belmond lui avait remise. Il se promit de la relire, car il y avait un point qui le concernait directement. Plus il courait, plus ce détail le tracassait. Dès qu'il serait rentré, il se reporterait à ce document.

Le garage était fermé, sa mère n'était donc pas encore rentrée. Il contourna la maison, entra par la porte de derrière en prenant bien soin de ne pas déclencher le signal d'alarme. Dans le quartier cossu où les Ward habitaient, toutes les villas étaient équipées de systèmes d'alarme sophistiqués. Il jeta les reliefs de son déjeuner dans la poubelle, grimpa dans sa chambre et sortit du tiroir du haut de son bureau un petit fascicule intitulé : *Le Malade sous lithium*, que Sabrina Belmond lui avait remis le jour où il avait commencé à prendre ses comprimés.

Il survola les premiers paragraphes consacrés aux avertissements d'usage. « Respecter la posologie fixée par le médecin traitant. Ne jamais augmenter les doses de sa propre initiative... Si vous avez oublié de prendre un comprimé, inutile d'en prendre deux d'un coup au cours du repas suivant... Saler normalement les aliments. »

Enfin, il tomba sur le passage qu'il cherchait.

« Lisez attentivement les symptômes énumérés ci-dessous. Si vous commencez à souffrir de l'un d'eux, parlez-en immédiatement à votre médecin. Si vous ne pouvez pas le joindre, arrêtez la prise de médicaments. Les symptômes devraient disparaître dans les heures qui suivent. »

Suivait la liste des symptômes en question subdivisée en trois catégories selon leur gravité.

La rubrique « symptômes légers » ne comportait que deux éléments : nausées et tremblements des mains. Les symptômes de moyenne gravité étaient plus nombreux. Difficultés à marcher et à parler. Soif excessive. Faiblesse musculaire. Somnolence.

« Faiblesse musculaire, somnolence. » Était-ce là la cause des contre-performances de l'après-midi qui risquaient de lui coûter sa place en finale s'il ne réagissait pas? Surtout au cours du match de vendredi à l'issue duquel McNaughton constituerait l'équipe chargée de représenter Canaan.

Robbie tendit les mains et les fixa pour voir si elles tremblaient. Mais elles étaient tout ce qu'il y a de plus fermes et solides. Pas si solides que ça, peut-être. Il replia ses doigts, les déplia, les replia de nouveau : ses mains n'avaient rien perdu de leur force. Alors pourquoi la balle lui avait-elle échappé à trois reprises aujourd'hui? Pourquoi lui avait-elle glissé entre les doigts alors qu'il tentait de faire une passe à Converse par-dessus la tête de ses adversaires? En y repensant, il s'aperçut que Scott Andrews – un gamin qui jusque-là ne l'avait jamais inquiété – ne l'avait pas lâché au cours des dernières séances d'entraînement. Pourquoi? Il ne pouvait y avoir qu'une explication : ces saletés de comprimés ralentissaient ses mouvements. D'ailleurs n'était-ce pas écrit en toutes lettres sur le papier que le Dr Belmond lui avait donné? La difficulté à marcher faisait partie des effets secondaires. Si marcher devenait difficile, qu'est-ce que cela devait être lorsqu'il s'agissait de courir...

Il avait toujours eu une confiance aveugle dans ses ressources physiques. Rapide, costaud, il récupérait en deux temps trois mouvements des coups encaissés au football. Son corps ne l'avait pour ainsi dire jamais trahi. Pourquoi ce merveilleux instrument le lâchait-il à un moment aussi crucial? S'il commençait à donner des signes de faiblesse maintenant, que serait-ce pendant le tournoi où la compétition serait plus féroce encore?

Il comprit qu'il n'avait qu'une chose à faire avant la rencontre fatidique de vendredi : interrompre son traitement. Sa mère ne le quittant pas de l'œil, tromper sa vigilance n'allait pas être une mince affaire. « Robbie, prends ton comprimé. Robbie, tu as avalé ton comprimé? Robbie, ton comprimé, mon chéri. »

Ces foutus cachets étaient devenus une véritable obsession. Même lorsqu'ils dînaient dehors, elle trouvait le moyen de lui demander avant de partir : « Tu as ton lithium, n'est-ce pas? » La seule fois où il avait oublié, elle en avait sorti un de son sac. Bref, elle agissait comme si la vie de son fils dépendait de la prise de ces médicaments.

Il avait commencé à se poser des questions, à se demander s'ils lui étaient aussi nécessaires que cela. Il se sentait bien, n'avait pas replongé dans la déprime. Était-ce grâce aux médicaments? Il en doutait. Car à part cette dépression, il n'en avait jamais fait auparavant. Comment être sûr que c'était grâce aux comprimés qu'il n'avait pas rechuté?

En approfondissant la question, il finit par se demander si le lithium n'avait pas d'autres effets secondaires. Et des effets indésirables. Samedi dernier alors qu'il traînait en compagnie de Susan et d'autres copains, elle lui avait envoyé une réflexion à laquelle il n'avait pas attaché d'importance sur le moment et qui lui revint maintenant.

– Que se passe-t-il, Robbie? Qu'est-ce qui t'arrive? Je ne te reconnais plus.

C'étaient exactement les mots dont il se servait lui-même. Quand il était sur le terrain, qu'il courait, passait le ballon, ce n'était plus comme avant.

Plus comme avant. Or la seule chose qui avait changé dans sa vie, c'était le fait qu'il devait avaler ces comprimés. C'étaient donc eux qui étaient responsables de sa baisse de forme. Non seulement ils ralentissaient ses mouvements, mais ils le rendaient terne aux yeux de Susan. Il était en train de subir une curieuse métamorphose, tout cela à cause du lithium. Une métamorphose qu'il n'appréciait pas du tout.

Il n'y avait qu'un moyen de vérifier le bien-fondé de ses craintes. Dorénavant, il ferait semblant de prendre ses comprimés quand sa mère le regarderait. Et il les cracherait dans les toilettes. Celui du déjeuner ne posait aucun problème, quant aux deux autres, il n'aurait qu'à faire un peu attention.

Mais d'ici vendredi, pas question d'avaler le moindre cachet. Et vendredi, il ferait un match de toute beauté. Sa décision prise, il se rappela tout à coup qu'il devait aller chez le Dr Rissom le premier et le troisième lundi du mois pour les prises de sang habituelles.

Et alors! D'ici lundi, il avait le temps de voir venir. C'était vendredi qui était important. Il doublerait la dose samedi et dimanche, voilà tout. De plus, peut-être que les choses s'arrangeraient entre Susan et lui et qu'ils coucheraient ensemble cette fois.

Quand il réfléchissait à la question, il se demandait pourquoi il n'était pas encore passé à l'acte alors qu'il en mourait d'envie. Parfois, il se demandait si ce n'était pas parce qu'il était un enfant adopté. Pourquoi? Adoptés ou non, les jeunes éprouvent les mêmes sentiments. A force d'entendre parler ses copains, il en était convaincu. Susan était plus entreprenante, plus audacieuse que lui. Il fallait la voir se tortiller et lui mettre ses petits seins sous le nez... Elle avait toujours l'air dépité lorsqu'il cherchait à se dégager.

Depuis qu'il absorbait cette saleté de lithium, il se sentait encore moins chaud pour la caresser. Il décida de ne reprendre son traitement que dimanche. Dimanche, il triplerait la dose de façon à être prêt pour ses examens de sang. Et lundi matin, juste avant d'aller chez Rissom, il prendrait deux comprimés, malgré les recommandations du Dr Belmond, qui lui avait interdit de prendre du lithium le jour du prélèvement.

33

Le vendredi matin, Robbie s'éveilla dans un état de grande fébrilité. Allongé entre les draps, il se rappela s'être promis de vérifier quelque chose dès l'instant où il ouvrirait les yeux. Cela lui revint tout d'un coup. La veille au soir, juste avant de sombrer dans le sommeil, il avait décidé de tester ses réactions au réveil afin de se rendre compte si le fait de ne pas prendre ses médicaments avait eu un effet quelconque sur lui. Respirant lentement, il resta immobile, s'efforçant de déterminer ce qu'il ressentait dans les bras et les jambes. Il eut l'impression d'être plus fort. De se retrouver, en quelque sorte.

Il bondit à bas de son lit, persuadé de tenir la grande forme et certain qu'il allait se surpasser. Le fait d'avoir laissé tomber le lithium lui avait rendu sa confiance en soi, ce qui à défaut d'autre chose n'était déjà pas si mal. Demain soir, avec Susan, il passerait à l'action...

Il était sous la douche à se savonner et se rincer lorsqu'une pensée lui traversa l'esprit. « Si mes parents naturels n'avaient pas couché ensemble, je n'en serais pas là aujourd'hui. »

Se bouchonnant avec sa serviette, il poursuivit son raisonnement : « Un jour, je retrouverai cette femme et je lui demanderai comment ça s'est passé, à quoi ressemblait mon père. Quel genre de type c'était ? Un sportif ? » Est-ce qu'ils s'aimaient ? Ou s'agissait-il d'une rencontre sans lendemain ? Avaient-ils à ce point envie l'un de l'autre qu'il ne leur était même pas venu à l'idée de penser aux conséquences ?

Sous la colère et le ressentiment que lui inspiraient ses

géniteurs se dissimulait un sentiment de culpabilité qui l'inhibait quand il était avec Susan : la crainte de lui faire un enfant qui connaîtrait le même sort que lui, et serait rejeté par une femme pour être adopté par une autre.

Le petit déjeuner se déroula comme à l'ordinaire. Son père but un jus d'orange mais s'abstint de prendre du café car il avait une réunion de travail prévue pour le début de la matinée et en consommerait suffisamment comme cela au bureau. Sa mère passait des coups de fil à tous les membres de la troupe pour leur indiquer quand il leur faudrait se présenter au théâtre pour la répétition. Abandonnant le téléphone, elle se tourna vers son fils et lui lança le désormais rituel :

– Robbie, ton comprimé!

– Je l'ai déjà pris, mentit l'intéressé avec un tranquille aplomb.

Avant son départ, elle l'abreuva de recommandations de dernière minute.

– Si jamais je rentrais tard de la répétition, il y a des fruits dans le réfrigérateur, et de la viande froide au cas où tu aurais envie de te préparer un sandwich. N'oublie pas que papa nous emmène dîner dans un restaurant italien épatant qui vient d'ouvrir à Stamford, alors ne te bourre pas trop de pain quand même.

– Papa nous emmène au restaurant? fit Robbie, sceptique.

– S'il ne rentre pas, nous irons tous les deux, promit Claire.

Et elle se mit en devoir d'emballer sandwich, pomme, part de tarte, avec, dans un morceau de plastique, le sacro-saint cachet de lithium.

– Si tu l'enveloppais dans du papier, plutôt? Le plastique, ça colle aux doigts, c'est la croix et la bannière pour s'en dépêtrer.

– On croirait entendre une pub, dit-elle en riant. Eh bien soit, je le mettrai dans du papier dorénavant.

Certaine que son fils suivait scrupuleusement les instructions du Dr Belmond, elle l'embrassa. De la fenêtre du séjour, elle le regarda descendre l'allée sur son vélo, tourner et disparaître.

Depuis qu'il était rétabli, elle avait l'impression de revivre. Elle était libre de vaquer à ses occupations au lieu de se poser les mêmes terribles questions à longueur de journée. « Qu'est-ce qu'il fabrique là-haut? A quoi pense-t-il? Que mijote-t-il? Que vais-je découvrir en ouvrant la porte de sa penderie? »

Le Dr Rissom lui avait affirmé que les examens de sang de son fils étaient satisfaisants et la lithiémie parfaite. Sabrina Belmond et lui avaient même envisagé la possibilité de cesser le traitement d'ici un an ou deux, si l'état de Robbie continuait de s'améliorer. Les deux praticiens étaient optimistes quant au pronostic et très contents des résultats obtenus jusque-là.

Don et elle pourraient alors s'organiser comme ils le désiraient.

Compte tenu de ses résultats scolaires, Robbie pourrait s'inscrire dans une école prestigieuse, peut-être même à Harvard. Don et elle passeraient davantage de temps ensemble. Elle pourrait l'accompagner en Californie au lieu de le laisser effectuer seul ces voyages éclairs qui l'épuisaient car il prenait l'avion de nuit de façon à ne pas perdre une minute. Il rentrait le matin à sept heures moins le quart, s'efforçant de faire le moins de bruit possible en se débarrassant de ses vêtements qui empestaient le tabac et se glissant sous la douche. Mais elle se réveillait toujours, consciente de sa présence, même dans son sommeil. Elle sortait du lit, lui disait bonjour pendant que l'eau crépitait dans la salle de bains et descendait lui préparer un solide petit déjeuner. Claire avait beau être une femme dans le vent, elle prétendait qu'il n'y avait rien de tel pour vous requinquer un homme qu'un copieux breakfast à l'ancienne.

Une fois Robbie à l'Université, elle serait libre d'accompagner Don dans ses déplacements et ils resteraient plus longtemps sur la côte au lieu de rentrer par le dernier avion. Installée dans un luxueux bungalow du Beverly Hills Hotel, elle paresserait tout à son aise, prendrait son petit déjeuner au lit, passerait ses journées à la piscine et ses soirées chez *Lasserre* ou dans les restaurants chics. Peut-être réussirait-elle à décrocher un rôle intéressant au cinéma par-ci par-là. Les femmes mûres étaient à la mode depuis que Shirley MacLaine avait remporté un Oscar pour *Tendres Passions.*

Robbie réagissant à son traitement au lithium de façon satisfaisante, Claire s'était métamorphosée en une femme pleine d'idées et de projets. Son existence avait pour ainsi dire changé de couleur. Lorsqu'elle repensait à l'état d'esprit qui était le sien quand elle était allée voir le Dr Belmond pour la première fois et à la façon dont la situation avait évolué, elle ne pouvait s'empêcher de se trouver méconnaissable.

Peut-être les gens avaient-ils besoin de connaître des périodes sombres pour pouvoir apprécier par la suite le retour à une vie normale et sans histoires...

Robbie ne prêta qu'une attention superficielle aux cours ce jour-là. Pas une seule fois il ne leva la main pour répondre, se contentant d'attendre que les professeurs le sollicitent, ce qui était tout à fait inhabituel chez lui. Il ne pensait qu'à la dernière séance d'entraînement.

Robbie se déshabilla et enfila sa tenue de basket; il jouait encore sans maillot. McNaughton lui avait confié le rôle de meneur de jeu des Skins et il se baserait sur la qualité de sa prestation d'aujourd'hui pour décider s'il devait le sélectionner ou non.

L'adolescent était sûr de lui. Comme au bon vieux temps, il se sentait en pleine forme et avait hâte d'en découdre avec ses adversaires. Il allait montrer à McNaughton de quoi il était capable, se tailler la part du lion. Il jeta un coup d'œil dans la glace de son placard pour s'assurer qu'il avait retrouvé son allure des grands jours. Il manipulerait le ballon comme jamais personne ne l'avait fait avant lui! Il était surexcité et heureux de se retrouver dans cet état.

Il fut le premier à débouler sur le terrain, détail qui n'échappa pas à l'entraîneur, qui sourit. Ses équipiers le rejoignirent, survoltés, tendus, conscients de l'importance de l'enjeu. McNaughton forma les équipes. Robbie se retrouva avec Converse et Linburn. C'était plutôt bon signe car personne n'ignorait que ces deux joueurs étaient d'ores et déjà au nombre de ceux qui défendraient les couleurs de Canaan.

Les quatre remplaçants prirent place sur le banc, attendant qu'on leur donne l'occasion de faire leurs preuves. Les dix hommes déjà sur le terrain étaient pratiquement assurés de leur place. Robbie n'avait plus qu'à faire la démonstration de son talent. Ayant retrouvé toute son assurance, il alla serrer la main de ses équipiers. Converse lui assena une claque dans le dos.

– Allez, Robbie! Vas-y!

L'adolescent était dans un état d'exaltation intense. Lorsque McNaughton, sifflet à la bouche, ballon à la main, fit son entrée sur le terrain et mit face à face Converse et Felter – le centre des Shirts – pour l'engagement, Robbie était fin prêt, persuadé que ses mains n'allaient pas le trahir et qu'il ne commettrait pas de faute, ne manquerait pas de passes.

La mise en jeu fut favorable aux Skins. Clinton réceptionna le ballon, le passa à Robbie, qui descendit le terrain en dribblant lentement afin de permettre à ses équipiers de se placer : Converse près du panneau, Linburn aux alentours de la zone de lancer franc d'où son tir était redoutable. Clinton et Pauley étaient là pour recevoir le ballon au cas où Robbie serait obligé de s'en débarrasser. Il fit une passe à Clinton qui essaya de pénétrer en dribble dans la défense adverse, mais ne trouvant pas de faille, dut repasser à Robbie, lequel envoya la balle très haut au-dessus du panier pour Converse qui sauta à point nommé pour cueillir la balle et la laissa tomber dans le panier.

Les Shirts prirent possession du ballon. Robbie recula en position de défense. Du coin de l'œil, il entrevit la mine réjouie de McNaughton. L'entraîneur semblait ravi de voir avec quelle aisance il avait joué le coup. Regonflé à bloc, l'adolescent débordait de confiance en soi, comme lorsqu'il tenait son rôle de *quarterback* au football.

Il était en pleine possession de ses moyens. Cette fois, il en avait la confirmation : c'étaient ces saletés de comprimés qui gênaient sa coordination de mouvements.

L'entraînement se poursuivit. L'engagement physique était total. Les deux équipes se donnaient à fond. A la fin de la première mi-temps, Robbie avait mal partout. Mais les Skins menaient par 24 à 19. Lorsqu'il sortit, remplacé par Scott Andrews, il était persuadé d'avoir décroché sa place de meneur de jeu dans l'équipe première. McNaughton lui administra une vigoureuse tape dans le dos et commenta avec une jovialité qui n'avait rien de forcé :

– A la bonne heure, Robbie! Je te retrouve!

Son sweat-shirt négligemment jeté sur ses épaules nues, le jeune homme s'assit sur le banc. Il ruisselait de sueur et était essoufflé et pantelant, mais il était prêt néanmoins à reprendre sa place sur le terrain au cas où McNaughton jugerait bon de le rappeler.

La séance d'entraînement se poursuivit. Les quatre joueurs qui étaient demeurés sur la touche au commencement firent leur entrée sur le terrain et se mirent à l'œuvre sans se ménager; désireux de se qualifier, ils savaient pertinemment que seuls dix d'entre eux seraient sélectionnés.

A la fin de la seconde mi-temps, sous la houlette de Scott Andrews, les Skins qui s'étaient laissé rattraper par les Shirts perdirent sur le score de 42 à 39. Scott Andrews ne constituait plus une menace pour Robbie.

Cela se confirma d'ailleurs lorsque MacNaughton rassembla ses troupes en nage dans les vestiaires et entreprit de lire les noms des dix heureux élus. Converse et Linburn étaient sélectionnés, bien sûr, et Robbie Ward aussi.

L'adolescent prit sa douche, laissant l'eau chaude couler longuement le long de son dos, de ses bras et de ses jambes douloureux. Éreinté, il savourait son triomphe et se réjouissait d'avoir retrouvé assurance et sûreté de geste. Au cours des semaines à venir, il jouerait tellement bien qu'il ferait oublier à ses condisciples la passe malencontreuse qui avait coûté la victoire à Canaan.

Pour parvenir à ce résultat, il allait devoir mettre au point un régime capable de lui éviter les effets secondaires de ces satanés comprimés, tout en lui permettant de berner le Dr Rissom.

Susan l'attendait dans le parc de stationnement. Longue, mince, blonde comme les blés, elle ressemblait à Claire comme deux gouttes d'eau. Les gens qui les voyaient tous les trois ensemble pour la première fois s'imaginaient toujours qu'elle était sa fille. Quant aux autres, ils se disaient que Robbie aurait du mal à trouver une amie qui ressemblât davantage à sa mère. Si elle n'avait pas un visage à l'ossature aussi admirable que celui de Claire, Susan était néanmoins ravissante. Aujourd'hui, dans sa jupe plissée écossaise et son pull saumon, elle avait l'air fraîche comme une rose.

– Alors, Robbie?

– Je suis sélectionné! Haut la main!

– Super! fit-elle en l'embrassant.

Il l'attira contre lui, respirant son odeur. Elle sentait délicieusement bon, elle avait la peau douce et lisse.

– On fêtera ça demain soir au *Parrot Cage*.

C'était la boîte que fréquentaient tous les jeunes de la bande le samedi.

– Demain soir? J'ai rendez-vous avec Swede, s'excusa Susan.

– Alors samedi en huit, décida Robbie, s'efforçant de dissimuler sa déception.

– Formidable! Je demanderai à mon père de nous y emmener.

– D'accord.

Au moment où elle pivotait pour aller chercher sa bicyclette, il l'attrapa par la main et l'attira vers lui.

– Tu m'aimes toujours?

– Oui, chuchota-t-elle. Encore plus qu'avant.

– Peut-être que samedi prochain on pourra...

– On pourra quoi? murmura-t-elle, provocante.

Fine mouche, elle savait bien ce qu'il avait en tête. Robbie était décidé à aller jusqu'au bout cette fois. Susan n'était pas une traînée, mais si peu qu'ils en eussent parlé il était évident qu'elle était prête à sauter le pas, alors que lui se montrait plus réticent. Elle lui avait même confié que sa mère lui avait fourni toutes les instructions nécessaires, ce qui équivalait à lui donner sa bénédiction.

Il la regarda grimper sur sa machine, s'éloigner avec un dernier geste de la main et sortir du parking. A son tour, il enfourcha son vélo. Samedi prochain, il lui montrerait qu'il était à la hauteur.

En arrivant chez lui, il constata que Lily était passée par là et repartie, sa mission accomplie. Tant mieux! Il allait être seul à la maison. Il fallait qu'il mette la main sur les comprimés que sa mère gardait si jalousement. Ils étaient dans l'armoire à pharmacie avec les gélules que le Dr Rissom avait prescrites à son père pour soigner ses maux d'estomac, et qu'il ne prenait jamais.

Le lithium était dans un petit tube en plastique posé sur l'étagère parmi d'autres. Il fit sauter la capsule, versa une douzaine de cachets dans sa paume et s'immobilisa en se rendant compte qu'il s'y était pris comme un manche. Il avait besoin maintenant des comprimés qu'il avait jetés dans les toilettes. Ceux qu'il avait jetés avec le papier de son sandwich, ceux que sa mère déposait avec le reste de son déjeuner soigneusement emballés dans un morceau de papier, tous ces comprimés allaient lui faire défaut aujourd'hui. Autrement, s'il doublait les doses samedi et dimanche, sa mère s'apercevrait que le niveau baissait un peu trop vite dans le tube. Cela lui mettrait la puce à l'oreille et elle ne manquerait pas de lui tirer les vers du nez pour avoir le fin mot de l'histoire.

Si jamais les choses en arrivaient là, il lui faudrait payer d'audace. Mais dorénavant, chaque fois qu'il s'abstiendrait de prendre ses comprimés, au lieu de les jeter, il les mettrait de côté, se constituant ainsi des réserves afin de pouvoir doubler la dose le moment venu; de la sorte, elle n'y verrait que du feu.

Il lui fallait recommencer à prendre son lithium maintenant de façon que sa lithiémie soit redevenue normale lundi.

Au moment où il avalait deux cachets d'un coup, il entendit la Mercedes maternelle s'engager dans le garage. Les pilules étant restées coincées en travers de son gosier, il dut boire une seconde gorgée d'eau pour les faire passer. Aussi fut-il incapable de répondre lorsque sa mère cria d'en bas :

– Robbie, tu es là?

– Ouais, m'man, réussit-il à articuler un instant après.

– Comment ça s'est passé? s'enquit-elle, les bras chargés de sacs du supermarché.

– Sélectionné! s'écria-t-il en la débarrassant des provisions.

– Bravo! fit Claire en l'embrassant. Mais ça ne me surprend pas vraiment, tu sais. Tu avais l'air de redouter que ton traitement te mette sur le flanc, tu vois que tu avais tort de te faire du mauvais sang.

– Oui, opina-t-il en se détournant pour poser les victuailles sur la table.

Il n'avait jamais réussi à mentir en la regardant dans les yeux. Si elle n'avait pas été si soulagée d'apprendre que tout s'était bien passé au basket, elle se serait peut-être rendu compte qu'il lui racontait des histoires. Elle avait craint en effet qu'un échec ne déclenchât une nouvelle crise. Le Dr Belmond l'avait mise en garde : dans le cas de Robbie, toute déception risquait d'engendrer une nouvelle dépression.

34

La séance d'entraînement terminée, Robbie enfourcha sa bicyclette et se rendit directement chez le Dr Rissom. Au début du traitement, lorsqu'il devait passer des analyses trois fois par semaine, Claire l'y conduisait en voiture. Mais voyant l'état de son fils s'améliorer, elle avait renoncé à l'accompagner, signe qu'elle lui faisait confiance.

Belmond et Rissom étaient d'ailleurs d'accord sur ce point.

– Si nous voulons que Robbie agisse en adulte, il nous faut le traiter comme tel.

L'adolescent était tendu et c'est à contrecœur qu'il abandonna son bras à l'assistante du Dr Rissom.

– On est nerveux? observa la jeune femme en blanc.

– Lessivé, plutôt, rectifia Robbie. On s'est démenés comme des dingues à l'entraînement. J'espère que cela ne va pas fausser les résultats, fit-il, se préparant une porte de sortie au cas où ces derniers ne seraient pas du goût du Dr Belmond.

– Non. Jusqu'ici, il n'y a pas eu de problèmes.

Pendant le trajet du retour, il rumina sa réflexion. Avait-il l'air tendu parce qu'il jouait la comédie? Ou bien cet état de tension venait-il du fait qu'il sabotait son traitement? Pour en avoir le cœur net, il lui faudrait attendre le compte rendu du laboratoire.

Le Dr Fred Rissom se pencha sur sa chaise pour étudier le document que son infirmière avait déposé sur son bureau.

– Nom d'un chien! souffla-t-il.

Tendant le bras, il décrocha son téléphone.
– Appelez-moi le Dr Belmond!
Fébrile, il attendit.
– Sabrina? J'ai le compte rendu des analyses de Robbie Ward sous les yeux. Il y a quelque chose qui cloche. Sa lithiémie, qui était satisfaisante jusque-là, m'inquiète. Auriez-vous modifié les doses de lithium sans me prévenir?
– Absolument pas, Fred.
– Il y a quelque chose qui ne tourne pas rond, fit-il, inquiet. Pas rond du tout, même. J'espère qu'il n'a pas atteint un stade critique.
– Je dois le voir demain après-midi. Faites-moi parvenir ce papier, je me charge de tirer cette affaire au clair!

Robbie était assis en face de Sabrina Belmond comme d'habitude. Égale à elle-même, élégante, sobre, nette, ses cheveux noirs striés de gris encadrant son visage énergique, elle écoutait son patient d'une oreille attentive et bienveillante.
– ... j'étais bien décidé à décrocher ma sélection. Gare à ceux qui essaieraient de se mettre en travers de mon chemin. A deux reprises, j'ai provoqué la faute et obtenu un lancer franc, que j'ai réussi à chaque fois. A un moment donné, alors que Scott était en bonne position, j'ai fait une feinte de passe et continué sur ma lancée. J'ai gardé le ballon et marqué tout seul. J'étais en superforme! Je pétais le feu!
Sabrina Belmond sourit, faisant mine de se réjouir avec lui.
– Comme au bon vieux temps, Robbie?
– Ouais! Tout à fait!
Le médecin cessa de sourire.
– C'était comme avant, c'est ça?
Voyant qu'il ne répondait pas, elle insista :
– C'est bien cela?
L'adolescent détourna la tête.
– Robbie? interrogea le psychiatre, le sollicitant de nouveau.
Il lui fit face.
– Tu ne veux pas qu'on en parle?
Silence.
Sabrina Belmond sortit d'un classeur une feuille que son vis-à-vis reconnut aussitôt.

– Le Dr Rissom est très inquiet et moi aussi.

Robbie sentit la sueur perler à son front.

– Je n'ai pas pu faire autrement. Sinon jamais McNaughton ne m'aurait sélectionné.

– Qu'as-tu fait au juste, Robbie? Tu as saboté ton traitement en sautant des prises?

– Ouais.

– Quand? Pendant combien de temps?

Il passa aux aveux.

– Et pour rattraper le coup tu as pris une double dose de lithium pendant le week-end.

– Ouais.

– Le Dr Rissom t'avait pourtant expliqué le principe de base du traitement, qui était clairement indiqué sur la feuille que je t'ai remise. Il ne faut en aucun cas doubler la dose si on en a sauté une.

L'adolescent détourna la tête.

– Cette thérapeutique est aussi bénéfique qu'elle peut être nocive si on s'amuse à jouer avec les dosages. Les effets secondaires peuvent être très graves, tu risques de faire des crises d'épilepsie, même de mourir, comprends-tu?

– Oui.

– Qu'est-ce qui t'a poussé à enfreindre la consigne?

Et Robbie d'expliquer sa peur de ne pas faire partie de l'équipe première, de se faire coiffer sur le poteau par Scott. Les comprimés ralentissaient ses mouvements, l'empêchaient de passer la vitesse supérieure quand il avait un coup de collier supplémentaire à donner. C'est pourquoi il avait décidé de les laisser tomber pendant l'entraînement.

– J'ai eu raison! La preuve : ça a marché! J'ai retrouvé la forme!

Le psychiatre secoua la tête, l'air sévère.

– Détrompe-toi, Robbie.

– Mais sur la feuille que vous m'avez donnée on dit que le lithium peut provoquer des phénomènes secondaires : faiblesse musculaire, ataxie.

– Pas quand on prend des doses aussi faibles que celles que je t'ai prescrites, corrigea Sabrina Belmond. L'effet, c'est dans ta tête qu'il a eu lieu. Chaque fois que tu as une difficulté à surmonter, tu mets ça sur le compte des comprimés. Tu ne crois pas qu'il serait plus juste d'incriminer ta nervosité? Ou le fait que tu craignais que Scott ne joue exceptionnellement bien ce jour-là? On pourrait imaginer des dizaines d'autres raisons. Mais tu as préféré te focaliser sur tes cachets. Alors quand tu as cessé de les prendre tu t'es dit : maintenant je vais redevenir moi-même. Le simple fait de te dire ça t'a fait retrouver ce surcroît d'énergie que tu te figurais avoir perdu. Si ça a marché comme tu dis, c'est parce que tu as repris confiance en toi et non parce que tu avais arrêté d'avaler tes comprimés. Est-ce que tu me suis?

Robbie hocha la tête.

– Si tu continues de croire que tu peux améliorer tes performances sportives en jouant avec la prise de ce médicament, tu auras envie de recommencer à tout moment, avant un match important, si tu as l'impression d'avoir déçu ton entraîneur, si tu n'as pas été brillant au cours d'une rencontre. Tous les sportifs connaissent des périodes de méforme. Cela arrive même aux plus grands.

Et de citer le cas d'un basketteur professionnel qui s'était couvert de ridicule pour avoir raté un tir enfantin alors qu'il avait tenu l'équipe adverse en haleine pendant un bon bout de temps.

L'œil de Robbie s'arrondit de stupeur : d'où le Dr Belmond tenait-elle cela?

– J'ai un fils de quelques années ton aîné qui joue au basket à Princeton.

– Pas possible! fit l'adolescent, interloqué.

– Quand il est à la maison et qu'il n'étudie pas ou n'écoute pas du rock, il suit le basket. Ces derniers temps, à mon grand soulagement, il s'est mis à la musique classique! Mais il ne raterait pour rien au monde la retransmission des matches de qualification.

Se sentant de nouveau en confiance, Robbie se risqua à poser au psychiatre la question qui le turlupinait.

– Ces comprimés ne risquent pas de me couper bras et jambes, vous pouvez me l'assurer?

– Pas plus le Dr Rissom que moi-même ne pouvons te faire ce genre de promesse. Mais même si tu dois mettre la pédale douce en ce qui concerne le sport, est-ce que cela ne vaut pas la peine de faire ce petit sacrifice? Tu réussis brillamment dans tes études, tu n'es pas obligé de continuer à taper dans un ballon. J'aimerais que tu essaies de voir les choses sous cet angle au lieu de jouer bêtement avec ta santé. Tu me le promets?

Le jeune homme hocha la tête sans un mot, ce qui pouvait passer pour un acquiescement.

– Si tu as autre chose sur le cœur, c'est le moment ou jamais de m'en parler.

C'était toujours ainsi que Sabrina Belmond mettait fin à l'entretien.

– Eh bien..., commença Robbie, voulant lui demander quels effets le lithium risquait d'avoir sur sa libido.

– Oui, Robbie? Je t'écoute.

– Non, rien, fit-il en se ravisant.

Ceux de ses copains qui avaient fréquenté des psy lui avaient dit qu'une fois qu'on commençait à parler sexe avec eux, ça se terminait toujours par des développements sur l'homosexualité. Comme il craignait vaguement que sa timidité amoureuse vînt de là, il décida de se taire. Samedi soir, il se prouverait et il prouverait à Susan qu'il n'était pas homo.

En sortant du cabinet du Dr Belmond, il était décidé primo à ne plus jouer avec son traitement et secundo à virer sa cuti samedi.

35

Samedi soir. Robbie et Susan s'étaient agités comme de beaux diables sur la piste de danse, échangeant plaisanteries et allusions à peine voilées. Et maintenant ils se retrouvaient enfin sur ce que tous les garçons avaient surnommé « la colline des amours » dans la voiture de Wally Converse. Robbie et Susan, sur la banquette arrière, Wally et Aimee Foster assis à l'avant. Wally – membre de l'équipe de basket – était le seul à posséder un permis de conduire en bonne et due forme.

Un tantinet crispés au début, les quatre jeunes gens commencèrent par s'envoyer des vannes, sur fond de musique rock. Puis, petit à petit, un calme lourd ponctué de soupirs et de chuchotements rauques enveloppa le véhicule. Serrés l'un contre l'autre, Robbie et Susan se mirent à s'embrasser, se caressant avec une fougue croissante. Robbie connaissait les moindres courbes du corps moelleux qui, allongé sous le sien, se plaquait contre lui et le rendait fou. Cela faisait des semaines qu'il mourait d'envie de sauter le pas sans oser agir : cette fois il était prêt à passer à l'acte. Il avait envie d'elle, il en était sûr. En cet instant, il la désirait comme il n'avait jamais désiré quoi que ce soit auparavant.

Comme elle tirait sur la fermeture Eclair de son pantalon, un hurlement de sirènes déchira l'air. La lumière impitoyable et crue de dizaines de projecteurs se braqua soudain sur la colline qui parut s'embraser. Des haut-parleurs nasillèrent des ordres brefs. Les phares de toutes les voitures s'allumèrent en même temps à croire que la « colline des amours » était en état de siège.

En proie à un intense sentiment de culpabilité, Robbie sentit son désir retomber brutalement. Se tortillant comme un ver pour s'arracher à son étreinte, Susan s'efforça de se redresser, de remettre de l'ordre dans sa tenue, tirant sur sa jupe de façon à avoir l'air décent. Un homme qui brandissait à bout de bras une puissante torche électrique la dirigea sur l'intérieur de la voiture, examinant ses occupants l'un après l'autre. Susan se cacha le visage dans les mains. Saisi par le passage brutal de l'obscurité totale à la lumière agressive, Robbie battit furieusement des paupières.

Une fois ses yeux accoutumés à la lumière crue, l'adolescent parvint à distinguer l'uniforme d'un policier.

– On ne faisait rien de mal, protesta-t-il.

– Ne t'inquiète pas, petit. Ce n'est pas après vous qu'on en a. On nous a signalé la présence dans les environs d'un toqué qui s'est fait la malle. Un violeur, armé qui plus est. Alors un conseil : mettez les voiles et allez faire joujou ailleurs.

La torche s'éteignit. Les quatre jeunes gens se retrouvèrent de nouveau dans le noir. Envolé le désir, fini la fièvre du samedi soir. Ils ne songeaient plus qu'au maniaque sexuel qui rôdait dans le coin.

– C'est peut-être le type qui a descendu l'opératrice qu'on a retrouvée à deux pas de l'autoroute la semaine dernière, chuchota Susan avec un frisson de terreur.

– Ce n'est pas impossible, opina Aimee. On ferait mieux de rentrer.

– Bonne idée, renchérit Susan.

Wally les déposa devant la maison de Susan. Il y avait de la lumière à l'étage, Mr. et Mrs. Spencer n'étaient donc pas encore couchés. Les parents de la jeune fille étaient très stricts. Ils exigeaient qu'elle laisse sa porte ouverte quand elle n'était pas seule dans sa chambre. Le séjour ne constituait pas une retraite particulièrement sûre car de l'escalier on avait une vue plongeante sur cette pièce. Il n'y avait aucun endroit où Robbie et elle pussent se réfugier pour être tranquilles.

Se plaquant contre elle de toute la force de son désir retrouvé, il l'embrassa devant l'entrée.

– Pas ici, fit-elle d'une voix douce mais sans réplique. Pas ce soir.

– Ces lumières, ces sirènes, cette histoire de malade en vadrouille, ça m'a flanqué la frousse.

– A moi aussi, renchérit Susan d'un ton vague comme si elle pensait à autre chose.

– Désolé.

– Ça n'a aucune importance.

– Si ce con de flic ne s'était pas pointé...

– Oui, bien sûr. Quoique... si tu avais été un peu plus rapide...

– Comment voulais-tu que je sache si tu étais prête ou non...

– L'homme est censé savoir ce genre de choses. Ce n'est pas à la femme de lui mettre les points sur les i. En tout cas, c'est ce qui est écrit noir sur blanc dans...

– Dans quoi?

– Dans tous les livres, jeta Susan d'un air excédé qui trahissait l'étendue de sa déception.

– Pas dans le manuel d'éducation sexuelle qu'on nous a refilé à l'école! contra Robbie.

– Je ne parle pas de celui-là, s'énerva-t-elle. Qu'est-ce que tu as en ce moment, Robbie? Tu es méconnaissable.

– Comment ça « méconnaissable »?

– Avant, tu étais... différent, plus marrant, tu te lançais dans des trucs dingues. Ces derniers temps, tu... tu es devenu d'un chiant! Ce soir, par exemple. Je peux bien te le dire maintenant, j'étais prête longtemps avant que tu te décides à passer à l'action. Je me demande si on ne ferait pas mieux d'arrêter les frais et de rester bons copains?

Qui sait à combien d'histoires d'amour la formule avait mis un terme...

« Rester bons copains », cela signifiait qu'il ne fallait pas compter avoir de rapports avec la fille qui souhaitait demeurer votre amie, et qu'il ne fallait pas davantage compter conserver son amitié.

– D'accord, opina Robbie, aussi blessé que furieux. Restons amis!

Faisant demi-tour, il se mit à descendre l'allée. Pendant tout le trajet, tapant dans les cailloux, se traitant de tous les noms, il ne cessa de penser à ces saletés de comprimés. Sans ces fichues pilules, il aurait perçu le signal que Susan était censée lui avoir adressé et il aurait agi en conséquence.

Belmond et Rissom avaient beau dire, ces cochonneries étaient en train de flanquer son existence en l'air. Elles avaient failli lui coûter sa sélection. Ce soir, il avait perdu Susan par leur faute. Jusqu'où cela irait-il? Pendant combien d'années sa vie allait-elle être bouleversée par la prise de ces médicaments? Si cela continuait, il finirait par ressembler à Benjy Moss, un gosse atteint de diabète qui avait un régime alimentaire très sévère et que ses professeurs devaient surveiller en permanence de peur qu'il ne fasse une crise. Un jour, il était tombé dans le coma au beau milieu d'un cours et il avait fallu lui faire boire un grand verre de jus d'orange pour le faire revenir à lui.

« Est-ce que je vais être comme ça pour le restant de mes jours? songea Robbie. Ah... non alors! Très peu pour moi! »

A la suite du coup de fil que lui avait passé le Dr Belmond, Claire redoubla de vigilance envers son fils. Tous les matins au petit déjeuner, elle insistait pour qu'il avale son comprimé devant elle. Le soir, même quand ils dînaient dehors, elle s'assurait qu'il prenait son lithium. Le seul moment où il était tranquille, c'était à midi. Inutile de dire qu'il en profitait. Chaque fois que sa mère le questionnait, il s'empressait de lui répondre :

– Si tu ne l'as pas retrouvé avec les restes de mon déjeuner, c'est que je l'ai pris!

Elle avait trouvé un moyen simple de lui faire absorber du sel en quantité suffisante : elle salait davantage tout les plats. Don et elle risquaient d'en pâtir, mais l'essentiel était que Robbie eût la ration voulue.

Elle continua de le surveiller si étroitement qu'il l'accusa bientôt d'être un membre du K.G.B. doublé d'un agent du F.B.I. Souvent, il l'accusa de l'espionner alors qu'elle était occupée à tout autre chose.

Les rapports entre la mère et le fils devinrent tendus, difficiles. Bien qu'elle en souffrît, Claire accepta d'assumer seule cette pénible responsabilité.

Don, qui était devenu officiellement le dauphin d'Ed Brady, allait accéder au poste de président d'Intercontinental. Encore un ultime remaniement et Brady deviendrait P.-D.G. de la société mère, laissant enfin à son bras droit le fauteuil convoité pour lequel il avait dû consentir tant de sacrifices.

Ces derniers mois, Ward passait le plus clair de son temps en compagnie de Brady. Ce dernier voulait qu'il maîtrise tous les aspects de la fonction de président. Non que Brady eût une âme de philanthrope. Il se trouvait simplement que le jour où il prendrait les rênes, les recettes du réseau – qui représentaient de vingt-deux à vingt-quatre pour cent des bénéfices dégagés par le groupe – constitueraient un critère décisif d'évaluation de sa gestion en tant que président.

Don s'absentait de plus en plus souvent, et de plus en plus longtemps. Il assistait à toutes les réunions regroupant les cadres de la société mère. Assis à côté de Brady, il lui glissait au moment opportun rapports, comptes rendus, indices d'écoute, études comparatives, projets d'émissions et de séries, liste des épisodes pilotes en cours de réalisation, état d'avancement du tournage, et ainsi de suite. Quel que soit le sujet que Brady abordât, Don était toujours prêt à lui mettre sous les yeux les documents adéquats, dossiers, listes ou bilans chiffrés.

Bref, il n'était pratiquement plus chez lui et il était tellement sur les dents que lorsqu'il téléphonait rituellement à cinq heures de l'après-midi, que ce soit de New York ou de la côte ouest, c'est à peine si Claire osait lui parler de peur de lui créer des soucis supplémentaires. Jamais elle ne lui dit que Robbie avait joué avec son traitement. C'était fini d'ailleurs, Dieu merci.

Elle décida de régler elle-même tous les problèmes de façon à ne pas le perturber en ce moment crucial dont toute sa carrière dépendait. Une fois installé dans son fauteuil de président, ce serait différent. Il serait maître de son temps.

Jeannie, la secrétaire de Don, s'était donné un mal de chien pour réussir à dénicher le distributeur et l'usine – implantée en Californie – afin de s'assurer que le nouveau Hobie Cat serait prêt à temps pour le seizième anniversaire de Robbie.

Le bateau fut donc livré démonté avec sa voile spéciale à la mi-mars à la marina Soundside sur la rive de Long Island Sound.

Don s'était organisé de façon à pouvoir assister en compagnie de son fils au montage et à la mise à l'eau du catamaran. Mais la nuit précédant le jour J, il avait dû prendre l'avion pour Denver où l'une des stations affiliées envisageait de passer un marché avec un autre réseau s'il fallait en croire la rumeur. Pareille défection aurait porté un coup fatal aux ambitions de Brady. Aussi Don se vit-il contraint d'appeler le port de plaisance, de donner des ordres pour que le bateau soit monté et mis à l'eau en attendant qu'il puisse se rendre à la marina pour apprendre à Robbie à le manœuvrer à l'occasion de son anniversaire.

Claire avait tout préparé. Ses hommes se rendraient à la marina où Robbie étrennerait le catamaran en compagnie de son père. A leur retour, ils boiraient un cocktail avant d'aller dîner à *La Crémaillère* à Banksville, où elle avait commandé un gâteau pour la circonstance : une mousse au chocolat onctueuse à souhait, le dessert préféré de Robbie. Pour faire une surprise au héros du jour, elle avait invité Susan et ses parents. Après les pénibles événements de ces derniers mois, Claire voulait que tous ceux qui comptaient pour Robbie soient présents.

Pour avoir surpris l'adolescent au téléphone à plusieurs reprises, elle savait que les relations entre Susan et lui n'étaient plus au beau fixe. Mais elle ne doutait pas qu'ils se réconcilieraient pour la circonstance.

L'après-midi du jour anniversaire de sa naissance, Robbie attendait avec impatience que son père rentre de New York. Sur le coup de trois heures, entendant une voiture s'immobiliser devant le garage, le jeune homme ne fit qu'un saut jusqu'à la porte.

– Papa?

Mais ce n'était que le livreur de *Comme à la maison*, un traiteur spécialisé dans les petits fours salés. L'homme déposa ses deux cartons pleins de délicieux canapés sur la table, attendit que Claire le paie et repartit sous le regard déçu de Robbie.

– Il avait dit qu'il serait là cette fois. Il me l'avait promis.

– Je suis persuadée que si ton père est en retard ce n'est pas sans une raison valable.

– On peut lui faire confiance : il a toujours de bonnes raisons d'être en retard ou de ne pas venir du tout.

– C'est son travail qui veut ça. Surtout en ce moment. Tu es au courant de ce qui se passe au réseau et de la restructuration qui se prépare, non?

– Pourquoi est-ce qu'il ne change pas de job! Il n'est pas obligé de faire ce boulot débile!

– Robbie! jeta Claire, sévère. Si ton père...

– Je sais, coupa-t-il. Je commence à connaître le refrain.

Si mon père faisait un autre métier, je n'irais pas dans cette école snob, nous n'aurions pas deux Mercedes et nous ne pourrions pas aller dîner aux frais de la princesse dans les restaurants les plus chers. Ah, il est très fort, papa. Sauf quand il s'agit de tenir ses promesses!

D'autant plus furieuse qu'elle était obligée de garder pour elle la colère que lui inspirait la défection de son mari, Claire monta sur ses grands chevaux :

– Il t'avait promis un nouveau Hobie Cat si tu suivais les instructions du Dr Belmond et il a tenu parole. Je te signale au passage que ces bateaux ne sont pas précisément bon marché, et même qu'ils coûtent une petite fortune!

– Et alors? rétorqua Robbie, agressif. Que veux-tu que j'en fasse de cette merveille? Il faut être deux pour manœuvrer un engin de cette taille. Il devait m'en apprendre le maniement aujourd'hui, mais je l'attends toujours.

– Il est loin de faire nuit. Ne t'inquiète pas, il va arriver d'un moment à l'autre.

– C'est ça, grommela l'adolescent, l'air rien moins que convaincu.

Pour tuer le temps, Claire avait disposé quiches et pizzas miniatures sur une plaque qu'elle avait mise au four pour ne plus avoir qu'à faire réchauffer le tout à la dernière seconde lorsqu'ils prendraient l'apéritif. Assis sur une chaise, Robbie fixait l'horloge murale de la cuisine.

Au bout d'une demi-heure, il explosa :

– Qu'est-ce que je te disais! Il va encore nous poser un lapin!

– Pas du tout.

– Et ça fera comme l'autre week-end quand il lui a fallu prendre l'avion pour Denver. A propos, j'ai fait un saut jusqu'à la marina en vélo dimanche dernier.

– Tu as fait tout ce chemin à bicyclette? Il y a combien d'ici au port? Trente kilomètres?

– Trente-cinq. J'avais envie de voir le bateau. Ce qu'il est chouette! Et cette voile! Facile à repérer. Ça me démangeait de sortir le catamaran. Mais Hazlitt, le patron de la marina, m'a dit que si je dessalais je n'arriverais jamais à m'en tirer seul. Alors je me suis contenté d'astiquer les coques avec mon chandail. Je me disais qu'aujourd'hui...

La sonnerie du téléphone lui coupa la parole.

– C'est ton père! s'écria Claire. Dis-lui que je t'emmène

au port, que vous vous retrouverez là-bas, cela lui fera gagner du temps.

– Allô! s'exclama Robbie, l'œil brillant, en s'emparant du combiné. Papa? Ouais. Oh... je vois, ajouta-t-il d'une voix maussade. Je comprends. Mais oui. O.K., papa. La semaine prochaine. Il fera plus chaud. D'accord, papa. Je comprends.

Et il raccrocha.

– Il ne peut pas venir?

La gorge nouée, l'adolescent se contenta de secouer la tête. S'il avait eu neuf ans et non seize, il aurait probablement fondu en larmes.

– Pourquoi?

– Une réunion de dernière minute avec Brady, une histoire de chiffres à fournir d'urgence ou je ne sais quoi dans ce goût-là. Peu importe. Tout ce que je vois, c'est que c'est râpé pour la balade.

– Je peux t'emmener à la marina, si tu veux. Peut-être que Mr. Hazlitt te donnera des tuyaux sur la façon de manœuvrer ton catamaran. Qu'en dis-tu?

– Je n'ai pas envie de parler de ce bateau, j'ai envie de l'essayer.

La colère succédant à la déception, il ajouta :

– Tu veux me faire plaisir, maman? Annule l'apéritif! Annule le dîner! Annule tout! Et pendant que tu y es, appelle le service des adoptions et dis-leur que tu leur renvoies la marchandise!

Sur ce, il bondit hors de la cuisine et grimpa l'escalier quatre à quatre. Claire l'entendit claquer la porte de sa chambre puis la rouvrir trente secondes plus tard et crier : « Joyeux anniversaire, Robbie Ward! Joyeux anniversaire, pauvre con! »

La porte se referma avec fracas et la musique rock se déchaîna, faisant trembler la maison.

36

Vendredi après-midi. Canaan, qui avait déjà remporté les trois premiers matches du tournoi, allait disputer le quatrième contre Hillside – l'équipe qui avait gagné le championnat de football à la suite de la passe malencontreuse de Robbie. Pour comble, l'ailier qui avait intercepté cette passe était arrière dans l'équipe de basket-ball de Hillside, aussi Robbie était-il fermement décidé à sortir vainqueur de cette rencontre.

Afin d'être au sommet de sa forme, il avait commencé le lundi à sauter le comprimé de midi. Aujourd'hui, jouant son va-tout, il avait essayé d'escamoter au creux de sa main celui du petit déjeuner mais sa mère qui avait un œil de lynx s'en aperçut et l'obligea à l'avaler avec son jus d'orange. Pour se venger, il fit semblant de s'étrangler et se mit à tousser comme un perdu.

Claire enveloppa soigneusement le cachet dans du papier et le mit dans la boîte qui contenait son déjeuner. En l'embrassant, elle lui dit :

– Rentre directement à la maison après le match.

Il hocha la tête et sortit.

Plantée devant la fenêtre du living, elle le regarda descendre l'allée à toute allure sur son vélo.

« Dans deux ans, il foncera au volant d'une voiture de sport. Avant que j'aie le temps de dire ouf, il sera étudiant en faculté. »

Robbie avait hâte que la journée se termine. Les cours lui paraissaient tous plus mortels les uns que les autres, même le cours de mathématiques, matière qu'il aimait bien d'habitude. Mais aujourd'hui n'était pas un jour ordinaire. Il était bien décidé à montrer à Hillside et à tout le monde qu'il avait l'étoffe d'un champion.

Arrivé le premier au vestiaire, il enfila maillot, culotte et chaussettes de laine à rayures rouges et or, qu'il tira soigneusement. Puis il noua les lacets de ses baskets de façon à ne pas avoir de mauvaise surprise. Ainsi vêtu, il se précipita sur le terrain, attrapa un ballon et se mit à remonter puis à descendre le terrain en dribblant, d'abord lentement puis de plus en plus vite et en changeant de direction, et il finit par dribbler derrière son dos. Avant chaque rencontre, il exécutait rituellement cette série d'exercices pour se mettre en jambes. Après s'être échauffé, il s'approcha du panier pour s'entraîner à tirer en extension, bien que le tir ne fût pas son point fort. Lui, c'était le cerveau, le meneur de jeu, le distributeur, qui laissait aux autres le soin de marquer. McNaughton ne cessait de le répéter sur tous les tons : « Robbie Ward a des mains formidables. »

Dès l'engagement, il fut évident que la partie serait rude. L'équipe de Hillside était composée de redoutables gaillards dont la taille et la puissance compensaient largement le manque de finesse et de rapidité. Ils n'étaient pas commodes sous le panier, récupérant un nombre de ballons considérable au rebond. Canaan, qui avait moins souvent la balle, se voyait obligée de réussir un pourcentage plus élevé de tirs. Robbie devait se montrer encore plus vigilant dans son maniement du ballon; il lui fallait empêcher ses adversaires d'intercepter la balle pendant qu'il dribblait et faire des passes d'une grande précision à Converse et Linburn. A plusieurs reprises, il dut passer à ses arrières tant Converse et Linburn – qui n'étaient pourtant pas des enfants de chœur – étaient étroitement marqués par les impressionnants joueurs de l'équipe adverse.

Décidé à freiner Robbie et à lui faire perdre son assurance, l'adversaire direct de l'adolescent le soumettait à une pression constante au point qu'il dut faire signe à McNaughton de le remplacer afin de pouvoir souffler un peu. L'entraîneur fit entrer Scott à sa place. Mais lors de la deuxième action de jeu, Scott – harcelé – perdit le ballon. Hillside le récupéra et marqua. McNaughton fit rentrer Robbie sans que ce dernier ait eu le temps de récupérer ni de se désaltérer.

Il joua pendant toute la mi-temps, soulagé de constater en quittant le terrain que Canaan n'avait qu'un point de retard. La seconde mi-temps promettait d'être plus pénible encore, la supériorité physique de Hillside pesant lourdement sur Robbie et ses équipiers.

Au vestiaire, planté devant le tableau, McNaughton expliqua à ses joueurs trois nouvelles tactiques, deux en attaque et une en défense.

– Il faut prendre les gars de Hillside de vitesse, les harceler, leur faire cracher le ballon. Converse et Linburn, éloignez-vous du panier pour attirer leurs grands gabarits et diminuer leurs récupérations au rebond. Robbie, les arrières et toi devrez vous employer à récupérer la balle au rebond. Si on veut avoir une chance, c'est la seule façon de prendre ces gaillards.

Occupé qu'il était à étudier la nouvelle stratégie, Robbie ne prêta pas attention au manager de l'équipe qui encourageait les joueurs trempés de sueur à boire.

L'adolescent avait hâte de reprendre la partie. Toutefois, McNaughton l'intercepta au passage et lui essuya le visage avec une serviette propre.

– En forme, Robbie?

– Je ne me suis jamais senti aussi bien.

– Tant mieux. Le match repose sur toi.

– Ne vous bilez pas, monsieur McNaughton. J'ai une revanche à prendre.

Et au petit trot il gagna le terrain et prit un ballon pour s'exercer à tirer d'une main de la touche.

L'échauffement terminé, le match reprit. Converse réussit à contrôler la balle à l'engagement et la passa à Robbie, qui partit immédiatement en dribble. Les deux grands gabarits de Hillside étant maintenus sur les côtés, Robbie passa à un de ses arrières puis démarra. Son équipier lui repassa le ballon et l'adolescent se retrouva sous le panier en position de tir, tira et marqua. Canaan menait de un point. La nouvelle tactique préconisée par l'entraîneur se révélait payante. Si elle mettait la pression sur les petits gabarits, elle en mettait davantage encore sur les grands gabarits de Hillside. C'était l'essentiel.

Canaan réussit à prendre un plus grand nombre de balles au rebond, ce qui augmenta d'autant la responsabilité de Robbie. Il éprouvait le même sentiment grisant que lorsqu'il était *quarterback* de l'équipe de foot. L'impression d'avoir ses équipiers à sa botte. Il dirigeait les joueurs, leur adressant les signes convenus de la main gauche tout en dribblant de la droite. Il mettait Converse et Linburn en position, ceux-ci feignaient d'entrer dans la raquette puis reculaient soudain pour éloigner les grands gabarits de Hillside. Ce qui permettait à Robbie ou à un de ses arrières de se placer pour tirer.

A la fin du troisième quart-temps, Canaan avait creusé l'écart et menait de six points. Hillside commençait à faire des fautes, ce qui démontrait clairement son impuissance face à la nouvelle tactique de son adversaire. Robbie adorait les lancers francs où il excellait, son tir d'une main étant d'une précision redoutable.

Il avait déjà marqué à trois reprises et s'apprêtait à marquer une quatrième fois. Canaan menait de huit points. L'entraîneur de Hillside avait lancé un autre joueur aux basques de Robbie, son adversaire direct ayant fait trop de fautes personnelles.

L'adolescent se mit en position, fit rituellement rebondir la balle six fois – il lui fallait six rebonds pour se sentir détendu; au-delà, sa concentration s'en ressentait. Au sixième, il eut soudain l'impression qu'il ne contrôlait plus sa main. Plutôt que d'essayer de tirer, il recula d'un pas derrière la ligne de lancer franc, empoigna la balle à deux mains, la serrant de toutes ses forces. Mais plus il serrait, moins ses doigts lui obéissaient. Prenant une profonde inspiration, il s'approcha de la ligne et se mit une nouvelle fois à faire rebondir le ballon. Un, deux, trois, quatre, cinq, six. Au lieu de tirer, il recula de nouveau. McNaughton se leva du banc et vint au niveau de la ligne.

Robbie se remit à faire rebondir la balle. Un, deux, trois, quatre, cinq, six. Cette fois-ci, conscient que l'entraîneur et ses équipiers avaient les yeux braqués sur lui, il tira, alors qu'il avait perdu le contrôle de sa main droite. Au lieu de toucher le cerceau ou le panneau, le ballon atterrit au milieu des spectateurs, derrière le panier.

Le nez baissé, l'adolescent contempla fixement ses mains les plaquant contre ses cuisses pour les empêcher de trembler. Hillside s'empara du ballon, remonta le terrain et l'un des grands gabarits marqua les doigts dans le nez. Canaan récupéra le ballon qui revint à Robbie. Ce dernier se mit à dribbler vers le centre du terrain. Mais il avait à peine fait trois pas que la balle lui échappa et sortit.

Il avait les deux mains qui tremblaient maintenant. Les muscles de ses avant-bras se contractaient nerveusement. Il serra les poings afin que son entraîneur ne s'aperçoive pas de ce qui se passait. Mais McNaughton le connaissait trop bien pour ne pas se rendre compte que quelque chose ne tournait pas rond. D'une claque sur le dos, il envoya Scott remplacer Robbie.

Robbie regarda le banc et secoua la tête, refusant de sortir. McNaughton lui adressa un signe impératif de la main, lui ordonnant de quitter le terrain. L'adolescent persista dans son refus. McNaughton fut contraint de demander un temps mort. Les équipiers de Robbie se dirigèrent vers le banc tandis que celui-ci refusait de les suivre. Il fallut que McNaughton intervienne.

– Robbie, sois raisonnable! Tu as besoin de souffler! Tu es épuisé! Tu nous as déjà coûté un temps mort inutile. Tu ne veux pas qu'on écope d'une faute technique en plus. Allez, viens!

– Impossible.

– Comment ça « impossible »?

– Si je sors maintenant, je ne pourrai plus rentrer.

McNaughton prit l'adolescent par les épaules et le dévisagea.

– Que se passe-t-il?

– Que voulez-vous dire? jeta Robbie excédé comme si c'était McNaughton qui s'exprimait par énigme, et non lui.

C'est alors qu'il se sentit au bord de la nausée. Il porta la main à sa bouche mais une fraction de seconde trop tard. Un flot verdâtre lui dégoulina le long du menton, souillant son maillot bon à tordre.

Se dégageant, il courut en direction des vestiaires. En passant devant la tribune, il aperçut Susan : ainsi elle avait été témoin de cette scène humiliante...

Une fois au vestiaire, il se mit à rendre si violemment qu'il eut l'impression qu'il allait se vider. Lorsque les nausées cessèrent, il s'affala par terre et s'allongea sur le carrelage dans son vomi, épuisé, en nage. Il entendit la porte s'ouvrir. Au lieu d'essayer de savoir qui était entré, il se roula en boule, s'efforçant de se cacher. Des pas s'approchèrent.

– Robbie, que se passe-t-il? fit McNaughton à voix basse et sans dissimuler son inquiétude. Tu es malade? Où as-tu mal? Qu'est-il arrivé?

– Le match..., protesta Robbie. Vous feriez mieux de retourner sur le terrain.

– Ne t'occupe pas de ça. Je veux savoir ce qui ne va pas. C'est quelque chose que tu as mangé...

– Non! explosa Robbie. Fichez-moi la paix!

– Pas question que je te laisse dans cet état. Lève-toi, prends une douche, habille-toi, je t'emmène voir le médecin. Tu m'entends, Robbie? Debout!

– Ce n'est rien, protesta l'adolescent. Je sais ce que c'est. Ce n'est rien.

– Je veux avoir confirmation du médecin, s'obstina l'entraîneur. Robbie!

L'adolescent refusant de bouger, l'entraîneur le prit par les bras et le souleva. Il fut pris de pitié en voyant ses yeux pleins de larmes. A une époque où on est particulièrement vulnérable et où le moindre traumatisme affectif risque de laisser des traces indélébiles sur le psychisme d'un individu, Robbie Ward avait perdu la face devant ses adversaires, ses équipiers et ses condisciples.

Ce n'était pas tant l'impact émotionnel de cette humiliation sur le jeune homme que son état qui préoccupait McNaughton. S'il n'avait pas pratiqué Robbie depuis si longtemps, il aurait mis son comportement sur le compte du trac. Mais Robbie Ward était trop mûr pour qu'il s'agît de cela. Il devait y avoir une autre raison.

– Le médecin qui t'a fait passer ton examen d'aptitude à faire du sport, c'est bien Rissom?

Comme l'adolescent refusait de répondre, l'entraîneur poursuivit :

– De toute façon, je t'emmène chez le toubib, alors autant que ce soit le tien.

– Ouais, c'est Rissom, confirma finalement Robbie.

Fred Rissom fit passer à Robbie un examen approfondi. Après lui avoir pris le pouls et la tension, il compta ses pulsations cardiaques et examina ses yeux, manifestant son inquiétude par différents petits bruits de bouche qu'il ne jugea pas utile d'expliciter.

– Tu as vomi, dis-tu? marmonna-t-il sans attendre la réponse de Robbie.

Et sur ce, il examina de nouveau les pupilles, vérifia le pouls, et le rythme cardiaque de son patient avant de lui reprendre la tension.

– Mouais, grommela-t-il, toujours aussi laconique. Est-ce que par hasard tu prendrais de ces médicaments à la noix grâce auxquels les jeunes sportifs s'imaginent qu'ils vont se transformer en surhommes?

– Non.

– Alors je ne vois qu'une explication, conclut Rissom. As-tu pris ton lithium régulièrement ces temps-ci?

– Eh bien... plus ou moins.

– « Plus ou moins ». Tu sais pourtant que c'est dangereux, je t'ai mis en garde à ce sujet, et le Dr Belmond aussi. Qu'as-tu fabriqué au juste?

Sous le regard perçant du praticien, Robbie parut se ratatiner. Comprenant qu'il était inutile de mentir, il reconnut ne pas avoir respecté les doses prescrites de peur que ses performances au basket en souffrent.

– C'est bien ce que je pensais, observa Rissom. Tachycardie, tremblement digital, dysfonctionnement probable de la thyroïde. Il ne faut jamais jouer avec un traitement, Robbie, surtout pas avec celui-là. Ne rien prendre un jour, doubler les doses le lendemain, il n'y a rien de plus dangereux. Je vais être obligé de mettre ta mère au courant.

– Non!

– Il le faut, Robbie, dans ton intérêt. En gros, voici ce que je vais lui raconter. A mon avis, il s'est produit la chose suivante : à force de jouer avec tes comprimés, tu t'es complètement détraqué le système. De plus aujourd'hui, pendant le match, au cours duquel ton entraîneur ici présent m'a dit que tu t'étais défoncé sans songer à te désaltérer à la fin de la première mi-temps, tu t'es déshydraté. Or, quand on est sous lithium, rien n'accélère davantage l'apparition des effets secondaires que la déshydratation. La preuve, ces nausées qui t'ont pris sur le terrain. Rien de grave, à condition que tu cesses de saboter systématiquement ton traitement. Voilà ce que je vais dire à ta mère.

Fred Rissom fixa l'adolescent qui, assis sur le tabouret métallique, le dévisageait d'un air malheureux.

– Mais le fait que je lui raconte ce qui s'est passé ne résoudra pas ton problème, n'est-ce pas? Tu as rendu tripes et boyaux devant l'école au grand complet comme un môme qui aurait forcé sur la crème au chocolat et tu as l'impression d'avoir perdu la face. Peut-être bien qu'il y avait dans l'assistance une ou deux filles que tu voulais épater, non? Alors maintenant tu crois que ta vie est finie. Eh bien, détrompe-toi, mon garçon. On a tous fait des coups pendables un jour ou l'autre et on n'en est pas morts pour autant. Tu t'en remettras, bonhomme.

– C'était horrible, murmura l'adolescent. J'étais là à vomir sans pouvoir m'arrêter et...

– Je suis persuadé qu'au lieu de se payer ta tête, les gens ont compati. La plupart des spectateurs ont dû se dire : « Quel manque de pot! Si Ward quitte le terrain, on n'a aucune chance de gagner, c'est cuit maintenant. » N'est-ce pas, McNaughton?

– Et comment! appuya l'entraîneur.

– Tu es le seul à avoir eu l'impression d'être ridicule. Ça m'étonnerait que les autres aient eu envie de rire. Donne-moi ton bras, maintenant. Je vais te faire une prise de sang et envoyer ça tout de suite au laboratoire afin d'avoir les résultats au plus vite. J'ai hâte de savoir ce qui ne va pas. Après, j'appellerai ta mère.

McNaughton raccompagna son poulain chez lui. Lorsque Claire vit son fils descendre de la voiture de l'entraîneur, son premier mouvement fut de s'assurer qu'il n'avait pas de plâtre ni de pansements. Ne voyant rien, elle sentit croître son inquiétude. Fractures, déchirures musculaires étaient monnaie courante chez les jeunes sportifs et généralement il n'y avait pas lieu de s'en inquiéter. C'est ce qu'on ne voyait pas qui pouvait être dangereux. Elle n'avait pas oublié, trois ans auparavant, l'accident survenu à un gamin de Canaan qui était tombé dans les pommes pendant un entraînement de football et était mort des suites d'une crise cardiaque que personne n'avait décelée sur le moment. Ouvrant précipitamment la porte, elle se mit à descendre l'allée au pas de course.

– Robbie! Que s'est-il passé?

– Rien, maman.

– Monsieur McNaughton, que s'est-il...

– Tout va bien maintenant, madame Ward. Il va vous raconter ça lui-même. D'ailleurs vous allez recevoir un coup de fil du Dr Rissom.

– Vous l'avez emmené chez le médecin? glapit Claire aux cent coups.

– Pour un examen de routine. Tout est rentré dans l'ordre maintenant.

– Comment ça « maintenant »? Que lui est-il arrivé pour

que vous ayez jugé bon de le faire examiner par un médecin?

– Je t'en prie, maman, inutile de te mettre dans tous tes états.

– Tu sors de chez Rissom, tu n'as pas été fichu de rentrer seul chez toi, et je suis censée trouver cela normal? Si tu crois que je vais rester les bras croisés à te regarder, tu te trompes! Je ne me calmerai que lorsqu'on m'aura expliqué de quoi il retourne!

– Madame Ward, intervint McNaughton. Je crois que ce n'est pas le moment de faire une scène à votre fils. Laissez-le parler, il va tout vous expliquer. Ensuite, téléphonez au Dr Rissom. Votre fils n'est pas en danger, je vous en donne ma parole.

Piaffant d'impatience, Claire écouta le récit de Robbie. Lorsqu'il eut fini, elle le serra contre elle.

– Tu ne devais plus savoir où te mettre, mon pauvre chéri. Ne t'en fais pas. Je suis sûre que tes amis comprendront. Quant aux autres, eh bien, bon vent!

Piètre consolation pour un adolescent hypersensible de seize ans! Robbie s'arracha d'un geste brutal à l'étreinte maternelle. Il y avait quelque chose de si décidé dans ce geste que Claire lança :

– Robbie?

– Je ne reprendrai plus jamais ces comprimés, annonça-t-il d'une voix ferme en martelant ses mots.

– Nous ferions mieux de parler de ça avec le Dr Rissom et le Dr Belmond.

– C'est inutile! Ma décision est prise!

– Robbie!

– Je te dis que c'est inutile!

Il sortit de la pièce en trombe. La moquette épaisse ne parvint pas à étouffer le bruit de ses pas dans l'escalier. Claire l'entendit claquer sa porte à la volée. Après un instant d'hésitation, elle décrocha le combiné et composa le numéro qu'elle avait eu tout loisir d'apprendre par cœur au cours de ces derniers mois. Malheureusement, elle tomba sur le répondeur. Sabrina Belmond était occupée et la rappellerait dès qu'elle serait libre.

Claire n'avait d'autre solution que d'attendre. Elle se demanda si elle devait monter trouver son fils afin d'essayer de le ramener à de meilleurs sentiments. Mais elle y renonça, sachant par expérience qu'il était beaucoup trop tôt pour tenter pareille démarche. Mieux valait patienter jusqu'à demain pour remettre la question sur le tapis si elle voulait avoir une petite chance de le convaincre.

Elle appela le Dr Rissom, qui lui fit part du résultat de l'examen qu'il avait fait passer à Robbie et de la mise en garde qu'il lui avait adressée.

– Il refuse de reprendre du lithium.

– Entre nous, Claire, qu'il continue de jouer avec ses comprimés ou qu'il cesse de les prendre, je ne sais ce qui est pire. (Le médecin marqua une pause.) Il va bien falloir qu'il les prenne, pourtant! Sabrina Belmond, Don, vous et moi devons faire pression sur lui afin de l'empêcher d'abandonner le traitement en cours de route. Je ne veux pas qu'il repasse par ces périodes de surexcitation et d'abattement, ce serait trop dangereux. Surtout après l'humiliation qu'il a subie aujourd'hui.

37

Claire s'était délibérément abstenue de se servir du téléphone de façon que le Dr Belmond ne trouve pas la ligne occupée. Le temps passant et le médecin ne rappelant toujours pas, Claire se demanda si elle devait contacter Don. A la réflexion, elle décida de n'en rien faire. Il était cinq heures et il allait appeler d'une minute à l'autre. Cinq heures à New York, deux heures sur la côte ouest. Heure à laquelle il s'arrangeait pour la joindre, au retour d'un de ses déjeuners d'affaires. Ses collaborateurs, ses collègues, Brady lui-même – qui connaissaient ses habitudes – s'organisaient en conséquence. C'est ainsi qu'aucune projection n'avait lieu avant deux heures et quart afin de permettre à Ward de passer son coup de fil rituel chez lui.

Claire décida de patienter jusqu'à cinq heures et demie. Mais sept minutes avant l'heure qu'elle s'était fixée, ne tenant plus en place, elle composa le numéro des bureaux d'Intercontinental à Hollywood. Don ne s'y trouvait pas et il n'avait pas laissé de message. Elle appela le Beverly Hills Hotel et demanda Mr. Don Ward.

– Désolée, gazouilla la standardiste. Mr. Ward a quitté l'établissement.

– « Quitté l'établissement »? reprit Claire, sidérée. Ne dites pas de bêtises. Je sais qu'il est chez vous et j'ai besoin de le joindre, c'est extrêmement urgent.

– Je suis navrée, madame, mais il est parti ce matin.

– Il n'a pas pu partir ce matin, il doit séjourner là-bas jusqu'à vendredi soir.

– Je vais vous passer la réception, conclut la standardiste d'un ton froid.

– Ici la réception. Vous désirez? s'enquit une joviale voix mâle.

– C'est au sujet de Don Ward.

– Oui, madame?

– Le standard m'affirme qu'il a quitté votre établissement. Il doit y avoir une erreur.

– Non, madame. J'étais là quand il a réglé sa note ce matin.

– Il a repris l'avion pour New York?

– Non, madame. Mr. Ward s'est installé au Bel Air pour le reste de la semaine. C'est du moins ce qu'il m'a dit, ajouta l'employé d'une voix lourde de sous-entendus.

– Je vois.

Que signifiait ce comportement étrange? Pourquoi Don avait-il abandonné le Beverly Hills pour le Bel Air sans même la prévenir? Pour être à l'abri des regards indiscrets, sans doute. Lieu de résidence favori des gens qui appartenaient au microcosme artistique, avec sa piscine bondée, son bar plein de monde, son hall où régnait une perpétuelle agitation, le Beverly Hills n'était pas un endroit où il fallait espérer passer inaperçu. Le Bel Air avec ses bungalows feutrés disséminés au milieu d'un parc était par contre un refuge idéal pour un homme cherchant à abriter ses amours clandestines.

Elle consulta le répertoire téléphonique que son mari prenait soin de déposer à côté de tous les postes. Grâce à cette précaution, il avait sous la main à tout moment – et sans s'énerver ni perdre de temps en vaines recherches – les coordonnées des comédiens, comédiennes, producteurs, metteurs en scène et agents qu'il voulait joindre. Il avait également le numéro des hôtels de Los Angeles, Palm Springs et Las Vegas où les gens du show-biz étaient susceptibles d'être descendus. Don Ward avait un point commun avec Ed Brady : quand il avait décidé de faire quelque chose, il le faisait tout de suite, ça ne traînait pas.

Ayant trouvé le numéro, Claire le composa.

– Mr. Don Ward de New York? Un instant, madame, dit la standardiste.

Claire eut l'impression que le téléphone n'en finissait pas de sonner.

– Allô! aboya finalement Don.

« Il est d'une humeur de dogue, songea-t-elle. Forcément, je le prends la main dans le sac... »

– Tu te souviens de moi? lança Claire, acerbe.
– Chérie! Que se passe-t-il?
– J'allais te poser la même question.
– Où veux-tu en venir...
Il y eut une pause.
– Désolé, mon petit. J'ai complètement oublié de t'appeler. Nous étions si occupés à travailler cette scène que...
– « Occupé », ironisa-t-elle. Je suis dans le Connecticut, avec des problèmes à ne savoir qu'en faire, et tu te caches au Bel Air pour... travailler. A quoi ressemble-t-elle cette... « scène »?
– Voyons, Claire, trêve de sottises. Si tu me parlais plutôt de tes ennuis?
D'une voix mal assurée, elle entreprit de le mettre au courant de la décision de Robbie, et lui fit part en outre de ses soupçons le concernant, lui.
– Ne quitte pas. Je te passe quelqu'un qui va tout t'expliquer.
– Madame Ward? Abner Crystal à l'appareil. Vous avez peut-être vu mon nom au générique de *Soudain, l'amour, Affaire de famille* ou *Erreur sur toute la ligne.*
– N'êtes-vous pas venu dîner à la maison avec votre femme il y a quatre ans?
– C'est exact. Je ne pensais pas que vous vous en souviendriez. Je suis dans un sale pétrin, madame Ward. La série à laquelle je travaille actuellement n'a pas plu au patron. Ed Brady a piqué une rage noire. Non content d'annuler mon contrat, il menace de faire un scandale monstre et de me discréditer aux yeux de toute la profession. Ce serait une véritable catastrophe, madame Ward. Car je ne sais pas si j'aurai l'occasion de me remettre en selle. J'ai quarante-trois ans, je suis malade, les médecins me considèrent comme fichu et Brady me tanne pour que je ponde des gags hilarants. J'ai une femme et deux enfants, et je n'ai qu'une chose à leur laisser en héritage : les droits d'auteur que je toucherai sur cette nouvelle série, qui – si elle marche – leur permettra au moins de faire leurs études. Mais pour cela il faut que mon nom figure au générique.
« J'ai confié mes ennuis à Don, qui n'a fait ni une ni deux : " On va s'installer au Bel Air où on pourra travailler en paix. On bouclera ce scénario et ce sera la meilleure émission qu'on ait vue depuis des années. "
« Eh bien, vous voulez que je vous dise? Il a tenu parole,

madame Ward. S'il n'était pas cadre supérieur, votre mari serait l'un des auteurs de comédie les plus cotés de la profession. Nous allons peaufiner ça encore un jour et le tour sera joué. La série sera signée de moi mais ce sont ses idées qui...

Crystal eut une sorte de hoquet.

– Excusez-moi.

Don revint en ligne.

– Ab n'était pas obligé d'entrer dans les détails. Si jamais on t'en parle, tu n'es au courant de rien. Compris?

– Évidemment. Je suis navrée, Don. Je me suis conduite comme une idiote.

– Maintenant, en ce qui concerne Robbie, ne te tracasse pas, chérie. Je serai à la maison dimanche matin au plus tard et je prendrai l'affaire en main.

– Très bien. Je voudrais te dire...

– Inutile, coupa-t-il. Je me doute de ce que tu as dû ressentir en apprenant que j'avais déménagé du Beverly Hills. Ne t'inquiète pas. A dimanche, mon chou!

– A dimanche. D'ici là, j'espère que tout ira bien.

– Ne te fais donc pas de bile.

– Chéri, ajouta Claire en baissant la voix, c'est vrai, pour Ab? Il est condamné? A quarante-trois ans?

– Oui, fit Don, qui pour égarer les soupçons de l'intéressé précisa : j'ai payé cette facture.

– Et il a deux enfants?

– Oui, celle-là aussi.

– Seigneur! chuchota Claire en raccrochant.

– Allons, Ab, un ultime coup de collier. Plus qu'une scène et l'affaire est dans le sac.

– En avant pour le bouquet final, renchérit Crystal.

– Pendant ce temps, je vais convoquer une dactylo et lui donner à taper une avant-dernière version.

– Une avant-dernière version?

– Fais fonctionner tes méninges, mon vieux. On ne peut pas leur dire qu'il s'agit de la version définitive. Tu connais le patron : il va sûrement exiger des modifications.

– Un auteur ne parlerait pas autrement! commenta Ab.

38

Il était minuit passé lorsque la dactylo retira la dernière feuille de la machine. Il y avait neuf heures et demie qu'elle s'activait, remettant le script de l'émission au fur et à mesure qu'elle le tapait à leurs auteurs afin qu'ils puissent relire chaque page, apporter des corrections, modifier des répliques, ajouter ici et là des gags supplémentaires et lui rendre les feuillets pour qu'elle puisse les retaper. Les occupants de la suite contiguë s'étaient plaints à quatre reprises du crépitement de la machine à écrire. Mais leurs récriminations n'avaient pas empêché Don et Ab de continuer à travailler d'arrache-pied. Avant de rendre sa liberté à la jeune femme, Don lui avait demandé de patienter deux heures encore, afin que Ab et lui puissent revoir le texte. Cela fait, Don plongea dans sa poche et en retira cinquante dollars.

– Pour vous, fit-il à la dactylo. Vous direz à la société qui vous emploie d'envoyer la facture au réseau.

– Merci, monsieur Ward. Je crois que ça devrait plaire. En tout cas, je ne me suis pas ennuyée. Bonne chance.

Elle s'éclipsa, laissant Don Ward et Ab Crystal en tête à tête. Avec leur barbe de quarante-huit heures, les deux hommes avaient l'air d'avoir fait la bringue pendant deux jours. Ab se laissa tomber sur le lit qui jouxtait la fenêtre et jeta un coup d'œil à la piscine du Bel Air qui, truffée de projecteurs, répandait une lueur bleutée. Avant de sombrer dans la dépression bien connue des créateurs de tout poil, Don suggéra :

– Allons boire un verre ou deux au bar.

– Tu veux qu'on sorte avec cette tête-là?

– Non, tu as raison. Une douche et un coup de rasoir ne nous feraient pas de mal. On foncera au bar après. A toi l'honneur.

Pendant qu'Ab se rendait présentable, Don relut le scénario. C'était du bon travail, cousu main, bourré de trouvailles et de répliques drôles. Il voyait déjà à qui confier les différents rôles. Ça ne pouvait pas ne pas plaire. En tout cas, Brady apprécierait. Mieux même, il adorerait.

Tandis que Don lui succédait dans la salle de bains, Ab relut le texte à son tour. Il tomba aussitôt sur deux répliques qu'on pouvait rendre plus percutantes en les amputant de quelques mots. Dans les pièces comiques, il fallait faire court et quelques syllabes de moins faisaient parfois toute la différence. Aussi lorsque Don sortit de sous la douche en s'aspergeant le visage de lotion après-rasage, Ab s'empressa-t-il de lui soumettre le problème.

– Don, il y a deux répliques là qui...

– Je sais. Je tiens à ce que tu les laisses telles quelles. Ça permettra à Brady de prouver qu'il est génial : je ne lui donne pas deux minutes pour mettre le doigt dessus et te demander de les réécrire. Comme ça, tout le monde sera content. Et maintenant, allons boire un verre.

– Tu tiens absolument à aller au bar? Ça t'ennuierait beaucoup qu'on aille ailleurs?

– Non, pourquoi?

– Je ne sais pas ce que j'ai ces temps-ci, mais je salive rien que de penser aux petits plats que ma mère me préparait quand j'étais môme. Saumon fumé et petit pain. Œufs brouillés aux oignons. Ce qu'on appelait de la nourriture traditionnelle chez moi à New York. C'est de ça que j'ai envie maintenant.

– On va chez *Nate & Al*? proposa Don.

– D'accord.

– C'est parti! fit Don en se dirigeant vers la porte.

– Avant que nous ne quittions cette pièce, je veux te dire...

– Seigneur! Ça fait quarante-huit heures que tu tiens le crachoir et tu n'es pas encore fatigué de jacasser?

– C'est ça, plaisante! N'empêche qu'il n'y a pas beaucoup de types qui auraient fait ce que tu viens de faire.

– Ne dis donc pas de bêtises.

– Je ne suis pas près d'oublier, tu sais. Je crois bien que je m'en souviendrai jusqu'à la fin de mes jours... (Ab eut un curieux sourire.) Elle est bien bonne! Tu parles d'une plaisanterie!

– Dépêche-toi, mon vieux. *Nate & Al* n'est pas ouvert toute la nuit.

Ils roulaient le long de Sunset Boulevard en direction de Beverly Hills et ils étaient arrêtés à un feu lorsque Don remarqua :

– Ça ne m'étonne pas que tu te crèves comme tu le fais pour tes gosses. J'ai un fils, moi aussi. Pour ces gamins, on serait capable de déplacer des montagnes. C'est sans doute pour cela que je t'ai donné un coup de main, Ab.

Chez *Nate & Al*, ils se gavèrent de nourritures substantielles jusqu'à ce qu'Ab Crystal – dont l'estomac n'était pas en très bon état – demande grâce. De là, ils se rendirent au Polo Lounge du Beverly Hills Hotel. A l'exception d'une juvénile vedette masculine du petit écran, à qui l'alcool ou la cocaïne avait donné un regard vitreux et qui était en train de se faire proprement draguer par une call-girl haut de gamme, il n'y avait pas âme qui vive. Les deux barmen essuyaient mollement des verres qui brillaient comme des miroirs en attendant l'heure de la fermeture lorsque Don et Ab entrèrent. La jeune vedette dévisagea Don, finit par le reconnaître et lui adressa un signe vague de la main.

Ward lui sourit et fixa sans aménité la fille qui l'accompagnait. Saisissant l'allusion, elle empoigna son sac.

– Excuse-moi, chéri. Il faut que j'aille me poudrer le nez.

– Un dernier verre, Ab? suggéra Don. Après quoi, nous irons border ce petit crétin.

Ward et Crystal raccompagnèrent l'éphèbe chez lui et le fourrèrent au lit où ils le laissèrent cuver en espérant qu'il serait en état de se présenter sur le tournage le lendemain, ce dont Don doutait fort.

Don ramena Ab à Coldwater Canyon. Les lumières étaient encore allumées. La femme d'Ab veillait, attendant le retour de son mari. Lorsqu'ils s'arrêtèrent dans l'allée, elle se précipita pour leur souhaiter la bienvenue.

– Ça va, chéri? fit-elle en sautant au cou de son époux.

– Ça va. Il y avait longtemps que je ne m'étais pas senti aussi bien. Tu connais Don Ward?

– Cette question! Bonjour, Don. Je vous offre du café? Un petit déjeuner?

– Nous avons déjà pris notre breakfast. Ce dont nous avons besoin, c'est d'un bon somme. Veillez sur lui.

– Bien sûr, murmura-t-elle, les yeux pleins de larmes.

Au moment où Don faisait demi-tour pour rejoindre sa voiture, Ab s'écria soudain :

– Un instant!

Ward pivota vers lui. Ab l'étreignit et lui plaqua un baiser sur la joue.

– Merci, mon vieux. Merci pour tout.

Don regarda Ab et sa femme entrer dans leur ravissante maison de style Nouvelle-Angleterre, acquise grâce à des années de dur labeur dans le showbiz. Si le travail qu'Ab et lui avaient abattu au cours des dernières quarante-huit heures était aussi bon que Don le pensait, la famille d'Ab pourrait continuer à vivre dans ce cottage longtemps après sa mort.

Le ciel commençait à rosir lorsque la Continental louée par Don s'engagea dans le parking du Bel Air.

Ward se disait qu'il n'arriverait probablement pas à récupérer le sommeil qu'il avait en retard depuis deux jours. Dans le Connecticut, il avait du mal à faire un petit somme dans la journée. Ici, avec le décalage de trois heures, il n'avait pratiquement aucune chance de réussir à fermer l'œil. Il décida de ne pas prendre de somnifère au cas où Brady s'aviserait de l'appeler.

Le veilleur de nuit l'intercepta au moment où il traversait le hall désert du Bel Air.

– Monsieur Ward?

– Oui, fit l'intéressé, se tournant vers la réception.

– Deux messages urgents pour vous.

Et l'employé de lui tendre deux morceaux de papier.

Le premier message émanait de Claire : *Appelle dès que possible.* Le second de Brady : *Viens d'arriver au Beverly Hills. Téléphonez-moi! A n'importe quelle heure.* La standardiste avait cru bon d'ajouter : *Ce monsieur avait l'air furieux au bout du fil.*

Don rallia sa chambre et se laissa tomber sur le lit. Cinq heures du matin en Californie, huit heures à New York.

Son premier appel serait pour Claire. Il y avait toutes les chances pour qu'elle fût éveillée surtout si elle avait des problèmes. Ça devait encore être un coup de Robbie; sans doute refusait-il de prendre ses comprimés.

Claire décrocha à la deuxième sonnerie.

– Don, c'est toi? hoqueta-t-elle avant de fondre en larmes.

– Chérie, que se passe-t-il? Réponds-moi!

Il eut une voix d'homme, qu'il reconnut aussitôt.

– Docteur Rissom... Est-ce que... Robbie... Il n'a pas fait de bêtise au moins?

– Je ne sais pas. Il a disparu.

– Il s'est sauvé? Il a fait une fugue? fit Don, presque soulagé tant il s'était attendu au pire.

– Il faut que vous rentriez, Don, et vite.

– Laissez-moi dire un mot à ma femme.

Il l'entendit qui pleurait au bout du fil.

– Claire, mon cœur, ressaisis-toi. Je vais prendre le premier avion, celui de neuf heures. Je serai à l'aéroport Kennedy à cinq heures de l'après-midi. Essaie de tenir le coup. Ne t'effondre pas.

Les sanglots redoublant, Fred Rissom revint en ligne.

– Je ne la quitte pas d'une semelle. Dépêchez-vous de rentrer!

– Bien sûr, souffla Don, sentant la sueur couler le long de sa colonne vertébrale.

Désemparé, il resta assis, prostré et comme assommé, au bord du lit. Ces quatre heures d'attente allaient être atroces mais il n'y avait pas moyen d'y couper. D'abord, appeler la compagnie aérienne. Réserver une place à bord de l'avion de neuf heures. Il composa le numéro. La sonnerie retentit pendant un laps de temps interminable. Enfin, il eut le répondeur : « Le service est embouteillé. Veuillez patienter. » Il se cramponna au combiné.

– Vous désirez? s'enquit au bout d'une éternité une voix féminine et tonique.

– Une place sur le vol de neuf heures à destination de New York. En première classe.

– Un instant, je vous prie.

Quelques secondes s'écoulèrent.

– Je suis désolée, monsieur. En première classe, c'est complet.

– En économique, alors.

– Un moment, monsieur. Complet aussi. Le week-end, il y a toujours un monde fou. Les gens qui travaillent à

Los Angeles regagnent régulièrement New York en fin de semaine.

– Écoutez, jeune fille! Il faut que je prenne l'avion de neuf heures! Je travaille à Intercontinental Television Network et je sais que vous mettez toujours une ou deux places de côté pour les urgences. Il m'en faut une absolument!

– Navrée, monsieur, mais j'ai beau interroger l'ordinateur, tout est complet.

– Passez-moi le responsable du service des réservations!

– Il est cinq heures vingt du matin et mon supérieur hiérarchique n'est pas là! rétorqua la jeune femme, prenant la mouche.

Don reposa avec violence le combiné sur son support. Il contacta les deux autres compagnies qui reliaient Los Angeles à New York sans escale et n'eut guère plus de chance.

– Enfin, bon sang! fulmina-t-il avant de raccrocher au nez du troisième employé qu'il appelait, il doit bien y avoir une compagnie qui a une place de libre pour New York!

– Je suis désolé..., chuchota l'employé, dans ses petits souliers.

Quelques minutes plus tard, ayant retrouvé son calme, il joignit les trois mêmes compagnies et se fit mettre sur la liste d'attente pour le vol de neuf heures à destination de J.F.K.

Il avait encore la main sur le téléphone, se demandant que faire, quand la sonnerie retentit. Ce devait être une compagnie aérienne qui le rappelait pour lui dire qu'ils avaient réussi à lui trouver une place.

– Allô!

Mais au lieu d'une voix mélodieuse, c'est une voix de basse qu'il eut au bout du fil, un organe puissant qu'il ne connaissait que trop bien.

– Don? Où diable étiez-vous donc passé? Vous ne rappelez plus quand on vous le demande maintenant? Qu'est-ce que c'est que ce nouveau genre? Et pourquoi vous terrez-vous au Bel Air? Vous n'êtes pas seul, sans doute! Ce n'est pourtant pas le moment de faire des galipettes, j'ai besoin de vous!

C'était du Brady tout craché. Il vous bombardait de questions sans même vous laisser le temps de répondre et il essayait toujours de vous culpabiliser sous prétexte que vous n'aviez pas prévu ses exigences déraisonnables.

– J'étais au Bel Air pour travailler, fit Don, sur le point d'exploser, lui aussi.

– Mouais, admettons, concéda Brady, sceptique. Mais l'important n'est pas là. Les huiles de la société mère doivent se réunir ici lundi matin. Il va donc nous falloir plancher tout le week-end sur les émissions que nous avons en chantier pour les dix-huit mois à venir. Je veux un topo complet sur les scénarios, les vedettes, les metteurs en scène. Bref, tous les détails.

« La réunion de lundi sera déterminante, si j'en crois les informateurs que j'ai dans la place. Si nous gagnons, je deviens P.-D.G. du groupe et vous président du réseau. Inutile que je m'étende davantage, je suppose que vous comprenez l'importance de l'enjeu.

Don ne réagissant pas, Brady enchaîna.

– Que se passe-t-il, Don? Vous êtes devenu sourd? Est-ce que vous vous rendez compte que nous touchons au but? Dites quelque chose, que diable!

Silence.

– Écoutez, Don, si vous chiez dans votre froc à l'idée de participer à cette réunion, qu'est-ce que ce sera lundi quand vous entrerez dans l'arène?

– Ed... Je n'assisterai pas à cette réunion, lâcha enfin Ward d'un ton uni.

– Qu'est-ce que vous me chantez là? beugla Brady. Vous allez me faire le plaisir de me rejoindre au Beverly Hills pour le petit déjeuner à neuf heures tapantes. J'ai deux mots à vous dire.

– A neuf heures, je serai dans l'avion. Destination New York.

– Vous êtes dingue! brailla Brady. Rappliquez ici, et vite!

Silence.

– Don, vous m'entendez? De deux choses l'une : ou vous vous ramenez ici ou vous êtes viré. C'est clair?

– Vous avez dit « viré »? énonça Don, sans hausser le ton.

– Et comment!

– Je ne suis plus l'homme à tout faire d'Ed Brady, taillable et corvéable à merci? Celui qui doit obéir à son maître au doigt et à l'œil, ramper comme un toutou? Je peux enfin tirer ma révérence, dire adieu à ce milieu de cinglés où l'on est toujours sur le pont et soumis à toutes sortes de pressions? Où l'important est de lécher les bottes d'une vedette aux cachets ahurissants et camée jusqu'à l'os afin que la série dans laquelle elle tourne puisse continuer? Où l'on serre les fesses dès qu'on parle gros sous? Vous allez vraiment me virer, me priver de tout ça? Franchement, monsieur Brady, comment pouvez-vous faire une chose pareille? Que vais-je devenir si vous m'ôtez ma raison de vivre? Décidément, votre despotisme n'a plus de limites!

– Je ne sais pas ce qui vous est arrivé depuis mercredi Don, mais j'ai la nette impression que vous êtes... défoncé. Vous ne snifferiez pas de la coke, par hasard?

– Non, monsieur, je ne touche pas à la cocaïne.

– Et cessez de m'appeler « monsieur », je vais finir par croire que vous déménagez complètement. Ressaisissez-vous, mon vieux. Rendez-vous pour le breakfast à neuf heures.

– Vous ne m'avez pas bien compris : à neuf heures je serai en route pour New York.

– Arrêtez de me bassiner avec cette histoire!

– Et vous, arrêtez de brailler! Ce ne sont pas vos hurlements qui me feront changer d'avis. Je rentre à la maison. Ma femme et mon fils ont besoin de moi.

– Réfléchissez, Don. Président d'un réseau à quarante et un ans : vous croyez qu'il y a beaucoup de garçons de votre âge qui se verraient offrir une situation pareille? Ne soyez pas bête, ne gâchez pas votre avenir!

– Désolé. Je viens de passer deux jours en compagnie d'un homme qui en connaît un rayon sur la vie et sur l'avenir. Je me suis dit que s'il arrivait, malgré tous les problèmes qu'il a sur le dos, à se conduire en époux et en père attentionné, il n'y avait pas de raison que je n'y réussisse pas, moi aussi. C'est pourquoi je retourne à New York.

– Don, écoutez-moi..., fit Brady, affolé à l'idée que son bras droit pût lui raccrocher au nez.

– Je suis fatigué de vous écouter. Quant à votre réseau, vous pouvez vous le mettre quelque part! Moi, je prends mes cliques et mes claques et je me tire...

– Don... Don... attendez...

– Avant de partir, toutefois, je vous donnerai un dernier conseil : j'ai découvert un auteur du nom d'Abner Crystal...

– Je connais cet individu. Je viens de déchirer son contrat.

– Dommage. Il a dans ses tiroirs un scénario fumant que

je vous incite vivement à acheter avant que la concurrence ne mette la main dessus. Cette série risque de faire un malheur. Tâchez de faire affaire avec lui, et quelles que soient ses conditions, acceptez-les, vous ne le regretterez pas.

– Bon, d'accord. C'est noté. Abner Crystal. Et maintenant, en ce qui vous concerne...

– Inutile de gaspiller votre salive plus longtemps : ma réponse est non. Vous ne pouvez pas savoir ce que c'est grisant de se sentir libre après dix-huit ans d'esclavage. Libre!

Et de raccrocher avant que son patron ne lâche une nouvelle bordée de menaces et de promesses. Assis sur son lit, le téléphone à la main, Don Ward ne songeait qu'à son avion. Il s'était fait inscrire sur la liste d'attente des trois compagnies aériennes. Ce serait bien le diable s'il n'arrivait pas à avoir une place. Mais si par malheur il restait le bec dans l'eau, quelle autre solution avait-il?

Il devait sûrement y avoir un moyen de s'en sortir. Il pouvait essayer de faire jouer ses relations au sein des grandes sociétés qui étaient des annonceurs d'Intercontinental et possédaient leur jet particulier. Mais ce serait un miracle s'il parvenait à obtenir satisfaction. Il passa des coups de fil à droite et à gauche, en vain, il n'y avait pas d'appareil en partance pour New York. A supposer qu'il réussît à convaincre la responsable des transports d'Intercontinental de lui dénicher un vol – auquel il n'avait plus droit d'ailleurs, puisqu'il avait envoyé le patron sur les roses –, cette dame n'arrivait pas au bureau avant neuf heures et demie.

Il rappela les compagnies d'aviation. On lui dit que sa seule chance était de se présenter à l'aéroport avant l'embarquement afin de profiter d'un désistement éventuel. La plupart du temps, il y en avait. La formule fit faire la grimace à Don qui estima qu'il était risqué de tabler sur une défection. Les vols suivants n'atterrissaient à New York que tard dans la nuit.

A force de réfléchir et d'étudier le problème sous tous les angles, il dut se rendre à l'évidence : il ne lui restait plus qu'un espoir. Mince certes, mais un espoir tout de même, avant de se présenter à l'aéroport.

Il était six heures moins vingt-quatre minutes sur la côte, donc sept heures moins vingt-quatre dans les Rocheuses. Il y avait une chance – une toute petite chance – pour que Danny Caputo, après avoir fini son second tour de chant, se trouve encore au casino à jouer au black jack, ce qui était sa façon à lui de se détendre après le travail.

Don feuilleta l'épais carnet d'adresses dont – à l'instar de la boîte noire que transportent partout avec eux les présidents des États-Unis au cas où éclaterait un conflit nucléaire – il ne se séparait jamais. Il l'ouvrit à la lettre G. General Electric, General Motors. A la suite d'une interminable liste de personnalités du monde du spectacle, comédiens, metteurs en scène, artistes divers, figuraient les noms et adresses d'un nombre impressionnant d'hôtels. Il finit par tomber sur celui qu'il cherchait, le Gold Coast à Las Vegas, et s'empressa de composer le numéro.

– Danny Caputo, je vous prie.

– Mr. Caputo ne prend pas de communications. Désolée.

– Écoutez, mon petit. Je le connais, je sais qu'il est dans vos murs, au casino, en train de jouer au black jack. Allez le chercher. Dites-lui que Don Ward d'Intercontinental le demande, et que c'est urgent.

Le combiné à la main, Ward se demanda s'il serait astucieux de sa part de commencer par rappeler à Caputo qu'il avait une dette envers lui. Lorsque le fils du chanteur était sorti d'une cure de désintoxication à la suite d'une overdose qui avait failli lui coûter la vie, Don l'avait fait engager au réseau. Le gamin s'en était très bien tiré et il travaillait toujours à Intercontinental où il prenait du galon petit à petit. Le chanteur n'apprécierait peut-être pas qu'on lui rafraîchisse la mémoire... C'était un homme étrange, dont les réactions étaient imprévisibles. Mais un homme de cœur, qui subventionnait discrètement une foule d'organisations caritatives.

Quelques minutes s'écoulèrent – une éternité, pour Don. Et il eut la voix de Caputo au bout du fil.

– C'est toi, petit? Alors, tu as des ennuis? Dans quel guêpier es-tu allé te fourrer?

– Danny, c'est mon fils...

– Nom de Dieu! Vas-y, accouche. Il picole? Il se pique?

– Rien de tout ça. Il a disparu... et il est malade. Il faut absolument qu'on le retrouve.

– Ça s'est passé dans quel coin? J'ai des copains flics partout, je vais les mettre sur le coup.

– Je ne sais pas si tu comprends : il faut que je regagne New York. Or pas moyen d'avoir une place. Ces bon dieu d'avions sont pleins.

– D'où m'appelles-tu?

– Du Bel Air.

Caputo réfléchit un instant.

– Mon jet peut atterrir à Los Angeles dans cinquante minutes, une fois que l'équipage aura fait le plein. Arrange-toi pour être à L.A. International dans une heure et demie. Mes gars t'y attendront.

– Merci, Danny. Tu me tires une belle épine du pied...

– Pas de ça entre nous, coupa Caputo. Je te rappelle que j'ai un fils, moi aussi, au cas où tu l'aurais oublié. Alors fais-moi le plaisir de te taire. A propos, tu as un moyen de locomotion pour te rendre à l'aéroport?

– Oui, j'ai une voiture.

– Mouais. Au son de ta voix, il est évident que tu n'es pas en état de prendre le volant. Je vais demander à une limousine de passer te prendre. Prépare tes bagages. Bonne chance. Si jamais tu avais besoin de moi, n'hésite pas : j'ai des relations. Tâche de t'en souvenir.

– Merci Danny, si je peux te rendre service...

– Mais mon petit Don, tu ne fais que ça! A qui crois-tu que je pense quand mon fils part au boulot tous les matins? Allez file faire tes malles!

C'est dans la luxueuse cabine du jet privé de Danny Caputo que Don Ward vécut les quatre heures les plus longues de son existence. Claqué, il ne put cependant pas fermer l'œil. Renonçant à dormir, il se mit à boire du café pour rester éveillé.

Lorsque l'avion se posa à Kennedy, une limousine l'attendait pour l'emmener dans le Connecticut. En homme de tact, Danny Caputo avait veillé à tout.

39

Quand Don eut sa femme en face de lui, il reçut un véritable choc et fut presque aussi secoué que lorsqu'elle lui avait annoncé la nouvelle au téléphone. Claire semblait avoir vieilli de dix ans. Son visage était tiré, sa peau tendue; elle avait les yeux rouges et gonflés à force d'avoir pleuré et sa chevelure couleur de miel était en désordre. La prenant dans ses bras, il murmura :

– Tranquillise-toi, mon cœur, je suis là. Je m'occupe de tout. Il n'arrivera rien à notre fils, je te le promets.

Il se raidit, s'efforçant de ne pas montrer à quel point la métamorphose de Claire le bouleversait.

Deux pas derrière elle, se tenaient Fred Rissom et Sabrina Belmond, qui lui firent comprendre du regard qu'ils désiraient s'entretenir avec lui en tête à tête.

– N'y a-t-il pas un calmant quelconque...

Le Dr Rissom ne lui laissa pas le temps de terminer sa phrase.

– Si, bien sûr. Mais elle refuse d'avaler quoi que ce soit.

Don conduisit Claire dans la chambre conjugale, la força à s'étendre et baissa les stores pour la protéger de la lumière. S'asseyant près d'elle, il lui prit la main et d'un geste plein de douceur, il lui ferma les paupières, espérant qu'elle s'assoupirait. Les muscles de son visage finirent par se détendre quelque peu, sa respiration se régularisa, devint plus profonde. La présence de son mari semblait la réconforter.

– On ne peut pas..., chuchota-t-elle. On ne peut pas... le laisser... partir.

De toute évidence, par « partir » elle entendait « mourir ».

– Nous ne le laisserons pas partir, ma chérie, je t'en donne ma parole.

Ward s'était efforcé de lui répondre avec la détermination qui s'imposait. Mais il ne pouvait s'empêcher de penser aux données contenues dans le dossier de la mère de Robbie qu'il avait consulté au service des archives du Rockland State Hospital.

Les doigts de Claire lâchèrent sa main : elle s'était endormie.

Il en profita pour descendre retrouver les deux médecins qui l'attendaient en bas.

– Nous devons être prêts à faire face à toutes les éventualités, attaqua le Dr Belmond. C'est pourquoi nous avons poussé un ouf de soulagement en vous voyant arriver. Seule, je me demande si votre femme serait parvenue à encaisser le choc.

– De quelles éventualités parlez-vous?

– L'absence de Robbie nous inquiète beaucoup plus que nous ne l'avons laissé croire à Claire. Il s'est enfui en emportant ses comprimés, précisa Fred Rissom.

– C'est plutôt bon signe, non? observa Don. Cela prouve qu'il suit son traitement sérieusement.

L'air grave, le Dr Rissom secoua la tête.

– Le mouvement de révolte de Robbie a été déclenché par l'humiliation qu'il a subie devant toute l'école à l'occasion d'un match de basket-ball. Si, comme il semble le penser, c'est le lithium qui est à l'origine de cette humiliation publique, pourquoi serait-il parti avec ses cachets?

Don tourna vers le Dr Belmond un regard interrogateur.

– Une overdose de lithium peut être mortelle, expliqua le psychiatre.

– Et il le sait, poursuivit Fred Rissom. Le Dr Belmond et moi-même l'avons suffisamment mis en garde à ce sujet. Vous comprenez maintenant pourquoi nous nous faisons autant de mauvais sang? Et pourquoi il nous faut le retrouver avant qu'il ne commette... l'irréparable.

Sans un mot, Don s'affala sur une chaise, où il demeura prostré, les épaules molles, les mains jointes entre ses cuisses. Enfoncé dans un mutisme profond, il se mit à fixer sans les voir les objets familiers qui peuplaient la pièce confortable. Lorsqu'il se décida à parler, ce fut avec la voix d'un homme qui sait qu'il doit agir mais ignore par où commencer.

– On ne peut pas rester les bras croisés. Il faut faire quelque chose, organiser les recherches, alerter la police, diffuser des messages à la radio et à la télévision. J'ai des relations, je suis connu comme le loup blanc dans le monde des médias. Je vais contacter Danny Caputo. S'il ameute les forces de l'ordre, celles-ci ne pourront pas lui refuser leur concours. C'est plus d'une fois qu'il a donné des récitals gratuits au profit de leurs œuvres...

C'était là un discours de cadre dynamique, ce que Ward avait été pendant dix-huit ans. Au lieu de faire l'autruche, il se comportait en homme d'action qui aborde les problèmes de front. « Il y a toujours quelque chose à faire », telle était la devise d'Ed Brady. Il ne faut jamais se laisser abattre ni perdre courage. En cas de conflit ou de crise, il faut prendre le taureau par les cornes et foncer. Ward n'avait pas manqué de mettre cette maxime en pratique et c'est ce qui avait fait de lui un négociateur d'une efficacité diabolique.

– Ne vous inquiétez pas, déclara-t-il aux deux médecins. Je prends l'affaire en main. Je vais appeler la sécurité au réseau et... (Il s'interrompit soudain et leva les yeux vers Fred Rissom.) Mais non, je déraille, je ne peux pas mobiliser la sécurité, je ne fais plus partie de la maison. A cinq heures vingt-quatre, heure de la côte ouest, moi, Don Ward, vice-président et dauphin d'Ed Brady – président d'Intercontinental –, j'ai dit au futur P.-D.G. du groupe de se mettre sa chaîne quelque part. Je ne peux donc pas m'adresser au service. Ma démission sera dans toute la presse spécialisée lundi, dans le *Hollywood Reporter*, le *Daily Variety*. Ça fera peut-être même la une du *Weekly Variety*.

Il tira sur son col qui l'étranglait, faisant sauter le bouton.

– Alors, que décidez-vous, monsieur Ward? s'enquit Sabrina Belmond. Votre femme craignait que le battage publicitaire qui ne va pas manquer d'être fait autour de cette histoire ne nuise à votre carrière.

– Tant pis pour le battage publicitaire! Il faut prévenir la police, et vite.

Traversant le living à grandes enjambées, Don empoigna l'appareil et composa le 911.

– Mon fils a disparu, expliqua-t-il à la responsable. Il s'appelle Ward, Robert Ward, et il a seize ans. Cheveux noirs, yeux bleus, 1,73 m, 63 kilos. Quand je l'ai vu pour la dernière fois? répéta Don, se tournant vers Fred Rissom.

– Jeudi. A la maison, à son retour du gymnase de Canaan. Il a disparu pendant la nuit, lui souffla le médecin.

Don s'empressa de communiquer ces informations à son interlocutrice qui les nota au fur et à mesure.

– Nous allons lancer un avis de recherche général, conclut-elle d'un ton rassurant.

– Faites le maximum, insista Don qui raccrocha, les mains tremblantes.

Au lieu de se ronger les sangs pendant que la police faisait son travail, Don prit sa Mercedes rouge et commença à patrouiller dans le voisinage. Roulant à petite vitesse, il effectua le trajet que faisait Robbie pour se rendre à Canaan.

Il eut beau emprunter le même itinéraire, passer par les mêmes rues, il ne découvrit aucun indice. En regagnant son domicile, il vit une voiture de ronde garée dans l'allée devant chez lui. A l'intérieur, deux policiers interrogeaient Claire, qui s'employait à leur transmettre les rares renseignements dont elle disposait. Où Robbie était susceptible d'être allé, à qui il avait pu se confier, ses endroits préférés.

L'un des inspecteurs prenait des notes avec des hochements de tête mais son attitude était loin d'être optimiste. En voyant entrer Don, le policier se tourna vers lui afin de le questionner. Pourquoi son fils avait-il disparu? S'était-il comporté de façon bizarre ces temps-ci? Avait-il laissé échapper une réflexion qui aurait pu les mettre sur la voie? Il s'aperçut bien vite que Don en savait encore moins que sa femme.

– Nous allons mettre l'affaire entre les mains du service des personnes disparues. Mais franchement, les renseignements dont nous disposons sont maigres. Enfin, il ne faut pas désespérer. J'ai vu des collègues résoudre des problèmes de ce type alors qu'ils n'avaient pratiquement rien dans leur musette au départ.

S'il fallait en croire la physionomie des inspecteurs, leurs propos visaient surtout à rassurer une mère éplorée mais ils laissaient peu d'espoir au père affligé.

« Pourquoi s'imagine-t-on qu'un homme supporte plus facilement qu'une femme ce genre de problèmes? Les pères sont-ils censés se faire moins de souci ou mieux surmonter leur chagrin? S'il arrive quoi que ce soit à ce gosse, je saurai qui incriminer. Combien de fois lui ai-je fait des promesses que je n'ai pas tenues? Les autres pères ne posent pas de lapins à leur progéniture, ils répondent " présent " quand on fait appel à eux. Pour me consoler je me disais que c'était un gosse formidable, qu'il pouvait se passer de moi. Ses résultats scolaires le prouvaient amplement d'ailleurs. Mais pendant que je jouais les courants d'air, il souffrait de mes absences répétées. Et aujourd'hui qu'il a besoin de moi, je suis impuissant, je ne peux rien faire. Rien. »

A quoi bon confier tout cela à des étrangers, en l'occurrence des inspecteurs de police qui faisaient leur métier, point à la ligne...

Les flics prirent congé. En l'absence de Don, Sabrina Belmond, qui était rentrée chez elle, lui avait laissé un mot : « Appelez-moi dès qu'il y aura du nouveau. »

Avant de s'éclipser, Fred Rissom fourra dans la main de Don un comprimé blanc.

– Essayez de le lui faire avaler. Et tenez-moi au courant. S'il y a quoi que ce soit que je puisse faire, n'hésitez pas. Depuis le temps que je connais ce gamin...

Demeuré seul, Don se demanda pourquoi toutes les paroles de réconfort qu'on lui avait prodiguées avaient quelque chose de sinistre. « Il est quelque part dehors. Et il est vivant! Vivant! »

Dans le living obscur et silencieux, l'ex-vice-président d'Intercontinental se mit à pleurer.

La force de l'habitude et le besoin de s'activer aidant, Claire s'attaqua à la préparation rituelle du repas du soir dont ils ne purent avaler ne fût-ce qu'une bouchée. Assis dans le noir, c'est tout juste s'ils réussirent à boire une tasse de café. L'obscurité n'arrivait pas à masquer le regard de Claire, vitreux, tendu.

– J'ai patrouillé dans le voisinage, déclara-t-il soudain comme pour justifier son apathie.

– Très bien.

Le silence les enveloppa, troué soudain par la sonnerie du téléphone. D'un même mouvement, ils se précipitèrent.

– Oui? lança Don.

– Vous avez des nouvelles? s'enquit le Dr Belmond.

– Non.

– Tenez-moi au courant. N'hésitez pas à m'appeler, je ne bouge pas de chez moi ce soir.

– Bien sûr, merci, fit Don en reposant le combiné. Sabrina Belmond, expliqua-t-il à sa femme qui lui jetait un coup d'œil interrogateur.

A la simple mention de ce nom, elle fondit en larmes. Don s'approcha, s'agenouilla près d'elle et la serra dans ses bras.

– Mon cœur... ma douce..., ce n'est pas le moment de perdre pied. Il faut que nous soyons forts, Robbie va avoir besoin de nous. Nous devons...

Sa phrase demeura en suspens. A vrai dire, il n'avait pas la moindre idée de ce qu'ils devaient faire.

– Je vais faire un saut au commissariat. Peut-être que je pourrai me rendre utile.

Il passa dans l'entrée et enfila son manteau.

– Ne me laisse pas seule! Pas maintenant!

Il fit demi-tour et la rejoignit.

– Serre-moi contre toi.

L'aidant à se remettre debout, il la prit dans ses bras et l'étreignit de toutes ses forces. En l'espace de quatre jours, elle avait littéralement fondu, ce n'était plus qu'un petit chat écorché.

– C'est ma faute.

– Absolument pas, lui assura-t-il. Tu n'es en rien responsable.

– Franchement, Don, tu aurais adopté un enfant si je n'avais pas fait toute cette comédie? Tu le voulais vraiment, ce fils?

La tenant à bout de bras, il l'éloigna afin de scruter son visage défait.

– Nous le voulions tous les deux.

– J'ai toujours eu l'impression que tu suivais le mouvement pour me faire plaisir et que si je n'avais pas insisté...

– Claire! Ça suffit! Cesse de t'accuser! Nous le voulions tous les deux. Ce n'est pas ta faute. Le responsable dans cette histoire, c'est plutôt moi... (Il marqua une pause.) Dans l'avion, en quatre heures, j'ai eu le temps de réfléchir. Et j'ai compris que c'était moi qui étais fautif et non toi. J'étais si fier d'avoir pour fils un surdoué que j'ai peut-être trop tiré sur la ficelle, exigeant toujours davantage de lui. Tu sais que je n'arrêtais pas de chanter ses louanges à mes collègues et à Brady. Peut-être que je me suis servi de lui en un sens...

« Ou alors peut-être que nous avons mis tous nos espoirs en

lui? Ne pouvant avoir d'enfant à nous, nous nous sommes dit que nous allions recueillir celui-ci qui donnerait un sens à notre existence. Voilà à quoi j'ai songé dans le jet de Caputo.

– Moi aussi, j'ai réfléchi, enchaîna Claire. Nous aurions peut-être mieux fait de ne pas lui dire que nous l'avions adopté. Qui sait si la franchise est une bonne chose? Peut-être a-t-il trouvé la vérité trop dure à supporter.

– Pourquoi a-t-il emporté ses comprimés? s'enquit soudain Don, passant du coq à l'âne.

A peine avait-il lâché la question qu'il se mordit la langue.

Le regard de Claire chercha le sien dans la pénombre.

– Que veux-tu dire?

– Rien, éluda-t-il. Une idée idiote qui m'a traversé l'esprit.

– Quelle idée?

– C'est sans intérêt, fit-il, s'efforçant de couper court.

– Si ça concerne mon fils, cela ne peut pas être sans intérêt!

Il la sentit se raidir.

– Je veux savoir! s'écria-t-elle.

– Savoir quoi?

– Tu as peur de dire tout haut ce que Rissom, Belmond, toi et moi pensons tout bas, n'est-ce pas? Alors, écoute. La première fois que le Dr Belmond m'a parlé de ces comprimés de lithium elle ne m'a pas caché qu'il pouvait être dangereux de les prescrire à un adolescent en pleine dépression, un surdosage pouvant entraîner la mort. A quoi crois-tu que je pense depuis quinze heures? fit-elle en se remettant à sangloter.

– Claire, mon petit, ce n'est pas le moment de s'effondrer. Il nous faut tenir. Tenir.

– Tenir, c'est cela, reprit-elle. Nous raccrocher l'un à l'autre. As-tu pensé à ce que serait notre vie si Robbie...

– Jamais! mentit Don. Jamais!

Mais il la serra très fort contre lui.

40

Le Dr Sabrina Belmond fit un crochet par son cabinet avant de regagner son domicile. Aussitôt qu'elle avait eu vent de la disparition de Robbie Ward, elle s'était empressée d'annuler tous ses rendez-vous de la journée. Il lui fallait donc avant de rentrer chez elle passer à son cabinet pour prendre connaissance des messages de ses malades, dont certains pouvaient être urgents.

Elle mit son répondeur en marche et constata en écoutant la cassette qu'il ne s'agissait que de la routine habituelle. L'un de ses patients lui demandait de reporter un rendez-vous. D'autres la prévenaient qu'ils ne pourraient se libérer au jour et à l'heure convenus. L'un des messages attira cependant l'attention du psychiatre. Une femme, que l'on sentait tendue comme la corde d'un violon, lui demandait de la rappeler le plus vite possible au numéro indiqué. La correspondante était une certaine Mrs. Betancourt. Le message était d'autant plus troublant que le médecin n'avait pas de client répondant à ce nom.

Peut-être s'agissait-il d'une malade récente en proie aux affres de l'angoisse... En tout cas, il fallait la rappeler sans tarder. Au moment où elle tendait la main vers le combiné, Sabrina Belmond se mit à répéter le patronyme à haute voix. Betancourt... Betancourt... Les syllabes éveillaient un vague écho dans sa mémoire. Elle se mit à fouiller dans les dossiers rangés dans son tiroir et en sortit celui de Robert Ward. Elle le feuilleta et ne tarda pas à tomber sur ce qu'elle cherchait. Betancourt : c'était la responsable du service des adoptions qui avait demandé que soit mise en route la procédure juridique au terme de laquelle les Ward avaient réussi à obtenir le nom de la mère de Robbie.

Sabrina Belmond ne fit ni une ni deux et composa le numéro.

– Madame Betancourt? Docteur Belmond à l'appareil.

– Dieu soit loué! s'exclama une voix inquiète.

– Votre appel a-t-il un rapport avec Robbie Ward?

– Il m'a téléphoné vers midi, exigeant que je réponde à ses questions. Et il en avait tout un tas à me poser.

– Son débit était rapide? Il était volubile, intarissable? s'enquit aussitôt le psychiatre.

– Exactement.

– Que vous a-t-il demandé au juste?

– Il voulait connaître l'identité de sa vraie mère.

– Vous a-t-il expliqué pourquoi?

– Il m'a parlé de recherches qu'il avait effectuées à la bibliothèque dans des ouvrages de psychiatrie.

Le ton de Sabrina Belmond se fit incisif.

– Vous a-t-il précisé sur quoi portaient ses investigations et ce qui l'avait incité à les entreprendre?

– Il a fait état du caractère héréditaire des psychoses maniaques dépressives et de son désir de savoir ce qu'il en était réellement en ce qui le concernait.

– Que lui avez-vous répondu?

– Rien. Il ne m'a pas laissé le temps de placer un mot. Il parlait à la cadence d'une mitraillette et il n'y avait pas moyen de l'interrompre. Il me posait une question et enchaînait sans attendre la réponse. Il semblait persuadé que je détenais la clé de l'énigme et que je refusais de la lui livrer. Et il paraissait en outre convaincu que le monde entier s'était ligué contre lui afin de l'empêcher de faire la lumière sur ses origines.

– Voyons, madame Betancourt, réfléchissez bien. Essayez de vous rappeler s'il a fait allusion à ce qu'il ferait s'il découvrait le fin mot de l'histoire?

– Non. Il m'a seulement déclaré : « Si vous vous taisez, vous le regretterez. »

– Croyez-vous qu'il vous menaçait?

– Nullement.

– C'était une menace qui risquait de se retourner contre lui-même, alors? s'enquit le médecin.

- Oui.

– D'après ses propos, avez-vous réussi à vous faire une

idée de l'endroit où il comptait aller, de ses projets, s'il en avait?

– Pas la moindre.

– Bien entendu, vous n'avez pas mentionné le Rockland State Hospital? fit Sabrina Belmond par acquit de conscience, encore qu'elle fût sûre de la réponse.

– Non. C'est lui qui a prononcé le premier le nom de l'hôpital.

Sidérée, Sabrina Belmond marqua une pause.

– Vous a-t-il dit comment il avait eu connaissance de l'existence de cet établissement?

– Il est tombé sur ce renseignement tout à fait par hasard en fouillant dans le bureau de son père où il cherchait je ne sais quels papiers.

Le Dr Belmond eut une sorte de hoquet.

– Je vois, murmura-t-elle. Merci de m'avoir appelée. Merci infiniment.

Après avoir pris congé de Mrs. Betancourt, elle appela le Rockland State. Effectivement, il y avait eu un coup de fil d'un jeune homme surexcité demandant des renseignements sur une patiente du nom d'Emily Birch. La standardiste s'était débarrassée de lui en prétextant que toutes les demandes de renseignements devaient être faites par écrit. L'adolescent lui ayant pour toute réponse dévidé un chapelet d'obscénités, elle lui avait raccroché au nez.

Sabrina Belmond téléphona au Dr Rissom afin de lui communiquer les nouvelles inquiétantes qu'elle venait de recevoir.

– Il m'avait dit qu'il fréquentait la bibliothèque pour se documenter sur toutes sortes de sujets. Intelligent comme il est, ça n'a rien d'étonnant. J'ai eu des patients moins astucieux que lui qui se renseignaient sur leur cas. La plupart du temps, c'est la curiosité qui les pousse : ils veulent savoir à quoi s'en tenir sur leur sort et sur le traitement qu'on leur a prescrit. Soit parce qu'ils n'ont pas confiance en leur thérapeute, soit parce qu'ils veulent prendre en charge leur traitement.

– Oui, opina Fred Rissom. Mais il est rare qu'ils fassent sur leur maladie des découvertes aussi traumatisantes que celles que Robbie a faites. À savoir qu'il portait en lui à la naissance les germes de cette affection.

– Je crois qu'il aurait réagi de la même façon s'il avait découvert qu'il était atteint d'un cancer.

– Ce malheureux gamin ressemble fort à une bombe à retardement ambulante dont nul ne peut dire quand elle va exploser, énonça Fred Rissom.

– Il est dans une phase maniaque aiguë, souligna Sabrina Belmond. Ce qui rend peu probable une tentative de suicide.

– Sans aller jusque-là, qu'est-ce qui l'empêche de se lancer dans quelque folle entreprise? En période maniaque, vous savez comme moi que les patients sont prêts à tout, que leur audace et leur témérité sont sans limites. Il nous faut absolument retrouver ce gosse!

Lorsque les Drs Rissom et Belmond arrivèrent chez les Ward, ils les trouvèrent en compagnie d'un policier, l'inspecteur Francisco Melendez, qui avait été chargé de l'affaire. Court sur pattes, le teint cireux, la lèvre surmontée d'une épaisse moustache tombante, il balayait la pièce d'un regard incisif, examinant meubles et objets comme s'il s'agissait de suspects en puissance, ce qui ne l'empêchait pas de prêter une oreille attentive au Dr Belmond, qui avait entrepris de lui résumer sa conversation avec Mrs. Betancourt.

– Vous voulez dire que Robbie est au courant en ce qui concerne sa mère naturelle et sa fin tragique? s'enquit Claire.

– C'est possible, madame Ward, répondit le psychiatre.

– Dans ce cas, il doit se faire des idées toutes plus horribles les unes que les autres sur son sort, commenta Don.

– C'est probable, renchérit Sabrina Belmond.

– Pauvre Robbie, gémit Claire. Si seulement il savait ce que nous éprouvons...

– Désolé de vous interrompre, intervint l'inspecteur Melendez. Je suis navré d'apprendre que votre fils est malade, toutefois mon boulot n'est pas de le soigner mais de le retrouver. Alors à moins que vous n'ayez des suggestions à formuler, j'aimerais bien que vous me laissiez bosser en paix!

– Vous pouvez compter sur notre aide, inspecteur, dit Fred Rissom.

– A la bonne heure! Je voudrais savoir si ce petit avait quelqu'un, un copain ou un prof, à qui il confiait ses secrets. (Il fixa le Dr Belmond.) Vous devriez être au courant, docteur.

– Il y avait quelqu'un qui comptait beaucoup pour lui, c'était une jeune fille nommée Susan.

– Susan Spencer, précisa Don.

– Ils sortaient ensemble jusqu'à ces derniers jours. Elle l'a envoyé promener et il a très mal pris la chose, expliqua le Dr Belmond.

Melendez se mit à tripoter sa moustache broussailleuse.

– Où habite cette petite?

– Dans Meadow Lark. A deux pas d'ici. Je peux vous y emmener, proposa aussitôt Don.

– On pourrait y faire un saut, acquiesça Melendez. Mais nous trois seulement. Je préférerais que le Dr Rissom et le Dr Belmond nous attendent ici.

Mr. et Mrs. Neil Spencer se tenaient de part et d'autre de leur fille assise droite comme un i dans un fauteuil qui occupait un angle de l'immense living-room. Claire et Don avaient pris place sur un canapé en face d'elle. Melendez s'était posté légèrement en retrait.

La plupart des témoins ont tellement peur quand on les interroge qu'ils se mettent sur la défensive et ont tendance, au lieu de les communiquer à la police, à garder pour eux des renseignements qui peuvent être d'une importance capitale. Aussi le petit inspecteur basané s'adressa-t-il à Susan avec autant de douceur qu'il en aurait mis à questionner sa propre fille.

– Tout ce que tu me diras restera entre nous, il n'est pas question que je m'en serve pour vous créer des ennuis, à toi ou à Robbie. En fait, je chercherais plutôt à lui en éviter. C'est compris?

Susan regarda alternativement son père puis sa mère.

– Oui, monsieur, fit-elle, tendue.

– Quand as-tu vu Robbie pour la dernière fois? attaqua Melendez.

Avant de répondre, elle jeta un coup d'œil à son père comme pour lui demander la permission de répondre.

Neil Spencer, qui avait le même âge et la même taille que Don Ward, était tellement enrobé qu'il paraissait facilement dix ans de plus. Il fit un pas en avant, s'interposant entre sa fille et le policier.

– Peut-être que je ferais mieux de répondre à cette question.

– J'aimerais autant que votre fille s'en charge.

– Permettez-moi d'insister, inspecteur.

Claire se leva de son canapé.

– Monsieur Spencer, la vie de mon fils est en danger. Laissez Susan parler, l'inspecteur Melendez ne va pas la manger.

Don se mit debout et prit dans ses bras sa femme qui tremblait comme une feuille.

– Du calme, chérie.

Il fusilla Spencer du regard.

– L'inspecteur Melendez mène l'enquête comme bon lui semble! Vous ne voulez tout de même pas qu'il vous accuse d'entraver la marche de la justice!

Ce coup de bluff eut pour effet de rabattre le caquet du père envahissant.

– J'ai vu Robbie hier, murmura Susan. Hier soir...

– Hier soir? reprit Melendez. Que voulait-il?

Spencer ne put s'empêcher de mettre de nouveau son grain de sel dans la conversation.

– Qu'elle sorte avec lui. Quand j'ai vu dans quel état il se trouvait, j'ai vite mis le holà. Il avait l'air d'un... d'un... Je crois bien qu'il était complètement défoncé.

– Robbie n'a jamais touché à la drogue, protesta la jeune fille.

– N'empêche qu'il avait l'air d'un drogué! s'entêta Spencer. Je n'allais pas laisser ma fille sortir avec un junkie. Je ne sais pas ce qui est arrivé à ce garçon. Il y a quelques mois encore, c'était un jeune homme charmant, bien élevé, mais ces derniers temps...

Spencer secoua la tête, faisant ballotter ses bajoues.

Melendez opina pensivement du chef et se tourna vers Susan.

– Votre père vous a donc défendu de sortir. Que s'est-il passé ensuite? Comment Robbie a-t-il réagi?

– Il a dit... (Elle eut un instant d'hésitation.) Il a dit que si je l'accompagnais, ce serait comme avant, qu'on s'amuserait encore plus, qu'il était redevenu lui-même.

– Comment ça « comme avant »?

– Avant de tomber malade, il était constamment en effervescence. Il avait le cerveau en ébullition, on se demandait toujours ce qu'il allait inventer. C'était super d'être avec lui, on n'avait pas le temps de s'ennuyer une seconde. Mais après le match de foot, il a changé du tout au tout, il est devenu méconnaissable.

S'arrachant aux bras de son mari, Claire s'approcha de Susan.

– Quand Robbie t'a dit ça la nuit dernière, est-ce qu'il ressemblait au Robbie d'avant? Est-ce qu'il avait l'air survolté, surexcité?

Ne sachant où son interlocutrice voulait en venir et craignant vaguement de trahir un secret, la jeune fille opina néanmoins.

– Il n'a rien dit qui puisse te donner une idée de l'endroit où il comptait aller, ou de ce qu'il envisageait de faire? s'enquit Melendez.

– Non, jeta Susan avec une hâte suspecte.

– T'a-t-il proposé de t'emmener quelque part en particulier? questionna Melendez, en fin limier flairant du louche.

– Non.

– Dans une discothèque? Une boîte de rock? Un endroit que vous fréquentiez « avant »?

– Non.

– Pourquoi cette allusion au bon vieux temps? Qu'est-ce qu'il mijotait à ton avis?

– Aucune idée.

Mr. Spencer crut bon d'intervenir.

– Écoutez, inspecteur, vous voyez bien qu'elle n'en sait pas davantage. Inutile de poursuivre...

– Ouais, coupa Melendez qui d'un geste fit comprendre aux Ward que l'interrogatoire était terminé. Merci de votre aide, ajouta-t-il à l'adresse des Spencer.

Tandis qu'ils franchissaient le seuil, Melendez murmura :

– Vous voulez mon avis? Ce gros porc est persuadé que sa fille couche avec votre fils et il chie dans son froc à l'idée qu'elle puisse laisser échapper une réflexion qui la compromettrait. Pour nous aider, il nous a sacrément aidés, cet imbécile!

Comme ils arrivaient à la hauteur de sa voiture, l'inspecteur poursuivit comme pour lui-même :

– Je ferais mieux de parler aux toubibs.

– Écoutez, docteur, inutile de m'exposer son cas en détail. N'étant pas spécialiste, je n'y comprendrais probablement rien. Expliquez-moi seulement ce que Robbie voulait dire avec son allusion au bon vieux temps. « Le bon vieux temps »... Un gosse de seize ans... C'est le monde à l'envers!

– En deux mots, inspecteur, cela signifie qu'il est dans une phase maniaque. Qu'il est capable de commettre les pires folies, de s'embarquer dans les aventures les plus périlleuses et tout cela pour redevenir le héros de l'équipe de foot de Canaan, résuma le Dr Belmond.

– En d'autres termes, ce gosse est prêt à tout? Voler une voiture? Conduire comme un dingue?

– Cela lui est déjà arrivé, mais il était parti au volant de ma Mercedes ce jour-là, observa Don.

– Vos deux voitures étant au garage, il nous faut donc envisager la possibilité qu'il ait piqué un véhicule quelconque dans la rue. C'est assez ennuyeux, car les automobilistes pas plus que les compagnies d'assurances ne plaisantent avec ce genre de délit.

– Je n'ai à aucun moment eu l'impression que le vol était un de ses passe-temps favoris, commenta froidement Sabrina Belmond. J'ajouterai toutefois qu'il n'a jamais traversé une phase maniaque aussi aiguë. Alors, tous les scénarios sont envisageables. C'est pourquoi le mieux serait de le retrouver le plus vite possible afin de lui faire reprendre son traitement.

– « Le mieux », reprit Melendez, d'un air désabusé. Il est rare que ce soit le mieux qui se produise dans mon métier, madame. (Il se tourna vers les Ward.) Réfléchissez! Que pourrait bien tenter Robbie dans l'état d'esprit où il se trouve? Quelque chose de fou, de dangereux, qu'il aurait déjà fait dans le passé et aurait envie de refaire pour épater la galerie?

– Eh bien..., commença Don, quêtant l'approbation de sa femme avant de poursuivre.

– Il est un peu tard pour les cachotteries, monsieur Ward, écuma Melendez. L'heure n'est plus aux valses-hésitations ni aux atermoiements. Si vous avez une idée, c'est le moment de me la soumettre.

– Je me souviens qu'un jour il s'est baladé sur le pont de Windsor Street.

– Le pont qui enjambe la voie ferrée?

– C'est exact, confirma Don. Ses copains l'avaient mis au défi de marcher sur le parapet où l'on peut à peine mettre un pied devant l'autre. C'est la mère d'un de ses camarades qui nous a alertés.

– Ouais, marmonna Melendez. L'an dernier deux gamins sont tombés sur la voie en se livrant à ce genre de singerie. L'un d'entre eux en est mort. L'autre est resté paralysé. Vous croyez qu'il pourrait...

Sabrina Belmond intervint :

– Inspecteur, rien ne nous dit que Robbie va s'amuser à refaire aujourd'hui ce qu'il jugeait excitant et dangereux à treize ans. Il a suffisamment d'imagination pour trouver mieux.

– Je connais ce gamin depuis toujours, renchérit Fred Rissom. Si vous lui dites que telle ou telle chose n'est pas dans ses cordes aujourd'hui, il s'emploiera à vous prouver le contraire le lendemain. Ou du moins il essaiera.

Le téléphone sonna et le policier bondit.

– Melendez à l'appareil. Ouais, Bill. Une voiture volée?... Ouais. Le motard l'a aperçue sur l'autoroute et vous dites qu'il l'a prise en chasse. Il roulait à plus de cent soixante à l'heure? Il a eu peur de causer un accident alors il l'a laissée filer... Évidemment. Signalement? Ouais. C'est noté. S'il y a du nouveau, appellez-moi.

Il raccrocha et se tourna vers son auditoire.

– Alors, le vol n'est pas son truc? dit-il, sarcastique, à Sabrina Belmond. D'après le motard qui l'a repéré, le conducteur était un jeune homme brun, d'environ seize, dix-sept ans.

– Robbie! s'exclama Claire.

– Ce n'est pas impossible, remarqua l'inspecteur. Le motard m'a dit qu'il avait quitté Merritt Parkway pour se diriger vers l'est en direction de Westport. Quelle raison avait-il de vouloir se rendre à Westport? Est-ce qu'il a des copains ou une petite amie là-bas?

Don secoua la tête comme quelqu'un qui donne sa langue au chat, mais Claire murmura :

– « Je n'ai pas envie de parler de ce bateau, j'ai envie de l'essayer. »

– Vous pouvez répéter, madame Ward? commanda le policier.

– C'est ce que Robbie m'a dit le jour où mon mari devait lui apprendre à manœuvrer son catamaran tout neuf et où il a dû renoncer, à cause d'un empêchement de dernière minute.

– J'en ai entendu parler, confirma le Dr Belmond.

– Westport, le port de plaisance, comment n'y avons-nous pas pensé plus tôt? s'exclama Don.

– Et vous croyez que c'est là-bas qu'il est allé, pour faire un tour sur son catamaran? Au beau milieu de la nuit? fit le policier, incrédule.

– Dans l'état où il est, il est capable de tout! affirma Sabrina Belmond.

Fred Rissom hocha la tête.

Don se tourna vers l'inspecteur.

– Vous feriez mieux de venir avec moi!

– Un instant, protesta Claire. Je vous accompagne.

– S'il te plaît, chérie, ne nous complique pas davantage la tâche, veux-tu?

– Écoutez votre mari, madame Ward. C'est la voie de la sagesse, appuya Melendez.

– J'ai le droit d'être là, c'est mon fils. S'il est en danger, j'ai le droit de savoir. S'ils le retrouvent, j'ai le droit... (Elle s'interrompit, rectifia :) Ils le retrouveront! Il faut qu'ils le retrouvent.

Fort de son expérience, le policier se permit d'insister.

– Suivez le conseil de votre époux, madame Ward...

– Vous perdez votre temps, inspecteur! Je n'ai pas l'intention de rester enfermée ici pendant que vous irez à sa recherche.

Melendez et Don Ward échangèrent un regard de connivence navrée : compte tenu de ce qu'ils risquaient de découvrir, l'autoriser à les accompagner était sans doute la chose la plus cruelle qu'ils pussent faire.

41

Lugubre et désert, le port de plaisance de Soundside semblait jaillir menaçant du lourd manteau de nuages dévoilés par les premières lueurs de l'aube. Les eaux noires recouvertes d'une pellicule huileuse où flottaient des arcs-en-ciel fouettaient furieusement les piliers. Un vent aigre balayait Long Island Sound.

L'air était si humide que Claire Ward, immobile sur le quai, l'œil rivé sur le ciel plombé, était glacée jusqu'aux os. La sentant frissonner, Don, son mari, lui passa un bras autour des épaules. Mais cette étreinte pas plus que le manteau de tweed dont elle était enveloppée ne pouvaient la réchauffer, car c'était de peur qu'elle tremblait. Si Robbie, son fils, s'était effectivement risqué dehors, il y avait gros à parier qu'il avait disparu, englouti par les flots tumultueux.

L'aube se levait au loin au-dessus de Long Island Sound. La brume, qui s'effilochait lentement, était emportée par la brise humide et fraîche venue de l'océan. Melendez avait forcé Claire à prendre place dans une voiture de ronde, espérant qu'elle s'endormirait. Mauvais calcul, car elle garda les yeux grands ouverts. Le policier évitait de parler à Don Ward de peur de lui laisser soupçonner le peu d'espoir qu'il nourrissait de retrouver son fils.

L'expérience lui avait appris qu'il ne servait à rien de mentir à des parents se trouvant dans la situation des Ward. Cela finissait toujours mal, les gens en venaient à douter de l'efficacité de la police et perdaient confiance dans le système. Seuls le temps et la vérité distillée au compte-gouttes permettaient à la famille de tirer les tristes conclusions qui s'imposaient. Les intéressés en voulaient moins aux forces de l'ordre qui n'avaient pas essayé de leur bourrer le mou.

La saison, les conditions météorologiques, l'inconscience de l'adolescent, la taille du bâtiment sur lequel il était sorti, tout laissait à penser que cette escapade ne pouvait avoir qu'une issue.

Melendez se dit qu'il ferait bien de commencer à mettre les Ward en condition, de les préparer à accepter un dénouement qui risquait fort d'être tragique. Il n'était pas novice en la matière. Il savait aussi bien que Don Ward que si le catamaran se renversait, ce n'était pas un gamin du gabarit de Robbie qui parviendrait à le redresser. La température de l'eau était telle qu'il risquait de ne pas ressortir vivant d'un bain prolongé.

– Vous feriez mieux de rester au chaud dans la voiture, madame Ward. S'il y a quoi que ce soit, je vous préviendrai, déclara l'inspecteur.

De la main, il fit signe à Don de le suivre. Plantés sur le quai, ils se mirent à scruter la nappe liquide. Ni l'un ni l'autre n'espéraient apercevoir autre chose que les eaux noires et un moutonnement d'écume mais ils n'en continuaient pas moins de fixer l'eau.

Melendez sentit que le moment était venu.

– Vous êtes bon marin, monsieur Ward?

– Assez.

– Et votre fils?

– Compte tenu de son poids, il se débrouille. Mais pour manier un Hobie Cat de cinq mètres cinquante, il est préférable d'être deux. Je doute qu'il y parvienne seul.

– Ouais, opina le policier. J'ai un frère qui est propriétaire d'un petit supermarché à New York dans la Troisième Avenue.

– Ah, oui? lâcha Don, se demandant où l'autre voulait en venir.

– Question fric, il se défend. Un jour, il s'est offert un catamaran de cinq mètres et il a commencé à me pomper l'air. " Frank, viens faire une balade, tu vas voir, c'est super. Je t'apprendrai à le manœuvrer, c'est génial pour se détendre. " J'ai fini par me laisser embobiner et je suis sorti avec lui un été. Eh bien, j'aurais mieux fait de m'abstenir. Il n'y a pas moyen de se mettre à l'abri sur ces « catas ». On rentre grillé par le soleil ou trempé comme une soupe!

– Mouais, ponctua Don, faisant mine de s'intéresser aux élucubrations de l'inspecteur.

– A un certain moment, voilà que mon frangin se laisse surprendre par un coup de vent, et qu'on se retrouve à la flotte. Au lieu de se gonfler fièrement, la voile s'aplatit comme une crêpe et on se met à patauger comme des imbéciles. Pour tout arranger, mon frère commence à me charrier. " Ce qu'il y a de plus marrant dans la navigation de plaisance, c'est d'aller à la baille. " Vous parlez d'une rigolade!

« On a eu un de ces mals à remettre ce bazar à l'endroit! Il a fallu qu'on grimpe sur une coque, qu'on empoigne la ficelle...

– L'écoute, corrigea machinalement Don, qui commençait à s'énerver.

– L'écoute, c'est ça. On attrape ce bout de ficelle, on prend appui sur la coque, les deux pieds bien à plat, et on se penche en arrière tant qu'on peut. Et petit à petit, voilà que ce putain de catamaran se remet dans ses lignes. Bientôt la voile claque au vent, et on reprend la balade, ruisselants d'eau. Et il trouve ça détendant, lui!

– Ça l'est, quand il fait beau, et qu'on est amariné.

– Ouais. Eh bien, vous voulez savoir à quoi je pense? fit Melendez, poursuivant son petit bonhomme de chemin. A nous deux, mon frère Domingo et moi, lui qui pèse quatre-vingt-trois kilos et moi qui en accuse soixante-seize sur la bascule, on a eu toutes les peines du monde à redresser cet engin de cinq mètres. J'imagine qu'avec un Hobie Cat de cinq mètres cinquante, ça doit être encore plus coton.

– En effet.

– Vous me suivez? Supposons que votre Hobie Cat ait dessalé. Si votre fils fait soixante kilos, c'est bien le bout du monde, non? Alors, quelles chances a-t-il d'arriver à se tirer du pétrin? Qui nous dit que le catamaran n'a pas basculé cul par-dessus tête et que Robbie n'est pas resté coincé sous une coque après avoir pris un bon coup sur le crâne?

Don se tourna vers l'inspecteur, surpris de constater que ce dernier n'était pas si ignare que cela en matière de plaisance.

Le policier s'absorba dans la contemplation des eaux glauques, conscient du coup d'œil étonné que lui avait jeté son interlocuteur.

– Je ne connais pas votre femme, mais c'est une mère. Et les mères, c'est émotif. Il n'est pas exclu qu'elle pique une crise au cas où...

– Les choses tourneraient mal, c'est ça?

– Monsieur Ward, préférez-vous que je vous mente ou que je vous dise la vérité?

– J'aime mieux la vérité.

– La vérité, vous l'avez devant vous, fit Melendez, l'index pointé vers les eaux noires. Ils vont fouiller tout le secteur. Qui sait ce qu'ils trouveront... Je les contacte à intervalles réguliers et ils me répètent sans arrêt la même chose. Les gardes-côtes patrouillent, ils font le maximum, mais à supposer qu'ils retrouvent votre fils, je ne peux pas vous promettre...

– Vous ne pouvez pas m'assurer qu'il sera vivant, compléta Don.

– C'est exact. Et si je vous dis tout cela, c'est pour que vous commenciez à préparer votre femme à accepter la nouvelle. Car les femmes hystériques, moi, je ne sais vraiment pas comment les prendre, la mienne moins que tout autre, entre parenthèses.

Don Ward, Fred Rissom et l'inspecteur Melendez perçurent le bruit avant de pouvoir distinguer l'engin. Les pales de l'hélicoptère fouettaient l'air au-dessus de leur tête. Bientôt, ils virent l'appareil trouer la brume et descendre vers eux tel un fantôme. Le phare balaya les environs comme s'il cherchait à les repérer. Un instant plus tard, l'hélico les survola puis se posa, ses pales continuant de tourner.

Melendez échangea quelques mots avec le policier qui conduisait l'engin.

Au moment où ce dernier allait refermer la porte, Don s'écria :

– Attendez!

– Ouais? s'enquit le pilote, croyant qu'il avait des indications supplémentaires à lui fournir pour l'aider dans sa tâche.

– Je viens avec vous!

– Hé là, un instant...

– C'est mon fils, je vous accompagne! insista Don.

– Nous n'avons pas le droit de prendre des passagers. C'est le règlement, brailla le pilote.

Melendez intervint.

– Bon sang, Joe, tu peux bien faire une entorse au règlement. Allez, sois chic. Il s'agit de son môme.

Le flic hésita, consulta son copilote du regard, et fit signe à Don de monter.

– Occupez-vous de Claire, s'écria Don à l'adresse de Fred Rissom.

Et il grimpa dans l'hélicoptère et s'installa sur le siège arrière. La porte coulissante se referma. Le pilote décolla et l'appareil s'enfonça dans la brume.

– Vous feriez mieux de veiller sur cette dame, dit Melendez à Rissom.

42

Le nez collé contre la coque en plastique transparent de l'hélicoptère de la police, Don Ward scrutait les flots bouillonnants de Long Island Sound. Mais en vain. Car, à l'exception des vagues dont la crête s'ourlait d'écume, il ne distinguait rien.

Devant lui, le sillage d'un remorqueur courtaud traînant une lourde péniche. Mais aucune trace d'un petit bateau de plaisance, d'une voile multicolore, de coques bleues ou d'un gilet jaune canari comme celui que Robbie avait dû enfiler.

Sourcils froncés, concentré, le copilote surveillait le secteur, même si dans son for intérieur il était persuadé que les recherches étaient vaines. Le pilote et lui échangeaient force hochements de tête désolés, qui échappaient heureusement à Don, trop occupé pour remarquer leur manège.

D'un mouvement du menton, le policier qui pilotait l'appareil désigna la jauge d'essence à son collègue.

– Désolé, monsieur Ward, on va être obligés de faire demi-tour.

– Vous n'y songez pas! s'exclama Don. Alors que Robbie est quelque part par là.

– Vous voyez la petite aiguille? Qu'indique-t-elle selon vous?

– Que le réservoir est encore à moitié plein.

– Non, rectifia le pilote. Pas à moitié, au quart seulement. Or le règlement stipule que s'il n'y a pas d'opération de sauvetage en cours alors que les réserves de carburant commencent à baisser, il faut rebrousser chemin afin de faire le plein. Voilà déjà un bon bout de temps qu'on vole avec des réserves insuffisantes. Navré. Je dois obéir aux instructions.

Et d'amorcer un virage en direction de la terre ferme.

– C'est insensé! Vous n'allez pas faire une chose pareille! Pas à Robbie! Nous ne pouvons pas l'abandonner maintenant! hurla Don en empoignant le policier par le blouson.

– Monsieur Ward, soyez raisonnable, tenez-vous tranquille. Ne m'obligez pas à utiliser la force. Je sais ce que vous ressentez : j'ai moi-même un fils, mais il faut savoir regarder la réalité en face. Deux bateaux patrouillent dans le secteur à la recherche de votre gamin. S'il est dans le Sound et s'il est encore...

– ... en vie?

– Tout ce que je sais, c'est qu'il nous faut nous poser, coupa le pilote en mettant résolument le cap sur la base.

Sous le fuselage, Don distingua le sillage laissé par la vedette de la police qui filait à toute allure. L'œil vitreux, il aperçut les feux réglementaires de quatre avions de ligne qui décrivaient des cercles au-dessus de l'aéroport Kennedy, attendant que la tour de contrôle leur donne l'autorisation d'atterrir. C'étaient les fameux vols de nuit en provenance de Los Angeles qu'il avait pris si souvent, sans se douter qu'il les verrait un jour sous cet angle et dans des circonstances aussi dramatiques.

Chaque fois qu'il regagnait New York après un de ces voyages éclairs sur la côte ouest qui étaient son pain quasi quotidien, c'était avec bonheur qu'il retrouvait Claire et Robbie. Prendre le petit déjeuner avec son fils. L'embrasser en lui ébouriffant les cheveux, le simple fait de l'appeler « fiston » l'emplissaient de joie.

Et aujourd'hui...

Qu'allait-il dire à Claire? Comment réagirait-elle? Dieu merci, Fred Rissom était là pour lui soutenir le moral. La tête contre la paroi de plastique, il se mit à pleurer en silence.

Les deux policiers plissèrent le front. Soudain, le pilote se redressa sur son siège, tous les sens en alerte. Une voix inconnue utilisant la fréquence de la police nasilla soudain au milieu des interférences habituelles :

– Je viens de repérer une tache bizarre dans le Sound au large de la côte du Connecticut, vers Bridgeport Harbor.

Le copilote plaqua ses écouteurs contre ses oreilles tandis

que le commandant de bord du jumbo-jet poursuivait :

– On dirait une embarcation qui a chaviré. Aucun signe de vie.

Le copilote retira à demi son casque et, se penchant en arrière, passa un des écouteurs à Don Ward.

– ... au large de la côte du Connecticut, vers Bridgeport Harbor. On dirait une embarcation qui a chaviré. Aucun signe de vie... Désolé, je viens de recevoir de la tour de contrôle l'autorisation d'atterrir.

Et le commandant de bord de couper la communication.

Le pilote de l'hélicoptère amorça un virage vers l'est dans la direction indiquée.

Son second pointa l'index vers la jauge.

– Les deux bateaux ont dû capter le message du jet, eux aussi. Ils seront sur les lieux au cas où nous devrions faire un amerrissage forcé.

L'hélicoptère poursuivit sa route au-dessus des eaux noires du Sound. Sur sa gauche, Don distinguait le littoral du Connecticut, fantomatique et vague, et sur sa droite, Long Island, nappée de brume. Au-dessus de l'appareil, plusieurs long-courriers tournaient, attendant la permission de se poser.

Devant lui, Don n'apercevait que les eaux tumultueuses et les vagues qui se brisaient dans un bouillonnement d'écume. Le pilote surveillait le tableau de bord et particulièrement la jauge dont l'aiguille oscillait maintenant dangereusement vers « vide ».

Le copilote tendit soudain le doigt. Son collègue se pencha. Don quitta son siège, se glissa sur celui de droite afin de scruter la nappe liquide. A force de plisser les yeux il finit par apercevoir ce qu'il cherchait. La voile bleue à rayures rouges, orange et jaunes flottant sur l'eau. Robbie avait été bien inspiré de la choisir aussi bariolée...

Don tapota l'épaule du pilote qui opina du chef et amorça sa descente. Lorsqu'ils furent à la verticale du catamaran, Don distingua une coque bleue sur laquelle était allongée une forme immobile dans son gilet de sauvetage canari. L'écoute traînait paresseusement dans l'eau le long du bateau. Robbie avait manifestement essayé de redresser l'embarcation, mais en vain.

L'hélicoptère entreprit de survoler l'épave à basse altitude. Plaqué contre la coque de plastique, Don réussit à voir les cheveux noirs, le visage gris de son fils.

Les deux pilotes s'entre-regardèrent. Le copilote secoua la tête en signe d'impuissance et empoigna le micro pour faire son rapport.

La vedette de la police et l'aviso garde-côte, qui avaient tous deux intercepté le message de l'avion, fendaient les eaux tumultueuses du Sound, se dirigeant à toute vitesse vers Bridgeport Harbor. Arrivés en vue de l'hélicoptère qui tournoyait au-dessus de l'épave, les sauveteurs captèrent le message suivant :

– Hélicoptère de la police numéro trois à tous les bateaux. Avons repéré le catamaran. Une personne à bord. Aucun signe de vie.

Au moment où les deux bâtiments allaient atteindre le Hobie Cat, l'inspecteur Melendez se tenait sur le quai du port de plaisance, son talkie-walkie collé à l'oreille. Près de lui, le Dr Rissom s'efforçait de saisir des bribes du message que recevait le policier. L'inspecteur plaqua l'appareil de plus belle contre son oreille afin d'empêcher le médecin de surprendre la conversation.

– Ils l'ont repéré, se borna-t-il à déclarer.

– Et alors? s'enquit Fred Rissom, impatient.

– Ils font mouvement vers lui pour le recueillir.

– Et ensuite?

– Le mieux serait que l'hélico le transporte à terre. Au City Hospital. C'est l'hôpital le mieux équipé pour s'occuper de ce genre de cas.

– Je vais prévenir Claire.

Le praticien n'avait pas fait un pas que Melendez l'attrapait par le bras.

– Je ne sais pas si c'est une bonne idée. Mon collègue a précisé qu'il n'y avait aucun signe de vie.

Les deux hommes échangèrent un long regard.

– En route pour le City Hospital, fit Rissom.

L'aviso garde-côte arriva bon premier près du catamaran. Un garde-côte en combinaison de caoutchouc noir se laissa glisser par-dessus le plat-bord, sauta dans l'eau et gagna l'embarcation à la nage. Se cramponnant d'une main à la coque, il retourna de l'autre le visage du jeune homme.

Du haut de l'hélicoptère qui continuait à décrire des cercles au-dessus de l'épave, Don Ward distingua les traits de son fils. Yeux clos, joues creuses, il semblait sans vie. Don vit le plongeur faire signe qu'on lui envoie une corde, qui atterrit à quelques centimètres de l'endroit où il se tenait. L'homme en combinaison noire s'en saisit, l'enroula plusieurs fois autour du corps inerte. Et, aidé de ses camarades, il commença à remorquer le jeune homme vers le bateau.

Dans l'hélicoptère, les deux policiers échangèrent des regards lourds de sous-entendus.

Don vit les membres de l'équipage attraper le corps et l'allonger sur le pont, le capitaine s'agenouiller près du gisant et l'envelopper dans une couverture. Le marin prit le pouls de Robbie et, ne le trouvant pas, le gifla sèchement dans l'espoir qu'il réagirait. Mais il ne bougea pas. Après avoir scruté le visage grisâtre de l'adolescent, il s'adressa à son radio, qui transmit le message au pilote :

– A vous de jouer.

L'hélicoptère s'approcha du bâtiment. Le copilote fit descendre une civière. Lorsque celle-ci toucha le pont, le capitaine et son second soulevèrent le corps et l'y déposèrent, étroitement emmailloté dans sa couverture. Don réussit à lire sur les lèvres de l'officier :

– Un gosse de cet âge... Si ce n'est pas malheureux.

Le brancard fut hissé à bord de l'appareil à l'aide du treuil de sauvetage. Don participa à la manœuvre, aidant le copilote à le réceptionner et à l'étendre dans la cabine. Se laissant tomber à côté de la civière, il pressa son visage contre celui de son fils, qui était glacé. Glissant une main sous la couverture, il prit entre les siens les doigts de Robbie, gelés et raides comme des bouts de bois.

Appuyant la main inerte contre sa joue tiède, il se mit à penser à Claire.

« Que lui dire? Que vais-je bien pouvoir lui dire? »

Le pilote avait prévenu les urgences du City Hospital. Lorsqu'ils se posèrent sur l'héliport à l'intersection de la 23e Rue et d'East River, une ambulance les y attendait.

L'interne qui était dans le véhicule jeta un coup d'œil à la civière, chercha le regard du policier par-delà le corps de Robbie et dit :

– Vous auriez mieux fait de l'emmener directement chez le médecin légiste au bout de la rue.

– Espèce d'imbécile! Bouclez-la! Vous ne voyez donc pas que c'est le père du gamin! s'exclama le pilote.

– Désolé, marmonna le jeune toubib.

Il s'employa à examiner rapidement Robbie. En l'absence de signes vitaux, il secoua la tête, faisant signe au chauffeur de hisser le brancard à bord de l'ambulance.

– Montez, ordonna-t-il à Don.

43

Le Dr Alton Singer entra en trombe dans le service des urgences du City Hospital. En le voyant s'encadrer dans la porte, l'interne secoua la tête d'un air lugubre.

– Désolé de vous avoir dérangé.

– Je passe la moitié de ma vie à être dérangé, commenta le praticien, bourru.

Petit, corpulent, le médecin s'était depuis longtemps résigné à se laisser envahir par les kilos superflus, considérant l'embonpoint comme un phénomène incontournable passé la quarantaine. Cette philosophie lui permettait de dévorer la conscience tranquille, car il avait un solide coup de fourchette.

– Qu'est-ce que vous m'avez amené de beau?

– Hypothermie consécutive à une immersion prolongée dans l'eau. Le gamin a dû rester au moins cinq heures dans le Sound.

– Cinq heures! s'exclama le Dr Singer, outré. Et personne ne s'est inquiété de savoir où il était passé pendant tout ce temps? Personne n'a songé à alerter les services de la police? Reculez!

L'interne s'étant écarté, Singer se trouva face à un homme qui, s'il fallait en juger par sa tenue, ne faisait pas partie de l'équipe médicale.

– Qui diable êtes-vous? aboya Alton Singer. Qu'est-ce que vous fabriquez là?

– Je suis le père de la victime.

– Oh... navré. Poussez-vous, je vous prie, dit le Dr Singer en retirant à Don la main de Robbie. Il vaudrait mieux que vous attendiez dehors.

Don hocha la tête, jeta un dernier coup d'œil à son fils et s'éclipsa.

Le Dr Singer prit la situation en main.

– Thermomètre!

– Inutile! J'ai déjà pris sa température buccale et rectale, s'empressa l'interne. Les thermomètres sont muets. Et il n'y a pas de signes vitaux.

– Qu'est-ce que vous attendez pour demander un thermocouple, sacré bon sang de bonsoir? Qu'est-ce qu'on vous apprend donc en faculté de médecine? Qu'il faut jeter le corps quand les thermomètres sont muets? Sachez, mon garçon, que quand vous avez affaire à un cas d'hypothermie profonde, prendre la température du sujet ne suffit pas.

Alertés par les éclats de voix du patron, plusieurs jeunes médecins qui passaient dans le couloir entrèrent dans la pièce.

– Approchez tous. C'est le moment ou jamais de vous instruire. D'après son gabarit, le patient doit avoir dix-sept ou dix-huit ans. Il ne présente pas de signes vitaux. Les thermomètres ordinaires ne réussissent pas à repérer sa température. Ce qui signifie qu'il ne doit pas avoir plus de 35°. Dans ce cas, on s'efforce de déterminer sa température exacte, à supposer qu'il en ait encore.

S'adressant à une jeune femme qui, à en juger par son teint foncé et sa chevelure de jais, devait être originaire de l'Inde, il ordonna :

– A vous, mademoiselle! Examinez-le!

Repoussant la couverture, la jeune interne s'efforça de prendre le pouls de Robbie, mais sans résultat. Elle essaya de soulever son bras, mais n'y parvint pas tant il était raidi par le froid. Elle tenta de lui soulever la tête : en vain, le cou semblait soudé au tronc.

– Trop tard, fit-elle en regardant Singer. La rigidité cadavérique a déjà commencé à faire son œuvre.

Au même instant, la porte de la salle des urgences s'ouvrit.

Sans même se retourner, le médecin jeta d'un ton rogue :

– Alors, ça vient, cette machine!

Un hurlement perçant lui répondit.

– Robbie!

Repoussant le Dr Rissom et son mari, Claire Ward bouscula le Dr Singer et se rua vers la table d'examen.

Prenant son fils dans ses bras, elle le tint étroitement serré contre sa poitrine comme si sa chaleur pouvait le ramener à la vie.

– Robbie, Robbie, mon bébé, murmura-t-elle. Robbie, Robbie...

Singer foudroya Don et Rissom du regard.

– Faites sortir cette femme! Et vite!

Ce n'est pas sans mal que les deux hommes réussirent à entraîner Claire, qui s'accrochait à son fils. Le Dr Rissom fit signe à Don d'emmener son épouse.

– On peut savoir qui vous êtes? s'écria Singer en voyant que Rissom ne faisait pas mine de bouger.

– Fred Rissom, le médecin traitant du patient.

– Dans ce cas, restez.

L'appareil demandé arriva. C'était un petit instrument comportant des plaques métalliques reliées les unes aux autres qui, sous l'influence de la chaleur, produisait un courant électrique permettant de mettre en évidence la température interne d'un corps.

D'un geste brusque, Singer ordonna aux internes d'approcher tandis qu'il insérait la sonde lubrifiée dans le rectum de Robbie Ward. Les yeux fixés sur le cadran, il mit l'appareil en marche. Rissom avait, lui aussi, l'œil braqué sur l'instrument de mesure qui demeurait muet. Finalement, il se mit à clignoter puis à indiquer 15°, 18°, puis 24° et enfin 25°.

– Pour la rigidité cadavérique, vous repasserez, jeune fille!

Et de fusiller du regard la jeune Indienne dont les pommettes virèrent au brun profond.

– Passons à la phase suivante des opérations : le rétablissement et le maintien des voies aériennes, et la mise du patient en ventilation assistée par sonde endotrachéale et respirateur.

Après avoir trachéotomisé Robbie et mis le respirateur en marche, il poursuivit :

– L'une des choses essentielles que l'on doit avoir présente à l'esprit dans les cas d'hypothermie consécutifs à une immersion prolongée est que le corps est divisé en deux zones. La zone interne où se trouvent les parties vitales, et la zone externe formée des différentes couches de peau et de graisse. C'est l'un des rares cas où l'obésité peut constituer un atout pour le patient et non un handicap. Si je venais à souffrir d'hypothermie, vous n'auriez aucun problème. Malheureusement, notre patient n'est pas du genre enrobé. Enfin, on ne choisit pas...

Singer avait beau adopter un ton sarcastique, Rissom se rendait bien compte qu'il faisait le maximum, même s'il semblait nourrir peu d'espoir de sauver Robbie. Dans ses yeux on pouvait lire en effet ce message : « Je ne sais si je peux faire grand-chose pour votre malade, mais au moins cela permettra à ces jeunes toubibs d'apprendre deux ou trois choses. »

– En temps normal, on plongerait le sujet dans un bain chaud. Mais dans le cas présent, je ne vous le conseille pas, cela pourrait lui être fatal.

Le médecin marqua une pause.

– Oui, fatal, insista-t-il. Pourquoi? Pour tout un tas de raisons. Sa température est inférieure à 26°. Ses pupilles sont exagérément contractées. Les battements cardiaques ne sont pas perceptibles. Inutile de se fatiguer à prendre sa pression sanguine. Quant aux résultats d'un électrocardiogramme éventuel, ils seraient probablement des plus décourageants. Compte tenu de tous ces éléments, que risquerait-t-il de se produire si nous lui prescrivions un bain chaud?

Le médecin se tourna vers le Dr Rissom, sollicitant sa réponse.

– Une différence de température trop grande entre la partie interne et la partie externe qui provoquerait un choc en retour lors du réchauffement, fit l'interpellé.

– Exact, approuva Singer. L'immersion dans l'eau froide provoque une vasoconstriction artérielle alors qu'un bain chaud a un effet vasodilatateur. Les vaisseaux sanguins externes se dilateraient les premiers faisant refluer le sang de la partie interne du corps, siège des centres vitaux, vers la partie externe, c'est-à-dire la peau et la graisse.

« C'est pourquoi, afin d'éviter ce choc en retour, il nous faut réchauffer le malade de l'intérieur. Autrement, sa température interne n'atteindra jamais le niveau souhaitable. Ce qui entraînerait une déchéance de la contractilité myocardique.

Se détournant, Singer donna ses instructions à la surveillante.

– Madame Linkroum, appelez la salle d'opération et dites-leur de tout mettre en place pour une dialyse péritonéale.

Au moment où, suivis par un cortège d'internes, Singer et

Rissom quittaient le service des urgences, ils tombèrent nez à nez avec Claire Ward qui, s'arrachant à l'étreinte de son mari, attrapa le médecin par le revers de sa blouse.

– Je vous en prie, docteur, faites quelque chose!

Ce n'était pas la première fois qu'on adressait des appels au secours de ce genre au praticien. Incapable de répondre, il fit signe à Rissom de prendre le relais.

– Robbie est en de bonnes mains, Claire. Laissez le Dr Singer faire son travail. Et ayez confiance.

– Est-ce qu'il est...

– Non, il n'est pas mort. Et compte tenu des circonstances, cela tient du miracle.

Alton Singer prit la main de Claire entre les siennes.

– Cela va demander du temps, madame, des heures, peut-être. Mais nous allons mettre en œuvre tous les moyens qui sont à notre disposition, et réciter quelques prières par-dessus le marché, on ne sait jamais. Dès que nous aurons du nouveau, nous vous ferons signe.

Le médecin se tourna vers Don Ward.

– Veillez sur elle, nous nous occupons de votre fils.

Tandis que, toujours suivis des internes, les deux praticiens enfilaient le couloir au pas de course, Singer murmura à Rissom :

– Peut-être qu'en le serrant contre sa poitrine comme elle l'a fait tout à l'heure, elle a trouvé d'instinct le seul moyen vraiment efficace de le ranimer.

Don, qui maintenait fermement Claire, ne parvint cependant pas à la retenir. Se dégageant, elle se précipita à la suite des médecins et du chariot sur lequel on emmenait Robbie.

Le nez collé à la petite vitre carrée, Claire Ward s'efforçait tant bien que mal de suivre ce qui se passait dans la salle d'opération. Mais Rissom, Singer et l'équipe médicale lui bouchaient le plus souvent la vue.

De temps en temps, cependant, elle réussissait à apercevoir le visage terreux de son fils.

« Cela ne peut pas se terminer ainsi. Mon Dieu, faites que ces seize années ne se terminent pas ainsi! »

Toutefois, la main inerte qui émergeait de sous la couverture dans laquelle Robbie était presque entièrement enveloppé lui interdisait de se bercer d'illusions.

Sentant une présence près d'elle, elle pivota, persuadée que c'était Don.

C'était le Dr Belmond.

– Je suis venue dès que j'ai reçu le coup de fil de Fred, expliqua Sabrina Belmond. Que vous ont-ils dit?

– Qu'il y avait une chance. Une chance bien mince mais une chance tout de même, répondit Claire en se postant de nouveau devant la vitre.

A l'intérieur de la salle d'opération, le Dr Singer lançait des ordres brefs aux membres de son équipe.

– Surveillez le niveau des sécrétions, sans quoi nous risquerions de travailler pour rien.

Se tournant vers l'infirmière, il ordonna :

– Trocart!

Elle lui tendit une aiguille en acier. Palpant le côté droit du ventre de Robbie, Singer choisit avec soin l'endroit où il allait enfoncer la tige métallique : il lui fallait s'assurer qu'il n'allait pas transpercer le foie ou tout autre organe vital. Après avoir appuyé l'aiguille contre la peau, il la fit pénétrer d'un geste sûr dans la cavité péritonéale. Puis il réclama un second trocart qu'il inséra de la même manière dans la partie gauche du corps du patient.

– Cathéter!

L'infirmière lui tendit le fin tuyau en plastique qu'il introduisit dans le premier trocart. Le médecin eut un claquement de doigts et l'infirmière raccorda le cathéter au bac en acier contenant le liquide de dialyse et relâcha la pince. Le liquide de réchauffement commença à couler dans le péritoine. Quelques instants plus tard, il ressortait par le second trocart, assurant ainsi le passage constant du liquide dans le corps du patient.

Tout en surveillant le déroulement des opérations, le médecin observa :

– Ce que nous tentons là pour éviter le choc consécutif à un réchauffement trop brutal ne marche pas à tous les coups. Dans un cas comme celui-ci, il se peut d'ailleurs que rien ne marche.

Il n'en poursuivit pas moins son travail, l'œil rivé sur le cadran du thermocouple. Il décela une légère hausse qu'il attribua au liquide.

Il testa les signes vitaux de Robbie, s'interrompit et les testa de nouveau.

Il regarda Rissom, semblant lui dire : « Enfin une réaction, infime, mais une réaction tout de même. »

L'équipe médicale, qui était à l'affût des moindres faits et gestes du médecin, surprit ce regard, qui lui mit aussitôt du baume au cœur.

La mimique de Singer n'échappa pas non plus aux Ward qui étaient campés devant la vitre. Claire se tourna vers son mari qui hocha la tête, mais se garda bien de prononcer un mot de peur de compromettre par un optimisme imprudent les chances de guérison de son fils. Le Dr Belmond, qui se tenait derrière les Ward, murmura :

– On dirait qu'il a obtenu un résultat.

– Dieu merci, souffla Claire avec ferveur, en se rendant soudain compte qu'elle n'avait jamais autant invoqué le nom du Seigneur.

Dans la salle d'opération, Singer essayait maintenant de plier un à un les membres de Robbie. Les bras et les jambes, raides au point que la jeune interne avait conclu à la rigidité cadavérique, commencèrent à s'assouplir. Singer invita Rissom à l'imiter. Ce dernier parvint à les faire bouger plus facilement. De gris, le visage de Robbie devint pâle, puis reprit progressivement une couleur plus naturelle.

Singer ordonna de débrancher le respirateur. Et regarda la poitrine du jeune homme se soulever et s'abaisser seule. Il respirait faiblement mais spontanément, et si inspirations et expirations étaient brèves, du moins étaient-elles perceptibles. Le médecin se tourna vers Rissom pour lui demander son consentement du regard. L'ayant obtenu, il ordonna que la sonde endotrachéale soit déconnectée du respirateur mais maintenue en place néanmoins au cas où il y aurait un problème. Robbie Ward semblait capable, pour l'instant en tout cas, de respirer seul.

– Poursuivez la dialyse pendant une demi-heure encore. Puis installez-le dans une chambre individuelle.

– Merci pour cette démonstration, docteur, énonça l'un des internes. Jamais je n'aurais cru qu'il s'en sortirait. Pour moi, il était perdu.

La mine sombre, Singer ne broncha pas.

– Il va s'en tirer, n'est-ce pas? s'enquit le jeune toubib.

– Pour s'en tirer, il s'en tirera. Mais tant que je ne lui aurai pas parlé, je me garderai bien de plastronner.

– Pourquoi donc?

Singer et Rissom échangèrent un regard plein de sousentendus, mais ne jugèrent pas utile de répondre.

Dans le couloir, ils tombèrent sur les Ward.

– Il est tiré d'affaire, affirma Claire. Je vous ai vu bouger ses bras et ses jambes. Et il les a remués seul, n'est-ce pas?

– C'est exact, convint Singer, que l'optimisme des parents de ses malades mettait toujours mal à l'aise.

– Il est sauvé! Il est sauvé! s'exclama-t-elle avec un soupir de soulagement.

– Peut-être bien que oui, observa le médecin, avec une réserve toute professionnelle.

Se dégageant, il s'éloigna.

Don, à qui l'attitude réticente de Singer n'avait pas échappé, jeta un coup d'œil à Fred Rissom, lequel semblait sombre, lui aussi. Laissant Claire en compagnie de Sabrina Belmond et du Dr Rissom, il s'élança sur les traces de Singer, qu'il ne tarda pas à rattraper.

– Docteur Singer?

Le petit homme replet fixa Don.

– Ne me remerciez pas. Ce que j'ai fait, n'importe quel praticien compétent l'aurait fait. Nous ne serons à même d'évaluer le résultat de nos efforts que lorsque votre fils aura repris conscience et retrouvé l'usage de la parole.

– Que voulez-vous dire?

– L'hypoxie, monsieur Ward. Songez aux conséquences viscérales de l'hypoxie, particulièrement sur le cerveau. Si cela se trouve, nous n'avons pas rendu service à Robbie en le ranimant.

– Vous pensez à des lésions cérébrales irréversibles?

Le sourcil froncé, Singer opina du chef.

– Je vois, dit Don. Nous avons fait une émission là-dessus.

– Une émission! s'emporta le médecin. Songez que si le cerveau de votre fils a été touché, votre femme et vous devrez organiser le reste de votre existence en conséquence. Qui s'en occupera? Pas seulement maintenant, mais quand vous aurez disparu! Y aura-t-il quelqu'un pour prendre soin de lui une fois que vous ne serez plus là? Aurez-vous les moyens de payer?

Devant cette attaque féroce, Don Ward blêmit, recula et se mit à trembler.

– Excusez-moi, poursuivit Singer. Quand je vois un jeune homme intelligent en passe de se transformer en légume, c'est plus fort que moi : je vois rouge. J'en arrive à détester la médecine, à me détester moi-même et à haïr la race humaine qui est à elle-même son pire ennemi. Franchement, il y a des jours où ce métier me dégoûte.

Tournant les talons, il poursuivit son chemin. A peine avait-il fait quelques pas qu'il se retourna.

– Je viendrai jeter un coup d'œil dans un instant. Je pense pouvoir me prononcer à ce moment-là.

Don regarda Singer enfiler le couloir, les pans de sa blouse blanche flottant au vent, les épaules voûtées, vivante image du découragement.

Dans sa chambre d'hôpital, allongé sur son lit impeccable, Robbie Ward respirait spontanément. Certes, sa respiration était encore faible mais à côté de ce qu'elle avait été quelques heures plus tôt, c'était le jour et la nuit. Ses parents étaient au pied de son lit et observaient le Dr Rissom qui lui faisait passer les premiers tests neurologiques. Sabrina Belmond surveillait attentivement les réactions de l'adolescent.

Fred Rissom souleva l'une après l'autre les paupières du jeune homme et braqua le pinceau de sa petite torche dessus. Les pupilles de Robbie réagirent à la lumière. A l'aide d'une aiguille, il entreprit ensuite de piquer les jambes de l'adolescent, qui remua. Fred Rissom lui prit le pouls, qui était suffisamment fort pour qu'il le trouve au palper.

– Pas d'arythmie cardiaque, annonça-t-il à sa consœur.

– Jusqu'ici tout va bien, fit le Dr Belmond.

En entendant ces mots, Claire eut l'impression qu'on lui ôtait un poids terrible de la poitrine. Mis au fait par le Dr Singer des conséquences possibles, Don, quant à lui, n'éprouva aucun soulagement.

– Il devrait reprendre connaissance d'ici peu, observa le Dr Rissom. Attendons.

Moins d'une heure plus tard, Robbie entrouvrit les yeux une fraction de seconde puis les referma. Rissom fit signe à Claire de parler à son fils.

– Robbie... Robbie... tu m'entends? C'est moi, Robbie. C'est maman. Est-ce que tu m'entends?

L'adolescent rouvrit les yeux quelques instants et les referma comme s'il ne pouvait croire ce qu'il voyait. Au bout d'un instant, il articula d'une voix à peine audible :

– Maman? C'est toi? C'est bien toi?

– Oui, mon chéri.

Rissom encouragea Claire à continuer de parler.

– Nous sommes tous là. Papa, moi, le Dr Rissom et le Dr Belmond. Tout va bien maintenant. Ils t'ont retrouvé avant qu'il ne soit trop tard et conduit à l'hôpital. Tu vas bien.

– Vraiment?

– Oui, mon chéri.

Se penchant, elle l'embrassa sur la joue, lui prit la main qu'elle pressa contre son visage.

Il ouvrit de nouveau les yeux, regardant cette fois son père et Sabrina Belmond.

– Je suis désolé. Je ne sais pas pourquoi on se donne tout ce mal pour moi. Je n'en vaux pas la peine.

– Je te défends de raconter des sottises pareilles! s'exclama Claire.

– Laissez-le dire ce qui lui passe par la tête, intervint Sabrina Belmond, le sourire aux lèvres.

– Vous voulez dire qu'il n'a pas subi de lésions cérébrales? s'enquit Don.

– A en juger par la façon dont il s'exprime, non.

– « Lésions cérébrales »? reprit Claire, prenant soudain conscience de la menace qui avait pesé sur son fils.

– Je n'ai plus rien à faire ici pour l'instant, déclara le psychiatre. Mais je veux voir Robbie le jour où il sortira de l'hôpital. Il va falloir reprendre le traitement et nous assurer qu'il le respectera.

Au moment où Belmond atteignait la porte, celle-ci s'ouvrit, livrant passage à Singer, dont la blouse était maculée de taches diverses, comme chaque fois qu'il avait une matinée agitée aux urgences.

– Eh bien?

– Réactions normales, discours cohérent, répondit Rissom.

– Alors, il est tiré d'affaire, fit le petit homme replet avec un grand sourire.

S'approchant du lit du patient, il fixa Robbie, lui prit le pouls et lui administra une légère tape sur la joue.

– Quel âge as-tu? Dix-sept ans? Dix-huit ans?

– Seize, rectifia l'interpellé.

– Tu es rudement costaud pour ton âge, commenta Singer. Mon fils, qui en a dix-neuf, est loin d'être aussi baraqué que toi. Peut-être parce qu'il passe son temps à écouter des disques, vautré sur son lit. Si la médecine pouvait s'apprendre en écoutant des cassettes, ce serait le meilleur médecin du monde. Comme nous n'en sommes pas encore là, je me demande ce qu'il deviendra. Un petit génie de l'informatique, peut-être, qui gagnera sûrement mieux sa vie que son père!

Le médecin s'était efforcé de parler d'un ton léger, mais son soulagement ne pouvait échapper à l'œil exercé d'un Rissom. A l'évidence, pendant qu'il s'activait dans la salle des urgences, Singer n'avait cessé de penser à Robbie Ward.

Une fois que Singer fut parti, Sabrina Belmond s'adressa à son patient :

– Je t'attends dans mon cabinet dès ta sortie de l'hôpital.

– J'y serai.

– Bien, fit Rissom. Inutile de nous attarder au chevet de Robbie, il n'a plus besoin de nous. J'ai du travail, je ferais mieux d'y aller.

Parvenu devant la porte, il pivota vers l'adolescent.

– J'ignore ce que tu avais en tête en filant de chez toi, mais tâche de te rappeler une chose, bonhomme : tu as des parents exceptionnels. A mon avis, les parents sont les héros de notre époque, même s'ils ne sont pas reconnus comme tels. Après les volées de bois vert que leur ont administrées les psychanalystes, qui les rendaient responsables de tout et n'importe quoi, il serait temps qu'on les réhabilite et qu'on les apprécie à leur juste valeur.

Les Ward se retrouvèrent seuls tous les trois pour la première fois depuis la disparition de Robbie. Claire et Don, sourire aux lèvres, se tenaient au pied du lit de leur fils. Don prit discrètement la main de Claire, qui maintenant ne tremblait plus.

– Je voudrais vous dire..., commença l'adolescent.

– Inutile, mon grand, coupa Claire.

– Mais je voudrais..., insista Robbie.

– Si tu y tiens, vas-y, opina Claire.

– Quand ça allait mal, vraiment mal... Tu vois, papa,

avant de me retrouver loin de la côte, je ne faisais pas bien la différence entre un Hobie 14 et un Hobie 18. Je l'avais bien en main, le catamaran. Jusqu'à ce que je prenne un grand coup de vent par l'arrière. J'ai pris un coup de bôme et j'ai été projeté dans l'eau.

« Je me suis rappelé ce que tu n'arrêtais pas de me répéter quand on manœuvrait le Hobie 14. " Fiston, quoi qu'il arrive, n'abandonne pas le navire. Accroche-toi à ton catamaran. Il ne peut pas couler tandis que toi, si. " Alors je me suis démené pour rejoindre le bateau et je m'y suis accroché. Je me suis même attaché à l'une des coques.

« Je scrutais le ciel. Tout ce que je voyais, c'était le brouillard et l'obscurité. J'entendais des avions voler au-dessus de ma tête mais je savais bien qu'ils ne pouvaient pas me voir. J'étais seul, complètement seul au monde. C'est à ce moment-là que j'ai compris que je ne voulais pas mourir. Seulement, il était trop tard.

« Je savais que je ne m'en sortirais pas. Alors je me suis dit : " Avant de mourir, j'aimerais pouvoir les remercier de tout ce qu'ils ont fait. Ils ne me devaient rien. Je ne leur étais rien. " Simplement un étranger qu'ils avaient accueilli sous leur toit. Moi, je n'avais pas rempli ma part du contrat. Pourtant, j'ai essayé, je vous assure. Mais ce truc, ces pulsions m'entraînaient, m'emportaient, c'était plus fort que moi. Jusqu'à ce que je rencontre le Dr Belmond. Alors, je suis devenu plus calme. Mais j'ai commencé à regretter ce sentiment d'exaltation, et j'ai arrêté de prendre mes comprimés, parce que je pensais qu'ils m'enlevaient mes moyens. Jusqu'à ce que je me retrouve dans cet état de surexcitation les derniers jours.

« J'aurais donné n'importe quoi pour pouvoir revenir vous expliquer ce que je ressentais. Mais j'ai compris que je n'y parviendrais jamais. Et je me suis dit : " Mon père et ma mère sont des gens formidables. Tant pis si je ne réussis pas à leur parler, ils comprendront. "

Claire s'approcha, s'agenouilla près de son lit et lui passa un bras autour du cou.

– Robbie, il n'y avait pas vingt-quatre heures que nous t'avions vu que nous te considérions déjà comme notre fils. Tu n'es pas un étranger à qui nous avons donné un toit, tu es notre fils et tous les trois nous formons et formerons toujours une famille.

– Et nous passerons davantage de temps ensemble maintenant, enchaîna Don. J'ai démissionné d'Intercontinental, mon grand. J'ai dit à Brady d'aller se faire voir. Je suis libre. Nous pourrons profiter de nos loisirs, apprendre à manœuvrer ce catamaran et faire toutes sortes de choses ensemble.

– Formidable, papa, fit Robbie. Mais... et ton...

– Mon job? Mon salaire? Ne t'inquiète pas. Ton père n'est pas un imbécile. Cette fois, je ne me laisserai pas faire, je travaillerai à mon rythme. Fini les cadences infernales et les navettes entre New York et la côte ouest.

L'adolescent sourit.

– Mais n'oublie pas que tu dois remplir ta part du contrat, toi aussi. Aller voir le Dr Belmond, reprendre ton traitement, avaler régulièrement tes cachets de lithium, cesser de flirter avec le danger afin de pouvoir te lancer dans des entreprises plus constructives. C'est d'accord, Robbie?

– D'accord, papa.

Quatre jours plus tard, après que le Dr Singer eut fait passer un dernier examen à son patient, les Ward ramenèrent leur fils dans le Connecticut.

Au moment où ils atteignaient le garage, le téléphone se mit à sonner. Le premier réflexe de Don fut de couper le moteur et de se précipiter dans la cuisine.

– Ce n'est plus la peine de courir, lui rappela gentiment Claire.

Ils éclatèrent de rire tous les trois.

Le temps qu'ils ouvrent la porte, la sonnerie avait cessé.

Une fois qu'ils furent à l'intérieur, Claire dit à Robbie :

– Pendant que je m'occupe du déjeuner, appelle donc le Dr Belmond pour prendre rendez-vous.

– Ouais, m'man.

Mais comme il tendait le bras vers l'appareil, la sonnerie grésilla de nouveau. Il décrocha.

– Je suis bien chez Mr. et Mrs. Ward? s'enquit une voix féminine et glaciale.

– Oui.

– Passez-moi Donald Ward, je vous prie! De la part de Mr. Brady.

– Papa, c'est pour toi, cria Robbie.

– Qui est-ce? fit Don de la bibliothèque.

– Devine!

– Il n'oserait pas!

– La preuve que si!

– Fais-le poireauter. Je vais prendre la communication dans la bibliothèque.

Ward se carra dans son fauteuil de cuir et s'installa confortablement avant de daigner décrocher.

– Oui, monsieur Brady? fit-il tandis que Robbie s'encadrait dans la porte.

Du seuil, l'adolescent percevait les braillements de Brady.

– A quoi jouez-vous avec vos « monsieur »? Je croyais que nous étions amis, Don.

– Désolé... Ed. Vous êtes satisfait?

– C'est mieux. Dites-moi, comment va votre fils?

– Il a réintégré la maison, et il a l'air en forme.

Don sourit à son fils qui lui adressa un sourire en retour.

– Parfait! Vous m'en voyez ravi! Transmettez-lui mes amitiés.

– Je n'y manquerai pas.

– Maintenant que tout est rentré dans l'ordre, il faut que nous nous entretenions d'un sujet très important.

– Nous nous sommes déjà dit l'important, Ed. Robbie est en grande forme, il est à la maison. Le reste n'a aucun intérêt.

Brady se remit à beugler selon ses bonnes habitudes.

– On peut en discuter, quand même, non?

– Si vous y tenez.

– Vous vous souvenez de la série qu'Ab Crystal avait en préparation...

– Vous avez lu le scénario? coupa Don.

– Et comment! C'est du tonnerre! s'exclama Brady. Épatant! A se tordre de rire. Je lui ai signé un contrat.

– Très bien, approuva Don.

« Les deux gosses de Fanny et Ab sont tirés d'affaire », se dit-il.

– Seulement il y a un hic.

« Est-ce que ce salopard essaierait de rogner sur le pourcentage d'Ab? » songea Don.

– Quoi donc, Ed?

– Ab soutient qu'il n'a pas écrit ce texte seul, que vous êtes resté trois jours et trois nuits enfermé avec lui pour l'aider.

– Je lui ai donné un petit coup de main. Et alors? éluda Don.

Du geste, il fit signe à Robbie d'entrer et de s'asseoir à côté de lui sur le canapé comme il avait coutume de le faire jadis. Don se mit à lui ébouriffer les cheveux tout en téléphonant.

Robbie ne broncha pas, tout heureux que son père s'occupe de lui comme quand il était petit garçon. D'agressive, la voix de Brady devint enveloppante.

– Inutile de jouer les timides avec moi. Quand un auteur qui a le talent et l'expérience d'Abner Crystal m'affirme que vous l'avez sorti du pétrin, je ne vois pas pourquoi je mettrais sa parole en doute. Je vais donc vous faire la même proposition qu'à Ab. L'affaire est faite, c'est entendu. Un épisode pilote et les huit premiers scénarios, et il touche un pourcentage sur la série si vous travaillez pour lui.

– Ed, je vis dans le Connecticut. Et à partir de maintenant, je travaille dans l'Est. J'entends consacrer une bonne partie de mon temps à ma famille. Alors fini pour moi les aller et retour sur la côte ouest.

– Nous avons pensé à cet aspect du problème, Ab et moi. La série sera tournée à New York. Pour une raison qu'il n'a pas jugé bon de me préciser, Ab a décidé de s'installer à New York.

Don cessa de jouer avec la chevelure de son fils, qui lui jeta un coup d'œil interrogateur.

– Écoutez, Ed, si on arrive à s'entendre sur la question financière, alors c'est d'accord.

– Formidable! Rendez-vous au *Vingt et un* demain pour mettre les derniers détails au point.

– Demain, je passe la journée avec mon fils qui sort de l'hôpital. Alors pas de restaurant. On peut régler les détails par téléphone.

Et Don Ward raccrocha.

– Papa? Qui est Ab Crystal?

– Il y a quatre ans, Ab et sa femme Fanny sont venus dîner à la maison. Ab est un type qui a un sens de l'humour formidable. Tu t'en souviens?

– C'est lui qui a écrit *Affaire de famille*?

– Exactement. Il n'a plus que six mois à vivre. Il veut les passer à New York où il est né. Il veut que ses enfants apprennent à découvrir ses racines – et les leurs.

Don passa le bras autour des épaules de Robbie.

Claire, qui venait les prévenir que le déjeuner était prêt, s'éclipsa.

Achevé d'imprimer en mars 1991
sur les presses de l'Imprimerie Bussière
à Saint-Amand (Cher)

PRESSES POCKET - 8, rue Garancière - 75285 Paris
Tél. : 46-34-12-80

— N° d'imp. 298. —
Dépôt légal : avril 1991.

Imprimé en France